Passion d'une nuit d'été

Du même auteur
aux Éditions J'ai lu

LES SOEURS ESSEX

1 – Le destin des quatre soeurs
N° 8315
2 – Embrasse-moi, Annabelle
N° 8452
3 – Le duc apprivoisé
N° 8675
4 – Le plaisir apprivoisé
N° 8786

Eloisa
JAMES

Passion d'une nuit d'été

Traduit de l'américain
par Catherine Plasait

J'ai lu

Titre original
POTENT PLEASURES

Éditeur original
Delacorte Press, Random House, Inc.,
New York

Pour Sharon Kosic, de la merveilleuse librairie *The Book Rack, Too,* qui m'a guidée dans mes lectures et encouragée à écrire. Merci.

1

Kent, Angleterre, avril 1798

Charlotte était à une semaine de son dix-septième anniversaire quand sa vie bascula, se coupant en deux comme une pomme : il y aurait désormais un « avant », et un « après ».

Avant, Charlotte était avec Julia Brentorton, sa meilleure amie de classe. Elles avaient survécu ensemble aux années de pensionnat, à la monotonie des cours qui se succédaient quotidiennement : latin, musique, danse, éducation artistique, maintien et convenances avec lady Sipperstein. Ce dernier cours était d'ailleurs le seul véritablement ennuyeux.

— Julia, grondait lady Sipperstein qui apparaissait soudain derrière elles, croisez les chevilles lorsque vous êtes assise sur un sofa !… Montez de nouveau l'escalier, Charlotte, et sans balancer les hanches, cette fois ! Vous vous tortillez de façon tout à fait inconvenante !

Lady Sipperstein était une dame redoutable, dont l'imposante poitrine fendait l'air comme la proue d'un navire. Elle savait, au centimètre près, jusqu'où il fallait se pencher pour saluer une duchesse ou un roi, et elle le serinait à ses élèves comme si elles étaient destinées à exécuter ces gestes tous les jours.

Elle leur assenait aussi toutes sortes de principes.

— On congédie un domestique comme un enfant : avec fermeté, rapidité et distance... Les cadeaux aux malades dépendent de l'endroit où ils vivent. S'ils habitent sur votre domaine, priez votre cuisinière de faire de la gelée de moelle et offrez-la vous-même, ainsi que des fruits. S'ils vivent au village, demandez à un domestique de leur porter plutôt un poulet cru. Et, naturellement, assurez-vous avant d'entrer dans un logis que la maladie n'est pas contagieuse. Il faut se montrer humain, mais pas inconscient !

Ces cours représentaient souvent une heure de questions exaspérantes.

— Julia ! Si un valet de pied pénètre dans la salle du petit déjeuner avec une joue ostensiblement gonflée, que faites-vous ?

— Je le renvoie chez lui, risqua Julia.

— Non. Il faut d'abord se renseigner. L'enflure est-elle le résultat d'une rage de dents, ou bien les séquelles d'une querelle d'ivrogne ? Dans ce dernier cas, chassez-le. Autrement... Julia ?

— Euh... je l'envoie consulter un médecin, balbutia la jeune fille.

— Faux ! Ordonnez au majordome de lui trouver un travail qui l'éloigne des maîtres. Inutile de dorloter les serviteurs.

Pour Charlotte, le cours d'art était le moment le plus agréable de la journée. Elle était parfaitement heureuse dans la pièce toute blanche, meublée de douze chevalets. Elles peignaient toujours les mêmes sujets : deux oranges et un citron. Ou deux pommes et une poire. Mais Charlotte s'en moquait.

Pas Julia, qui imitait la voix ravie de miss Frollip quand elle composait une nouvelle nature morte :

— Une citrouille, aujourd'hui !

Julia, en effet, préférait le cours de danse, et pas à cause de la danse, mais pour M. Luskie. C'était un homme plutôt velu, père de famille, robuste et amical. Bref, il ne pouvait représenter aucun danger pour les jeunes filles, selon les professeurs. Mais Julia trouvait ses favoris renversants, et elle lisait des messages dans sa façon de lui presser la main lorsqu'il la dirigeait pour un quadrille.

— Je l'adore, murmurait-elle à Charlotte, le soir.

Celle-ci fronçait le nez.

— Écoute, Julia, il est un peu... enfin, il n'est pas...

C'était difficile à exprimer. Il était ordinaire. Mais comment le dire sans insulter Julia ? Charlotte était mal à l'aise face aux déclarations enflammées de son amie. Elle ne serait quand même pas prête à... ? Et M. Luskie non plus, bien sûr. Pourtant, Julia était si belle ! Comme une pêche, douce et parfumée. Alors, M. Luskie oserait-il... ?

L'une des gouvernantes de Charlotte avait une inébranlable opinion des hommes :

— Ils veulent tous une seule chose, ma petite. Une seule chose, ne l'oubliez pas, sinon vous vous retrouverez flétrie à jamais !

Charlotte opinait en se demandant de quoi il pouvait bien s'agir.

Aussi répliquait-elle à son amie, dans le noir :

— Il n'est pas si beau que ça, Julia. Tu as vu sa couperose, sur les joues ?

— Non ! Il n'en a pas !

— Mais si !

— Comment l'as-tu remarqué ? marmonnait Julia, vexée.

Enfin, ce fut la fin de l'année, et l'on vint chercher les élèves. Pour certaines c'était un parent, pour d'autres de simples domestiques. Elles seraient préparées, décorées, « déguisées », comme disait Julia, pour faire leur entrée dans le monde. Elles allaient s'engager dans la spirale des réceptions, des bals, des mariages.

En qualité de fille de duc, Charlotte était regardée avec envie. Ses débuts seraient somptueux. Sa sœur Violetta avait fait les siens dans la salle de bal entièrement tapissée de lis blancs. Pourtant, elle se sentait peu enthousiaste à cette perspective.

Sa mère arriva à la pension de lady Chatterton dans le carrosse ducal avec *quatre* valets en livrée ! La duchesse était toujours fort intimidée à l'idée d'avoir un entretien avec la redoutable lady Sipperstein. La pauvre, se dit Charlotte, elle devait être affolée !

Enfin, la corvée accomplie, Charlotte et sa mère se réfugièrent dans le carrosse, et la duchesse eut un sourire de petite fille espiègle en s'appuyant aux coussins de satin.

— Dieu merci, Charlotte, c'est fini ! Je ne serai plus jamais obligée de rencontrer lady Sipperstein... Es-tu contente de ta nouvelle peinture ? C'étaient des oranges, je crois.

La duchesse était une mère dévouée qui s'intéressait à chaque progrès de ses enfants.

— Je vous la montrerai une fois à la maison.

Charlotte savait que sa mère serait, comme à son habitude, admirative, ravie, et nullement objective.

— Parfait ! s'écria Adélaïde. Je l'enverrai sur-le-champ chez Saxony. Encore deux ou trois aquarelles et tout le mur du hall sera garni !

Charlotte fronça légèrement les sourcils. Ses parents semblaient considérer ses peintures comme des éléments de décoration. Chaque nouveau tableau était expédié chez le meilleur encadreur – Saxony Père & Fils, encadreurs de la Couronne – où M. Saxony père en personne choisissait le cadre avant de le livrer solennellement au manoir. On l'accrochait alors au bout de la longue, longue rangée de fruits et de légumes qui décorait le long, long corridor de l'aile est.

— Maintenant, Charlotte, déclara fermement Adélaïde, il faut tout organiser pour tes débuts. J'ai appris que lady Riddleford, la mère d'Isabelle, a déjà retenu pour sa fille la date du 19 août, qui est justement celle que je voulais pour ton bal, ma chérie. Donc il faut en choisir une autre. Je pensais à la semaine précédente. Qu'en dis-tu ?

Charlotte ne répondit pas, réfléchissant toujours à sa peinture. Adélaïde, accoutumée aux absences de sa fille, ne s'en formalisa pas.

Lorsque Charlotte se rendait dans ce que son frère Horace appelait le « verger » – la longue, longue rangée de peintures de l'aile est –, elle voyait l'évolution de son travail. Miss Frollip lui avait appris à dessiner des oranges bien rondes, des pommes qui n'étaient pas uniformément rouges. L'art de la couleur était si difficile ! Pour les oranges, par exemple. Inlassablement, elle mélangeait un peu de jaune, du bleu, du brun, mais jamais elle ne trouvait l'orange qu'elle avait dans la tête. Il fallait découvrir la teinte exacte, avec un peu de brun au sommet, une pointe de bleu, des nuances qui évoquaient le soleil, la chaleur...

Mais Charlotte n'eut guère le temps de peindre, à son retour au manoir. Elle dut endurer d'interminables séances d'essayage et passa ses journées à écouter les projets de sa mère.

— Chérie, annonça celle-ci un jour, pieds-d'alouette !

Charlotte ouvrit de grands yeux.

— Pardon, maman ?

— Des pieds-d'alouette, des delphiniums. C'est cela qu'il faut pour ton bal ! Tu sais que, pour le bal de Violetta, c'étaient des lis blancs. Je voulais éviter la couleur à cause de son nom, mais les delphiniums sont d'un bleu si délicat ! Cela mettra tes cheveux en valeur.

La mode était alors aux blondes bouclées aux yeux bleus, or Charlotte avait une chevelure aile-de-corbeau, songeait sa mère avec désespoir. Elle avait certes les yeux verts, mais son teint était tellement pâle... pas une touche de couleur ! Évidemment, on pouvait boucler ses cheveux, et son grain de peau était parfait, mais elle n'entrait pas dans la catégorie des délicieuses et mutines débutantes.

La duchesse soupira. Quand elle était heureuse, Charlotte était la plus jolie de ses filles. Il suffirait donc qu'elle soit heureuse le soir du bal.

Les essayages furent enfin terminés et l'on s'appliqua à coudre les dernières perles sur la robe du grand soir. Dix-sept autres robes de bal, comme il convenait à la fille d'un duc, étaient mises sous housses et rangées dans une penderie. La salle de bal avait été cirée, les chandeliers luisaient, la police londonienne avait été avertie de l'encombrement qui aurait lieu le soir du bal. Bref, les Calverstill étaient prêts à lancer leur cadette dans la société. La duchesse était timide, mais tous l'aimaient beaucoup. Pour rien au monde, on n'aurait manqué pareil événement.

Tous les jeunes gens conviés acceptèrent l'invitation – dandys, courtisans, galants, viveurs. On disait Charlotte belle, comme ses deux sœurs, et elle aurait une excellente dot.

Toutefois, le bal n'aurait lieu que dans deux semaines, et Charlotte demanda la permission d'aller rendre visite à son amie Julia à la campagne. La duchesse n'y vit aucun inconvénient.

— On ne doit pas te voir en public, dit-elle néanmoins à sa fille. C'est une période terriblement délicate.

Charlotte se moquait-elle de son entrée dans le monde ? Non, songea Adélaïde. Elle aimait parler de ses toilettes, et elles avaient passé un moment délicieux à choisir les soies. Elle avait un tel talent en ce qui concernait les couleurs ! La duchesse eut une bouffée de tendresse pour sa plus jeune fille, qui ne lui avait jamais causé ni ennuis ni angoisse. C'était une enfant raisonnable, calme, posée.

Charlotte se rendit au domaine de lord Brentorton dans le carrosse ducal, accompagnée d'un seul valet de pied, et elle fut accueillie par une Julia aux yeux pétillants de joie. Elle avait des robes de bal à montrer à son amie, sans perles et moins somptueuses que celles de Charlotte, mais fort jolies tout de même. Et elle était amoureuse.

— Il est merveilleux, Charlotte ! Je l'adore ! Il ne ressemble pas du tout au vieux M. Luskie. Il est beau, vraiment beau, tu verras. Pas la moindre couperose !

Charlotte fronça les sourcils.

— Qui est-ce ?

Julia avait les yeux rêveurs.

— Il s'appelle Christopher. Il a les cheveux bouclés... On dirait Adonis, je t'assure !

— Mais qui est-ce ? répéta Charlotte qui voyait son amie éviter son regard et esquisser une moue boudeuse. Julia !

La jeune fille était si sotte avec les hommes ! Quelques semaines auparavant, elle prétendait avoir le cœur brisé parce qu'elle ne verrait plus M. Luskie !

— Plus jamais il ne me tiendra dans ses bras, Charlotte, avait-elle sangloté, le nez dans son oreiller. Nous ne valserons plus ensemble...

Charlotte en avait été émue, et s'était demandé si elle ne s'était pas montrée trop dure en insistant sur la bedaine de leur maître de danse et sur sa calvitie naissante.

Julia baissa les yeux.

— C'est un homme de Dieu, dit-elle enfin à voix basse.

— Comment ?

— C'est... Eh bien, il est vicaire.

— Un vicaire ? Julia !

— Il a des boucles blondes, Charlotte. Il est... il est... On dirait un tableau !

Maintenant qu'elle avait avoué le pire, et sans tenir compte de l'air réprobateur de son amie, elle se mit à chanter les louanges de l'élu de son cœur. Il était jeune, plus séduisant que n'importe qui, y compris le vendeur de lavande qui venait parfois au pensionnat et qui avait été consacré par les filles le plus bel homme du pays.

— Même toi, tu l'aimeras, Charlotte, parce qu'il est bourré de qualités. Et il est mince... Tu te souviens, tu disais que ce pauvre M. Luskie était un peu grassouillet. Ce serait merveilleux de faire son portrait, ajouta Julia avec un coup d'œil interrogateur à Charlotte. Tu... tu ne vas pas continuer à peindre des fruits, maintenant que nous avons quitté l'école. Pourquoi ne peindrais-tu pas Christopher ?

— Tu es folle ! Je ne vais pas faire le portrait d'un homme que je n'ai jamais rencontré ! Ma mère en aurait une crise d'apoplexie !

Le vicaire était en effet plus beau que le vendeur de lavande, reconnut Charlotte à l'office du dimanche. Julia le fixait avec une telle dévotion qu'elle dut à plusieurs reprises lui donner un coup de coude, afin de lui rappeler qu'elle était là pour prier. D'ailleurs, il était presque trop beau, et son visage avait une expression polissonne, comme Horace à l'époque où il avait été renvoyé d'Oxford.

Quand elles sortirent de l'église, Charlotte le vit adresser à Julia un clin d'œil, accompagné d'un petit sourire complice. Et comme les parents de la jeune fille se détournaient, il lui glissa un morceau de papier dans la main.

Sur le chemin du retour, tout en bavardant avec les Brentorton, Charlotte avait l'esprit ailleurs. Julia se fourvoyait ! Si on apprenait qu'un jeune homme lui écrivait, jamais elle ne trouverait un mari !

Une fois au château, elle prit fermement Julia par la main et l'entraîna dans sa chambre. Elle ferma la porte derrière elles et s'appuya au battant, la main tendue, sans dire un mot.

Julia lui adressa un regard rebelle. Puis, dans un soupir, elle se laissa tomber sur le lit et sortit le papier de son corsage.

— Ce n'est rien ! assura-t-elle. Rien du tout ! Tu vois ?

Elle lui lança le morceau de papier que Charlotte attrapa au vol. Il y avait cinq mots griffonnés à l'encre bleue.

Stuart Hall, samedi, neuf heures.

— Mon Dieu, Julia, tu ne vas pas le rencontrer, tout de même ?

Charlotte se laissa glisser le long de la porte et se retrouva assise par terre.

— Stuart Hall ? reprit-elle. Qu'est-ce que c'est ?

— Il n'y a rien de mal, répliqua Julia. Il ne s'agit pas d'un rendez-vous, tu penses bien ! C'est un bal masqué qui a lieu tous les samedis soirs, et j'en parlais avec Christopher...

— Christopher !

— Le révérend Colby, si tu préfères, mais je n'aime pas son nom de famille. De toute façon, ce n'est rien de grave, Charlotte. Un bal masqué auquel assistent des... des commerçants, des domestiques. Christopher – M. Colby dit que les gens de notre rang ne connaissent pas la vraie vie. Il nous compare, nous les débutantes, à des fleurs de serre. Nous sommes élevées loin du monde, et ensuite on nous vend au plus offrant. Il dit aussi que ce bal est tout à fait innocent, et tout le monde est masqué, alors personne ne verra nos visages et...

— *Nos* visages ?

— Il faut que tu viennes avec moi. Si par malheur maman apprenait quelque chose, elle serait moins furieuse en sachant que tu étais avec moi.

— Ça m'étonnerait ! rétorqua Charlotte.

— Tu te rends compte ? Nous sommes des agneaux, que l'on donne au plus riche acheteur, et...

— Mais de quoi parles-tu, Julia ? s'irrita Charlotte. Qu'est-ce que cette histoire d'agneau a à voir avec le fait d'aller à un bal en cachette ?

Julia ne se souvenait plus très bien. Pourtant, cela lui avait paru très clair, lorsque Christopher le lui avait expliqué.

— Eh bien, répondit-elle, nous allons nous marier et nous n'aurons rien connu de la vie... Oh, Charlotte, poursuivit-elle, changeant de tactique, tu ne trouves pas que ce serait drôle ? Il n'y a rien de mal à se rendre à une soirée, chaperonnées par un... par un théologien !

Une petite lumière rebelle s'alluma soudain dans l'esprit de Charlotte. Après tout, lui avait-on demandé si elle souhaitait faire ses débuts ? Si elle voulait se marier ? Mais, naturellement, elle voulait se marier, et pour cela il fallait qu'elle entre dans le monde. Donc, cette ligne de pensée ne menait nulle part.

— Je n'irai pas si tu ne viens pas, reprit Julia d'une toute petite voix. Nous regarderons seulement...

Charlotte esquissa un sourire, et Julia réprima un hurlement victorieux.

— Promets-moi que tu ne m'abandonneras pas pour danser avec ton vicaire ! dit-elle sévèrement.

— C'est juré, Charlotte ! Maintenant, allons au grenier chercher des costumes. Il doit y avoir de vieux dominos.

Charlotte essayait de rester calme, mais l'excitation de son amie était contagieuse.

— C'est le bon moment pour fouiller le grenier, décréta Julia en bondissant sur ses pieds. Le dimanche, papa et maman rendent visite à leurs fermiers jusqu'à l'heure du déjeuner.

Les deux jeunes filles grimpèrent dans l'immense grenier sous les combles. Des rais de soleil tombaient sur le plancher de pin, les meubles bâchés, les malles d'anciens vêtements. Charlotte s'arrêta un instant pour contempler les grains de poussière qui dansaient dans la lumière, tandis que Julia se précipitait vers les malles. Elle ne tarda pas à en sortir deux grandes robes noires à capuche, qui les couvriraient de la tête aux pieds. Elle cherchait aussi des masques et poussa un petit cri de joie quand elle en découvrit deux dans un coin.

— Chut, Julia ! dit Charlotte, le cœur battant.

— Ne t'inquiète pas, personne ne peut nous entendre.

— Et si l'un des domestiques venait voir ce qui se passe ?

— Oh, Charlotte, que tu es naïve ! Il nous suffirait d'acheter son silence, naturellement !

De fait, le soir même, Julia soudoya sa femme de chambre pour qu'elle nettoie les dominos en secret.

Lorsqu'on les rapporta, le samedi, fraîchement lavés et repassés, l'excursion semblait devenue inévitable.

En pouffant de rire, Julia poudra la chevelure de Charlotte avec son talc de toilette, comme l'avait exigé la mode vingt ans auparavant.

— Regarde, s'écria-t-elle, tu ressembles au portrait de ma mère qui se trouve sur le palier ! Personne ne pourrait te reconnaître. Avec ton masque, je ne vois que tes cheveux et un tout petit peu de ton visage. Crois-tu que nous ayons mis trop de poudre ?

Julia avait eu la main lourde, en effet !

— Au moins, ajouta-t-elle toute guillerette, nous n'aurons pas à craindre que l'on nous invite à danser. Les hommes se mettront à éternuer dès qu'ils nous approcheront à moins de deux mètres !

Après tout, ce n'était pas si terrible, se dit Charlotte. Elles iraient faire un petit tour, puis rentreraient à la maison. Elles n'auraient aucun mal à s'échapper, car l'aile est, où se trouvait la chambre de Julia, était desservie par un escalier de service, mais les domestiques dormaient dans l'aile opposée.

À neuf heures, le vicaire les attendait au bout de l'allée. Il salua galamment Charlotte et lui révéla qu'il avait visité la chapelle des Calverstill quand il était à Oxford. Julia sauta dans la vieille calèche de louage et Charlotte, malgré un mauvais pressentiment, la suivit sur le siège poussiéreux.

M. Colby sortit d'un panier une bouteille de champagne, qu'il déboucha d'un grand geste. Les gens buvaient-ils toujours avant d'aller danser ? se demanda Charlotte. Elle sirota son verre tandis que la voiture prenait de la vitesse.

Julia ne cessait de babiller que pour jeter des coups d'œil énamourés à son héros. Celui-ci devait trouver le silence de Charlotte mal élevé, aussi profita-t-elle d'une brève interruption de son amie pour poser au vicaire la question qu'elle avait souvent entendue dans la bouche de sa mère. Comment se portaient ses « brebis » ? Les plus pauvres parvenaient-ils à vivre décemment ?

— Nous sommes dans une région privilégiée, répondit-il courtoisement. Le père de miss Brentorton est très généreux envers les paroissiens.

Julia renchérit sur le sujet, et Charlotte se détendit. Finalement, l'expédition n'était pas bien méchante, et elle pourrait même la raconter un jour à la duchesse qui en rirait avec elle.

Elle avait retrouvé sa sérénité lorsqu'ils arrivèrent à Stuart Hall, un imposant bâtiment aux hautes fenêtres. Une demeure somme toute assez banale. À l'intérieur, tout le monde était masqué, et il y avait foule.

Ils descendirent dans la salle de bal et se placèrent dans un coin, entre une statue de Narcisse et les portes ouvrant sur le jardin. M. Colby les quitta un instant pour revenir avec trois verres de citronnade.

— J'ai l'impression qu'il y a de l'alcool, dans cette boisson, fit remarquer Julia après y avoir trempé les lèvres.

— Je ne pense pas, répondit M. Colby. Mais ici, on ne peut pas s'offrir les meilleurs citrons, comme chez vous…

Charlotte et Julia furent soudain un peu honteuses en songeant à tous les délicieux citrons qu'elles avaient dégustés dans leur vie, et elles burent consciencieusement.

— Si nous dansions ? proposa M. Colby à Julia, avant de se tourner poliment vers Charlotte. Vous êtes en sécurité ici, et nous ne serons pas longs. On joue une valse, qui était la danse préférée de ma mère, et j'aimerais honorer sa mémoire…

Il semblait tellement affligé en parlant de sa mère, qui était sans doute décédée peu de temps auparavant, que Charlotte acquiesça, bien qu'elle eût fait promettre à Julia de ne la laisser seule sous aucun prétexte. Celle-ci se précipita dans les bras de M. Colby, et ils disparurent parmi la foule.

Il ne portait pas sa tenue de vicaire, songea fugitivement Charlotte.

Puis elle se demanda où sa mère avait pu apprendre la valse, qui était une danse toute nouvelle. En outre, on imaginait difficilement la mère d'un homme d'Église évoluant sur une piste de danse…

Plutôt embarrassée de se trouver seule, elle observa les invités, et se rendit compte que la soirée n'était pas tout à fait ce à quoi elle s'attendait. Un bon nombre de jeunes femmes avaient ôté leurs masques, et leurs costumes étaient… révélateurs. Par exemple, il y en avait une déguisée en Marie-Antoinette, avec une haute perruque. Mais sa robe était si décolletée que sa poitrine menaçait de déborder au moindre geste. Charlotte s'empourpra. Le cavalier de la dame riait à gorge déployée, et la jeune fille se dit que cela ne ressemblait guère aux bals londoniens.

Cependant, c'était précisément la raison de leur présence dans cet établissement, puisque M. Colby avait déclaré que les débutantes étaient des fleurs de serre qui ne connaissaient rien de la vie. C'était probablement ainsi que se comportaient les gens quand ils n'étaient pas à des bals de débutantes.

Elle chercha de nouveau Marie-Antoinette du regard et la vit monter l'escalier. À vrai dire, elle devait avoir un malaise, car il semblait que son chevalier servant la portait vers les toilettes des dames.

Puis elle fut attirée par un homme qui s'effaçait le long de la rampe pour laisser passer le couple. Grand, plus grand encore que le duc, il portait un domino vert foncé, et non noir comme les autres hommes. Il était... arrogant, aristocratique, et visiblement très beau sous le masque qui dissimulait une partie de son visage. Il avait de larges épaules, et sa chevelure noire était striée d'argent.

Une fort jolie fille, déguisée en Cléopâtre, s'arrêta près de lui. Il lui caressa la joue du bout des doigts. Charlotte, instinctivement, toucha sa propre joue, sans cesser de les contempler. Il paraissait avoir des yeux sombres, et des sourcils assez semblables aux siens : en points d'interrogation. On disait de Charlotte qu'elle donnait toujours l'impression de poser une question, mais les sourcils de l'homme donnaient une tout autre impression. Ils lui conféraient un aspect... envoûtant. Pas effronté, comme le vicaire de Julia, mais beaucoup plus dangereux. Elle eut tout à coup le souffle court. Pour la première fois de sa vie, elle voyait un homme qu'elle aurait aimé... quoi ? Embrasser, décida-t-elle. Oui, elle aimerait l'embrasser, se répéta-t-elle avec un délicieux frisson. Bien que le baiser – lady Sipperstein l'avait assez seriné – fût réservé aux fiancés, et encore, une fois les papiers dûment signés.

Soudain, l'inconnu au domino vert se tourna élégamment et redescendit l'escalier avec Cléopâtre qu'il accompagna sur la piste de danse. Même sur la pointe des pieds, Charlotte les perdit un instant de vue. Puis, le cœur battant, elle l'aperçut de temps à autre à travers la foule.

— Pour l'amour du Ciel ! se morigéna-t-elle à haute voix avec un petit sourire.

Elle se conduisait comme Julia, à tomber amoureuse du premier homme séduisant qui passait ! Mais où était son amie, d'ailleurs ? L'orchestre avait joué au moins deux ou trois morceaux depuis qu'elle l'avait quittée, et elle en fut irritée. Comment Julia avait-elle osé l'abandonner au milieu de ces gens qui ne se comportaient pas convenablement ? Elle repéra un homme trapu, qui saisissait sa partenaire par ses épaules nues et l'embrassait en plein milieu de la piste.

Charlotte se détourna. La pièce était tapissée d'un banal papier bleu orné de petites étoiles dorées, remarqua-t-elle vaguement, les fenêtres avaient des rideaux de velours marron... Elle termina sa citronnade.

Soudain, elle sentit une poussée dans son dos et fut propulsée vers le mur, derrière la statue. Elle aurait dû reprendre aisément son équilibre, mais elle avait la tête qui tournait, et elle tomba en avant. La personne qui l'avait bousculée chuta lourdement sur elle.

— Aïe ! s'écria-t-elle.

Une seconde plus tard, de larges mains la remettaient sur pied et époussetaient son domino.

Elle le contempla, les yeux comme des soucoupes. C'était l'homme de l'escalier !

Il croisa son regard, et se pétrifia.

— Merci, dit-elle en s'efforçant de sourire.

Il ne bougeait toujours pas, et Charlotte sentit son cœur se serrer. Ses yeux étaient tellement intenses... noirs, profonds, polis comme de l'obsidienne, se dit-elle sottement, ce qui lui donna envie de rire. Elle s'aperçut qu'il était plus jeune qu'elle ne l'avait cru. Et encore plus beau. Il fixait sa bouche. Elle se mordilla la lèvre, fascinée par son regard.

Alors, sans un mot, il la prit par la taille et l'attira à lui.

Charlotte ouvrit la bouche pour protester, mais déjà des lèvres chaudes s'emparaient des siennes. Elle fut incapable de se dégager, même quand il recula légèrement pour redessiner de la langue le contour de sa bouche. Ce fut elle – *elle!* – qui revint vers lui, dans une prière silencieuse.

Ils étaient cachés par la statue de Narcisse, et il lui releva son masque sur les cheveux. Lui-même ne portait plus le sien, et la lumière accentuait les méplats de son visage. Ses yeux brillaient comme devant une friandise convoitée. Elle s'humecta nerveusement les lèvres.

Pourtant, elle ne fuyait toujours pas. En fait, elle n'avait envie ni de partir, ni de parler. Elle attendait. Les grandes mains glissèrent le long de son dos, saisirent ses reins et, comme poussée par une force surnaturelle, elle leva le visage vers lui pour un autre baiser.

Lorsque leurs bouches se séparèrent et qu'elle sentit sa langue sur son oreille, elle frémit de tout son être.

— Ravissante petite oreille, murmura-t-il avant de reprendre ses lèvres.

Il la moulait contre lui, contre son corps musclé, et Charlotte avait les genoux flageolants.

En y repensant plus tard, elle se dit qu'elle n'aurait pu protester, même si elle en avait eu l'intention. Son corps ne lui appartenait plus.

Il passa un bras sous ses genoux, un autre dans son dos pour la soulever et l'emporter dans le jardin. Appuyée contre sa poitrine, elle sentait son cœur battre.

Il la regardait de ses yeux sombres aux très longs cils, et elle fut prise d'une absurde envie de baiser ses paupières.

Déjà il l'embrassait de nouveau, et elle s'entendit pousser une faible plainte. Il l'allongea sur le gazon qui embaumait les fleurs, l'herbe fraîchement coupée, et il se tint au-dessus d'elle, puissant, viril. Elle enfouit les mains dans ses cheveux afin de l'attirer à elle.

Il ouvrit le domino, pencha la tête pour prendre son sein dans sa bouche à travers la robe, et elle ne put retenir un gémissement qui était presque un cri de plaisir.

Sa bouche ouvrait des chemins de feu sur son corps, elle se cambrait instinctivement vers lui, et il murmurait quelque chose qu'elle ne cherchait pas à comprendre. Les lèvres qui couraient sur elle lui apprenaient un langage dont elle n'avait même pas soupçonné l'existence.

Quand il se redressa un peu, elle caressa ses cheveux.

— Vous voulez… chuchota-t-il.

— S'il vous plaît, répondit-elle dans un souffle en lui offrant sa bouche.

Il glissa un genou entre ses jambes, sans cesser de l'embrasser. Elle avait l'impression de perdre la tête, quand soudain il y eut cette douleur qui lui arracha un cri.

— Bon Dieu ! s'exclama-t-il d'un ton furieux en se dégageant.

Charlotte fut aussitôt dégrisée.

Alex McDonnough Foakes, futur comte de Sheffield et de Downes, considérait la fille avec stupéfaction. Elle était vierge ! Et elle le regardait, pâle comme un linge, les lèvres encore gonflées de ses baisers. De superbes lèvres rouge sombre, au goût de miel...

Sans plus réfléchir, il se pencha de nouveau sur elle pour l'embrasser.

Elle était merveilleusement belle, cette jeune servante, belle et ardente bien qu'elle fût vierge. Jamais il n'avait connu un désir d'une telle intensité.

Il saisit le petit visage triangulaire entre ses mains, baisa ses paupières. Elle prit une brusque inspiration, et ce son lui fut si doux qu'il ne put se résoudre, comme il l'aurait dû, à se redresser et affronter la déplaisante vérité : il avait défloré une jeune fille.

Au lieu de cela, il se remit à la caresser, remonta le long des bas de soie, de la peau si douce de la cuisse, et elle se cambra encore. Les yeux grands ouverts, elle fixait les feuilles au-dessus de sa tête, toute douleur oubliée.

Alex la contemplait, fasciné. Elle avait un petit nez aristocratique, et de si jolis sourcils... Elle le regarda dans les yeux, et il fut secoué par un éclair de désir. Il revint se glisser entre ses jambes.

Mais avant qu'il pût la pénétrer de nouveau, elle se débattit.

Alex roula instantanément sur le côté.

Charlotte, tremblante, tentait de reprendre ses esprits. Son cœur battait comme si elle venait de courir des kilomètres. Elle se releva, tressaillant sous la douleur qui revenait, et referma son corsage.

Pourtant, elle ne put s'empêcher de le regarder à la dérobée. Sans doute n'avait-il que quelques années de plus que son frère, Horace, qui en avait vingt-cinq. Courtois, il regardait ailleurs pendant qu'elle se rajustait.

Malgré l'envie de se jeter une nouvelle fois dans ses bras, elle devait rentrer. Aussi posa-t-elle doucement la main sur son bras pour murmurer, avec cette politesse qui lui était naturelle :

— Je... Au revoir. Merci.

Elle ne se rendit même pas compte qu'il était cocasse de remercier un homme pour l'avoir déflorée, car c'était bien ce qui pouvait arriver de pire à une jeune femme.

Il se retourna en entendant sa voix, mais déjà elle avait disparu, sans un regard en arrière, pour se mêler à la foule de la salle de bal. Avec un juron, il ne tarda pas à la suivre. Il voulait lui parler. Mais il ne put la repérer parmi les dominos qui emplissaient la salle.

Il soupira. Elle ne pouvait s'être évaporée ainsi ! Elle avait dû rejoindre des amis. Comme un voleur pris de remords, avide de racheter son crime, il la chercha. Il fallait qu'il la trouve. Il partagea mentalement la salle en quatre et ratissa avec soin chaque partie. Sans succès.

Elle était partie, et il n'avait pu au moins s'excuser. Mais il n'y avait pas que cela. Il avait envie de la revoir, avec une force qui frisait la folie. Il voulait ce ravissant corps innocent, il voulait lui faire de nouveau l'amour, encore et encore.

Curieusement, elle s'exprimait comme une dame, elle avait l'air d'une dame. Mais, naturellement, une dame ne serait pas venue au bal du samedi soir. Il s'agissait sans doute d'une prostituée plus rusée que les autres... Alors à quoi pensait-elle en offrant son trésor le plus précieux ?

Alex quitta le bal de fort méchante humeur.

Cette nuit-là, il se réveilla en sursaut, complètement désorienté, comme s'il ne reconnaissait pas sa chambre. La jeune fille était apparue dans ses rêves... Il l'avait tenue dans ses bras, il l'avait caressée.

Elle avait pris possession de son esprit et refusait d'en sortir.

Pendant les semaines qui suivirent, il nourrit l'espoir de recevoir une lettre de son protecteur – ou de ses parents, si elle était une servante et non une catin – réclamant réparation. Si c'était une honnête femme, il lui trouverait une petite maison à Londres. Mais personne ne se manifesta.

Il retourna au bal le samedi suivant – au grand dam de son frère, Patrick, qui s'y était fort ennuyé la semaine précédente –, mais elle ne s'y trouvait pas. Il fréquenta également quelques bals de la bonne société, sans voir la jeune fille aux yeux verts.

Tout aurait été plus facile s'il avait connu la couleur de ses cheveux, mais elle avait ce soir-là une quantité énorme de poudre sur la tête... Avec cette peau d'une extrême pâleur, elle devait être rousse, conclut-il après réflexion.

Et son domino avait gardé plusieurs semaines un parfum de lavande : aussi cherchait-il une jeune fille rousse, qui sentait la lavande.

Charlotte, aux cheveux de jais et au parfum de fleur d'oranger, ne croisa jamais son chemin.

La vérité s'imprimait lentement dans l'esprit de Charlotte. Elle courut dans la salle de bal où, Dieu merci, elle aperçut tout de suite Julia et

M. Colby près de la statue de Narcisse, sans remarquer toutefois la mine contrariée de son amie. Elle n'eut pas à parler : Julia lui fit traverser la salle en direction de la sortie. Curieusement, pas un mot ne fut prononcé durant le trajet du retour, mais Charlotte ne s'en étonna pas, tant elle était bouleversée.

Une fois à la maison, Julia se lança dans un long discours. Elle raconta que M. Colby avait tenté de l'embrasser – de *l'embrasser !* – et elle avait dû lui écraser le pied pour qu'il la lâche.

Charlotte, effondrée sur une chaise, se contentait d'acquiescer de temps à autre, ce qui finit par inquiéter son amie.

— Tu vas bien ? demanda Julia, notant son teint cireux et ses yeux voilés.

— Je… je crois que je vais être malade, répondit Charlotte.

Et elle le fut, là, sur le tapis de la chambre de Julia.

Celle-ci n'ayant aucune envie de dormir avec cette odeur désagréable, elles se rendirent dans la chambre de Charlotte.

Julia poussa un petit cri en voyant du sang sur les cuisses de Charlotte quand elle se déshabilla.

— Oh, tu es indisposée ! As-tu des garnitures ?

Charlotte secoua la tête et, pendant que son amie partit chercher ce qu'il fallait, elle se lava délicatement à la table de toilette.

Il l'avait déshonorée, se disait-elle. C'était cela que signifiait « déshonorée » : déchirée à l'intérieur, changée pour toujours. Et soudain, elle se rendit compte que jamais elle ne pourrait se marier…

Elle s'efforça de se calmer et parvint même à sourire quand Julia revint avec les linges nécessaires.

Puis elle enfila sa chemise de batiste et se roula en boule dans le lit. Lorsqu'elle put enfin s'endormir, ce fut pour se réveiller un peu plus tard, en larmes...

Le lendemain, elle resta au lit tandis que Julia sirotait près d'elle une tasse de chocolat en bavardant. Heureusement, elle n'attendait guère de réponse, comme d'habitude.

— J'ai du mal à croire à la perfidie de M. Colby ! s'indignait-elle une fois encore.

« Christopher » avait été définitivement remplacé par « M. Colby ».

— Qu'il ait essayé de prendre de telles libertés avec moi ! Tu te rends compte !

Elle secoua son amie pour attirer son attention.

— C'est important, Charlotte ! Il n'a pas seulement tenté de m'embrasser, tu sais. Il a posé sa main... sur mon sein. *Mon sein*, Charlotte ! J'aurais pu être déshonorée !

Comme celle-ci se taisait, elle se pencha vers elle avec sollicitude.

— Ça va ? Tu es tellement silencieuse ! Je pourrais demander à maman... Elle a des remèdes contre les règles douloureuses. Tu veux ?

Charlotte secoua la tête.

— Ça ira.

Julia émit un soupir à fendre l'âme.

— Si je ne lui avais pas marché sur le pied au bon moment, qui sait ce qui aurait pu arriver ? Il aurait vaincu ma résistance.

Elle se mit à pouffer.

— Mais tu sais quoi, Charlotte ? Ses lèvres étaient humides, et c'était assez dégoûtant. Je ne sais pas ce qui m'est passé par la tête. Embrasser un vicaire !

Charlotte était au supplice. Et elle, que lui était-il passé par la tête ? Au moins Julia connaissait M. Colby, elle était même amoureuse de lui. Pourtant, elle n'avait pas perdu la raison.

Un inconnu, un parfait inconnu sorti de nulle part, l'avait embrassée, et elle était tombée dans ses bras comme si elle n'avait attendu que cela depuis toujours. Elle était partagée entre la culpabilité et la colère. Cet homme avait dû penser qu'elle... Non, mieux valait ne pas l'imaginer, se dit-elle en couvrant de ses mains ses joues brûlantes.

Elle ne put laisser libre cours à ses larmes que vers deux heures de l'après-midi. Julia était partie se promener à cheval avec ses parents, et elle s'abandonna au désespoir : pour le mari qu'elle n'aurait jamais, pour les bébés dont elle serait privée, pour le fait aussi qu'elle fût une femme perdue. Il fallait désormais qu'elle se tienne à l'écart des hommes, car elle ne pouvait se déshonorer publiquement, ses parents ne le supporteraient pas.

Elle sortit enfin du lit et sonna pour qu'on lui préparât un bain. Elle congédia ensuite la servante, car elle craignait qu'il n'y eût encore des traces de sa défloration. Mais elle ne saignait plus.

Elle reposait dans l'eau tiède, quand elle se rappela ses aquarelles. Puisqu'elle n'aurait jamais d'époux ni d'enfants, elle allait se consacrer entièrement à ses tableaux. L'unique but de sa vie serait la peinture.

Cette idée l'apaisa quelque peu.

2

Parallèlement à la vie de Charlotte, celle de sa mère se divisa aussi en un « avant » et un « après ». Lorsque la jeune fille rentra à Albermale Square, le lendemain, elle ne dit pas grand-chose. Elle regardait la duchesse avec une gravité qui donnait à Adélaïde envie de la secouer ou de fondre en larmes. Qu'avait-il bien pu lui arriver ? Elle n'était pas dans son état normal ; elle était devenue maussade, voire revêche.

En vérité, Adélaïde était trop épuisée pour savoir comment se comporter avec cette nouvelle Charlotte. L'organisation de la soirée avait pris des semaines, et les crèmes glacées posaient un problème : elle les avait commandées d'un mauve délicat et elles seraient finalement violet vif. Le valet de pied chargé de nettoyer le lustre central avait cassé dix-sept pendeloques, avant que l'on se rende compte qu'il était fin saoul. La robe qu'elle avait commandée, un velours bleu rebrodé de fleurs de lis, était abominable, avec des manches trop courtes, trop étroites, qui lui donnaient l'air d'une matrone. Elle dut donc payer quatre fois le prix afin que Mme Flancot lui compose, en une nuit, une tenue de brocart rose.

Pour couronner le tout, la veille du grand soir, Charlotte déclara qu'elle n'irait à aucun bal, y compris celui donné en son honneur. Adélaïde la contempla un instant, sidérée, puis elle se tourna vers Marie, la camériste de sa fille.

— Allez chercher Violetta, Marie, je vous prie. Ensuite, vous pourrez disposer.

Marie disparut, abasourdie. Sa maîtresse avait perdu la tête ! Comment pouvait-on renoncer à porter une si belle robe ?

Quelques minutes plus tard, Violetta pénétrait dans la chambre de sa sœur, avec la nonchalance d'une jeune femme qui a fait ses débuts dans le monde deux ans auparavant et qui sera bientôt demandée en mariage par le marquis de Blass.

Elle tenta de se montrer persuasive.

— Vois-tu, Charlotte, j'étais morte de peur, moi aussi. Maman avait recouvert la pièce de lis – ce qui était ravissant, maman, se hâta-t-elle d'ajouter, mais le parfum était si entêtant. Quand je suis descendue l'après-midi, j'ai commencé à éternuer et me moucher, alors nous avons tous paniqué. Puis Campion a suggéré que je boive un peu de scotch en guise de remède. J'étais un peu pompette, mais je n'ai plus éternué.

Charlotte se contenta de regarder sa sœur d'un air malheureux. Elle n'avait plus pleuré depuis qu'elle était partie de chez Julia, mais elle était sans cesse au bord des larmes. Elle oscillait entre l'envie de revoir cet homme et la colère contre elle-même.

Violetta s'assit près d'elle sur le lit.

— Ne t'inquiète pas, Charlotte. Tu es la plus jolie de nous trois, tu sais. Tu l'as toujours été, et tu seras la reine du bal. Tu ne risques pas de faire tapisserie !

Charlotte secoua la tête. À quoi bon paraître à ce bal ? Elle ne pouvait pas se marier, alors autant commencer tout de suite sa nouvelle vie.

— Tu perds ton temps, Violetta, dit la duchesse. Elle est complètement bornée. Néanmoins, Charlotte, tu me dois une explication, après tout le mal que je me suis donné. Si tu m'avais dit voilà quatre mois que tu ne voulais pas de ce bal, nous en aurions discuté posément, mais à présent j'exige que tu me donnes une bonne raison, sinon j'appelle ton père.

Adélaïde, assise sur le tabouret de la coiffeuse, la fixait avec insistance. Charlotte baissa les yeux sur ses mains qu'elle tordait nerveusement. Elle avait chaud, mal au cœur. Dehors, elle entendait des ouvriers monter un parquet pour le souper de *son* bal.

— Entendu, maman, murmura-t-elle enfin.

— Entendu quoi ? rétorqua sèchement sa mère.

— Je vais vous dire pourquoi, répondit-elle sans lever les yeux. Je suis allée à un bal, dans le Kent. En cachette. Ce n'est pas la faute de Julia, j'avais envie d'y aller. C'était un bal masqué, et j'avais poudré mes cheveux, alors personne n'a pu me reconnaître.

Violetta s'était immobilisée, et sa mère la contemplait avec une expression horrifiée, trop bouleversée pour demander pourquoi Charlotte avait foulé aux pieds les règles qu'elle avait inculquées à ses trois filles pendant des années.

— Et que s'est-il passé ? s'enquit-elle après un long silence.

Charlotte la regarda enfin.

— J'ai rencontré un homme, dit-elle d'une voix tremblante. J'ai rencontré un homme et... je l'ai accompagné dans le jardin.

La détresse de sa fille fit fondre instantanément la duchesse qui se précipita près d'elle, sur le lit, pour la prendre dans ses bras.

— Ce n'est rien, chérie, murmura-t-elle en lui baisant les cheveux comme lorsqu'elle était petite.

Charlotte ne fit rien pour se dégager, le visage à demi caché par une mèche de cheveux soyeux.

— Et alors ? questionna Violetta. Qu'avez-vous fait, dans le jardin ? Il t'a embrassée ? Était-ce agréable ?

Sa mère lui lança un regard noir.

— Assez, Violetta !

Celle-ci se tut. Elle était sur le point d'annoncer qu'elle avait embrassé le marquis, pas plus tard que la semaine dernière, et qu'elle avait bien aimé. À moins que... Ses yeux s'agrandirent. À moins que Charlotte n'ait laissé cet homme prendre des libertés... Elle ouvrit la bouche, mais sa mère lui imposa le silence d'un nouveau regard impératif.

Adélaïde rassemblait ses esprits. Contrairement à Violetta, elle avait une idée assez précise de ce qui avait pu se passer. Charlotte, son bébé, avait été violée, se dit-elle, le cœur douloureux. Elle la serra davantage contre elle.

Enfin, elle s'éclaircit la gorge, posa les deux mains sur les épaules de Charlotte et la regarda dans les yeux.

— Ça va, ma chérie ? Veux-tu que... j'appelle le Dr Pargeter ?

Charlotte pâlit et secoua vigoureusement la tête.

Adélaïde demeura silencieuse un moment. Il fallait qu'elle en apprenne davantage, mais pas devant Violetta.

— Violetta... commença-t-elle, cherchant une excuse valable, en vain. Violetta, j'aimerais que tu ailles dans ta chambre. Pas de discussion, insista-t-elle fermement comme sa fille tentait de protester. Je viendrai te rejoindre tout à l'heure et nous parlerons de tout cela. En attendant, personne ne doit être au courant, et surtout pas Alice.

Alice était la femme de chambre de Violetta. Celle-ci sortit à regret de la pièce, certaine d'obtenir tous les détails un peu plus tard. Sa mère finissait toujours par céder quand on la questionnait.

Une fois seule avec Adélaïde, Charlotte se mit à sangloter en balbutiant de façon incohérente :

— Maman, j'étais avec un homme... dans le jardin. Je l'ai embrassé. Je ne croyais pas... Il m'a embrassée.

Sa voix s'étrangla, et elle posa le front contre l'épaule de sa mère. Comment tout avouer ?

— Je suis allée avec lui, maman, dit-elle enfin en relevant la tête. Je suis allée dans le jardin avec lui, derrière les arbres, et il... il a relevé ma robe. Je suis tellement... tellement... Je ne l'ai pas arrêté.

Adélaïde l'écoutait en lui caressant le bras. C'était à la fois pire et plus rassurant qu'elle ne le redoutait. Au moins, Charlotte n'avait pas été violée. Pourtant elle avait bafoué les règles de la bonne société avec une insouciance qui la paniquait. Derrière les arbres ! Tout le monde aurait pu les voir !

— Comment s'appelle-t-il ?

— Je n'en sais rien !

— Tu n'en sais rien, répéta la duchesse qui avait du mal à digérer l'information. Ce n'était pas l'un des domestiques des Brentorton, tout de même ?

Charlotte déglutit avec peine.

— Cela se pourrait, maman, admit-elle, et ses larmes redoublèrent.

D'une voix entrecoupée, elle raconta tout : le bal, le vicaire, la statue de Narcisse, la mauvaise citronnade, le domino vert, une chevelure noire striée d'argent...

Qui était cet homme ? se demandait Adélaïde. La description de Charlotte demeurait assez floue, et il y avait tant de gentilshommes à Londres ! À condition qu'il en fût un. Son comportement ne plaidait pas en sa faveur. Mais celui de Charlotte n'était pas non plus celui d'une jeune fille d'excellente famille...

Un vague souvenir lui revenait en mémoire, au sujet d'un jeune homme aux cheveux poivre et sel, mais elle ne retrouvait pas les détails... Elle décida d'envoyer quelqu'un dans le Kent pour enquêter sur ce bal masqué.

Quand Charlotte eut terminé sa confession et séché ses larmes, Adélaïde s'adressa à elle avec toute l'autorité dont elle était capable.

— Maintenant, nous allons oublier cet incident. Tu ne vas pas gâcher ta vie à cause d'un moment d'égarement. Il nous est arrivé à tous, un jour ou l'autre, de mal nous conduire.

Elle scrutait les yeux innocents de sa fille. Enfin, plus tellement innocents, rectifia-t-elle. Ça n'allait pas être facile ! Elle avait toujours cru Charlotte indifférente au charme des hommes.

— À dire vrai, reprit-elle, ton père et moi avons fait la même chose avant de nous marier. Nous n'étions même pas fiancés.

Une lueur d'intérêt passa dans le regard de la jeune fille.

— Vraiment ?

— Vraiment. Pas dans un jardin, cependant. C'était... Non, je ne te dirai pas où, sache seulement que c'était aussi inconfortable que ton jardin, et à peine moins risqué. Crois-moi, ma chérie, nous faisons tous des bêtises. Tu as eu de la chance. Personne ne sait, et si personne ne sait, rien n'est arrivé. Tu as bien entendu, Charlotte ? conclut-elle en la secouant légèrement. Il ne s'est *rien* passé.

Charlotte ne comprenait plus rien. Comment sa mère pouvait-elle dire une chose pareille ? Elle sentait l'empreinte de cet homme sur son corps à chaque minute. Elle frissonna.

— Mais, maman... murmura-t-elle, gênée. Il y avait... Enfin, je... j'ai saigné, et...

Elle fut abasourdie d'entendre Adélaïde répondre catégoriquement :

— La virginité est un état physique, mais surtout un état d'esprit. Lorsque cela t'arrivera de nouveau – une fois mariée, j'espère ! –, tu auras aussi mal. Tu ne saigneras pas le soir de ton mariage, mais beaucoup de femmes ne saignent jamais.

Elle se leva.

— Tu iras à ton bal, décréta-t-elle. Et tu t'y amuseras, parce que tu es ma fille et que je ne t'ai pas élevée comme une pleurnicheuse. Tu as commis une erreur, mais tu t'en es bien sortie. Tu ne dois plus jamais y penser.

Oui, il fallait vraiment qu'elle envoie quelqu'un dans le Kent. Campion, par exemple, qui était un parangon de discrétion. Et qu'elle vérifie que sa fille n'attendait pas un bébé !

— Tu es belle, tu es jeune, tu es charmante, poursuivit-elle en lui caressant les cheveux. Tu tomberas amoureuse, tu te marieras, et tu auras l'impression que ce sera la première fois. Oublie cette histoire.

Il fallait oublier, se répéta docilement Charlotte le soir dans son lit, puis le matin du bal, puis l'après-midi lorsque Marie arrangea avec soin les plis de sa robe blanche, ornée de broderie ton sur ton et de petits nœuds d'un rose très pâle.

La maison bourdonnait d'activité. On avait débarrassé les pièces de leurs meubles afin de faire de la place pour les cinq cents invités. Les delphiniums remplissaient de grands vases, jusque sur les marches de l'escalier qui menait des salons à la salle de bal, ainsi que sur la passerelle provisoire donnant sur la tente du jardin.

— C'est très bleu, fit remarquer Charlotte d'une toute petite voix.

Dans la salle de bal, les bouquets se reflétaient sur le parquet ciré.

— Tu verras, ma chérie, quand la pièce sera pleine et les chandeliers allumés, ce sera une merveilleuse toile de fond. À présent, va voir si M. Pommier a fini de coiffer Violetta. Il en a pour au moins une heure avec toi, et souviens-toi que nous dînerons à huit heures, car les invitations sont lancées pour neuf heures trente.

Charlotte monta lentement à l'étage. Comment pourrait-elle oublier ce qui s'était passé ? Maintenant encore, elle sentait les lèvres fermes de l'homme sur les siennes, elle frémissait au souvenir de ses larges mains sur son dos. Oh, pourquoi n'avait-elle rien dit ? Quelle nigaude ! Elle aurait dû dire : « S'il vous plaît, monsieur, quel est votre nom ? Reginald ? Donald ? Ou Jim le braconnier ? »

Elle étouffa un petit rire. Sa mère avait raison, il ne fallait plus y penser.

Pourtant, elle ne pouvait s'empêcher d'espérer. C'était peut-être un noble, un gentilhomme. Peut-être viendrait-il à son bal. Alors elle croiserait son regard à travers la pièce, comme l'autre soir. Et peut-être se frayerait-il un chemin dans la foule pour venir s'incliner devant elle...

Ses yeux brillaient d'anticipation à cette idée.

Le bal que la duchesse de Calverstill donna pour les débuts de sa fille fut un triomphe incontestable. Dès huit heures trente, des badauds se massaient dans les rues avoisinantes, dans l'espoir d'apercevoir quelque haut personnage, ou même des têtes couronnées.

À onze heures, il fut clair qu'il s'agissait du point fort de la saison londonienne. Tout ce qui comptait en ville était là, et les intrigues se nouaient, rendant la soirée plus délicieuse encore.

La redoutable lady Jersey ayant décrété que les delphiniums étaient une idée de génie, elle et ses amies patronnesses de chez Almack, la salle de bal à la mode, autorisèrent Charlotte à se rendre quand elle le souhaiterait dans le Saint des Saints.

Le bal se poursuivit jusqu'à l'aube, bien après que le souper eut été servi sous la tente vers minuit.

Quant à Charlotte… elle avait survécu, mais elle n'y avait pas pris plaisir, se dit Adélaïde. C'était évident. Elle avait cherché quelqu'un des yeux, comme si l'invité d'honneur n'était pas encore arrivé, et finalement elle avait fondu en larmes dans le salon réservé aux dames.

Cependant, elle était fort jolie, se rassura la duchesse. Beaucoup de jeunes filles, à leurs débuts, étaient malades de nervosité et, si elle semblait émue, qui l'en aurait blâmée ? Heureusement, personne ne s'était rendu compte que la reine de la soirée s'était retirée dans sa chambre.

Vers deux heures du matin, Adélaïde, qui dansait un quadrille, aperçut deux jeunes gens, appuyés à la rampe de l'escalier, qui contemplaient la salle de bal. Elle s'arrêta net et son cavalier, l'honorable Sylvester Bredbeck, fit un faux pas.

— Sylvester, qui sont ces messieurs ? demanda-t-elle.

— Ce ne sont pas des parasites, ma chère, assura son partenaire.

Adélaïde avait la plus grande confiance dans le jugement de son vieil ami.

— Je crois que celui de gauche est l'héritier de Sheffie. Il est un peu plus grand que son frère. Voyons… il me semble que l'héritier s'appelle Alexander, et son frère Patrick. Ils sont jumeaux, comme vous pouvez le constater, mais Alexander est né cinq minutes avant son frère, ce qui lui vaut deux millions de livres.

L'esprit d'Adélaïde était en ébullition. Bien sûr, Sheffie était le comte de Sheffield et de Downes, un excellent ami de Sylvester. Or ses fils avaient tous deux des cheveux très noirs striés de fils d'argent. Que devait-elle faire ?

Peut-être s'excuser, monter à la hâte dire à Charlotte de se rhabiller et redescendre avec elle ? Mais elle se rappela que sa fille avait les yeux rougis de larmes. Et puis, s'il ne s'agissait pas de *lui*, elle serait cruellement déçue.

Les deux hommes scrutaient la salle. Il la cherche, se dit Adélaïde. Il est là pour elle... Mais lequel est-ce ?

Les jumeaux lui paraissaient parfaitement identiques. Pourvu que Charlotte fasse la différence !

Enfin, ils descendirent l'escalier et quittèrent la salle de bal. Parce qu'ils ne l'avaient pas trouvée, évidemment. Intéressant ! Adélaïde avait eu raison de ne pas monter chercher sa fille. Ce n'était que le début de la saison mondaine, après tout. L'année de ses débuts, elle-même avait assisté à cinquante bals et soixante-trois dîners. Il serait surprenant que Charlotte ne rencontre pas ces jeunes gens, un jour ou l'autre...

Elle entraîna son cavalier hors de la piste.

— Sylvester, mon ami, j'aimerais bavarder avec vous en buvant un verre de jus de fruits.

Sylvester fut enchanté.

— Mon vœu le plus cher est de m'asseoir près de vous, Votre Grâce, dit-il joyeusement.

Il fut surpris de constater que la conversation roulait uniquement sur le futur comte de Sheffield et son frère. Néanmoins, il ne se fit pas prier pour raconter qu'il avait entendu parler de leurs écarts de conduite à Oxford, ainsi que d'une bagarre à Vauxhall deux ans auparavant, au sujet d'une dame à la vertu pour le moins légère. Il passa plus vite sur certaines autres rumeurs.

Pourtant, il en dit suffisamment pour que la duchesse fût persuadée que Charlotte n'était pas la première qu'Alexander – ou Patrick – eût déflorée dans un jardin. Et elle comprit pourquoi elle ne les avait jamais vus. Les jumeaux ne semblaient pas apprécier les réceptions de bon ton. Elle demeurait donc persuadée que l'un des deux était venu dans l'espoir de retrouver sa fille.

Toutefois, ils étaient des gentilshommes, des nobles, et leur père était un ami de son époux, Marcel. Si l'un des deux était responsable de l'état de Charlotte, Marcel ferait en sorte qu'il la demande en mariage sur-le-champ.

— J'ai entendu dire, poursuivait Sylvester, que Sheffie avait l'intention de les séparer. Ensemble, ils sont incontrôlables. Il parle d'en envoyer un en Europe, et l'autre en Orient. Cela dit, il vaudrait mieux qu'il n'envoie pas son héritier sur les mers, avec tous les pirates… Sheffie n'est pas là ce soir, il me semble ?

— Non, répondit Adélaïde distraitement. Il souffre horriblement de la goutte, vous savez.

La musique s'était arrêtée, et le nouveau cavalier de la duchesse, sir Walter Mitford, se matérialisa à son côté comme par magie.

Sylvester s'inclina en grimaçant, tandis que le jeune homme entraînait Adélaïde sur la piste. Il demeura pensif, à se demander d'où venait ce subit intérêt de la duchesse pour les deux garçons. Il flairait quelque scandale… Mais non, songea-t-il. Adélaïde était simplement mère de trois filles, or l'héritier Foakes serait un excellent parti pour l'une d'elles.

La duchesse réfléchissait de son côté, tout en dansant, et elle choisit de laisser les événements décider d'eux-mêmes et de ne pas parler à Charlotte du futur comte. Elles devaient se rendre chez Almack le lendemain, or ces garçons n'y seraient certainement pas. Cependant, dans quatre jours, le prince de la Couronne donnait une soirée à laquelle tout Londres assisterait. Les frères Foakes y arriveraient peut-être tard, à en juger par leur attitude de ce soir, mais elle obligerait Charlotte à rester jusqu'à l'aube s'il le fallait.

Ayant réglé le problème à sa convenance, elle le chassa de son esprit et accorda son attention à la danse.

Mais ce ne fut pas la seule fois de la soirée qu'elle vit Alexander et Patrick. Environ une heure plus tard, elle croisa la tante de son époux, Margaret, une féroce douairière de quatre-vingts ans. Si celle-ci accepta de bonne grâce que Charlotte se fût retirée sans lui dire au revoir, elle exigea de voir son neveu. Aussi Adélaïde se lança-t-elle à sa recherche. La salle de bal se vidait peu à peu, mais les salons étaient encore pleins.

Au bout d'un couloir se trouvait ce que l'on appelait le salon vert, dans lequel on avait laissé le piano à queue, trop lourd pour être bougé. Marcel n'y était pas, mais il y avait les deux fils du comte de Sheffield.

Comme elle s'immobilisait sur le seuil, une voix de baryton s'éleva. L'un des jumeaux, assis au piano, chantait une romance. Elle l'écouta un moment avec ravissement. Les jeunes filles étaient obligées de prendre des leçons de musique, mais il était rare que les garçons subissent la même instruction, or celui-ci avait une voix superbe.

Son frère était appuyé à une colonne, tandis que le chanteur était environné d'un petit groupe de débutantes qui s'étaient habilement débarrassées de leurs chaperons. Ce n'était pas très convenable !

Soudain, les demoiselles éclatèrent de rire, et Adélaïde prêta l'oreille aux paroles de la chanson.

La caresse de sa main attise le feu qui brûle en lui,
Et il jure que pour elle il mourrait avec joie.
Alors elle le ranime d'un baiser
Et il crie : Je n'en peux plus, je n'en peux plus !
Un simple mortel a-t-il jamais connu plaisir si intense ?

Adélaïde en resta bouche bée. Cet impertinent mettait des idées perverses dans la tête des jeunes filles !

Elle s'avança résolument, passant devant l'autre frère qui leva les yeux vers elle.

— Patrick, dit celui-ci, nous avons de la visite. Et je crois même, ajouta-t-il en se détachant avec grâce de la colonne, qu'il s'agit de notre hôtesse en personne.

Les jeunes filles firent volte-face, et la petite Barbara Lewnstown devint écarlate.

— Vous êtes seules, mesdemoiselles, constata Adélaïde avec une pointe de réprobation. Où est votre mère, Barbara ?

— Euh... avec la mère de Sissy, répondit-elle faiblement en montrant Cecilia Commonweal. Mais tout va bien, Votre Grâce. Ce sont mes cousines, vous savez.

La duchesse jeta un coup d'œil sévère au pianiste, qui tournoya sur le tabouret avant de se lever, le regard de velours. C'était Patrick, donc le plus jeune. Dieu, ils étaient tous les deux époustouflants !

Il s'inclina sur sa main qu'il baisa galamment, les yeux pétillants sous ses boucles noires et argent. Malgré elle, Adélaïde frémit d'émotion.

— Puis-je vous offrir une chanson, Votre Grâce ? proposa-t-il. Beaucoup plus correcte, naturellement...

Sans plus songer à tante Margaret qui devait s'impatienter et marteler le sol de sa canne, la duchesse accepta avec un sourire.

Patrick se rassit et posa ses mains fines et élégantes sur le clavier.

Jeunes femmes, vous qui êtes belles et gaies,
Puisque le temps file trop vite,
Passez vos heures de loisir, vos heures de loisir,
Dans les jardins, les bois, près des ruisseaux,
En conversations légères,
Et en plaisirs innocents, tous les plaisirs innocents.

Espiègle, il insista sur les « plaisirs innocents » de sa voix profonde, et Adélaïde elle-même ne put s'empêcher de rire.

— Cela suffit ! dit-elle néanmoins. Retournons à la salle de bal, jeunes filles.

Comme elle poussait les trois débutantes vers la porte, elle surprit le regard langoureux que miss Isabelle Riddleford lançait derrière elle. Sur lequel avait-elle jeté son dévolu ?

Alexander les observait, les sourcils légèrement froncés, et Adélaïde capta son regard sombre, tout en souhaitant que le séducteur de Charlotte fût le cadet. L'aîné semblait ombrageux. La duchesse avait une amie dont le mari était affligé d'un caractère difficile, et elle la plaignait de tout son cœur !

— Elle, je ne l'ai pas vue, dit le lendemain le jeune Peter Medley à l'un de ses camarades, dans leur club.

— Moi, je l'ai vue, répondit Justin. Elle n'a rien de particulier. Elle est beaucoup moins vive que sa sœur... Sais-tu que les jumeaux Foakes sont venus, tard dans la soirée ? Il paraît qu'Alex a assommé trois gardes, avant qu'on les emmène au poste de police.

Peter afficha un air sceptique. Depuis quand son ami connaissait-il assez bien le futur comte de Sheffield pour l'appeler par son prénom ?

— Qui t'a raconté ça ?

— Le vieux Beckley, répondit Justin en désignant un coin de la pièce où Beckley était entouré de quelques hommes à la fois amusés et choqués...

Ainsi, les projets de la duchesse au sujet du bal du prince tombèrent à l'eau. Quatre jours plus tard, on apprit que Woodleigh Foakes avait expédié ses fils hors d'Angleterre. Comme Sylvester l'avait annoncé, Alexander partirait en Italie, et le « suppléant », comme on appelait Patrick, voguerait vers les Indes. On n'espérait pas leur retour avant au moins deux ans.

Pendant plusieurs semaines, Adélaïde fut tourmentée par les regrets. Aurait-elle dû monter chercher Charlotte dans sa chambre, le soir du bal ? Que se serait-il passé si elle s'était retrouvée face à l'homme qui lui avait dérobé sa virginité ? Puis son légendaire bon sens l'emporta. Après tout, il y avait d'autres jeunes gens aux cheveux poivre et sel, en Angleterre !

Ensuite, Campion lui apporta le rapport d'un détective privé sur le bal du samedi soir dans le Kent, qu'on appelait le bal des ouvriers. Des gentilshommes y assistaient, mais aussi beaucoup d'autres personnes, y compris des prostituées. Adélaïde en eut la nausée, pourtant elle devait se résigner : vraisemblablement, sa fille avait été séduite par un valet de pied.

D'ailleurs, la duchesse avait d'autres soucis. Le bal avait connu un franc succès, mais Charlotte restait des heures enfermée dans sa chambre à peindre. Elle ne sortait dans le monde que lorsqu'on la menaçait de la pire des punitions : la priver de ses pinceaux. Elle se tenait alors dans un coin, à l'écart des jeunes filles de son âge, et s'ennuyait ostensiblement. Son regard glaçait les prétendants éventuels, et elle terrifiait les intrépides qui l'invitaient à danser en leur demandant ce qu'ils pensaient de la situation politique en France.

Au bout d'un certain temps, Adélaïde oublia les yeux de velours d'Alexander et la voix charmeuse de Patrick. Sans doute Charlotte avait-elle oublié, elle aussi, sa mésaventure ? En tout cas, le sujet ne fut plus abordé entre la mère et la fille. Elles passaient leur temps à se disputer, Charlotte refusant de se rendre aux réceptions, ou prenant un air hautain quand elle daignait enfin sortir.

Adélaïde ne pouvait comprendre que tous les jeunes gens pâlissaient aux yeux de sa fille, qui les comparait à *lui*. Charlotte, de son côté, ne comprenait pas l'angoisse de sa mère à l'idée de la voir rester célibataire. Elle continuait à peindre des fleurs, et cela lui suffisait.

Pour elle, l'avenir était clair : elle n'épouserait aucun de ces jeunes gens insignifiants, et ne se marierait probablement jamais, ce qui lui convenait à merveille. À quoi bon perdre son temps en danses idiotes, à boire de la citronnade, vêtue de robes trop serrées ?

Un an passa, puis deux. Elle-même ne pensait plus que rarement au bel homme du jardin. Et lorsque c'était le cas, elle se rappelait un agréable événement, qui avait fait d'elle une femme, et qui lui avait appris ce qu'elle voulait vraiment faire de sa vie.

3

Londres, Angleterre, mai 1801

Au moment de fêter ses vingt ans, la famille de Charlotte abandonna tout espoir de la marier. Durant les trois saisons depuis sa sortie du pensionnat, elle avait eu un succès certain, bien qu'il fallût la supplier pour qu'elle assistât aux garden-parties et autres distractions habituelles pour une jeune fille de son rang.

Quand elle acceptait de se rendre à un bal, elle ne passait pas inaperçue. Après la malheureuse année de ses débuts, elle avait réuni autour d'elle un cercle de jeunes gens qui appréciaient sa vive intelligence. S'ils admiraient sa beauté, ils se gardaient bien de le manifester, car le plus innocent des compliments – par exemple, la comparaison de ses yeux avec des étoiles – rencontrait un accueil glacial.

— Je n'y comprends rien, dit un soir le comte de Slaslow à un ami, alors qu'ils regardaient Charlotte évoluer gracieusement sur la piste de danse d'Almack. Je ne l'appréciais pas tellement lorsqu'elle a fait ses débuts, mais...

— Je sais, Braddon, répondit David Marlowe, un jeune fils de magistrat qui se destinait au clergé.

Je sais, elle ignore tes compliments, elle excite ta curiosité, et tu t'y laisses prendre... Ah, les femmes ! conclut-il d'un ton dégoûté.

De toute évidence, la jeune fille jouait avec Braddon au chat et à la souris.

Personne, en effet, n'aurait pu ignorer Braddon, le meilleur parti de l'année – hormis le duc de Siskind, qui était immensément riche mais fort âgé. Siskind cherchait surtout une gouvernante pour ses huit enfants, tout le monde le savait.

Or Charlotte venait de refuser à Braddon une seconde danse ! Elle était en train de valser pour la deuxième fois avec ce vieux bavard de Sylvester Bredbeck. Et elle riait aux éclats !

— Pourquoi ne lui écris-tu pas un poème, ou quelque chose de ce genre ? suggéra David.

— Je l'ai fait, grommela Braddon. Ce n'était même pas mal du tout. Je m'étais largement inspiré de l'un des vieux livres de ma bibliothèque. Je disais qu'il y avait des perles sur chaque mèche de ses cheveux, si je me souviens bien, que ses yeux étaient des soleils et ses dents du cristal.

— Des perles dans ses cheveux, répéta David sans grand enthousiasme. Je ne sais pas... Qu'a-t-elle répondu ?

— Elle a ri, s'indigna Braddon en croisant les bras sur sa poitrine. Elle a ri et elle a dit merci, puis, un peu plus tard, elle s'est malencontreusement assise sur le poème.

Il jeta un coup d'œil meurtrier à David qui s'était permis un sourire.

— Wilkins l'avait soigneusement recopié sur un parchemin qu'il avait noué d'un ruban et d'une fleur ! Mais elle s'était levée pour saluer quelqu'un, et ensuite elle s'est assise dessus. Elle n'avait même pas l'air désolée !

David considéra Charlotte avec intérêt. Une jeune femme qui dédaignait les efforts littéraires du comte de Slaslow, si médiocres fussent-ils, était bien différente des demoiselles, toutes coulées dans le même moule, qui fréquentaient Almack.

— À la vérité, confia Braddon en baissant le ton, je me vois assez bien vivre avec elle. Il faut que je me marie… Ma mère me harcèle comme l'une des Furies de la tragédie grecque, si tu vois ce que je veux dire. Elle me fait la leçon tous les matins, et ma sœur Marge également.

D'une certaine façon, David se félicitait de n'être qu'un fils cadet. Il n'avait aucune chance de faire un beau mariage, vu son manque de fortune. Mais lui, au moins, était libre. S'il se trouvait chez Almack, c'était uniquement parce qu'il séjournait chez son camarade.

— Alors, vas-y, répliqua-t-il. Si elle sait monter à cheval, elle te conviendra… C'est le cas, je suppose ?

Braddon ne vivait que pour ses écuries.

— Elle monte magnifiquement, confirma-t-il.

— Alors, pourquoi ne lui poses-tu pas la question ?

— Je devrais, à ton avis ? demanda Braddon, une pointe d'angoisse dans la voix.

— J'en suis certain. Tu pourrais même en parler à son père sur-le-champ. Il est dans la salle de jeu, je crois.

— Oh, non ! Je préfère passer chez elle demain matin. Je verrai son père, et nous nous mettrons d'accord pour fixer la date des fiançailles…

C'est ainsi que Charlotte conquit le plus beau parti sur le marché du mariage. Et qu'elle l'éconduisit aussi vite.

Lorsque son père la convoqua pour un entretien avec le comte de Slaslow, la jeune femme lui expliqua gentiment qu'elle l'aimait beaucoup, mais qu'il serait sans nul doute plus heureux avec miss Barbara Lewnstown, qui partageait sa passion pour les chevaux. Dépité, le malheureux prétendant ne tarda pas à se retirer.

La duchesse ne quitta pas la chambre pendant trois jours entiers, et elle refusa d'adresser la parole à sa fille durant deux semaines.

Ensuite, Charlotte ne reçut pas moins de huit demandes en mariage, dont deux seulement émises par des jeunes gens qui avaient une réputation de chasseurs de dot. Les six autres ne juraient que par ses yeux verts et ses rares sourires.

Tous subirent le même sort que Braddon.

Non, Charlotte ne se marierait probablement jamais, reconnurent enfin le duc et la duchesse, un jeudi soir, couchés dans leur lit ducal.

— C'est sa peinture, gémit Adélaïde. Oh, Marcel, elle va rester vieille fille ! Je suis si malheureuse, ajouta-t-elle en fondant en larmes.

— Voyons, répondit le duc, embarrassé. Violetta s'est mariée assez tard. Ne perdez pas espoir.

Marcel était un homme paisible, qui devait son prénom français à sa mère romantique. Cela lui avait causé quelques soucis en 1797, quand la France avait menacé d'envahir l'Angleterre.

Il serra son épouse contre lui.

— Je pense que nous devrions la laisser un peu tranquille. Quelle importance, si elle préfère peindre plutôt que sortir ?

La duchesse secoua la tête contre l'épaule de son mari. Marcel était un homme charmant, mais il n'avait aucune idée des vexations quotidiennes que subissait une femme célibataire. Déjà, on disait beaucoup de mal de Charlotte.

— Mais quand nous disparaîtrons, où vivra-t-elle ? Horace héritera de cette maison et du domaine à la campagne. Il voudra fonder une famille. Aura-t-il envie d'avoir sa sœur près de lui, avec sa réputation de ne s'intéresser qu'à la peinture ?

— Écoutez, la rassura son époux, ses deux autres sœurs sont mariées, désormais. Le mari de Winnie ne manquera jamais de rien, et le marquis de Violetta non plus. Je vais donner à Charlotte le domaine du pays de Galles, celui qui me vient de tante Béatrice. Il rapporte un peu d'argent. Entre ce revenu et sa dot, elle sera à l'abri du besoin.

Adélaïde réfléchit. Leur fille aînée, Winnifred, avait épousé Austen Saddlesford, un richissime Américain, avec qui elle vivait heureuse à Boston. Violetta était mariée au marquis de Blass. Ni l'une ni l'autre ne manquait de ressources. Quant à Horace, qui aurait toutes les propriétés ducales, il ne tiendrait pas spécialement à cette partie de l'héritage…

— Vous êtes merveilleux, Marcel ! s'écria-t-elle avec reconnaissance en frottant son visage contre lui comme un chaton.

La saison 1801 s'ouvrit donc sur une note bien différente pour Charlotte. Son père lui attribua les terres du pays de Galles.

— Il vaudrait mieux que tu te familiarises avec cette responsabilité pendant que je suis encore là pour te conseiller, déclara-t-il en signant les derniers papiers de la donation.

M. Jennings, le notaire de la famille, frémit intérieurement. Il n'appréciait guère qu'une femme devînt propriétaire, et il redoutait des ennuis sans fin quand le duc ne serait plus là.

De son côté, Charlotte fut enchantée. Elle possédait une demeure ! Vingt-trois personnes vivaient sur ses terres et les entretenaient, un troupeau de quelque trois cents moutons paissait dans ses prés...

Elle se mit à lire les rapports du régisseur, et à s'intéresser aux journaux pour se tenir au courant de la situation économique. Lorsque des ouvriers détruisirent des métiers à tisser dans les Cotswolds, elle prit peur. Et si la révolte se propageait jusqu'au pays de Galles ?

Elle se promit de s'y rendre dès que possible. Elle imaginait déjà les protestations horrifiées de sa mère – « cette boue, ce long voyage ! ». Peut-être à l'automne... Dûment chaperonnée, bien sûr.

La saison se déroula plus agréablement, parce que Adélaïde semblait avoir pardonné à Charlotte son attitude face à ses soupirants. Elle ne la considérait plus d'un air peiné, et elles arrivaient à se parler sans se disputer.

Un soir, la jeune femme trouva la salle à manger vide.

— Où sont mes parents, Campion ? s'étonna-t-elle.

— Je crois que la duchesse assiste à une « fête du champagne » donnée par lady Bridgeplate, et j'ignore où se trouve votre père, répondit le majordome en l'aidant à s'asseoir.

— Qu'avons-nous à dîner, ce soir ? demanda distraitement Charlotte.

Le brave homme s'épanouit. Il adorait parler gastronomie, bien qu'il déplorât le manque d'appétit qui caractérisait cette famille.

— Crabe rémoulade, poulet à la diable, et fraises chantilly, annonça-t-il fièrement.

— Parfait.

Elle fixa l'assiette que Campion venait de déposer devant elle. La vie solitaire était bien... solitaire. Peut-être devrait-elle songer à trouver une compagne. Une vieille dame avec un bonnet amidonné et des lèvres pincées... Non. Deux vieilles filles ensemble, c'était trop. Cela serait plutôt ennuyeux.

Avait-elle commis une erreur ? Elle s'était rendu compte, au fil de ses huit demandes en mariage, que ses soupirants n'éveillaient pas en elle les mêmes sentiments. Lorsque le comte de Slaslow l'avait embrassée, elle n'avait rien ressenti. Elle était restée de pierre, la bouche close, et il avait tout juste pu écraser ses lèvres sur ses dents. Alors il avait renoncé et l'avait lâchée, l'air contrarié.

En revanche, quand William Holland – coureur de dot notoire, baron désargenté, mais fort bel homme – l'avait attirée à lui, elle avait apprécié son baiser. Elle avait même éprouvé une curieuse sensation au creux des reins – mais rien qui pût se comparer à la passion qui l'avait chavirée, le jour du bal masqué.

Trois ans plus tard, elle ne retrouvait plus très nettement dans sa mémoire le visage du valet de pied – car elle avait décidé que c'en était un – qui lui avait ravi sa virginité. Pourtant elle se rappelait sa propre réaction, et elle était devenue plus indulgente vis-à-vis d'elle-même.

Campion entra avec le plat suivant, mais Charlotte n'aimait pas souper seule, cela la déprimait.

En revanche, elle ne pouvait peindre que seule, dans le vaste atelier que sa mère lui avait attribué, une pièce qui jouissait d'une belle lumière tout au long de la journée. Elle adorait s'y rendre, enfiler sa blouse et mélanger ses couleurs.

Elle s'était mise à la copie. Les uns après les autres, elle décrochait les tableaux du manoir et les montait dans son atelier, où elle les gardait un mois ou deux. Même six mois pour l'unique Rembrandt que possédât le duc.

— Pourquoi, chérie ? lui avait demandé un jour sa mère, tandis qu'elle copiait pour la troisième fois leur robuste ancêtre élisabéthain, sir Vigilant Calverstill. Et crois-tu que le regard soit fidèle ? Il a l'air… porcin, sur ta toile.

Charlotte lui avait souri affectueusement.

— Voyez-vous, maman, j'avais un problème avec ses yeux, alors j'ai décidé que cela allait bien avec sa corpulence. Ce devait être un homme avide. Il a acquis une énorme quantité de biens, n'est-ce pas ?

— Mais pourquoi des copies ? Tu pourrais composer tes propres sujets. Des fruits, comme autrefois. Je les aimais beaucoup, et les aquarelles de violettes que tu as faites pour le mariage de ta sœur sont magnifiques ! J'en avais le cœur gonflé de fierté !

— Écoutez, maman, dès que j'en aurai terminé avec sir Vigilant, je vous promets de peindre un superbe bouquet de fleurs pour votre chambre.

— Sais-tu ce que j'aimerais, Charlotte ? Que tu composes un tableau pour ta grand-tante Margaret. Elle ne quitte plus guère son lit, et... J'ai trouvé ! Quand elle était jeune, on l'appelait Marguerite. Elle serait enchantée si tu lui peignais un vase de marguerites !

Adélaïde était partie aussitôt demander à Campion d'envoyer quelqu'un chercher des gerbes de marguerites au marché aux fleurs :

— Elle n'a pas encore terminé sir Vigilant, mais avec des marguerites dans sa chambre, elle pourra déjà se mettre dans l'ambiance. Chargez Fred d'y aller, il s'arrangera pour que nous ayons des marguerites fraîches chaque matin pendant quelques semaines. Autant de temps qu'il faudra.

Campion avait souri à la duchesse. Il s'occuperait des marguerites toutes affaires cessantes, que Sa Grâce ne se tracasse pas.

Au fil du temps, la maisonnée s'était mise à tourner autour des œuvres de Charlotte, qui ne s'en rendait pas compte. Lorsqu'elle travaillait bien, elle s'enfermait des heures dans son atelier, puis elle descendait l'escalier en dansant, rayonnante.

Tout le monde profitait de son humeur joviale. Elle remarquait toujours si un domestique avait une rage de dents, par exemple, et l'envoyait se reposer. Elle prenait des nouvelles des nièces de la gouvernante, Mme Simpkin, qui étaient un peu difficiles. Elle n'oubliait pas de s'enquérir du fils unique de Campion, qui avait fait ses classes de cuisinier en France et avait trouvé un bon poste à Londres.

Mais si son travail ne marchait pas comme prévu, si un nez ou une oreille ne ressemblait pas à celui de l'original, alors la maisonnée en ressentait les effets. Les femmes de chambre passaient devant l'atelier sur la pointe des pieds, la poussière s'y accumulait parce que les domestiques n'osaient pas y faire le ménage. Un soir, une bonne était venue remplacer les bougies vers onze heures, et elle avait été sèchement rembarrée…

Campion, navré, enleva l'assiette de poulet à laquelle Charlotte avait à peine touché.

Le chef cuisinier, Lenoir, s'était échiné pour rien ! Mais il ne le saurait jamais. Lorsque la famille dînait dans l'intimité, Campion se chargeait lui-même de débarrasser la table, et les plats arrivaient vides à la cuisine. C'était le moyen que le majordome avait trouvé pour épargner la susceptibilité de Lenoir, et il savait que jamais les valets de pied, Fred et Cecil, n'avoueraient qu'ils s'étaient régalés de canard à l'orange ou autre mets raffiné !

Morose, Charlotte remonta dans ses appartements. Elle aurait pu s'habiller et rejoindre sa mère à la réception, mais cela aurait semblé étrange. Et si la duchesse avait changé d'avis et s'était rendue à une autre soirée, ce qui était fort possible ? Charlotte arriverait alors sans chaperon, ce qui ne ferait rien pour arranger sa réputation !

La jeune femme ouvrit sa penderie pour contempler ses toilettes. Elle n'était guère sortie, ces derniers temps. Ses robes n'étaient pas à proprement parler démodées, mais elles n'étaient pas non plus du dernier cri. Pire encore, elles avaient toutes des couleurs pastel, les teintes de la jeunesse et de l'innocence…

Or elle n'était plus jeune ! Alors pourquoi devraitelle s'habiller ainsi ? Elle arracha les robes de leurs cintres avec une sorte de violence sauvage et les jeta sur son lit.

Lorsque Marie, la caméristе, pénétra dans la chambre quelques instants plus tard, elle eut la surprise de voir toutes ces toilettes empilées sur la courtepointe, et sa maîtresse qui considérait avec satisfaction les trois ou quatre robes de jour qui restaient dans son placard.

— Mon Dieu ! souffla-t-elle, se demandant si Charlotte n'avait pas perdu l'esprit.

Elle était déjà assez bizarre ! Avait-elle l'intention de se joindre aux émigrants qui partaient vers l'Amérique ?

— J'ai décidé de changer de style, annonça Charlotte sans se retourner. Dès demain, j'irai chez Mme Brigitte pour me commander un nouveau trousseau. Je veux du neuf, de la tête aux pieds.

Marie pensa que sa maîtresse était revenue à de meilleurs sentiments, qu'elle comptait se trouver un amant, à défaut d'un mari. Car toute femme avait besoin d'un homme. En tout cas, c'était ce qu'elle avait toujours dit à son amoureux, Cecil, quand ils se retrouvaient dans sa petite chambre. Campion et Mme Simpkin n'étaient pas au courant de leur liaison, mais Marie se passait de leur accord. Cecil et elle n'avaient pas les moyens de se marier, pourtant elle ne voyait aucune raison de se priver du plaisir qu'ils partageaient.

Elle s'épanouit.

— Et vos cheveux, madame ? Voulez-vous que je convoque M. Pommier ?

— Excellente idée, Marie.

Charlotte s'assit sur son lit, sans se soucier des jupes qu'elle écrasait, et se regarda dans le miroir de la coiffeuse.

Elle arracha le ruban qui retenait sa chevelure.

— Je veux une coiffure entièrement différente. Peut-être vais-je me faire couper les cheveux.

— Oh, lady Charlotte, je ne crois pas... Les hommes aiment les cheveux longs.

Lorsqu'elle était troublée, l'accent français de Marie prenait le dessus. Ses parents avaient émigré dix années auparavant, alors qu'elle n'était qu'une petite fille. Pourtant, sa langue maternelle lui revenait parfois.

— Les cheveux courts... c'est tout nouveau, n'est-ce pas? poursuivit-elle. Certes, lady Marion Lamb a coupé les siens, et Pearl Clotswild, l'héritière américaine, mais...

Marie était une lectrice assidue des journaux de mode, et elle savait que les cheveux courts étaient une extravagance!

Cependant, elle s'approcha de Charlotte et rassembla ses cheveux en arrière.

— Peut-être, dit-elle enfin.

En vérité, le visage de Charlotte prenait tout son relief, les cheveux en arrière. Depuis trois ans qu'elle était sa camériste, Marie ne l'avait jamais vue passer plus de dix minutes à sa coiffure, et elle s'était résignée à les retenir d'un simple ruban, mais cela ne mettait pas ses grands yeux verts en valeur.

— Nous verrons ce qu'en pense M. Pommier, conclut-elle, prudente.

Elle portait à ce dernier la plus profonde admiration, car il avait été le coiffeur de Louis XVI, avait échappé de justesse à la guillotine, puis avait coiffé l'impératrice Joséphine. Tous les Anglais détestaient Napoléon, mais Marie n'était pas totalement d'accord. Selon elle, Joséphine était un modèle de féminité et de beauté. Son époux n'avait aucune importance à ses yeux.

— Quant à Mme Brigitte, reprit-elle, n'irez-vous pas plutôt voir Antonin Carême ? Mme Brigitte crée des robes parfaites pour les très jeunes filles, mais...

— Vous avez raison ! s'écria joyeusement Charlotte.

Elle n'était pas, elle ne serait plus jamais une « jeune fille ».

— À dire vrai, Marie, je n'ai jamais eu l'air très juvénile. Il est temps que j'essaie un autre style. J'ai vu une dame au parc, l'autre jour, qui portait l'une de ces robes à taille haute, sans corset. Je reconnais que cette personne n'avait pas très bon genre, pourtant je trouve cette nouvelle mode, qui nous vient de France, plutôt seyante. Qu'en pensez-vous ?

Marie battit des mains.

— Oh oui, lady Charlotte ! Il faut absolument aller chez M. Carême. Et vous avez une silhouette qui se passera parfaitement de corset. Peut-être pourriez-vous commander un tissu lamé or ? J'ai toujours pensé que cela vous irait à ravir.

Charlotte sourit.

— Jamais plus je ne porterai de rose. Et plus de fronces, de volants, plus de broderies ni de rubans !

— Merveilleux !

— Maintenant, Marie, voudriez-vous me débarrasser de toutes ces toilettes ? Faites-en ce que vous voulez.

Les yeux de la jeune camériste brillaient de plaisir. Elle ne les porterait certainement pas, mais elle pourrait en tirer une jolie somme, qui lui permettrait peut-être de se marier avec Cecil.

— Merci, madame, dit-elle en plongeant dans une profonde révérence.

Elle sortit de la chambre en vacillant légèrement sous le poids des robes, à demi aveuglée par les jupons bouffants.

Il lui fallut trois voyages, avant que Charlotte ne se retrouve seule dans sa chambre.

La jeune femme se mit à marcher de long en large, les sourcils froncés, puis elle prit les porcelaines sur la cheminée, les bibelots qui surchargeaient sa table de chevet, et les posa soigneusement sur la coiffeuse. Malgré tout, la pièce restait encore une chambre de jeune fille rêveuse...

Cela devait changer aussi, se dit-elle, mais elle pouvait attendre le lendemain pour s'en occuper. Elle trouverait une couleur plus froide – du bleu, peut-être. Elle avait gardé une certaine horreur du bleu, depuis son bal de débutante, mais sans doute avait-elle eu tort.

Elle se mit au lit, sans une seule pensée pour la troisième version de sir Vigilant qui l'attendait dans son atelier.

Au lieu de cela, elle s'endormit et rêva.

Elle rêva qu'elle dansait la valse avec un homme aux cheveux noirs striés d'argent, vêtu d'un caftan de soie bleue, qui la regardait avec adoration.

Il penchait la tête et l'embrassait. Il était magnifique, il était le seul homme sur cette terre qui pût la combler...

Charlotte s'agita dans son lit jusqu'à ce qu'elle se réveille, le cœur battant à tout rompre.

Elle demeura un instant les yeux ouverts dans le noir. Dès demain, décida-t-elle, elle tenterait d'apprendre si William Holland avait trouvé une épouse. Il était étrange de se mettre à chercher un mari si tard, mais ce n'était pas une tâche insurmontable. Il lui suffirait de trouver quelqu'un d'intelligent, puisqu'elle disposait d'une fortune personnelle, désormais.

Intelligent, et doué d'une autre qualité indéfinissable... Une qualité que possédait son « valet de pied ».

Avec un soupir, elle remonta les draps sur elle et se rendormit.

4

Dès le lendemain, la duchesse, aux anges, accompagna sa fille chez Antonin Carême. Tandis que Charlotte commandait des douzaines de robes à taille haute, si légères que l'on devinait sa silhouette en transparence, Adélaïde, assise dans un confortable fauteuil, assistait aux essayages avec délectation.

M. Carême était lui aussi enchanté. Charlotte était ravissante, et on allait s'arracher ses créations dès que cette jeune femme parfaite les aurait mises en valeur au cours de quelques bals.

Adélaïde réprima un sourire lorsqu'elle entendit le prix d'une robe particulièrement élégante que choisissait Charlotte. Le couturier avait eu l'intelligence de le réduire au moins de moitié, se dit-elle. Sans corset, le corps de sa fille donnait toute la mesure de sa perfection, et les hommes allaient se pâmer d'admiration. Les femmes commanderaient les mêmes robes, dans l'espoir d'obtenir le même résultat.

— Les seins ne risquent-ils pas de déborder de ce corsage, Antonin ? s'enquit-elle cependant, un peu anxieuse.

— Certainement pas.

Charlotte se tenait devant le miroir à trois faces, dans une époustouflante robe blanche dont le seul ornement était de longs rubans noirs qui glissaient sur l'interminable jupe. Le haut était réduit au minimum, et la duchesse se demanda ce qu'en penserait Marcel. Elle s'éclaircit la voix.

— Il faut que tu l'achètes, Charlotte. Tu vas lancer une nouvelle mode.

— Oh, oui ! s'écria gaiement la jeune femme. Je la prends, monsieur !

Avec ses quarante-cinq ans, Adélaïde se considérait trop âgée pour ce genre de création, pourtant elle se laissa convaincre d'acheter quelques robes délicates, ornées de grecques, motif qui faisait fureur.

M. Carême lui confia qu'elles étaient faites de manière que l'on puisse, éventuellement, les porter avec un léger corset. La duchesse en fut rassurée. Elle n'avait pas l'intention de se montrer à demi nue comme Charlotte !

Elle sourit en se rappelant les remarques de quelques chipies qui prétendaient que sa fille cadette allait lui « rester sur les bras », qu'elle était d'une pudibonderie maladive ! Elles ne s'y risqueraient plus, une fois qu'elles l'auraient vue dans ces robes qui dévoilaient son corps parfait.

Cet après-midi-là, M. Pommier se présenta au manoir et, avant d'avoir eu le temps de s'en rendre compte, Charlotte vit sa chevelure en boucles sur le parquet.

— Regardez, vous êtes époustouflante ! s'exclama le coiffeur avec ravissement avant d'embrasser ses propres doigts. Mes ciseaux sont en or !

Les cheveux de Charlotte étaient disposés artistiquement, et elle sentait sa tête légère, comme un ballon prêt à s'envoler. Ainsi, ses lèvres semblaient pulpeuses et ses pommettes plus hautes.

— Vous êtes plus belle que jamais, lady Charlotte, renchérit Marie avec fougue. Cette coiffure va faire fureur !

La jeune femme sourit à son image, tandis que M. Pommier expliquait à la camériste comment fixer un bandeau sur la tête de sa maîtresse – mais, ajouta-t-il, l'air important, c'était lui qui devrait coiffer Charlotte pour les grandes occasions. Il était surchargé de travail à cause du bal du duc de Clarence, qui avait lieu le lendemain, pourtant il ferait une exception et viendrait à Calverstill House à quatre heures.

— Je ne veux pas que l'on gâche ma création ! déclara-t-il avec un regard sévère à Marie, qui protesta dans sa langue maternelle.

Amusée, Charlotte remarqua que M. Pommier ne lui répondait pas en français. En fait, quand il laissait échapper des mots étrangers dans la conversation, ils n'étaient pas tous français. D'ailleurs, il avait plutôt l'exubérance d'un Italien.

Mais peu importait, il pouvait bien venir du pôle Sud, il avait en effet des ciseaux en or. Pour la première fois de sa vie, elle se sentait belle, réellement belle. À vrai dire, elle exultait. Elle était désirable, élégante. Pourquoi en aurait-elle honte ?

Elle avait hâte de se rendre au bal du duc de Clarence !

Ce fut la raison pour laquelle, lorsque Alexander McDonnough Foakes, le nouveau comte de Sheffield et de Downes, se rendit à son club le soir de son retour à Londres, après trois années passées en Italie, il n'entendit parler que d'une délicieuse héritière prénommée Charlotte. Deux garçons dégingandés menaçaient de se battre en duel pour savoir lequel des deux elle préférait, et Braddon Chatwin, son vieux camarade, semblait désespéré chaque fois qu'on évoquait la jeune femme.

Ils s'installèrent tous les deux dans de confortables fauteuils près d'une cheminée. D'une oreille distraite, Alexander écoutait son ami lui raconter ses déboires. Il avait demandé la main de cette jeune fille, qui avait refusé. Or la veille, elle avait dansé deux fois avec... Dieu ! Il ne voulait plus y penser. Il se fichait de savoir avec quel freluquet elle avait dansé !

— Abandonne la partie, Braddon ! C'est une parfaite gourde si elle refuse d'épouser un comte.

— Que pourrais-tu en savoir, Alex ? rétorqua Braddon. Tu as toujours été chanceux avec les femmes...

Il se tut brusquement. Il venait sans doute de commettre une gaffe. Dernièrement, Alex n'avait pas eu de chance avec les femmes.

Il toussota et changea de sujet :

— Ainsi, tu es revenu pour de bon ?

— Oui, répondit Alex sans lever les yeux de son verre. Tu le sais, mon père est mort il y a huit mois, et je n'ai pas pu rentrer à ce moment-là, mais maintenant je... Le domaine a besoin d'être pris en main.

Il fixa Braddon de son déconcertant regard sombre et ajouta :

— L'Angleterre a fini par me manquer. L'Italie est un pays splendide, mais quand mon épouse Maria est morte, j'ai décidé de rentrer.

Braddon ne comprenait plus.

— Mais… je croyais… Nous avons entendu dire que Maria avait demandé l'annulation du mariage.

— En effet. Elle s'est remariée et elle est morte, il y a un mois, de la scarlatine.

— Alors vous étiez restés en relation ?

— Non. Elle m'a fait appeler sur son lit de mort.

Alex leva les yeux.

— Mais assez de tout ceci ! Ne m'as-tu pas parlé d'un bal, ce soir ?

Son ami esquissa un sourire.

— Si, cependant tu ne peux y aller dans cette tenue ! D'ailleurs, pourquoi aurais-tu envie d'y aller ? Tu as toujours détesté ce genre de mondanités.

— J'irai pour la même raison que toi, Braddon, répondit Alex. Pour me trouver une épouse.

Il se leva.

— Pourquoi ? s'enquit Braddon.

Alexander se dirigeait déjà vers la sortie.

— J'ai une fille, lança-t-il par-dessus son épaule, et elle a besoin d'une mère. Viens. J'ai mon carrosse devant la porte. Nous allons passer chez moi pour que je me change, et nous en profiterons pour dîner.

Éberlué, Braddon le suivit comme un automate. Il avait une fille ? Tout le monde savait à Londres que sa femme avait demandé l'annulation pour cause d'impuissance, et qu'Alex n'avait pas nié. Jamais il ne trouverait une nouvelle épouse… Enfin, si ! Nombre de jeunes filles étaient prêtes à se marier avec un comte, il le savait d'expérience.

Néanmoins, il n'y comprenait absolument rien. Si Alex était impuissant, comment pouvait-il être père ? Et s'il avait une fille, pour quelle raison avait-on annulé son mariage ?

Braddon en avait la tête qui tournait.

Le carrosse, encore orné de crêpe noir bien que le père d'Alex fût mort depuis huit mois, s'arrêta devant Sheffield House. L'esprit en ébullition, Braddon suivit son ami à l'intérieur. Il ne pouvait pas poser de questions directes sans parler d'impuissance, or il n'aurait abordé le sujet pour rien au monde.

Il se dit soudain qu'il serait un peu gênant d'amener Alex au bal de lady Prestlefield, car elle était très à cheval sur l'étiquette. N'avait-elle pas refusé l'accès de sa demeure à lady Gwenth Manisse parce qu'elle était amoureuse d'un homme marié ?

Mais Alex était comte. En outre, il n'était pas divorcé, alors comment bannir quelqu'un sous prétexte qu'il était... infirme, en quelque sorte ?

Sans doute Braddon ferait-il mieux de feindre de ne pas être au courant de ce qui avait causé l'annulation. Décidément, il était perdu, et il décida de demander à l'un de ses amis, plus intelligent que lui, de lui expliquer le fin mot de l'affaire. S'il prenait garde de ne pas parler de femmes au cours du repas – même pas de la ravissante petite cantatrice dont il avait fait la connaissance à l'opéra –, tout irait pour le mieux. Soudain, il s'épanouit. Chevaux, ils allaient parler chevaux !

Braddon était doué pour chasser de son esprit ce qui le dérangeait, au grand dam de sa mère, de ses précepteurs et de tous les gens qui étaient en contact avec lui, comme son secrétaire personnel, son régisseur, son majordome. Et il apprécia tellement le dîner qu'il ne se rendit pas compte qu'il ennuyait Alex avec la description de chaque étalon de son écurie…

Après le repas, Alex monta se changer. Il entra d'abord sur la pointe des pieds dans la chambre voisine de la sienne, pour admirer la petite fille qui dormait dans son berceau. Elle était couchée sur le côté, la joue posée sur une main. Endormie, elle ressemblait à un ange, et non au petit démon qui avait bouleversé son existence au cours du dernier mois.

Il effleura du doigt la ligne de son sourcil, si semblable au sien, et sentit la rage l'envahir. Comment Maria avait-elle pu tenir cette enfant éloignée de lui ? Il avait perdu toute une année de la vie de Pippa… Avec un soupir, il remonta les draps sur la petite silhouette endormie.

Dans son sommeil, Pippa esquissa un sourire. Jamais elle n'avait eu de cauchemars, contrairement aux prévisions du médecin. C'était seulement dans la journée que l'on devinait combien sa mère lui manquait.

— Va au diable, Maria ! murmura-t-il.

S'il avait su… Mais elle serait quand même morte. Peu à peu, Pippa l'oublierait. Au moins Maria avait-elle eu le bon sens de le prévenir quand elle avait appris qu'elle allait mourir. Et à présent, Pippa était là, en sécurité.

Il se pencha pour déposer un baiser sur son front.

— Ne t'inquiète pas, chérie. Je serai près de toi à ton réveil.

Ils arrivèrent à Prestlefield House juste après onze heures, alors que la fête battait son plein.

Les craintes de Braddon se révélèrent infondées, car lady Prestlefield ne se tenait plus à l'accueil et, lorsqu'ils gagnèrent la salle de bal, ils la virent en train d'exécuter une danse folklorique endiablée.

Le majordome était gonflé d'importance d'accompagner non pas un comte, mais deux. D'une voix tonitruante, il annonça :

— Le comte de Sheffield et de Downes ! Le comte de Slaslow !

Tous les yeux se tournèrent vers les deux jeunes gens qui pénétraient dans la salle de bal. Les invités songeaient aux rumeurs qui leur étaient parvenues d'Italie, et ils avaient hâte d'obtenir plus d'informations.

Charlotte n'entendit pas cette annonce, car elle se trouvait dehors, sur le balcon. Depuis environ un mois qu'elle avait étrenné sa nouvelle garde-robe, sa vie avait changé. On la trouvait magnifique, et elle se sentait magnifique. Cela se traduisait par un comportement un peu échevelé. En fait, elle avait abandonné l'idée de trouver un mari, car elle s'amusait trop en flirtant.

Elle était appuyée à la rambarde et souriait avec coquetterie au baron Holland, dont les yeux pétillaient. Il se tenait devant elle, à quelques centimètres, et il avait posé les mains autour d'elle sur la barre de fer forgé. Elle lui tapota le torse de son éventail.

— Enfin, Will, pas trop près !

— Qu'y a-t-il ? Je ne vous touche même pas, protesta-t-il en s'approchant davantage. Je crois que vous avez un insecte sur le visage, reprit-il en esquissant à peine un sourire.

— Vraiment ? Quel genre d'insecte ?

— Une abeille, souffla-t-il. Vous souhaitez que je la tue ?

— Je n'en sais rien, fit-elle en souriant.

— Voyons les choses autrement. Vos lèvres seraient du miel, et mes lèvres seraient l'abeille...

Elle ne sut jamais où il voulait en venir avec sa métaphore, car ils furent brutalement interrompus par lady Sophie York, la fille de la marquise de Brandenburg.

Celle-ci poussa Holland de côté.

— Charlotte, dit-elle, votre mère se dirige par ici, en fendant la salle de bal comme s'il s'agissait de la mer Rouge. Il vaudrait mieux que vous rentriez pour la calmer. Je vais rester un instant avec Will, et vous direz que vous étiez seulement sortie prendre l'air.

Charlotte fit la grimace.

— Merci, Sophie ! lança-t-elle avant de se précipiter à l'intérieur.

Sophie leva vers Will de grands yeux innocents et, bien qu'il fût un peu contrarié, il ne put s'empêcher de lui sourire. Elle était si délicate, si parfaite !

— Oh, Will, murmura-t-elle, ne me dites pas que les lèvres de Charlotte ont la douceur du miel, comme les miennes...

Il commençait à la connaître, et il flaira aussitôt le piège.

— Voyons, vous savez ce qu'il en est, Sophie. Je vous ai positivement adorée, mais quand j'ai vu Charlotte si grande, si élancée, si sculpturale, j'ai trouvé que les femmes petites...

Il s'interrompit, car elle venait de lui lancer un coup de coude dans l'estomac.

— Allons, Sophie !

Il la prit dans le creux de son bras, toute douce et parfumée, et la regarda dans les yeux.

— Vos lèvres sont plus sucrées que le miel des abeilles de Tasmanie.

Elle pouffa.

— C'est peut-être moi l'abeille, Will. Je vous ai déjà piqué, n'est-ce pas ?

Il rit avec elle. Ces nouvelles robes venues de France le ravissaient, et Sophie, quoique petite, était délicieusement bien proportionnée. Il aimait la tenir ainsi contre lui. Ses yeux s'assombrirent.

— Oh non, Will ! protesta-t-elle en le repoussant. Nous nous sommes déjà embrassés à Kensington, vous vous souvenez ? Ne me dites pas que vous avez oublié, ajouta-t-elle avec une moue charmante.

Will sentit le désir monter en lui. Il n'avait jamais rencontré de personnes aussi attirantes que Charlotte et Sophie. Mais déjà cette dernière retournait dans la salle de bal, non sans lui avoir adressé un clin d'œil malicieux.

Le baron demeura un instant appuyé au balcon. Si Charlotte et Sophie étaient tellement charmantes, pourquoi se sentait-il benêt quand elles étaient ensemble ? Et comment allait-il décider laquelle épouser ? L'une des deux lui conviendrait, il l'aurait souhaité même si elles avaient été pauvres. Ce qu'elles n'étaient pas ! se rappela-t-il gaiement.

Sophie s'arrêta sitôt franchi le rideau de brocart. Charlotte bavardait avec sa mère et quelques douairières. Sophie sourit. Son amie avait de nouveau besoin d'aide !

— Charlotte, dit-elle de sa voix la plus douce en s'approchant.

— Excusez-moi, maman.

— Je me sens un peu *déshabillée,* se plaignit Sophie en employant volontairement un terme français. Il fait tellement chaud, ne trouvez-vous pas, Votre Grâce ?

Adélaïde ne put s'empêcher de sourire, bien qu'elle ne fût pas totalement heureuse de la nouvelle amitié qui unissait les deux jeunes filles. Sophie était pétillante de vie, même si elle ne franchissait jamais les limites de la bienséance. Mais elle semblait tellement différente de la sérieuse Charlotte ! Enfin, « sérieuse »... c'était beaucoup dire. La duchesse n'était plus certaine de savoir qui était réellement sa fille. Ces dernières semaines, Charlotte était devenue la coqueluche de Londres. Elle qui avait reçu huit demandes en mariage en trois ans, elle venait d'en recevoir davantage en une semaine !

— Oh, Sophie, la taquina Charlotte, vous ne devriez pas dire *déshabillée.* Cela veut dire à moitié vêtue, n'est-ce pas, maman ?

Adélaïde acquiesça. Ce genre de commentaire était justement ce qui la chiffonnait, chez Sophie. La jeune fille parlait un français impeccable, car sa mère était française, et sa gouvernante également. À quoi pensait-elle, pour utiliser cette expression ? Franchement, son humour était pour le moins... osé !

Les deux jeunes filles ne se quittaient plus, depuis quelque temps. On s'était habitué, à Hyde Park, à voir ensemble la brune Charlotte et la blonde Sophie. Plus étonnant encore, Charlotte faisait le portrait de Sophie, son premier portrait d'après nature. Sans doute Adélaïde en était-elle un peu jalouse, s'avoua-t-elle.

Soudain, elle sursauta.

— Oh, non ! De la cire ! s'écria-t-elle.

Les autres femmes firent un bond en arrière. Elles se trouvaient sous un chandelier qui coulait.

— Charlotte et Sophie, déclara-t-elle avec autorité, nous allons nous retirer un moment. Venez.

Elle traversa la foule en direction du salon réservé aux dames.

Les deux jeunes femmes la suivirent, en constatant qu'elle avait en effet une traînée de cire sur le dos de sa robe. Sans doute devrait-elle la remettre à une servante, afin qu'elle l'ôte à l'aide d'un fer à repasser.

— Alors, murmura Sophie en souriant machinalement aux gens qu'elles croisaient, vos lèvres sont-elles de miel ? Et c'est une abeille que vous avez abandonnée sur le balcon ?

— Oh, gémit Charlotte, ne me dites pas que vous allez une fois de plus briser un flirt délicieux ! J'aimais bien cette histoire d'abeille…

— Je ne brise rien, protesta Sophie, j'ai trouvé pour ma part que Will était une abeille tout à fait charmante. Et ne me reprochez pas d'avoir dérangé votre idylle avec Reginald, la semaine dernière : je me suis contentée de vous demander combien de fois il avait rajusté sa mèche postiche, lorsque vous étiez assise à côté de lui. Voyez-vous, c'est le baromètre de son désir. Quand sa femme aura la migraine, elle apprendra à se méfier si elle le voit triturer sa perruque.

Charlotte éclata de rire, mi-ravie, mi-choquée. Comment Sophie osait-elle évoquer des sujets si scandaleux ?

— Je suppose qu'il ne cesse de toucher ses cheveux quand il est assis auprès de vous, alors !

— Bien sûr. J'aurais une piètre opinion de mes charmes s'il ne remettait pas sa perruque d'aplomb toutes les deux minutes. Peut-être que l'une de nous deux devrait le prendre au sérieux, finalement. Il est plutôt joli garçon.

Elles montèrent l'escalier, exercice rendu difficile par le nombre de gens qui y stationnaient.

— Évidemment, il n'est que baronet, reprit Sophie.

— Mais il a un fort beau front.

Lord Reginald possédait un long visage mince qu'elle aurait aimé peindre, maintenant qu'elle s'était mise aux portraits. Toutefois, elle ne pourrait le faire sans l'épouser. Les jeunes femmes convenables ne passaient pas des heures seules dans une pièce avec un homme, même si ce dernier n'avait pas le droit de changer de pose. Or elle n'aimait pas suffisamment son front pour se marier avec lui.

— Savez-vous pour qui il serait parfait ? s'exclama Sophie. Pour votre amie Julia.

— Oh, Sophie, Julia est mariée !

En effet, Julia avait fait un fort beau mariage, l'année même de ses débuts. Et Charlotte ne pouvait penser à cette première saison sans un pincement d'humiliation. Tandis qu'elle se tenait à l'écart, Julia s'était hardiment jetée dans les bras d'un jeune militaire qui semblait bien parti pour finir amiral. Ils vivaient à Gibraltar.

— Pourquoi pensez-vous à Julia en particulier ? demanda-t-elle cependant.

— Parce que Reginald adore écouter les gens, vous l'avez remarqué. Il nous apprécie, non seulement parce que nous sommes belles, mais parce que nous parlons volontiers. Or Julia est plus bavarde que nous deux réunies, non ?

Charlotte pouffa de rire. En effet, Julia aurait pu tenir un discours à un mur de briques ! Mais Sophie l'avait choquée de nouveau. Certes, elle se trouvait plutôt séduisante, et Sophie était belle, mais en parler ainsi... cela ne se faisait pas. Elle était très observatrice et n'hésitait jamais à formuler son opinion à haute voix.

Elles avaient atteint le salon des dames, où Adélaïde tournait le dos à une camériste qui entreprit de défaire les quelque cent boutons de sa robe. Charlotte gémit intérieurement. Elles en avaient pour des heures !

— Mesdemoiselles, dit la duchesse, voudriez-vous m'aider ? Sophie, tenez mon sac, s'il vous plaît.

Sophie obtempéra et s'assit, le réticule de la duchesse sur les genoux. Il y avait eu des vols, récemment, au cours de soirées de ce genre, et Adélaïde ne voulait pas prendre de risque.

— Charlotte, ma chérie, veux-tu descendre dire à Sissy que je suis ici ? J'ai promis à sa mère de veiller sur elle, et je ne veux pas qu'elle laisse n'importe qui l'escorter au souper. Prudence sera furieuse si ce John Mason lui sert encore une fois de cavalier.

— Bien, maman, répondit Charlotte sans enthousiasme.

Cecilia Commonweal, surnommée Sissy, posait un problème. On ne l'appréciait guère, et elle avait mauvais goût en matière d'hommes. Sur une salle pleine de jeunes gens, elle choisissait infailliblement le plus pauvre. Et comme la mère de Sissy, amie d'enfance d'Adélaïde, avait le cœur fragile et ne sortait guère, Charlotte avait passé de nombreuses soirées avec une Sissy maussade que l'on avait sauvée d'un prétendant inacceptable.

Elle redescendit l'escalier en regardant par-dessus la rampe, dans l'espoir d'apercevoir la jeune fille. Mais elle ne la vit pas dans la salle de bal. Sans doute était-elle en train d'embrasser quelqu'un sur un balcon, se dit Charlotte avec mépris, oubliant qu'elle se comportait de la même manière dix minutes auparavant.

Elle était presque au bas des marches lorsque son pied glissa et vint frapper une personne qui se tenait devant elle. L'homme poussa une exclamation de surprise, tandis que Charlotte tombait lourdement sur les marches de marbre. Elle en eut les larmes aux yeux.

Celui qu'elle avait heurté se retourna et s'accroupit près d'elle. Charlotte leva les yeux, et elle allait dire « Je suis désolée » quand les mots s'étranglèrent dans sa gorge.

Il était plus impressionnant que dans son souvenir, et encore plus séduisant. Elle ne se rappelait pas qu'il eût les épaules aussi larges, mais ses yeux avaient toujours la douceur du velours, et ses boucles noires et argent retombaient sur son front à la mode française.

Soudain, elle prit conscience qu'elle le dévisageait et elle rougit. L'homme la contemplait, les sourcils légèrement froncés. Elle cherchait désespérément quelque chose à dire, et finit par lancer tout à trac :

— Que faites-vous ici ?

Elle se sentit stupide. Ce n'était évidemment pas un valet de pied ! Il portait une tenue de soirée. D'ailleurs, comment avait-elle pu imaginer une seconde qu'il fût domestique ? Il y avait en lui un air d'autorité qui dénotait une éducation de gentilhomme.

Il haussa les sourcils.

— Et où devrais-je me trouver ? rétorqua-t-il, toujours accroupi sur ses talons.

Elle rougit de nouveau.

— Par exemple, à un bal masqué. Cette fois, c'est moi qui vous ai renversé.

De quoi cette jolie fille parlait-elle ? se demanda Alex. C'était bien sa chance ! Il venait de rencontrer la seule femme intéressante de la soirée, et elle n'avait pas toute sa tête. Il baissa les yeux sur son décolleté. Elle avait les plus beaux seins qu'il ait vus de sa vie, ronds, blancs, parfaits. Brusquement, il s'aperçut que l'on parlait, autour d'eux, d'aller chercher des secours.

Il l'aida à se relever.

— Votre dos va bien ? s'enquit-il, ignorant le curieux commentaire sur les bals masqués.

Debout, il la trouvait encore plus séduisante, d'une taille idéale, la bouche toute proche de la sienne. Il l'attira à l'écart de la foule et effleura son dos.

Aussitôt, un désir insensé l'envahit. Il avait dû rester trop longtemps sans faire l'amour, se dit-il.

Charlotte le fixa droit dans les yeux.

— Vous... vous souvenez de moi ?

Intrigué, il la détailla. Elle avait un visage triangulaire encadré de boucles brunes, un petit nez, les pommettes hautes, la bouche d'un rouge cerise. Une étincelle fugitive s'alluma dans sa mémoire, mais...

— Je ne vous ai jamais rencontrée, dit-il en souriant.

Il n'aurait pas oublié une telle beauté!

Charlotte en resta bouche bée. Il avait dérobé sa virginité et n'en gardait aucun souvenir? Faisait-il donc cela toutes les semaines?

Alex la prit par le bras pour l'accompagner au salon.

— Vous devez connaître mon frère. Nous sommes jumeaux. Vous ne seriez pas la première à nous confondre, ajouta-t-il avec un clin d'œil espiègle.

Le cœur de Charlotte fit un bond.

— Vous avez un jumeau?

— Oui! répliqua joyeusement Alex, content d'avoir résolu l'énigme.

Cette fille n'était pas folle, elle l'avait seulement confondu avec Patrick.

— Même notre mère n'arrivait pas toujours à nous différencier! conclut-il.

Charlotte le scruta avec attention. Elle savait précisément qui il était. Enfin, pas qui il était, mais elle savait que c'était *lui*. Elle reconnaissait la fossette sur sa joue droite, la forme de ses lèvres. Cependant, il ne semblait pas jouer la comédie: il ne se souvenait pas d'elle. Elle en eut le cœur horriblement serré.

Elle ralentit le pas. Où allaient-ils, d'ailleurs? Il fallait qu'elle monte rejoindre sa mère. Elle dégagea doucement son bras et s'arrêta.

— Merci de m'avoir aidée, monsieur. Je suis navrée de vous avoir bousculé.

Sans attendre de réponse, elle se précipita vers l'escalier.

Alex resta planté là, désorienté devant cette fuite soudaine. Qui était-elle ?

Une voix derrière lui le fit se retourner.

— Alors, qu'en penses-tu ? demanda Braddon. Notre délicieuse héritière n'est-elle pas époustouflante ?

— Oh, si, répondit Alex qui comprit alors de qui il s'agissait. D'ailleurs, je vais l'épouser. Comment as-tu dit qu'elle s'appelait ?

5

Alex dormit profondément, les bras croisés derrière la tête, parfaitement immobile. C'était l'un des rares moyens de les différencier, son frère et lui. Patrick dormait dans un enchevêtrement de draps, passait ses nuits à se tourner dans tous les sens. Lorsqu'il était petit, il finissait souvent par terre. Quant à Alex, bébé, il dormait comme une souche, au point que sa mère venait souvent le voir sur la pointe des pieds afin de s'assurer qu'il respirait bien.

Il se réveilla à huit heures, un rayon de soleil sur son lit. Il demeura un moment les yeux clos, à revivre en esprit la soirée de la veille.

Quand Charlotte était ressortie du salon des dames, elle avait été aussitôt entourée de jeunes gens qui lui avaient reproché gentiment son abandon. Il l'avait regardée se défendre avec coquetterie contre leurs avances. Dieu, qu'elle était belle !

La jeune femme avait su tout de suite qu'il était là, qu'il la contemplait, et elle brûlait de l'intérieur. À présent, elle sentait ses mains sur elle lorsqu'il lui avait effleuré le dos, bien qu'elle ne l'eût pas remarqué sur le moment. Un flot de souvenirs l'envahissait. Elle avait envie qu'il la caresse, qu'il la touche comme trois ans auparavant, et en même temps elle éprouvait une profonde humiliation. Il avait tout oublié de l'aventure, il ne savait même pas qui il avait tenu dans ses bras cette fatale nuit... Elle avait peine à réfléchir, déchirée entre la rage et le désir.

Toutefois, ses chevaliers servants n'avaient rien remarqué. Elle avait adressé à Will Holland un sourire si aguicheur qu'il avait renoncé instantanément à son idée d'épouser Sophie York. C'était Charlotte qu'il voulait. Il s'était incliné sur sa main en la priant de l'accompagner au souper. À moins qu'elle ne danse avec lui ? Ils avaient déjà dansé deux fois, une troisième fois équivaudrait presque à une annonce de fiançailles. Charlotte avait secoué la tête en riant.

Si elle ne pouvait oublier les jardins de Stuart Hall, Alex ne songeait pas un instant à sa rencontre avec la jeune prostituée, tandis qu'il regardait la ravissante fille d'un duc qui flirtait avec ses prétendants. Ses souvenirs de cette nuit-là étaient pourtant assez précis : une longue chevelure, une peau si blanche qu'elle ne pouvait appartenir qu'à une rousse, de petits seins ronds et des yeux voilés. Charlotte avait de courtes boucles brunes, un regard pétillant de vie et d'intelligence, des seins généreux. Il n'y avait rien de commun entre ce souvenir et la fille du duc, à supposer qu'Alex y eût songé une seconde.

Soudain, il s'était senti comme un stupide collégien, à admirer ainsi la reine de la société londonienne, et il s'était redressé, furieux contre lui-même. Il savait où demeurait le duc de Calverstill, alors à quoi bon se mêler aux soupirants qui entouraient sa fille ?

Il avait entraîné un Braddon récalcitrant et hélé son carrosse.

À la fin de la soirée passée dans une maison de jeu, il était plus riche de six cents livres.

À trois heures du matin, les chandelles baissaient dans la Velvet Room, chez Brooks. La pièce était tendue de velours sombre, afin que les joueurs confondent la nuit et le jour, qu'ils soient enfermés dans un espace hors du temps. Toutefois, Alex avait gagné beaucoup d'argent, il était las, et il s'ennuyait un peu.

Il avait fait du regard le tour de la pièce, pleine d'aristocrates installés dans des fauteuils autour des tables de jeu. Seul le serviteur qui changeait régulièrement les bougies des candélabres semblait en forme. Les joueurs avaient abandonné leurs cravates amidonnées, ils avaient l'air épuisés et fiévreux tandis qu'ils lançaient les dés ou fixaient leurs cartes.

— Eh bien, milord, lui dit un jeune homme au fort accent qui se tenait de l'autre côté de la table. La soirée vous a été bénéfique !

Alex croisa le regard de Lucien Blanc, un marquis français vivant en Angleterre, qui avait joué une fortune et tout perdu.

Celui-ci se pencha en avant, les mains bien à plat sur la table.

— Vous êtes tellement… chanceux, dit-il d'un ton doucereux.

— J'espère, monsieur, répondit légèrement Alex, que vous n'avez aucune intention insultante. Je reconnais volontiers, si vous le souhaitez, que mes gains sont dus à la chance.

Il y eut un petit silence. Les yeux de Blanc lançaient des éclairs.

— Ah, milord, je parierais plus facilement sur ma chance au jeu que sur la vôtre… en amour.

Nouveau silence. Les tables voisines écoutaient avec intérêt. Tout le monde savait que les jumeaux du défunt comte de Sheffield avaient été expédiés hors d'Angleterre à cause de leur propension à régler leurs problèmes à coups de poing. Alexander semblait avoir mûri, mais qui pourrait laisser passer une telle injure sans réagir ?

Alex demeurait parfaitement calme. Il s'était habitué aux plaisanteries de mauvais goût qui avaient suivi l'annulation de son mariage. Il avait cependant pensé les laisser derrière lui, en quittant l'Italie…

Il posa lui aussi les mains sur le tapis vert et se pencha en avant. Les deux hommes n'étaient séparés que par quelques dizaines de centimètres. Il sourit.

— Seriez-vous, monsieur, assez jaloux de mes succès féminins pour risquer votre vie ?

Lucien avait fait une chose horrible, et il en était malade. Dans l'emportement du jeu, il avait misé un bijou qu'il gardait toujours sur lui : une bague que son épouse lui avait offerte le jour de leurs noces.

Ignorant la menace d'Alex, il reprit d'un ton rauque :

— Je suis un imbécile, car j'ai perdu en votre faveur la bague de mon épouse. Il faut que je récupère ce bijou. Voulez-vous jouer de nouveau avec moi ?

Il semblait désespéré. Alex sortit de sa poche l'anneau gravé, orné d'un saphir.

— Qu'y a-t-il écrit ? demanda-t-il en faisant jouer le bijou dans la lumière.

La bague devait coûter un bon millier de livres, se dit-il.

— « Toujours tienne », répondit Blanc en français.

Alex traduisit pour le bénéfice des autres joueurs, qui gardaient le plus grand silence, puis il se retourna vers Blanc :

— Depuis combien de temps vivez-vous dans ce pays ?

Blanc déglutit péniblement.

— Huit ans, milord.

Son épouse ne l'accompagnait pas. Peut-être avait-elle été guillotinée lors de la Révolution... Alex fit sauter la bague dans sa main, avant de la poser devant le marquis.

— Tenez, vieux, la voilà.

Il ramassa le reste de ses gains tandis que les conversations reprenaient, et s'apprêtait à quitter la salle quand une main se posa sur son bras.

C'était Blanc, qui avait contourné la table pour le rejoindre.

— Je suis un imbécile, répéta-t-il, et je vous serai redevable toute ma vie. Mais je ne manque pas d'argent. Laissez-moi vous racheter la bague.

Alex se rendit compte que l'homme était plus jeune qu'il ne l'avait cru. Il était grand, mince, tout vêtu de noir.

— Non, dit-il brièvement.

L'autre était raide comme un piquet. Dieu, l'orgueil français ! se dit Alex. Néanmoins, cet homme lui plaisait bien.

— Un verre de brandy ? proposa-t-il.

Blanc se détendit.

— Entendu, milord, soupira-t-il. Je suppose qu'on ne rachète pas ses maladresses...

Installés dans la bibliothèque, les deux hommes n'évoquèrent ni l'amour, ni les femmes, ni les bagues, mais parlèrent amicalement politique. En tant qu'émigré, Blanc s'intéressait à la situation anglaise et aux menaces de révoltes paysannes.

— Je me demande si nous aurions pu éviter la Révolution, en France. Si nous avions eu des machines à blé, comme vous commencez à en utiliser ici, cela aurait-il calmé la rage des paysans ?

— Autant que je sache, répliqua Alex avec courtoisie, ce n'était pas parce que le blé manquait, mais parce que le peuple n'y avait pas droit. En d'autres termes, la nourriture était réservée aux riches.

— C'est vrai, reconnut Blanc. Je l'avais dit à mon père... Nous devenions trop sûrs de nous, et c'était une grave erreur. Mon frère a bien senti le danger, il a acheté de la terre en Angleterre. C'est pourquoi je ne suis pas sans le sou, contrairement à la plupart de mes compatriotes émigrés. Mon frère était fort intelligent. Pendant plusieurs années, il est venu régulièrement en Angleterre, emportant à chaque fois un peu de notre fortune.

Alex comprit que le frère était mort, lui aussi.

— Aimez-vous l'escrime ? demanda-t-il afin de changer de sujet.

— Beaucoup ! s'écria Lucien dont le visage s'éclaira.

— Voudriez-vous faire un assaut avec moi, demain ? Avant de quitter l'Italie, j'ai commencé à me mettre à la méthode française, et je serais heureux de pratiquer un peu.

— Ce sera un honneur, répondit Lucien. Demain, chez Breedhaven ?

Alex songea brusquement à Pippa. Il ne pouvait l'emmener dans le cercle exclusivement masculin de Breedhaven.

— Je préférerais que nous nous rencontrions chez moi, à Sheffield House, si cela ne vous ennuie pas.

Lucien parut étonné.

— Comme vous voudrez, milord, répliqua-t-il néanmoins.

Il se leva. Il était aussi grand qu'Alex et se dit qu'ils feraient de bons partenaires. Ils se serrèrent la main avec chaleur.

— À demain, dit Lucien. Je ne mettrai pas ma bague en jeu une seconde fois, vous savez. Peu d'hommes auraient montré une telle indulgence, et je vous en suis sincèrement reconnaissant, milord.

— Appelez-moi Alex.

Ce dernier, tout au plaisir de bavarder avec un homme cultivé, avait déjà oublié l'incident de la bague.

Ce pauvre vieux Braddon était devenu un peu rasoir, avec les années, se dit-il tandis qu'il allait le chercher à la table de jeu où il gagnait quinze livres après en avoir perdu deux cents. Ivre, il tituba en se dirigeant vers la porte.

Bon sang, il avait trente ans, un de moins qu'Alex. Ne pouvait-il mieux supporter l'alcool ?

Il se demandait si la vie mondaine était aussi ennuyeuse, trois ans auparavant. Mais à cette époque, il avait Patrick avec lui. Quand même... Que faisaient-ils de leurs soirées ? Ils jouaient, ils buvaient, ils cherchaient la bagarre...

Alex fut interrompu dans ses souvenirs de la nuit par des petits pas mal assurés.

— Papa ! cria une joyeuse voix d'enfant.

Pippa pénétra dans la chambre et il la prit dans ses bras. En riant, elle joua avec la toison brune de sa poitrine. Il devrait songer à porter une chemise de nuit, songea-t-il, car elle adorait venir dans son lit le matin pour l'asticoter.

— Arrête ! dit-il avec une feinte sévérité.

Elle se lova au creux de son bras.

— Cola ! s'impatienta-t-elle. Moi, cola !

Alex tira le cordon. Il détestait boire du chocolat au lit, mais c'était un rituel pour la petite fille...

Keating arriva avec un plateau, sur lequel trônaient deux bols à moitié pleins de chocolat. Lorsque Pippa et Alex étaient rentrés d'Italie et qu'il était parvenu à saisir le sens de « cola », on leur avait servi du chocolat très chaud dans des tasses de fine porcelaine. Mais, après quelques incidents malheureux, Alex s'était résigné à avaler du chocolat tiède dans des bols en faïence.

La petite but en fredonnant sa chanson du matin, sans doute une comptine italienne dont il ne comprenait rien, car le langage de l'enfant était encore rudimentaire. Elle ne prononçait bien que le mot « papa ».

Soudain elle se crispa, renversant du chocolat sur les draps.

— Non, non, papa ! Non !

La panique montait en elle, elle tremblait de tous ses membres. Alex lui prit le bol, le posa sur la table de chevet, puis il la serra contre lui en murmurant doucement à son oreille :

— Tout va bien, Pippa. Tout va bien. Calme-toi. Papa ne te quittera jamais. Je te l'ai promis, tu te souviens ?

Levant les yeux, il vit sur le seuil la nouvelle nurse de Pippa, engagée la veille.

— Milord ! s'exclama miss Virginia Lyons, pétrifiée.

Alex haussa les sourcils.

— Oui ?

— Que fait lady Philippa ici, milord ?

— Pourquoi ne serait-elle pas près de moi ? Cela ne me dérange pas.

Miss Virginia ne savait comment répondre. C'était tellement évident !

— Les enfants doivent être vus par leurs parents aux moments convenables, dans un endroit convenable. Sinon, ils doivent rester dans la nursery.

— Elle crie, quand elle est dans la nursery. Je vous l'ai expliqué hier. Elle hurle si fort qu'on l'entend du sous-sol, et sa chambre se trouve au deuxième étage. Je ne veux pas de ça.

Miss Virginia était cramoisie, et il remonta les draps sur sa poitrine.

— Lady Philippa doit venir avec moi. Il n'est pas correct qu'elle se trouve dans la chambre d'un homme et...

— Bien que j'accepte la présence de ma fille dans ma chambre, coupa Alex, je n'ai pas l'intention d'étendre ce privilège à tout mon personnel. Laissez-nous, je vous prie. Nous vous rejoindrons à la nursery après le petit déjeuner.

Il adressa son plus charmant sourire à la nurse qui disparut enfin, au bord de l'apoplexie.

— Nous n'avons pas été très gentils, murmura Alex à l'oreille de sa fille.

La petite, sentant le danger écarté – pour elle, toutes les nounous étaient une menace –, se remit à chantonner joyeusement. Alex lui fit avaler le reste de son bol. Puis il but le sien, qui était carrément froid, en faisant la grimace.

— Viens, Pippa, dit-il.

Comme par magie, Keating apparut à cet instant, avec un tub empli d'eau chaude.

Alex déshabilla sa fille et la plongea dans la baignoire, où il la savonna consciencieusement. Ensuite, il la remit à Keating qui attendait avec une grande serviette. Pippa fut plutôt sage, c'est-à-dire qu'elle ne cria que trois ou quatre fois, et ce n'étaient pas des hurlements terrifiés qui bouleversaient tout le monde, mais de petits piaillements. Keating l'emmena dans la chambre voisine afin de l'habiller, alors qu'Alex faisait à son tour une rapide toilette.

Dommage que Keating ne puisse consacrer tout son temps à Pippa, se dit-il. Il l'entendait gazouiller tandis que le majordome lui chantait une chanson de marin – sans doute un peu osée pour des oreilles innocentes, mais par bonheur elle ne comprenait pas les paroles.

Il soupira. Il était temps de rejoindre miss Virginia. La dernière nounou n'était restée que deux jours, épuisée, disait-elle, par les cris de l'enfant. Elle avait suggéré qu'Alex envoie Pippa dans un hôpital spécialisé dans les maladies mentales, et il avait eu fort envie de la jeter dehors sans attendre qu'elle eût bouclé ses bagages !

Pippa revenait dans la chambre avec un grand sourire.

— Papa ! Papa !

Elle devait avoir environ un an. Maria était morte si rapidement qu'il n'avait jamais su la date de naissance de l'enfant. Le seul moyen de l'apprendre aurait été de contacter le prêtre – ou ex-prêtre – que Maria avait épousé après avoir fait annuler leur mariage. Or il n'avait pu s'y résoudre. En outre, il ne songeait à l'époque qu'à ramener le bébé en Angleterre afin de le montrer à un médecin.

Mais au bout de quatre jours auprès de son père, Pippa avait cessé de gigoter pour se dégager de ses bras, et un matin elle l'avait regardé en prononçant : « Papa. » Depuis lors, elle criait seulement lorsqu'il n'était pas avec elle ou dans la pièce voisine. Dès qu'il faisait mine de s'en aller, elle maltraitait les oreilles de toute la maisonnée de ses cris perçants, ou bien elle se roulait par terre, en pleine crise de nerfs. C'était sûrement le résultat de la maladie et de la mort de sa mère, se disait Alex. Certains médecins préconisaient une hospitalisation, d'autres estimaient qu'elle finirait par guérir, avec le temps.

Il avait vraiment besoin d'une épouse ! Ce n'était pas le rôle d'un homme de baigner un enfant ou d'engager une nurse. D'ailleurs, de toute évidence, il ne réussissait pas tellement dans ses choix ! Miss Virginia était la cinquième en deux semaines.

Il prit la petite fille dans ses bras et monta à la nursery.

À deux heures de l'après-midi, ce jour-là, Calverstill House était très calme. Le duc et la duchesse visitaient une exposition de marbres italiens. Charlotte, qui avait peint toute la matinée, était dans son bain, et l'on attendait le baron Holland dans une demi-heure pour l'accompagner à un pique-nique. Toute la maisonnée avait noté avec un intérêt discret les fréquentes visites du baron, bien que les domestiques ne l'apprécient pas de la même façon.

Mme Simpkin, la gouvernante, était l'une de ses inconditionnelles.

— Il est... il est si romantique! disait-elle. Un vrai gentilhomme, monsieur Campion. Et si bien habillé!

— Ce n'est pas la question, madame Simpkin, rétorquait sévèrement Campion. L'important est de savoir s'il est un gentilhomme digne de ce nom. Pourquoi n'a-t-il pas de fortune, à votre avis? Parce qu'il joue, sans aucun doute. Et arrêterait-il, une fois qu'il aurait l'argent de lady Charlotte? Au contraire!

— Nous ne sommes pas sûrs qu'il joue, objectait la brave femme. Il a peut-être perdu son héritage dans un incendie.

— C'est improbable, madame Simpkin. Vraiment improbable. Si une telle catastrophe s'était produite, nous en aurions entendu parler. Or ce n'est pas le cas. Donc il joue.

Lorsque l'on actionna le heurtoir, cet après-midi-là, Campion alla ouvrir majestueusement, bien décidé à intimider le serviteur du baron.

Mais il se trouva face à un traditionnel valet de pied en livrée. Campion s'y connaissait en serviteurs de qualité, et celui-ci en était un, de toute évidence.

— Que puis-je pour vous? demanda-t-il.

— Le comte de Sheffield requiert la présence de lady Charlotte pour un pique-nique.

Campion avisa l'élégant carrosse qui attendait devant la maison. Il aurait pu répondre que lady Charlotte était déjà prise et renvoyer le valet de pied. Mais peut-être devait-il porter le message à sa maîtresse ? Un comte, après tout ! Cela ne courait pas les rues.

— Je vais voir si lady Charlotte est libre, dit-il en refermant les lourdes portes du manoir.

Le valet retourna à sa place, derrière le carrosse d'Alex. Le silence tomba sur Albermale Square mais, cinq minutes plus tard, la porte du carrosse s'ouvrit brusquement, et Alex en jaillit, Pippa juchée sur son épaule. Il grimpa les marches du porche et frappa énergiquement.

Campion n'était pas à son poste, et ce fut une toute jeune femme de chambre, Lily, qui vint ouvrir. Après avoir écouté le comte, elle plongea dans une profonde révérence et se précipita à l'étage.

— Lady Charlotte, il est ici, en bas, dans le salon vert, ici, il est... balbutia-t-elle.

Charlotte, assise devant son miroir tandis que Marie mettait la dernière touche à sa coiffure, leva les yeux, surprise. Elle portait une robe de soie rose qui dégageait ses bras, et Marie tressait un ruban de la même couleur dans ses boucles.

La jeune femme avait une petite idée de qui pouvait être ce comte de Sheffield. Une part d'elle avait envie de se précipiter en courant, mais elle s'était engagée auprès de Will Holland.

Marie, quant à elle, avait les mains tremblantes d'excitation. Les chroniques mondaines avaient largement parlé du retour d'Italie de ce magnifique comte.

Campion avait saisi la jeune servante par le bras et la secouait : les domestiques ne devaient pas se laisser émouvoir par les événements qui concernaient les maîtres, il le lui avait répété cent fois.

Bien sûr, il ne se passait jamais rien de troublant à Calverstill House, pourtant Campion sermonnait régulièrement ses gens. On ne savait jamais !

Lily fit la révérence.

— Le comte est en bas, je l'ai introduit dans le salon vert, se reprit-elle à peu près clairement. Et il n'est pas seul. Il y a une petite fille avec lui.

Charlotte se leva, le cœur battant la chamade. Non… il ne pouvait pas être marié ! Une terrible douleur l'oppressait.

Elle descendit l'escalier et s'arrêta sur le seuil du salon vert. C'était *lui*. Il lui tournait le dos, mais elle aurait reconnu ses larges épaules entre mille. Elle le détailla, de l'élégante veste grise au pantalon collant et aux bottes… à côté desquelles se trouvait l'enfant la plus adorable qu'elle ait vue de sa vie. Le petit visage qui la regardait avec curiosité était creusé de fossettes, et ses sourcils étaient ceux de son père.

Charlotte lui sourit, mais la petite se rembrunit soudain et poussa un hurlement strident. Elle recula instinctivement, tandis qu'Alex se retournait. Il souleva Pippa dans ses bras et lui tapota le dos.

— Chut… ce n'est pas une nounou, c'est lady Charlotte. Là… calme-toi.

La jeune femme s'éclaircit la voix. Que dire ? En fait, cet homme ne lui avait jamais été présenté, elle venait juste d'apprendre son nom par le majordome. Cette situation n'avait pas été prévue, dans les cours de lady Sipperstein.

Alex leva les yeux vers elle et lui sourit. De petites rides apparurent au coin de ses yeux. Charlotte en eut chaud dans tout le corps.

Il fit un pas en avant, la petite fille toujours contre lui et s'inclina cérémonieusement, ce que Pippa trouva follement amusant.

— Puis-je vous présenter lady Pippa McDonnough Foakes, fille d'Alexander McDonnough Foakes, comte de Sheffield et de Downes ? lança-t-il, solennel.

Charlotte réprima un rire.

— Lady Pippa, dit-elle avec une révérence.

La petite pouffa.

— Écoute-moi, Pippa, reprit son père. Tu es en présence de lady Charlotte Daicheston, fille du duc de Calverstill.

Le rire de l'enfant était contagieux, et Charlotte ne put garder davantage son sérieux.

— Je vais te poser par terre, Pippa. Tu vois bien que lady Charlotte n'est pas une gouvernante, alors je ne veux plus t'entendre crier.

Pippa sembla comprendre, car elle grimpa en silence sur un sofa et se mit à tirer sur les glands qui ornaient les coussins.

Alex s'approcha de Charlotte, qui se mit à rougir. Son cœur tambourinait si fort qu'elle craignit que cela ne se vît à travers son léger corsage.

— Savez-vous, dit-il sur le ton de la conversation, que vous êtes la première femme que j'aie sans cesse envie d'embrasser ?

Elle lui rendit son regard. Elle n'allait pas se montrer comme la petite dinde silencieuse qu'elle était à leur première rencontre !

Elle eut un sourire glacial.

— Oserai-je dire que cette envie n'est pas réciproque ?

— Vraiment ?

Sans prévenir, il se pencha afin d'effleurer ses lèvres, et inconsciemment elle offrit sa bouche à ce baiser qui s'intensifia, exigeant. Elle se laissa aller un moment. Sans les grandes mains qui tenaient ses bras, elle se serait effondrée sur place.

Elle ne tarda cependant pas à reprendre ses esprits et, furieuse, elle se dégagea. Alex la contemplait, émerveillé. Cette femme le troublait comme aucune autre.

— Dois-je demander à votre majordome de nous présenter officiellement, ou une chute commune dans un escalier suffit-elle ?

Charlotte se mordit les lèvres afin de ne pas rire.

— Monsieur... commença-t-elle, tout de suite interrompue par l'arrivée de Campion.

— Le baron Holland, annonça-t-il gravement.

Mon Dieu ! songea Charlotte. Mais, déjà, Alex s'écriait d'une voix forte :

— Will !

Il se précipita vers le nouveau venu, et les deux hommes s'étreignirent amicalement. Charlotte se tourna vers Pippa, curieuse de savoir si elle hurlait chaque fois qu'elle voyait une nouvelle tête, mais l'enfant avait jeté un coup d'œil indifférent à Will et continuait de torturer les coussins.

Alex surprit son regard, et expliqua :

— Elle fait la distinction entre les hommes et les femmes. Ce sont les femmes qu'elle ne supporte pas... enfin, pour l'instant, se hâta-t-il d'ajouter.

Will Holland n'y comprenait pas grand-chose. Son attelage attendait, avec le pique-nique. Et dans sa poche se cachait un délicat anneau orné de diamants ayant appartenu à sa mère, qu'il comptait offrir à Charlotte. Or il la trouvait, avec une petite fille pour tout chaperon, en compagnie d'un de ses vieux amis qu'il croyait en Italie. Et elle avait l'air... d'avoir été embrassée, avec sa bouche gonflée et ses joues roses ! Il plissa les yeux, soupçonneux. Il n'avait aucune envie de se retrouver en compétition avec le comte, sapristi !

Toutefois, il avait entendu dire, comme tout le monde à Londres, que la première femme d'Alexander avait fait annuler leur mariage pour cause d'impuissance. Il avait trouvé cela difficile à croire, car il avait des souvenirs précis de nuits chaudes passées dans les maisons closes de la ville, avec Alex et Patrick. Il se rappelait même s'être trompé de porte, une fois, et il avait pu constater à cette occasion qu'Alex n'était pas impuissant, loin de là !

— Lady Charlotte, dit-il aimablement en lui tendant la main, êtes-vous prête pour notre pique-nique ?

— Mon Dieu ! s'exclama Alex avec une feinte tristesse. C'est exactement pourquoi je suis venu. Lady Charlotte m'expliquait à l'instant qu'elle était étourdie, et qu'elle avait malencontreusement accepté nos deux invitations !

La jeune femme, réprimant un sourire, adressa à Alex un regard de reproche.

— Je pense que c'est l'invitation du baron Holland que je vais accepter, puisque c'était la première.

— Oh, non ! protesta Alex. Will et moi sommes de vieux camarades, n'est-ce pas, Will ?

Celui-ci acquiesça.

— Alors, nous irons tous ! décréta Alex. J'ai deux voitures, dehors, avec plus de vivres qu'il n'en faut, et une nurse pour Pippa. Pourquoi ne pas nous retrouver à Hyde Park, près de la statue d'Ève ? Vous pourriez accompagner Charlotte, Will.

Will acquiesça de nouveau, le cerveau un peu embrouillé. Pourquoi diable allaient-ils pique-niquer ensemble ? Et si Alex se mettait sur les rangs pour obtenir la main de Charlotte, pourquoi la lui confiait-il ainsi ? Il savait que l'intimité était parfaite, dans une voiture.

De son côté, Charlotte était furieuse. Elle se sentait manipulée. Après leur baiser passionné, Alex savait fort bien qu'elle n'apprécierait pas outre mesure la présence de Will... C'était de toute évidence là-dessus qu'il comptait.

Eh bien, il allait voir ! songea-t-elle avec rancune.

Aussi, une fois dans la voiture, dès que Will eut passé un bras autour de ses épaules, elle lui offrit ses lèvres qu'il prit avec une délicate sensualité.

Elle trouva ce baiser plutôt agréable, mais il n'y avait pas de quoi perdre la tête et, quand il la serra davantage contre lui, elle ne ressentit pas cette chaleur au creux des reins...

Will sentit qu'elle ne répondait pas, et il se redressa doucement en souriant.

— Nous ferions mieux de nous contenter d'une conversation bien élevée, comme les gens bien élevés que nous sommes... Savez-vous que j'ai aperçu votre amie Cecilia, hier, au Pantheon Bazaar ? Elle achetait au moins quatorze plumes d'autruche teintes en violet vif.

Charlotte ne put s'empêcher de rire.

— Les plumes sont à la mode, dit-elle, ne trouvant aucun autre moyen de défendre Sissy et son goût douteux.

La jeune femme trouva le trajet horriblement long, mais elle ignorait que Will avait ordonné à son cocher de faire deux fois le tour du parc avant de s'arrêter, car il espérait profiter de ce répit pour embrasser passionnément sa future épouse.

Cependant, il ne fut pas question de mariage dans le carrosse du baron. Charlotte et lui commentèrent les nouvelles modes et les dernières extravagances du prince de la Couronne.

L'anneau de diamants qui avait appartenu à sa mère resta au fond de la poche de Will.

6

Lorsque la voiture s'arrêta enfin, Charlotte jeta un vif regard autour d'elle avant de baisser les yeux, feignant de se désintéresser du sort du comte de Sheffield. Visiblement, son carrosse n'était pas encore arrivé, et Will reprit espoir. Peut-être Alex lui laissait-il une chance, finalement !

Il conduisit sa compagne vers la mare aux saules, laissant le valet préparer le pique-nique. Charlotte essayait de fixer son attention sur ce qu'il disait, pourtant elle était ailleurs. Elle avait follement envie de voir Alex et s'en voulait. Un homme qui ne se souvenait même pas d'elle !

— Charlotte, répéta Will patiemment pour la seconde fois, que pensez-vous des talons dorés du prince ?

Confuse, elle leva les yeux vers lui.

— Euh… les talons dorés du prince ?

— Oui.

— Je suis désolée, j'ignore absolument de quoi vous voulez parler.

— Je sais, dit Will en grimaçant un sourire. J'ai inventé cette histoire abracadabrante, pendant que vous acquiesciez gentiment.

— Oh !

Assis sur un banc, ils contemplèrent en silence deux cygnes qui évoluaient gracieusement sous les branches des saules pleureurs.

Charlotte aurait aimé se retrouver dans son atelier, en train de terminer le portrait de Sophie. Elle avait placé son amie – de façon un peu ridicule, elle s'en rendait compte – dans un champ de jacinthes sauvages, et elle n'en finissait plus de peindre le fond de petites fleurs bleues. Pourtant, même si cette tâche l'ennuyait parfois, au moins n'était-elle pas en proie au désir ni à l'humiliation, dans son sanctuaire.

Au lieu de cela, elle était à un pique-nique en compagnie d'un beau jeune homme qui semblait épris d'elle, et elle n'arrivait pas à mettre de l'ordre dans ses idées. Les boucles blondes et les yeux bleus de Will la laissaient de marbre mais, si elle songeait qu'elle allait bientôt voir Alex, elle frémissait d'un seul coup jusqu'au bout des orteils.

Will la prit par les épaules afin de l'inciter à se tourner vers lui.

— Charlotte, dit-il gravement, j'aimerais que vous me fassiez l'honneur de devenir ma femme.

Elle tressaillit. Elle avait refusé quantité de demandes en mariage, mais soudain elle ne retrouvait plus les phrases adéquates.

Will, sans attendre la réponse, se pencha pour l'embrasser. Alors Charlotte s'extirpa de sa torpeur. Elle était irritée. Qu'avaient donc tous ces hommes, à penser qu'ils pouvaient plaquer leurs lèvres sur les siennes dès qu'ils en avaient envie ? Elle se dégagea et bondit sur ses pieds.

— Baron Holland, déclara-t-elle calmement, nous avons déjà abordé ce sujet, et j'ai refusé de vous épouser.

Will demeura immobile à la regarder. C'était avant, songeait-il. Avant que vous coupiez vos cheveux, que vous changiez de garde-robe, avant que vous deveniez irrésistible...

Mais comment dire à une femme que cette fois l'on était vraiment sincère, sans sous-entendre qu'auparavant on en voulait davantage à sa fortune ?

Il se leva et lui prit les mains.

— Charlotte, je...

Il ne put aller jusqu'au bout, car le regard de la jeune femme s'évada, tandis qu'un radieux sourire éclairait son visage. Will, d'abord stupéfait, puis résigné, se retourna. Un groupe de gens élégants approchait en bavardant gaiement, et parmi eux Alexander Foakes, sa petite fille perchée sur l'épaule.

Charlotte avait légèrement rougi, et semblait avoir oublié la présence de Will.

Le baron baissa la tête. Il n'était pas stupide, il sentait bien qu'elle lui échappait. À moins que... Avait-elle entendu parler de l'impuissance du comte ? Dans un moment d'égarement, il s'imagina en train de le lui annoncer, puis de la consoler entre ses bras... Sottises ! Comment évoquer ce sujet devant une jeune fille de son éducation ? Elle n'y entendrait sûrement rien, en outre, elle le détesterait.

Il jeta un coup d'œil à Alex. C'était fort peu vraisemblable, de toute façon.

Will ressentit un coup douloureux au cœur. Il s'était tellement habitué à courir les dots qu'il avait oublié que l'on pouvait souffrir. Il se tourna de nouveau vers Charlotte. Son sourire, son regard... Même si ses parents éconduisaient Alex – or quels parents accepteraient un gendre incapable de leur donner des héritiers ? –, elle ne lui appartiendrait jamais, il en était certain.

Pour sa part, Alex remarqua tout de suite les cheveux un peu décoiffés, le teint animé de Charlotte, et une bouffée de colère monta en lui. Comment Will avait-il osé la toucher ? Comment avait-elle osé embrasser un autre homme ?

Pippa, qui l'avait senti se crisper, se mit à pleurer en s'accrochant à ses cheveux.

Il la prit dans ses bras.

— Chut, Pippa...

— Papa, papa, sanglotait-elle.

— Seigneur ! soupira Alex, qui adressa un signe à ses amis avant de se tourner vers le baron. Voulez-vous faire les mondanités à ma place, Will ? J'emmène cette demoiselle faire un tour.

Charlotte, déconcertée, le vit disparaître dans une allée. Il s'en allait, comme ça, sans plus d'explication ? Elle n'était tout de même pas une femme facile, prête à lui tomber dans les bras au moindre claquement de doigts !

— Ma foi, disait le baron Holland à une charmante jeune fille qui venait de les rejoindre, je veux bien m'occuper des « mondanités », comme dit Alex, mais je crois ne jamais avoir eu le plaisir de vous rencontrer.

L'homme qui accompagnait la jeune personne salua avec élégance.

— J'étais naguère le marquis de Valcombray, mais à présent, je suis simplement Lucien Blanc. Et voici ma sœur, Daphné.

Daphné fit une gracieuse révérence. Elle était toute jeune, sans doute guère plus de seize ans, mais elle portait les cheveux relevés, ce qui indiquait qu'elle avait déjà été présentée à la Cour. Avec son petit visage délicat, elle parut à Charlotte typiquement française. Ses cheveux blond argent brillaient dans le soleil, elle portait une toilette exquise, de son ombrelle jusqu'à ses souliers roses.

Will s'inclina avec courtoisie.

— Baron Holland, se présenta-t-il. Et voici lady Charlotte Daicheston, la fille du duc de Calverstill. Enchanté de faire votre connaissance, ajouta-t-il en portant la main de Daphné à ses lèvres.

— Si nous retournions vers les voitures ? suggéra Lucien. Je crois que c'est par là que l'on installe le pique-nique...

L'ironie de la situation apparut soudain à Charlotte. C'était ridicule ! Elle était à un pique-nique avec un prétendant éconduit, qui au lieu de bouder semblait tout prêt à accorder son attention à Daphné ; avec un prétendant éventuel, si l'on pouvait dire cela d'Alex, qui ne s'intéressait pas du tout à elle ; et avec un troisième homme qui était un parfait inconnu.

— Monsieur, dit-elle à Lucien, puisque notre hôte est si fantasque, pourquoi ne pas suivre son exemple ? Pour ma part, je serais ravie de me promener un peu avant le repas.

Alex songea qu'il avait affaire à une adversaire de taille lorsqu'il vit, un bon moment plus tard, la joyeuse équipe arriver près de l'endroit du pique-nique. Son valet de pied avait, une heure auparavant, disposé une nappe ainsi que des serviettes et de l'argenterie à ses armes. Le champagne se réchauffait lentement dans un seau dont la glace avait fondu.

Allongé dans l'herbe, il regardait Charlotte qui approchait lentement, le visage tourné vers Lucien, les yeux brillants. Il avait été pris à son propre piège, se dit-il. Cela lui apprendrait à céder à un mouvement d'irritation !

Il se leva avec un sourire de bienvenue.

— Vous voyez, nous sommes de nouveau de bonne humeur, et nous vous attendions.

Il eut un geste vers Pippa qui arrachait des brins d'herbe, et Charlotte eut envie de rire.

Tout le monde s'installa en silence.

— Ah ! s'écria gaiement Will. Ma maigre collation a été remplacée par un festin de roi !

Charlotte ne comprenait pas pourquoi elle s'était tout naturellement assise à côté d'Alex. Oubliait-elle comment il l'avait traitée ? Elle n'allait pas se conduire de nouveau en idiote ! Pourtant, quand il effleura son bras, elle frissonna.

— Monsieur ?

— Je voulais simplement vous offrir une fraise, dit-il, appuyé sur un coude.

— Euh… Où est votre fille ?

Le comte roula sur le côté, et Charlotte aperçut Pippa derrière lui.

— Est-il normal qu'elle mange de l'herbe ?

— Sans doute pas, admit-il. Pippa, cesse de manger de l'herbe !

Il reprit la fraise des mains de Charlotte.

— Grignote plutôt ça, ajouta-t-il en la donnant à sa fille qui se l'écrasa joyeusement sur le visage.

— Par le Ciel, dit Charlotte, elle semble exiger beaucoup d'attention… N'a-t-elle pas de nurse ?

— Oh, si, répondit Alex. Elle est là-bas.

Il eut un signe de tête en direction des domestiques qui s'étaient installés un peu plus loin sur des bancs. La seule femme portait l'impeccable uniforme des gouvernantes.

— Pourquoi n'est-elle pas avec Pippa ?

— Pippa ne l'aime guère. Apparemment, je suis très mauvais dans le choix des nurses. Elle en a eu cinq, ces dernières semaines, mais aucune femme ne semble lui convenir. Vous allez voir.

Il souleva la petite fille pour la poser entre eux. Dès que Pippa vit Charlotte, elle se mit à hurler de toute la force de ses petits poumons. Alex la remit derrière lui et, dès que la jeune femme fut hors de vue, elle recommença à arracher de l'herbe. Et à la manger.

— Pourquoi ? demanda Charlotte.

— Sa mère a été gravement malade pendant trois ou quatre semaines, je ne sais pas exactement. Pippa a été confiée à une série de gouvernantes qui démissionnaient aussitôt, car elles craignaient d'attraper la scarlatine de Maria.

— Pauvre chérie ! Et maintenant, elle a peur des femmes ?

— C'est ça. Alors voyez-vous, je crains qu'il ne me reste plus qu'à me marier. Elle déteste les nurses. Je pense que le seul moyen de l'habituer aux femmes est d'en épouser une.

Ses yeux pétillaient.

— Qu'en dites-vous ?

— Ne croyez-vous pas que la solution est un peu excessive ? s'enquit-elle sérieusement.

Alex haussa les épaules.

— Vous savez comment c'est... Il arrive un moment dans la vie de tout homme, lorsqu'il sent le souffle glacial de la vieillesse, la tombe qui...

— Arrêtez, je vous en prie ! protesta Charlotte en éclatant de rire. Vous avez... quoi ? Trente-cinq ans ?

— Trente et un, mais il faut que je me marie, insista Alex qui s'approcha légèrement. Ma tante Henrietta me le répète sans cesse. Voyez-vous, ajouta-t-il en lui chatouillant le bout du nez avec un brin d'herbe, l'avenir du titre de comte de Sheffield et de Downes repose entre mes mains.

Charlotte se mordait les lèvres pour ne pas rire.

— Et votre frère ? murmura-t-elle, car ils étaient si proches qu'il n'était nul besoin de parler à haute voix.

— Hélas, Patrick est aux Indes. Non, je dois me marier... dans l'intérêt de la lignée, bien sûr.

— Hum... Quel sacrifice ! Je suis heureuse de ne pas être un homme ! Jamais je ne m'y résoudrais.

— Vraiment ? Même si c'était indispensable ?

— Comment cela pourrait-il l'être ? J'ai des rentes personnelles, et mon frère assurera la pérennité du nom. J'avoue, poursuivit-elle avec une étincelle espiègle dans les yeux, que j'envisage mon avenir en célibataire. Mais je pourrais vous recommander auprès de charmantes jeunes femmes. Après tout, vous n'êtes pas très exigeant, à condition que la dame soit maternelle. Une veuve avec des enfants conviendrait à merveille. Par exemple lady Doctorow. Elle n'est pas particulièrement belle, mais seules les mauvaises langues disent qu'elle est grasse. En tout cas, elle est très maternelle et, comme elle a déjà cinq enfants, elle adorera Pippa.

— Non, grommela Alex. Il ne faut pas que mon épouse ait d'autres enfants.

— Mais...

Charlotte fut interrompue par Daphné Blanc.

— L'enfant s'est endormie le nez dans une assiette, annonça-t-elle.

Tout le monde se retourna vers la petite fille qui avait en effet la joue posée sur une assiette de crème glacée, des traces de fraises et d'herbe autour de la bouche. Charlotte en eut le cœur serré.

Alexander la prit dans ses bras et chercha une serviette propre pour essuyer son petit visage. Comme il n'en trouvait pas, il déposa purement et simplement Pippa sur les genoux de Charlotte.

— Vous voulez bien la tenir une seconde? demanda-t-il avec son sourire le plus charmeur. Je vais voir si la nurse n'est pas tombée dans la mare.

D'où elle était, Charlotte pouvait constater que la nounou prenait du bon temps, flirtant avec les quatre valets du comte et le serviteur du baron.

Dieu merci, Pippa ne s'était pas réveillée. Alex ne plaisantait pas, il avait vraiment besoin d'une mère pour sa fille. Or il semblait avoir jeté son dévolu sur Charlotte. L'espace d'une seconde, elle eut envie de poser l'enfant à côté, mais… elle dormait si bien, la joue contre son genou. Alors la jeune femme ne bougea pas, partagée entre l'indignation et la tendresse.

Alex s'attardait avec les domestiques, et elle s'aperçut que ses compagnons la regardaient d'un drôle d'air.

— Votre belle robe va être abîmée, dit Daphné avec son fort accent français. Elle vient de chez Antonin Carême, n'est-ce pas? Ce comte ne brille pas par ses bonnes manières!

Will était songeur. Une fissure apparaîtrait-elle entre Charlotte et son séduisant ami? Peut-être pourrait-il en profiter ? Mais non, se dit-il en soupirant. Mieux valait courtiser Daphné et oublier le rêve d'avoir un jour la ravissante miss Calverstill dans son lit.

Charlotte se sentit rougir. La manœuvre d'Alex manquait de subtilité ! Elle avait l'impression qu'il testait sa capacité à devenir mère !

Lucien remarqua son embarras et s'approcha d'elle.

— Je peux ? fit-il avant de saisir la petite fille endormie dans ses bras. Je vais l'emmener se promener.

Charlotte se tourna vers Daphné. La jeune fille, les yeux soudain noyés de larmes, regardait dans le vague. Will, comprenant qu'elle n'aimait pas manifester son émotion devant tout le monde, lui tendit la main pour l'aider à se lever.

— Allons faire un tour, nous aussi, voulez-vous ? suggéra-t-il.

Ils prirent la direction opposée.

Alex revenait, un linge humide à la main. Il s'arrêta, surpris, en ne voyant plus sa fille.

— Lucien l'a emmenée se promener, expliqua Charlotte.

Il se laissa tomber sur l'herbe près d'elle.

— Lucien et Daphné vivent en Angleterre depuis plusieurs années ? reprit-elle.

— Je crois, oui.

— Et il était marié, avant ?

— Oui.

— Je pense qu'il avait aussi un enfant, murmura Charlotte. Voilà pourquoi Daphné a paru si triste. C'est horrible !

Alex se tut. Il était arrivé à cette même conclusion un peu plus tôt, quand Lucien et lui avaient disputé un assaut dans la longue galerie des ancêtres à Sheffield House, Pippa non loin d'eux dans un petit siège. En général, ses amis ignoraient Pippa, ou suggéraient que cette enfant mal élevée serait mieux à la nursery.

Lucien n'avait rien fait de tel. Durant une pause, il était même venu s'agenouiller près de l'enfant et lui avait parlé doucement.

— J'ai demandé aux domestiques de tout ranger, dit Alex. Voulez-vous que nous marchions un peu ?

Ils se dirigèrent en silence vers la mare, là où, un peu plus tôt, Will avait demandé la main de Charlotte. Mais au lieu de s'installer sur le banc, ils se laissèrent tomber sur l'herbe. Sans se soucier d'abîmer davantage sa robe, la jeune femme s'assit par terre, les genoux entre les bras.

Alex s'allongea, les mains croisées sous la tête, et il observa Charlotte entre ses cils. Il put à loisir contempler son dos mince, son cou de cygne, la courbe de sa joue. Inutile de se demander pourquoi il la désirait autant : c'était ainsi. Il avait envie de la sentir frémir sous ses caresses. Et, comme il avait besoin d'une épouse, cet étrange accès de désir ne pouvait tomber mieux. Charlotte serait une ravissante comtesse, une délicieuse compagne au lit et, tôt ou tard, elle deviendrait une mère idéale pour Pippa.

— Je suppose, dit-il en se redressant pour s'asseoir, que vous m'avez trouvé bien impertinent de poser ma fille sur vos genoux sans demander votre avis. En fait, c'était même grossier... Cette robe est-elle une création française ?

Il effleurait une trace de fraise sur son genou.

— Oh, je ne m'attendais pas à mieux de votre part, rétorqua-t-elle, mielleuse.

Il éclata de rire.

— Touché !

— Récapitulons, continua-t-elle. Vous avez complètement oublié notre première rencontre, au cours de laquelle vous avez... Mais peu importe. Lors de notre deuxième rencontre, vous m'avez touchée de façon inconvenante. Et à la troisième, vous avez menti au baron Holland, dont vous vous prétendez l'ami, et vous vous êtes imposé dans son pique-nique. Enfin, vous avez posé une enfant sale sur mes genoux. J'ai donc tendance à penser que vous ne faites rien qui échappe à la critique, et je n'attends pas de votre part une attitude courtoise.

Alex remarqua qu'elle n'avait pas chassé sa main de son genou.

— Vous avez entièrement raison, reconnut-il.

Il laissa un peu remonter sa main, et cette fois elle la repoussa.

— Assez !

Il rit.

— Voyez-vous, j'ai des circonstances atténuantes. Je ne suis père que depuis peu, et je ne me sens pas tout à fait à l'aise dans ce rôle, surtout en public.

— Au contraire, j'ai rarement vu un homme aussi détendu que vous, dans cette situation.

— D'autre part, poursuivit-il, je ne pensais pas trouver une femme que je souhaiterais épouser dès mon retour. J'ai été pris de court !

— Je sais pourquoi vous voulez vous marier, répliqua-t-elle. Vous avez besoin d'une nurse pour vous occuper de votre fille.

— Vous ne ressemblez à aucune nurse que je connaisse. Où est votre coiffe amidonnée ?

Il laissa courir les doigts sur ses boucles brunes.

— Les nurses, insista-t-il en glissant vers la base de son cou, portent des vêtements qui cachent leurs clavicules. Je suis devenu un expert, après en avoir eu cinq chez moi en quelques semaines. Les nurses ne permettent jamais aux hommes de voir quelque chose d'aussi ravissant que ceci...

Sa main s'arrêta près de la vallée délicieuse entre ses seins, et elle retint son souffle. Un instant, elle fut submergée par le désir, puis elle recula. C'était exactement ce qui s'était passé, trois ans plus tôt. Allait-il la séduire ici, dans l'herbe, au beau milieu de la journée ? Mais peut-être le comte avait-il l'habitude de séduire les jeunes femmes n'importe où ? Cette fois, elle n'avait pas l'intention de céder !

— Milord, dit-elle froidement, je vous prie de surveiller vos mains. Certaines personnes trouvent les caresses non désirées... détestables.

Les prunelles d'Alex s'assombrirent, et il approcha son visage de celui de Charlotte.

— Et c'est votre cas ?

Elle garda un silence prudent. Lentement, sans la quitter des yeux, il prit sa main et la porta à ses lèvres, pour mordiller délicatement le bout de ses doigts. Elle baissa les paupières afin de dissimuler son trouble.

— Peut-être avez-vous raison, dit-il, une pointe d'amusement dans la voix. Ma tante Henrietta ne peut s'attendre à ce que j'épouse une femme qui ne veut pas de moi...

— Exactement ! s'écria Charlotte qui reprenait ses esprits et dégagea sa main. Je sais ce que souhaite votre tante Henrietta : une demoiselle à peine sortie du couvent. Elle tombera folle amoureuse de vous au premier regard et ne s'inquiétera probablement pas de votre âge avancé... Ou pas trop, corrigea-t-elle méchamment. Après tout, vous êtes comte !

— C'est vrai. Et il serait judicieux que je lui montre les couronnes dessinées sur mon carrosse, au cas où elle oublierait mon rang.

— Bonne idée. Vous commencez à appréhender la situation, milord. Les hommes qui ont des cheveux blancs ne peuvent s'attendre au même succès que les jeunes gens.

— Et que devrai-je faire, reprit Alex d'un ton étrangement doux, si je n'aime pas cette jeune fille autant qu'elle m'aime ? Vous comprenez mon problème ? J'ai un net penchant pour les femmes plus mûres, de celles qui fréquentent les salles de bal depuis trois ou quatre ans...

Charlotte vit rouge. Personne n'avait jamais osé insinuer qu'elle était une femme mûre, autrement dit une vieille fille !

— Le problème, c'est qu'une femme plus expérimentée aurait trop de force de caractère pour accepter votre offre, milord, répliqua-t-elle, heureuse de sentir que sa voix ne la trahissait pas.

Alex poussa un gros soupir. Il avait repris sa main, qu'il porta de nouveau à ses lèvres.

— Je suis navré, Charlotte, mais mon cœur s'est arrêté sur cette femme plus âgée – elle doit avoir au moins vingt ans – et je suis certain de ne pas lui préférer une adolescente, si docile fût-elle.

Charlotte était furieuse. Quelle conversation absurde ! Elle connaissait à peine cet homme, et déjà ils parlaient mariage ! En outre, il l'insultait.

— Je suis sûre que lorsque vous aurez pris cette pénible décision, vous trouverez plus facile d'aller jusqu'au bout que vous ne l'imaginez.

Alex émit un grognement. Comme elle levait les yeux vers lui, étonnée, il la saisit à bras-le-corps et la mit à genoux pour l'attirer contre lui.

Elle aurait dû lutter, mais ses sens la trahirent, et elle lui offrit son visage comme si c'était la chose la plus naturelle du monde.

Il prit ses lèvres, et elle fut aussitôt enivrée par sa chaleur, par sa virilité.

Lorsqu'il quitta sa bouche, ce fut pour parsemer son visage de baisers délicats qui la bouleversèrent.

Il frissonna. Pourtant il fallait qu'il arrête. Ils s'embrassaient en plein air, et ruiner la réputation de Charlotte n'était pas un bon moyen de commencer une relation.

Aussi, sans un mot, il recula, la fit pivoter et l'attira entre ses jambes en l'enlaçant. Il fallait qu'il se calme. Elle resta un moment tendue, avant de se laisser aller contre lui.

Alex posa le menton sur ses cheveux parfumés.

— Je vous accorde une semaine pour accepter ma proposition, dit-il à voix basse. Ensuite, je serai sans doute dans l'obligation de vous enlever.

Elle voulut protester, mais il posa fermement les doigts sur sa bouche.

— Non.

Ils demeurèrent un moment sans parler, puis il sentit de petites dents lui mordre les doigts.

— Mon Dieu ! soupira-t-il. J'ai oublié que je vais épouser une femme qui a perdu ses dents de lait...

Charlotte ne savait que dire. Elle se rendait compte qu'elle aurait pu faire l'amour avec cet homme ici même, en plein soleil, au beau milieu de Hyde Park. Elle ne se reconnaissait plus.

Quand il la mit debout, elle trouva enfin le courage d'affronter son regard, et son cœur fit un bond dans sa poitrine. Son expression ne trahissait aucune ironie, aucun sarcasme. Il ne la regardait pas comme si elle était une fille facile, mais… comme un nectar dont il ne se lasserait jamais.

— Savez-vous que nous avons la même forme de sourcils ? murmura-t-il. Pensez-vous que ce soit cette ressemblance qui m'ait rendu fou de désir, les deux fois que nous nous sommes vus ?

Charlotte se mordit les lèvres pour ne pas rectifier. Vous ne vous rappelez pas que vous m'avez séduite dans un jardin, il y a trois ans ? songeait-elle.

Il lui prit le menton, la forçant à lever la tête.

— Nous allons nous marier, dit-il calmement.

Il se rembrunit en voyant un petit pli se creuser sur son front.

— Êtes-vous fiancée ? Déjà mariée ?

Elle secoua la tête.

— Alors, reprit-il avec assurance, nous nous marierons par autorisation spéciale dans une semaine.

— Non, dit Charlotte.

— Non ?

— Non, milord, répéta-t-elle avant de se diriger vers les voitures, encore tremblante de désir, mais l'esprit clair.

Alex traitait les femmes comme des pions. Si elle ne l'avait pas rencontré trois ans plus tôt, sans doute se serait-elle laissé abuser par sa fière allure, la douceur de ses baisers. Mais il était sorti de sa vie pour l'oublier aussitôt, bien qu'il eût pris sa virginité. De toute évidence, ce qui lui avait paru à elle une expérience bouleversante n'avait été pour lui que de la routine. Et s'il lui proposait de l'épouser aujourd'hui, c'était uniquement afin d'avoir une nurse à demeure pour sa fille.

Jamais elle ne se marierait pour cette seule raison. En outre, ce coureur de jupons irait séduire d'autres femmes dès qu'elle aurait le dos tourné !

Ils marchaient en silence l'un à côté de l'autre. Si seulement elle n'avait pas eu le cœur à l'envers, rien qu'à le regarder ! Même en cet instant, elle avait envie de se rapprocher de lui, de nouer les bras autour de son cou, de...

Et si elle l'épousait ? Ils partageraient le même lit. Elle soupira. Non. Son père respectait et aimait sa mère, elle devait suivre leur exemple. Ce comte était un homme étrange, un peu brutal, parfois impoli. Il serait difficile à vivre. Elle voulait un homme qui l'aime, même si elle n'éprouvait pas un désir violent pour lui. Le désir ne pouvait être la base du mariage.

Leurs compagnons étaient déjà près des voitures. Pippa semblait parfaitement heureuse : elle jouait sous les arbres avec l'un des valets d'Alex.

Daphné, en revanche, était contrariée. Le comte de Sheffield avait des manières bien relâchées, pour un hôte, et cela choquait son sens des convenances. Quant à lady Charlotte, remarqua-t-elle, elle était encore plus échevelée qu'une heure auparavant. Ces aristocrates britanniques, jamais elle ne les comprendrait !

Alex, quant à lui, ne pensait qu'à Charlotte. Jamais il n'avait vu de femme aussi belle, avec ses lèvres rouges et ses boucles qu'il avait décoiffées. Quoi qu'elle en dise, elle lui appartiendrait. Elle avait tout ce qu'il souhaitait : une véritable douceur, et en même temps une passion débridée qu'il n'avait jamais connue chez une dame de haute naissance.

Il serra les dents. Il était allé trop vite, voilà tout. Charlotte était une ravissante jeune femme, courtisée par la moitié de Londres. Comment avait-il espéré la gagner en lui annonçant tout simplement qu'ils se marieraient une semaine plus tard ? Il l'avait effrayée. Il lui fallait se montrer plus patient, la choyer.

Poliment, il accompagna Daphné à son carrosse, et tout aussi poliment il salua Will qui ramenait Charlotte dans sa propre voiture. Il ignora le sourire glacial dont la jeune femme le gratifia. Elle lui faisait grise mine, de toute évidence.

7

Au cours de la semaine suivante, tout Londres se délecta de voir le comte de Sheffield faire le siège de la belle lady Charlotte Daicheston. Personne n'aurait su dire ce qu'elle en pensait. Elle riait et flirtait avec tous ses soupirants, sans montrer de penchant particulier pour le comte. Les commères la virent lui accorder deux danses, puis deux à un autre comte, Braddon Chatwin. Ensuite, elle dansa deux fois avec Will Holland, et avec un homme qui aurait pu être son père, Sylvester Bredbeck.

La question intéressante était : *lui avait-on dit ?* Charlotte battait-elle froid à Alexander Foakes parce qu'elle était au courant de son impuissance, ou se contentait-elle de suivre son instinct ?

En vérité, personne ne lui en avait parlé. Toute la bonne société était au courant, sauf Charlotte. Elle s'interrogeait au sujet du mariage d'Alex, à cause de quelques remarques surprises ici ou là, mais elle n'en avait pas tiré de véritables informations. Et l'impuissance n'était certes pas une idée qui lui serait venue à l'esprit, concernant Alex. Elle aurait même pu attester qu'il était très bien loti, de ce côté !

Adélaïde s'inquiétait. Si elle n'avait pas été quasi certaine qu'Alex était celui qui avait défloré sa fille, trois ans auparavant, elle lui aurait avoué la vérité en la priant – non, en lui ordonnant – de cesser toute relation avec lui. Mais que faire ? Charlotte ne s'était pas confiée à elle, et elle ne semblait guère avoir envie d'aborder le sujet.

Quant au duc, qui n'était pas au courant de l'ancienne mésaventure de sa fille, il s'opposait farouchement à ce que Charlotte se marie avec le comte.

— D'ailleurs, j'ai bien l'intention d'être clair, annonça-t-il à sa femme. Je le lui dirai, s'il a l'impudence de me demander la main de Charlotte. Je ne veux pas qu'une de mes filles se marie avec une chiffe molle, un...

Il s'interrompit, se rappelant qu'il y avait des expressions que l'on ne pouvait prononcer devant une dame, fût-elle son épouse.

— Je comprends, Marcel, le calma Adélaïde. Et je suis de votre avis, naturellement. Toutefois, je pense que nous devrions autoriser Charlotte à choisir ses cavaliers...

— Elle n'est au courant de rien, je suppose ?

— En effet.

— Eh bien, il faut que vous lui parliez, un point c'est tout. Ce sera un peu embarrassant, mais elle doit savoir que cet homme a... un handicap. Bon sang ! Vous avez bien expliqué certaines choses à Violetta et Winnifred, avant leur nuit de noces, non ?

— Oui, mais...

— Il le faut, Addie. Nous ne pouvons laisser Londres se moquer de notre fille. La moitié des gens pensent qu'elle ne songe qu'à l'argent, et que peu lui importe si un homme est... inapte. Je ne veux pas de ça, vous m'entendez ? Savez-vous combien de personnes m'ont demandé quel effet cela faisait d'avoir une fille courtisée par un coquelicot avachi ?

— Un coquelicot avachi, répéta Adélaïde, abasourdie. Un coquelicot avachi... Ce n'est pas mal.

Le duc était rouge d'indignation.

— Ne prononcez pas cette expression, Adélaïde. Ce n'est pas convenable. Vous comprenez ce que je veux dire, n'est-ce pas ? On lui cherche sans cesse de nouveaux surnoms. Et croyez bien que je le plains, d'autant que j'ai beaucoup d'estime pour lui. Il a fait un discours tout à fait intéressant à la Chambre des lords, l'autre jour, à propos des révoltes paysannes. Personne ne songeait alors à parler de son infirmité, croyez-moi. Malgré cela, ce n'est pas un homme que l'on a envie de voir entrer dans la famille. Il ne peut pas avoir d'enfant, Adélaïde. Y avez-vous songé ?

Il lançait à sa femme un regard noir.

— Je ne suggère pas que Charlotte l'épouse, Marcel, protesta la duchesse. Mais je n'ai pas envie d'aborder ce sujet avec elle. Après tout, elle ne manifeste aucun signe de préférence à son égard. Pourquoi ne pas laisser la situation en l'état, pour l'instant ?

— Parce qu'il risque, d'un moment à l'autre, de parvenir à ses fins. Vous auriez dû l'entendre, l'autre jour ! Cet individu sait parler, et en outre il est diablement beau. À le voir, jamais on ne pourrait imaginer son infirmité. Sans ce problème, il ferait un gendre parfait !

— Je vois, vous craignez qu'elle ne tombe amoureuse de lui...

— Si cela arrivait, nous serions dans de beaux draps ! Vous savez combien Charlotte est têtue.

Nous n'avons même pas pu empêcher Winnifred d'épouser cet Américain, pourtant c'est la plus docile de nos filles. Si Charlotte se met en tête de se marier avec lui, elle le fera, sans se soucier des conséquences.

Il se laissa lourdement tomber sur le lit.

— Seulement, elle ne sera pas épanouie, Addie, reprit-il. Elle pourra bien peindre des heures entières dans son atelier, cela ne la rendra pas heureuse.

Il attira sa femme près de lui et conclut :

— Ce ne serait pas bien...

Adélaïde se lova contre lui. Devait-elle lui parler de l'expérience malheureuse de leur fille dans le Kent ? Non, décida-t-elle. Il serait fou de rage et se précipiterait pour défoncer la porte d'Alexander Foakes. En outre, elle était inquiète au sujet de l'autre jumeau. Si c'était lui... Quel était son nom, déjà ? Un prénom irlandais. Si c'était lui qui l'avait séduite dans le jardin ? Charlotte serait-elle capable de les différencier ?

— Il y a une chose qui me déroute, Marcel. Sarah Prestlefield m'a dit qu'Alexander Foakes avait une fille. Il paraît même qu'elle le suit partout, au lieu de rester avec sa nurse. Elle a environ un an, elle est fort mal élevée, et elle ne quitte pas son père d'une semelle. Or Sarah prétend qu'elle est tout son portrait. Comment serait-ce possible s'il est... euh... en état d'incapacité ?

— Je l'ignore. Je n'ai pas entendu parler de cette enfant. Mais vous savez, Adélaïde, ce pourrait être la fille de n'importe qui. Je crois que sa femme est décédée. Il a pu l'adopter. Ou alors il n'est pas le vrai père.

Il y eut un bref silence.

— Mon Dieu, que tout cela est désagréable ! soupira enfin la duchesse. Moi, je l'aime bien, Marcel. Vraiment. Êtes-vous absolument sûr ? Peut-être ne sont-ce que des ragots.

Il hocha la tête.

— Sa première femme, une certaine Maria Colonna, a demandé au pape l'annulation de leur mariage, pour cause d'impuissance, et Alexander n'a pas contesté les faits. Elle était d'une bonne famille de Rome, où cet événement a été considéré comme une disgrâce. Elle est morte il y a quelques mois, et il est rentré en Angleterre. Avec l'enfant, certainement, bien que personne ne m'en ait parlé.

Adélaïde tentait de mettre de l'ordre dans ses idées. Elle avait un autre problème : elle ne voulait pas que Charlotte apprenne qu'Alexander et son frère étaient venus au bal de ses débuts et qu'elle les avait vus, sans pour autant la prévenir. La jeune femme risquait de se mettre en colère, de penser que sa mère l'avait trahie !

Marcel brisa le silence.

— Chez Brooks, on a engagé des paris au sujet de notre fille. L'épousera-t-elle ou pas ?

Il se garda de préciser qu'il y avait d'autres paris consacrés à Charlotte. Le mariage serait-il annulé ? Charlotte prendrait-elle un amant dans l'année suivant le mariage ? S'arrangerait-elle pour être enceinte d'un autre homme, donnant ainsi à Alex un héritier qui ne lui ressemblerait pas forcément ?

— C'est une situation épineuse, Addie. Pourquoi n'encouragez-vous pas Braddon Chatwin ? Il est comte, lui aussi, et même s'il n'est pas très brillant, j'ai bien connu son père. Il était sain.

« Sain » était un grand compliment dans la bouche du duc.

— Non seulement cet Alexander est impuissant, poursuivit-il, mais pire encore, il a un enfant. Il s'attirait sans cesse des ennuis, autrefois. Pas très graves, je le reconnais, juste les habituelles bêtises des jeunes gens. Petits déjeuners au champagne avec des courtisanes, ce genre de choses. Ce n'était pas un libertin à proprement parler, mais...

Il s'interrompit, se rappelant qu'Alexander Foakes avait été réputé pour ses aventures féminines.

— Peut-être a-t-il eu un accident de cheval, marmonna-t-il. Mais si ce mariage se faisait, nous nous retrouverions avec une enfant malheureuse dont le nom serait traîné dans la boue. Nous n'avons pas de pape pour remédier à ce genre de situation, en Angleterre. Le scandale gâcherait sa vie. Et ce ne serait pas bon pour Horace non plus, quand il héritera du titre.

— Oh, Marcel, intervint Adélaïde, vaguement agacée, je crois que vous exagérez l'importance de cette histoire. Inutile de nous tracasser à ce point. Enfin, Charlotte a seulement dansé avec lui quelques fois !

— C'est faux, rétorqua-t-il. Elle l'a accompagné à un pique-nique, et on raconte qu'elle a passé un peu de temps seule avec lui. Des ragots de domestiques, vraisemblablement, mais le mal est fait. Si cela continue, elle sera détruite, et avant même de l'avoir épousé !

Adélaïde digéra sans mot dire cette histoire de pique-nique dont elle n'était pas au courant.

— Je ne vois pas pourquoi, s'entêta-t-elle néanmoins. S'il est impuissant, pourquoi reprocherait-on à Charlotte de passer du temps avec lui ? Il n'y a aucun mal à se distraire avec un... coquelicot avachi.

Marcel la fusilla du regard.

— Ne répétez jamais cela, madame, on pourrait vous prendre pour une femme aux mœurs dissolues. Et depuis quand les racontars des domestiques obéiraient-ils à la logique ?

— Ce n'est pas logique, Marcel, mais en plus c'est ridicule. Comment Charlotte pourrait-elle être déshonorée par un homme impuissant ?

— Le fait est que tout le monde en parle. Les gens attendent seulement qu'elle fasse un faux pas. Il faut absolument qu'elle mette les choses au point avec lui.

— Bon, céda enfin Adélaïde, je lui parlerai. Mais toute cette histoire est étrange, mon ami. Alexander courtise Charlotte comme si... Ma foi, il semble tellement déterminé que je penserais que c'est l'union la plus romantique qui soit, s'il n'y avait ce problème de...

— Je sais, je sais.

— Alors, pourquoi voudrait-il l'épouser ?

Marcel refusait l'idée que Foakes pût être un coureur de dot. Il avait trois fois plus d'argent que lui !

— Peut-être par esprit de compétition, dit-il. Vous vous rappelez quand je vous courtisais, Addie ? Tous ces freluquets qui vous tournaient autour... Je ne me souciais guère d'eux, bien sûr, mais lorsque vous avez accepté de m'épouser, cela a augmenté le plaisir de la victoire. Il y avait un chevalier... plutôt beau garçon, vous vous souvenez ?

— Le chevalier Noland, répondit-elle dans un sourire.

— Lui, il m'a un peu tracassé, avoua joyeusement Marcel. Mon Dieu, à y repenser, il y avait aussi des paris sur moi, chez Brooks. Je me rappelle Glimflabber... Un jour, chez Paul, il s'est flatté d'avoir dansé deux fois de suite avec vous, et il m'a conseillé de renoncer à vous !

Adélaïde écoutait patiemment.

— C'était Glendower, chéri, pas Glimflabber.

— C'est le soir même que vous m'avez accordé votre main, Addie, et c'était merveilleux de voir la tête de Glendower quand l'annonce a été officielle. Il ne faisait plus tant le malin ! Mais il a tout de même décrété que vous m'épousiez pour mon titre. Une façon comme une autre de se consoler...

Elle se leva et posa un rapide baiser sur le front de son mari.

— Je vais parler à Charlotte sur-le-champ.

Marcel lui prit les mains.

— Dites-lui, Addie, que je refuserai la demande en mariage de Foakes, s'il se décide. Je n'accepterai pas ce garçon comme gendre.

Il était dix heures du soir, et Charlotte aurait dû se trouver au lit, en train de penser à ses rendez-vous du lendemain. Pourtant, au lieu de se diriger vers la chambre de sa fille, Adélaïde monta à l'atelier.

Charlotte se tenait immobile devant son chevalet.

— Puis-je entrer, chérie ? demanda la duchesse.

Elle vint près de sa fille.

— C'est ravissant ! Vraiment ravissant ! s'écria-t-elle.

Charlotte avait terminé le portrait de Sophie York. La jeune fille était assise sur un arbre abattu, au milieu d'une clairière. Le sol était jonché d'un tapis de jacinthes qui s'étendait jusque dans le sous-bois. Les plis de sa robe étaient merveilleusement reproduits, mais son expression… Plutôt que de laisser son regard errer au loin, comme sur la plupart des portraits, Sophie regardait directement le spectateur, un petit sourire ironique aux lèvres. Et il y avait comme une invite dans son regard. En fait, elle n'avait pas l'air d'une lady. À cause de sa lèvre inférieure si pulpeuse ? se dit Adélaïde.

— Ciel ! J'espère que tu ne montreras pas ce tableau à Héloïse !

— Non, rassurez-vous, maman. Je vais le garder, et je l'offrirai à l'époux de Sophie, quand elle se mariera. Elle est très séduisante, n'est-ce pas ?

Adélaïde sourit.

— C'est un excellent portrait, Charlotte, et fort ressemblant.

Elle se rappela soudain la raison de sa visite. Pourquoi Marcel et elle hésitaient-ils à aborder le sujet crucial avec Charlotte ? Les jeunes femmes étaient tellement averties, à présent. Bien plus qu'elle au même âge.

Elle alla s'asseoir sur le sofa et fit signe à sa fille de venir la rejoindre.

— Il faut que nous parlions, chérie.

Charlotte obtempéra à contrecœur. Elle avait une vague idée de ce que sa mère voulait lui dire. Ces derniers temps, où qu'elle aille, il se trouvait quelqu'un pour lui demander ce qu'elle pensait du comte de Sheffield. Or cet intérêt excessif lui paraissait étrange. Les gens semblaient fascinés par la cour que lui faisait Alex, alors qu'ils ne s'occupaient guère de Braddon Chatwin, qui était pourtant comte également.

Pour sa part, elle ne cessait de penser à Alex, jour et nuit. Elle oscillait dangereusement entre l'exaltation devant son insistance, et la crainte de subir une terrible humiliation si elle acceptait de l'épouser. Elle s'imaginait, reléguée dans sa maison tandis que son époux sortirait avec d'autres femmes. Et les séduirait peut-être dans son propre jardin...

Adélaïde ne savait pas par où commencer.

— Ton père et moi avons remarqué, dit-elle enfin, que le comte de Sheffield s'intéresse à toi.

— En effet, murmura Charlotte.

— Nous... nous avons l'impression que tu devrais connaître les circonstances de son précédent mariage.

— Son précédent mariage ?

— Tu n'ignores pas qu'il a déjà été marié ?

— Non. J'ai même rencontré sa fille.

— Oh ! Bon... Alexander Foakes a été marié à une Maria, Maria quelque chose... Au bout d'un an, cette femme a demandé l'annulation au pape. Sous le prétexte d'impuissance.

Adélaïde observait sa fille avec anxiété.

— Impuissance ? De quoi s'agit-il ?

C'était bien ce qu'Adélaïde redoutait. Elle se lança alors dans une série de demi-vérités et d'euphémismes, au milieu desquels Charlotte avait du mal à s'y retrouver.

— Vous voulez dire qu'il n'a pas... de parties génitales ? C'est faux.

Adélaïde sursauta.

— Qu'en sais-tu ? demanda-t-elle sèchement.

— C'est *lui*, maman. C'était lui, il y a trois ans.

— Ah.

Un petit silence.

— « Impuissant » ne veut pas dire que l'organe en question n'existe pas, Charlotte. Mais seulement qu'il ne fonctionne pas... normalement.

Charlotte n'avait aucune idée de ce que sa mère voulait dire.

— Je n'y arrive pas ! s'écria la duchesse, frustrée. Ce n'est pas une conversation convenable !

Son regard se posa sur le portrait, et elle eut une inspiration subite.

— Si tu demandais à Sophie de t'expliquer ? Je suis navrée de me montrer si maladroite, chérie, mais ces choses ne sont pas... ne font pas partie de mon vocabulaire. J'ai dit l'essentiel à tes sœurs parce que je ne voulais pas qu'elles arrivent ignorantes au mariage. Ma mère ne m'avait pas avertie, et ma nuit de noces a été un véritable choc.

Sans doute, se dit Charlotte qui repensait à la douleur violente qu'elle avait éprouvée dans le jardin. Elle y avait souvent songé, depuis. Comment les femmes pouvaient-elles supporter cela toutes les nuits ?

— Ne vous inquiétez pas, maman, dit-elle doucement. Quel que soit le problème, cela n'a pas d'importance, car j'ai décidé que je n'épouserais pas Alexander. Je le lui ai déjà dit et, quand il comprendra que je suis déterminée, il cherchera quelqu'un d'autre pour...

Elle ne termina pas sa phrase, et Adélaïde la regarda, inquiète.

— Si c'était bien lui, autrefois, dit-elle avec une légère hésitation, ne serait-ce pas une bonne idée de l'épouser ? Après tout, il...

— Non ! déclara fermement Charlotte.

Il y eut une pause, puis la jeune femme prit gentiment les mains de sa mère pour l'aider à se lever.

— Tout va bien, maman. Je vais demander des éclaircissements à Sophie. Et vous pouvez assurer à papa que je n'ai pas l'intention d'épouser Alexander Foakes, quel que soit son problème.

Elle était néanmoins persuadée que tout fonctionnait normalement de ce côté-là, chez lui !

Adélaïde se retourna sur le seuil.

— As-tu entendu parler du jumeau d'Alexander, Charlotte ?

— Oui.

— Ne penses-tu pas que tu aurais pu les confondre ? Ils se ressemblent comme deux gouttes d'eau. Même leurs proches ont du mal à les différencier.

— Comment pouvez-vous penser cela ? Vous savez ce qui s'est passé, cette nuit-là ! Et je ne reconnaîtrais pas cet homme ?

— Mais il faisait sombre, ma chérie, n'est-ce pas ? Et puis c'était il y a trois ans, et il devait porter un masque...

— Non. Non, c'est impossible, murmura Charlotte. Je retrouve la forme de ses pommettes, la courbe de sa mâchoire... et même son odeur.

— Ma chérie... soupira Adélaïde en prenant sa fille dans ses bras.

— C'est lui, maman, c'est lui qui ne me reconnaît pas !

La duchesse se crispa. Elle n'avait jamais envisagé cette possibilité ! Dans son idée, Alexander avait reconnu la belle jeune fille dont il avait terni la vertu, et il la courtisait – en dépit de son infirmité – par sens du devoir, peut-être. Mais ne pas reconnaître sa fille, sa ravissante, sa délicieuse fille ? Elle contempla Charlotte d'un air effaré.

Même maintenant, avec les larmes qui roulaient sur ses joues, Charlotte était, objectivement, l'une des plus belles femmes qu'elle connût. Son visage s'était affiné, sa nouvelle coiffure mettait ses grands yeux en valeur, mais pour l'essentiel elle n'avait pas changé. Elle avait toujours ses sourcils arqués. Comment ne pas reconnaître ces sourcils ?

Adélaïde fut soudain submergée par un accès de colère comme elle en avait rarement éprouvé.

— Quel monstre ! L'infâme goujat ! J'aurai sa peau !

Charlotte fut stupéfaite. Sa mère n'exprimait jamais ses émotions. Le jour où elle l'avait vue vraiment bouleversée, c'était quand le portier de leur propriété à la campagne avait battu son épouse parce qu'il était ivre. Elle était allée le voir pour lui dire que si elle entendait raconter qu'il avait bu plus de trois chopines de bière à la suite, elle le chasserait sur-le-champ...

Elle posa une main sur son bras.

— Maman... calme-toi. En fait, on pourrait dire que je l'ai échappé belle. Je... Peut-être que si je ne l'avais pas connu il y a trois ans, je ne saurais pas lui résister aujourd'hui, car je ne saurais pas que c'est un...

— Libertin !

— En tout cas, reprit Charlotte en tremblant un peu, il a oublié notre rencontre. Et il ne faut surtout pas qu'il sache ! Vous imaginez combien ce serait humiliant pour moi ?

Elle essuya les larmes qui continuaient à couler malgré elle.

— Il dit qu'il veut m'épouser, mais il n'a même pas essayé de me retrouver. Je n'ai sans doute été qu'une aventure parmi d'autres, pour lui. Je ne cesse de me demander pourquoi je l'ai laissé faire dans ce jardin. Je trouvais cela magique, je trouvais...

Elle se détourna, et posa le front contre le mur de l'atelier.

— Quelle petite idiote j'étais ! Fascinée par le clair de lune, souillée par un homme qui ne s'en rappelle même plus ! Cela ne signifiait rien, pour lui. Rien pour lui, tout pour moi.

De gros sanglots la secouaient, et elle se balançait d'avant en arrière, les mains sur le visage.

Adélaïde, pétrifiée, ne savait comment la consoler. Elle la ramena doucement vers le sofa, et elles restèrent sans parler jusqu'à ce que les larmes de Charlotte soient enfin taries.

— Je crois que tu devrais l'épouser, reprit calmement la duchesse.

Charlotte releva la tête.

— Quoi ?

— Tu devrais l'épouser. Réfléchissons tranquillement. Jusqu'à présent, nous avons réagi avec notre cœur, pas avec notre tête. La vérité, c'est que les hommes ne prennent pas leurs aventures sexuelles très au sérieux. Oh, pas ton père, bien sûr, précisa-t-elle vivement en voyant Charlotte ouvrir de grands yeux. Ton père est un homme irréprochable. Mais beaucoup de mes amies ont été... bref, elles ont appris que leurs époux folâtraient à gauche ou à droite. Ma très chère Georgina a dû subir toutes sortes d'affronts.

— La mère de Julia ? Son mari a l'air tellement bon !

— Il l'est, ma chérie, mais c'est un homme, et il en existe fort peu qui respectent les vœux du mariage. John aime sincèrement Georgina, mais il ne voit pas la vie sous le même angle qu'elle. Au moins n'entretient-il pas une maîtresse officielle ! Et il ne choisit jamais, pour ses aventures, des femmes de notre milieu, ce qui est déjà réconfortant ! Pourquoi crois-tu que la mère de Sissy se plaigne toujours du cœur ? Simplement parce qu'elle ne supporte pas de voir son mari se pavaner dans les salles de bal, au bras de la jeune personne qu'il a installée dans une demeure de Mayfair Street.

— Pardon ?

Charlotte n'en revenait pas.

— Je crois qu'elle s'appelle Melinda, ou quelque chose d'aussi vulgaire. Elle est soi-disant la veuve d'un major, mais il est de notoriété publique que Nigel Commonweal passe le plus clair de son temps chez elle. Et si elle n'est pas invitée dans les meilleures familles, elle arrive tout de même à s'infiltrer dans la plupart des grandes soirées. Prudence ne parvient pas à l'ignorer, et je ne saurais l'en blâmer. J'ai une chance folle, avec ton père. Je n'ai encore jamais été confrontée à ce genre d'humiliation.

— Vous ne voulez pas dire que papa aussi…

— Non, je suis sûre qu'il ne me trompe pas. Mais dis-toi bien, chérie, qu'il représente une exception. L'important, c'est que ces hommes infidèles ne détestent pas forcément leurs épouses. Ils voient simplement l'acte sexuel avec plus de… libéralisme que les femmes.

— Ça ne me plaît pas du tout, maman, s'indigna Charlotte.

Sa mère sourit.

— Ça ne plaît à aucune femme. Enfin, ce n'est pas tout à fait vrai. Il y a des dames de la haute société qui parfois...

— Qui ?

C'était le genre de conversation qui cessait brusquement, lorsque Charlotte venait s'asseoir près d'un groupe de douairières. En tant qu'innocente jeune fille, elle ne devait pas avoir connaissance de ces choses.

— Cela n'a pas d'importance. Ce qui compte, c'est que si Alexander a oublié ce moment d'égarement dans le jardin, il semble te courtiser avec assiduité, et tu devrais peut-être l'épouser...

Elle s'interrompit, les sourcils froncés.

— Mais voilà que j'oublie son... problème.

Charlotte attendit patiemment, cependant la duchesse ne paraissait pas disposée à poursuivre.

— Il me semble affreusement triste d'épouser un homme en sachant qu'il me trompera, maman, dit-elle. Je suis certaine que la mère de Sissy n'imaginait pas que son mari aurait une liaison avec la veuve d'un major !

— S'il... s'il est infirme, il ne risquera pas de nouer de tels attachements. D'un autre côté, sa condition ne fait pas de lui un bon candidat au mariage.

Charlotte se mordilla la lèvre, perplexe.

— *Quelle* condition, maman ?

Adélaïde respira un bon coup.

— L'impuissance, c'est quand un homme... quand son membre est mou plutôt que dur. Un tel homme ne peut pas avoir d'enfants. Tu comprends ?

La jeune femme hocha la tête. Elle avait une assez bonne idée du fonctionnement sexuel, pas tant grâce à sa propre expérience qu'à cause du spectacle, un an auparavant, de deux chevaux qui s'accouplaient.

— Ce n'est pas bien, poursuivit la duchesse. Ce n'est pas bien qu'Alexander te courtise, vu son infirmité.

— Il est tout à fait... dur, maman, dit faiblement Charlotte. Je veux dire... je l'ai remarqué et...

Le regard d'Adélaïde se déroba.

— Vois-tu, ma chérie, un homme peut sembler apte jusqu'à la dernière minute, ou quelque chose comme ça. En tout cas, je sais qu'un mari impuissant ne peut pas faire d'enfant.

— Mais... il en a un, pourtant, et Pippa lui ressemble énormément.

Adélaïde soupira.

— Cette petite fille n'est peut-être pas... Enfin, elle pourrait être son enfant, mais pas celle de sa femme. Il pourrait l'avoir eue avant que n'apparaisse son... problème.

— Cela ne tient pas debout, maman. Il m'a dit que Pippa était un peu déséquilibrée car lorsque sa mère était malade, elle a été confiée à une succession de nurses. Il ne mentait pas !

— Je ne sais pas, chérie. Je ne comprends rien à cette histoire d'enfant, et ton père non plus. Mais le fait est que son épouse a obtenu l'annulation du mariage pour cause d'impuissance, et qu'il n'a jamais nié. Il devait être d'accord, sinon il y aurait eu un examen.

— Vous voulez dire un examen médical ?

— Oh, Charlotte, il faut que tu oublies cet homme. On ne parle que de lui, et celle qui l'épousera se retrouvera l'objet de la plus intense curiosité. Tu imagines ? S'il était normal, et si tu avais un enfant qui par hasard ne lui ressemblait pas, que dirait-on ? Non, non ! J'ignore pourquoi il te poursuit avec tant d'assiduité. Il devra se contenter du fils de son frère comme héritier.

Charlotte digérait l'idée que tout Londres parlait d'Alex. Elle eut le cœur serré en songeant à ce que l'on disait de lui. Était-il au courant ? Oui, sans doute, pourtant il ne semblait pas blessé. Et il ne donnait pas non plus le moindre signe d'inquiétude quant à sa... virilité. Rien que de repenser à l'instant où il l'avait serrée contre lui, elle sentait le feu lui monter aux joues.

— Il veut m'épouser parce que sa fille ne supporte pas les nurses, expliqua-t-elle. Il a été très honnête à ce sujet.

Adélaïde avait le cœur retourné devant le visage malheureux de sa fille. Alexander était tellement séduisant, avec ses yeux de velours !

— Ton père pense qu'il a pu avoir un accident de cheval, chérie.

Charlotte réfléchit à cette possibilité. La duchesse s'éclaircit la gorge.

— Tu vois, ma chérie, tu ne peux l'épouser. Tu es bien trop jolie pour devenir une simple gouvernante. Je veux que tu tombes amoureuse, et que tu puisses faire l'amour. Avoir des enfants. Vous, mes filles, vous aurez été ma plus grande source de joie. Je serais désespérée que tu ne connaisses pas le même bonheur.

Charlotte hocha la tête.

— Peut-être pourrais-tu suggérer à Alexander de venir parler à ton père ? Marcel saura lui dire clairement que tu ne lui accorderas jamais ta main et qu'il peut chercher une nurse ailleurs. Franchement, je lui en veux de te courtiser pour cette seule raison.

— Ce n'est pas la seule raison, protesta Charlotte d'une toute petite voix. Et je préférerais lui parler moi-même.

— Alors il faudra te montrer très ferme, Charlotte. Peut-être cela te sera-t-il plus facile, si tu gardes bien à l'esprit ce qui s'est passé il y a trois ans.

— Peut-être.

— Je pensais ce que je t'ai dit au sujet de ton père, ma chérie. Nous vivons ensemble depuis presque trente ans. Je suis sûre que tu trouveras un homme qui, comme lui, prend sa vie conjugale au sérieux. Il le fera, s'il t'aime.

Charlotte savait, au fond d'elle, que si elle n'épousait pas Alexander, elle ne se marierait jamais. Mais comment l'avouer à sa mère ? Le point de vue de ses parents était très clair. Elle-même n'attachait pas trop d'importance à cette histoire d'impuissance, mais sa mère avait confirmé ce qu'elle pensait : si Alex ne se rappelait plus leur rencontre dans le jardin, c'était un mauvais présage pour l'avenir. Or Charlotte ne voulait pas se retrouver dans la situation de la mère de Sissy, enfermée chez elle pendant que son mari faisait le joli cœur au bras d'une gourgandine. La simple idée de voir Alex sourire à une autre femme lui glaçait le cœur.

— Maman, dit-elle, je voudrais que vous me promettiez de ne jamais parler à papa de ce qui s'est passé autrefois. Je sais qu'il ne veut pas d'Alex pour gendre, mais je tiens à le lui dire moi-même.

En fait, elle ne comprenait pas bien pourquoi c'était si important. Peut-être parce qu'elle se doutait que si le duc parlait à Alex, elle ne le reverrait jamais, et cette idée lui était insupportable. Comment pourrait-elle endurer les soirées en sachant que sa voix grave ne viendrait pas, à un moment ou à un autre, murmurer à son oreille ? Comment aurait-elle envie de danser si sa main n'encerclait plus jamais sa taille afin de l'entraîner dans une valse ? Pour être tout à fait honnête, depuis le pique-nique, elle ne vivait plus que pour les instants qu'ils partageaient.

Elle alla se coucher épuisée, après avoir promis à sa mère d'informer Alex de sa décision à la première occasion.

Cette nuit-là, pour la première fois de la semaine, Charlotte ne rêva pas d'yeux sombres et de grandes mains sur elle. Elle fixa le plafond jusqu'à ce que les premières lumières de l'aube filtrent à travers les rideaux.

Alors elle sombra dans un sommeil sans rêve.

8

Charlotte dormit jusqu'à deux heures, ce jour-là. Sa femme de chambre vint plusieurs fois sur la pointe des pieds, se demandant si elle devait la réveiller, mais elle était si pâle sur son oreiller, le visage triste, même dans son sommeil, que Marie décida que sa maîtresse devait être malade et qu'il fallait la laisser se reposer.

Lorsque Charlotte ouvrit les yeux, elle demeura un moment sans bouger à repasser dans sa tête la conversation avec sa mère. Enfin, elle s'ébroua et tira le cordon de sonnette. La situation ne lui apparaissait plus si tragique, à la lumière du jour. Peut-être n'était-elle pas obligée de renoncer définitivement à Alex. Elle lui expliquerait – mais comment aborder la question ? – et ils continueraient à se voir comme avant, sachant simplement qu'il n'y aurait pas de mariage possible.

Contente de cette solution, elle agita joyeusement ses doigts de pied. Pourquoi n'accepterait-elle pas de souper avec lui, au prochain bal ? Jusqu'à présent, elle s'était arrangée pour être déjà invitée avant qu'il arrive, car il avait l'habitude de se montrer fort tard aux soirées.

Lorsque Marie apparut, suivie d'un serviteur plié sous le poids d'une baignoire d'eau chaude, elle fut surprise de trouver une Charlotte souriante qui chantonnait gaiement.

— Je vais au théâtre ce soir, Marie, annonça-t-elle. Je crois que j'irai d'abord me promener à cheval, puis je passerai chez Blackwell voir si je trouve un nouveau roman.

Elle n'avait guère le temps de lire, habituellement, mais elle était entre deux tableaux. Qu'allait-elle peindre, après le portrait de Sophie ? Elle rêva un instant d'Alex, assis sur le sofa de son atelier. Elle se pencherait vers lui afin de rectifier sa position, et ce qu'il ferait à ce moment-là lui fit monter le sang aux joues...

— Après la librairie, reprit-elle vivement, j'aimerais bien prendre un autre bain, Marie. Voulez-vous joindre M. Pommier afin de lui demander de passer me voir dans la journée ?

Deux bains ! Marie estimait qu'une grande toilette deux fois par semaine suffisait largement. D'ailleurs, sa mère lui avait souvent répété que l'eau risquait, à la longue, de pénétrer dans les poumons.

— Que voulez-vous porter ce soir, madame ? s'enquit-elle un peu plus tard.

Charlotte se prélassait dans le vaste tub avec bonheur.

— La robe blanc et noir, vous savez ?

Marie hocha vigoureusement la tête. C'était sa favorite, parmi les robes que lady Charlotte avait achetées chez Antonin Carême, bien qu'elle ne l'eût encore jamais vue sur sa maîtresse. Elle la mettrait pour aller au théâtre ? Il se passerait sûrement quelque chose d'important, ce soir.

Marie, au fil des rubriques mondaines, avait appris deux faits intéressants : le comte de Sheffield semblait ne venir aux bals que pour danser avec Charlotte, et il y avait quelque chose de sulfureux dans son premier mariage.

Elle prépara des bas arachnéens, des dessous de soie et une tenue d'équitation rouge.

— Non, pas celle-ci, dit soudain Charlotte. Le costume gris, s'il vous plaît.

Décidément, il allait se passer quelque chose, Marie en était certaine ! Le costume gris, une toute nouvelle acquisition, était moulant, avec une teinte gorge-de-pigeon rehaussée par une ganse noire qui donnait à l'ensemble une petite allure militaire. C'était ravissant... et sans doute assez inconfortable. Si Charlotte choisissait de le porter, c'était forcément parce qu'elle espérait une rencontre. La duchesse savait-elle que sa fille avait des rendez-vous au parc ?

En réalité, ce n'était pas le cas, mais Charlotte s'était levée bouillonnante d'excitation. Elle avait envie d'être au mieux de sa forme. Après tout, il n'y avait pas de mal à vouloir soigner sa tenue.

Elle sortit de la baignoire une longue jambe galbée, avant de se hisser hors de l'eau.

— Marie, voulez-vous envoyer l'un des domestiques chez lady Sophie, afin de lui demander si elle souhaite me retrouver au parc ? Merci.

Marie se hâta d'obéir. En portant le message au rez-de-chaussée, elle aurait l'occasion de voir Cecil – et peut-être de l'embrasser derrière une porte...

Une fois seule, Charlotte se passa sur le corps une crème légèrement parfumée à l'orange, puis elle se regarda dans la psyché. Depuis le réveil, son ventre la brûlait, et ses formes lui semblaient particulièrement sensuelles. Elle tenta de se contempler comme si elle était un homme. Elle avait perdu un peu de poids, ces derniers temps, mais ses seins paraissaient plus voluptueux. Dès qu'elle les regardait, elle croyait voir une grande main les effleurer… Elle frissonna et se détourna du miroir.

Elle s'habilla presque entièrement avant de s'asseoir pour attendre le retour de Marie. Qu'est-ce qui la retenait en bas ? Elle finit par sonner.

Au rez-de-chaussée, la jeune fille se dégagea vivement des bras de Cecil.

— Vas-y, vite ! le pressa-t-elle.

Lady Sophie habitait à quelques rues de là, aussi serait-il de retour en un clin d'œil.

Marie se précipita dans l'escalier de service et ne ralentit l'allure qu'avant d'entrer dans la chambre de Charlotte.

— Excusez-moi, madame, dit-elle en entreprenant de fermer la centaine de boutons qui rendaient le costume si moulant.

— Ce n'est pas grave, Marie.

La camériste sourit. Elle avait de la chance, elle en était consciente. Charlotte n'était jamais revêche et, quand elle était de moins bonne humeur, jamais elle ne la grondait. Alors qu'une de ses amies travaillait chez une jeune femme que l'on n'avait pas demandée en mariage cette saison, et qui lui envoyait régulièrement au visage des brosses, des peignes, et même un pot de crème !

On frappa discrètement à la porte, et Marie cessa de peigner Charlotte pour aller entrouvrir le battant. C'était Cecil, de retour de mission.

— Lady Sophie York sera heureuse d'aller se promener avec lady Charlotte dans environ une heure, annonça-t-il.

Ensuite, il baissa le ton.

— Et M. Cecil serait heureux de rejoindre une certaine demoiselle à la lingerie pour un tour à cheval, chuchota-t-il.

Marie lui lança un coup d'œil faussement indigné avant de refermer la porte.

Charlotte semblait amusée. Pourtant elle n'avait pu entendre Cecil, se dit la servante.

— Lady Sophie sera au parc dans une heure, répéta-t-elle.

— Merci... C'était Cecil ?

Marie s'affairait de nouveau sur les boucles de sa maîtresse.

— Oui, madame.

— Un fort beau garçon, n'est-ce pas ? demanda malicieusement Charlotte.

— Je... je ne sais pas. Voilà, madame. Vous êtes ravissante !

Charlotte lui adressa un clin d'œil par le truchement du miroir.

Sophie l'attendait, lorsque la jument de Charlotte s'arrêta devant le porche du marquis de Brandenburg. Elle descendit les marches avec légèreté, vêtue d'un costume écarlate tout aussi moulant que celui de Charlotte, et un lad l'aida à se mettre en selle.

Sophie regardait avec satisfaction la tenue grise de son amie, merveilleusement mise en valeur par sa jument noire.

— Mon Dieu ! Nous sommes superbes, toutes les deux ! s'écria-t-elle.

D'habitude, ce genre de remarque embarrassait Charlotte, mais cette fois elle ne protesta pas.

— Ne croyez-vous pas que nous ferions mieux d'emmener deux de vos lads, plutôt qu'un des vôtres et un des miens ? ajouta-t-elle en se retournant vers les deux jeunes gens qui les suivaient.

— Pourquoi ?

— Ma chérie, la taquina Sophie, leurs livrées ne sont pas assorties. Or quand deux beautés comme nous décident d'aller se promener, ne devraient-elles pas sortir avec des laquais en harmonie ?

Charlotte lui lança un coup d'œil de biais.

— Personnellement, je pense que tous les regards seront pour moi, déclara-t-elle avec impudence. Et s'il reste quelqu'un pour vous admirer, il ne remarquera pas les lads.

— Oh ! Ma douce Charlotte a des épines qui lui poussent ? Très bien ! *Allons-y, Philippe !* dit Sophie en français.

Le marquis était très fier des origines françaises de son épouse, aussi n'employait-il que des domestiques français, prétendant qu'ils apportaient à sa demeure une touche de raffinement supplémentaire. Sophie, qui avait baigné dans cette atmosphère, passait volontiers de sa langue maternelle au français.

Les deux jeunes femmes s'engagèrent dans les rues de Londres. Des vendeurs d'oranges côtoyaient des dandys, les délestant parfois d'une montre ou d'une bourse. Des petits balayeurs couraient entre les attelages, mettant leur vie en danger, mais qui se souciait de la vie d'un gamin des rues ?

— Ma mère se tracasse un peu pour la sortie de ce soir, dit Sophie.

— Vraiment ? Pourtant il ne s'agit que d'une pièce de Shakespeare, rien d'exceptionnel.

La marquise avait des idées fort arrêtées sur ce qui était convenable ou non.

— Ce n'est pas ça le problème. Mais partout où vous allez, le comte s'y trouve, et…

— Quel comte ?

— Vous le savez fort bien ! Le comte de Sheffield, évidemment ! La cible préférée des commères.

Charlotte eut le cœur serré. Sophie avait dû garder la chambre toute la semaine à cause d'un rhume, et elle n'avait pas eu l'occasion de lui parler. Si elle aussi était au courant de la prétendue impuissance d'Alex, alors la duchesse avait raison : tout Londres en parlait.

— Je n'aime pas ça ! gronda-t-elle avec fougue. Comment les gens peuvent-ils être aussi vulgaires ?

Sophie tourna vers elle un visage intrigué.

— Alors, c'est vrai ?

— Comment le saurais-je ? Il a fallu à ma mère une heure entière pour que je comprenne enfin de quoi il s'agissait !

La gouvernante de Sophie était française, naturellement, et il n'était pas rare qu'elle lui parle des hommes, bien que la marquise ne fût pas au courant.

— Peut-être pourriez-vous lui poser la question ? proposa-t-elle, une lueur diabolique dans le regard.

Face à elles arrivait Alexander Foakes en personne, monté sur son superbe étalon noir. Le cœur de Charlotte se mit à battre la chamade.

— Lady Charlotte, lady Sophie… les salua-t-il en s'arrêtant à la hauteur de Charlotte.

Il se découvrit. Avec sa veste grise et ses hautes bottes, il avait tout d'un gentilhomme.

— Monsieur, répondit-elle en hochant la tête, tandis que Sophie s'illuminait de son plus malicieux sourire.

Elle aimait bien cet homme, avec ses larges épaules et ses yeux d'orage. Il n'était pas pour elle, car il était trop sombre à son goût, mais il était parfait pour Charlotte. À condition, évidemment, que les rumeurs soient injustifiées.

— Aimeriez-vous vous joindre à nous, milord ? s'enquit-elle.

Alex hésita. Dès qu'il voyait Charlotte, il brûlait de désir. Même à présent, il avait une seule envie : la saisir dans ses bras et l'emporter… Où ? Chez lui, bien sûr. Charlotte baissait les yeux et ses longs cils ombraient ses joues.

— Je suis navré, mais c'est impossible, répliqua-t-il sans cesser d'admirer le délicat profil de la jeune femme.

Un petit soupir lui avait-il échappé, lorsqu'il avait parlé ?

Comme Sophie l'interrogeait du regard, il expliqua :

— Mon majordome m'a informé que, si je ne me rends pas chez mon tailleur cet après-midi, il me donnera sa démission !

Sophie eut un rire léger.

— Vous comprenez mon dilemme, n'est-ce pas ? poursuivit-il. Je serais désespéré au-delà de toute expression si Keating décidait de me quitter. Ah, la vie de dandy ! Je vais devoir passer l'après-midi chez le tailleur pour commander une veste, il me faudra la soirée pour me glisser dans une autre, et au moins deux heures pour nouer élégamment ma cravate.

Charlotte ne put s'empêcher de sourire et de lui lancer un coup d'œil de biais. Sa tenue était visiblement faite sur mesure, mais en aucun cas on ne pouvait le classer parmi les dandys.

— Hélas, plaisanta-t-elle, je crains qu'avec un col si petit et une cravate tellement simple... Mon Dieu, il faut en effet que vous vous précipitiez chez Shultz ! Je ne saurais trop vous recommander un pantalon jaune citron.

— Seigneur ! s'écria Alex qui se pencha vers Charlotte pour la regarder dans les yeux. Je pense que vous êtes la première dame qui ait la témérité d'aborder ce sujet avec moi !

Elle rougit légèrement. Il n'était pas convenable, en effet, de parler pantalons avec un homme.

Il continuait à la fixer avec insistance, lorsque son cheval se cabra. Il le fit reculer, afin qu'il ne blesse pas la jument de Charlotte.

Cet homme ne pouvait être impuissant, décida Sophie. Il ne serait pas aussi sûr de lui. Donc, elle allait tout mettre en œuvre pour que sa meilleure amie épouse le séduisant comte...

— Charlotte et moi parlions de la pièce de Shakespeare que nous verrons ce soir. *Le Roi Lear*, je crois. L'avez-vous vue ?

— Je la connais, mais je me réjouis à l'idée d'admirer l'acteur Kean dans ce rôle, répondit Alex.

Il souleva son chapeau et, après avoir affirmé qu'il espérait avoir le plaisir de les saluer au théâtre, il s'éloigna à contrecœur. Charlotte était si belle, dans le costume qui soulignait à merveille ses formes ! Il s'imaginait l'emmenant dans sa bibliothèque, relevant l'élégante jupe, découvrant... Son cheval protesta de nouveau, car il avait inconsciemment crispé les mains sur les rênes. Bon sang ! Il accéléra l'allure. L'histoire du tailleur était une excuse fallacieuse ; en fait, il fallait qu'il soit de retour avant que Pippa ne se réveille de sa sieste.

Il remit son cheval à un lad et se précipita dans le hall d'entrée, où il tendit l'oreille. Pas de cris perçants, ce qui signifiait que Pippa dormait. Il se rendit dans son bureau pour y trouver Robert Lowe, son secrétaire, passablement effondré. La table de travail était surchargée de papiers qui s'entassaient depuis plusieurs jours, et il le pourchassait partout afin d'obtenir des signatures.

Alex s'installa pour feuilleter rapidement son courrier, en le repassant au fur et à mesure à son assistant avec ses instructions. Soudain il s'interrompit, étonné. Il avait sous les yeux une coupure de journal, où l'on avait désigné d'une flèche un paragraphe.

Hier soir, lord F a été surpris avec lady D.
Si madame continue à flirter,
Nous espérons qu'elle fermera ses rideaux,
Ou c'est nous qui lèverons le voile.

— Qu'est-ce que c'est que ces immondices ? demanda-t-il sèchement à son malheureux secrétaire.

— J'ai juste pensé… j'ai pensé que… Enfin, j'ai considéré qu'il valait mieux que vous soyez au courant…

Alex, les yeux plissés, retourna au journal.

Un certain comte ferait mieux
de cesser de frapper à la porte.
Il faut un marteau solide
pour pénétrer chez un duc.

Alex, avec un grognement, froissa la feuille et la jeta rageusement à terre.

— Dehors ! ordonna-t-il.

Lowe ne se le fit pas dire deux fois. Il sortit, ses dossiers serrés contre lui. Grâce à Keating, toute la maisonnée connaissait la perfidie de la première épouse du comte. Et on savait également qu'il n'avait aucun problème avec son « marteau », vu le nombre de femmes qui avaient partagé son lit depuis que Maria l'avait quitté...

Alex était appuyé au manteau de la cheminée, le visage décomposé par la fureur. Qu'elle soit maudite ! Qu'elle soit maudite, cette Maria, avec ses gémissements et ses plaintes. Il frissonna de dégoût en pensant à elle.

Puis il prit une profonde inspiration et s'efforça de se calmer. Après tout, son ex-femme n'était pas directement responsable de ces vers insolents publiés dans un journal de Londres. Il aurait pu aisément refuser l'annulation, s'il l'avait souhaité à l'époque, mais cela lui avait semblé une façon providentielle de se sortir d'une horrible situation. Il se souvenait des nuits atroces, durant lesquelles Maria poussait des hurlements incohérents en lui lançant au visage tout ce qui lui tombait sous la main. En deux mois, il avait dû faire remplacer quatre fois les vitres de leur chambre, pour le plus grand amusement des domestiques.

Il se rappelait le sentiment de joie qui l'avait envahi lorsque, dans un moment d'accalmie, elle lui avait avoué qu'elle était tombée amoureuse d'un prêtre et qu'elle voulait annuler leur mariage. Il était alors sur le point de s'engager dans l'armée, malgré son statut d'héritier. Patrick aurait rempli tout aussi bien ce rôle, et il aurait fait n'importe quoi pour être débarrassé de son épouse italienne.

Il s'affala dans un fauteuil près de la cheminée, en songeant à sa première rencontre avec Maria. Il était en Italie depuis moins d'une semaine, et il était allé écouter un concert au palais Barberini. Elle était là, portrait fidèle de la jeune fille qu'il avait connue dans les jardins de Stuart Hall, cette jeune fille qu'il avait cherchée en vain pendant plusieurs semaines... Certes, elle n'était pas rousse – or il était sûr que la fille du jardin l'était. Et elle n'avait pas le même parfum de fraîcheur et d'innocence, ce qui était curieux puisque Maria était une demoiselle de bonne famille, alors que l'autre s'entraînait à devenir prostituée. Mais leurs visages avaient le même délicat contour, leurs lèvres inférieures la même sensualité.

Stupidement, il s'était imaginé que Maria et lui partageraient la passion qu'il avait connue avec la fille du jardin. Quel idiot ! Une fois mariée, elle avait montré la plus grande répugnance à tout contact physique et, lorsqu'il était enfin arrivé à la mettre dans son lit, il s'était aperçu qu'elle n'était pas l'innocente jeune fille dont parlait sa famille. Elle n'était plus vierge.

Ensuite, leur union s'était rapidement effilochée. Maria hurlait sans cesse, Alex multipliait les absences. Il partait à la campagne, s'arrêtait à la première taverne et s'enivrait jusqu'à tomber de sa chaise. Au bout d'un an, il avait fait d'énormes progrès en italien… et augmenté sa tolérance à l'alcool.

Mais il était malheureux. Il gâchait sa vie, il en était conscient.

Enfin, alors qu'il était sur le point de partir rejoindre l'armée anglaise, et qu'il ne lui restait plus qu'à avertir sa femme, Maria était venue le supplier de la libérer des liens du mariage. La libérer ! Lui qui aurait tout accepté pour effacer cette funeste union ! Étrangement, ils avaient fait l'amour, cette nuit-là, pour la première fois depuis des mois, avec même une certaine tendresse. Et Pippa avait été conçue.

En l'espace de quelques semaines, son influente famille avait tout arrangé. Alex avait eu un pénible entretien avec trois évêques, qui lui avaient demandé s'il avait un problème. Il avait répondu par l'affirmative. Il n'avait pas le genre de problème auquel ils pensaient, mais pour lui, c'était Maria le problème.

Elle était partie vivre avec son prêtre – ou ex-prêtre, supposait-il – en emportant l'argenterie, les bijoux et tous les meubles sur lesquels elle pouvait mettre la main. Elle avait même pris une miniature représentant la mère d'Alex, sans doute pour la vendre.

Tout à sa joie de ne plus avoir à se réveiller à côté de Maria chaque matin, il n'en avait cure. Cependant, les lambeaux de son mariage avaient encore empoisonné sa vie. Le portrait de sa mère avait été retrouvé dans une boutique de Naples. Un frère de Maria avait tenté de le faire chanter. Et maintenant, ces vers obscènes ! Personnellement, il n'y aurait guère prêté attention, mais le père de Charlotte n'aurait pas le même détachement…

Il fut interrompu dans ses réflexions par le bruit qu'il guettait inconsciemment. Des petits pas incertains descendaient l'escalier, guidés par la main ferme de Keating.

— Papa ! cria Pippa tandis que le majordome ouvrait la porte du bureau. Papa !

Il s'accroupit pour l'accueillir dans ses bras, et elle s'y jeta avec fougue. Ému, Alex la serra contre lui. Après tout, tant pis s'il ne pouvait avoir Charlotte. Il avait Pippa. Il ne lui resterait plus qu'à se donner davantage de mal pour trouver une nurse à la hauteur. Miss Virginia était partie au bout de trois jours, mais c'était la première nurse qui n'avait pas démissionné : on l'avait renvoyée. Durant son bref séjour à Sheffield House, elle était devenue fort intime avec deux laquais, et il en était résulté quelques yeux au beurre noir.

— Papa, fouor ! cria la petite fille.

Il semblait que crier fût son unique mode d'expression. Alex traduisit fouor en *fuori* : « dehors ». Pippa ne disposait que d'une dizaine de mots qu'il était capable de comprendre, notamment ceux en italien. Toutefois, elle en ajoutait tous les jours à son vocabulaire. Par exemple, la veille : « bisou », et le matin même au petit déjeuner : « gâteau ».

— D'accord, chérie, dit-il dans un sourire. Allons au parc.

Chassant de son esprit l'image de Charlotte dans son costume moulant, il prit la petite dans ses bras et se dirigea vers le hall, en priant Keating de faire de nouveau seller Bucéphale, son cher étalon.

Quand il fut en selle, Keating lui tendit Pippa, sous l'œil inquiet de Mme Turnpike, la femme de charge, qui n'aimait guère voir l'enfant sur le dos de cette énorme bête. Elle se tordait les mains sous son tablier, pourtant elle n'osait protester. Avec le comte, on ne savait jamais. Un jour il était souriant comme un rayon de soleil, et le lendemain, il pouvait hurler à s'en décrocher la mâchoire.

Pippa et son père se promenèrent lentement dans les allées de Hyde Park, et Alex constata l'influence que l'article du journal avait eue sur les gens. On ne lui tournait pas le dos, bien sûr, puisqu'il était comte, mais les femmes d'un certain âge le saluaient plus sèchement que d'habitude, et les hommes le considéraient avec une sympathie condescendante. Les imbéciles !

Nombreux étaient ceux qui dévisageaient Pippa en chuchotant derrière leurs mains. La fille d'Alexander Foakes était son portrait craché. Si elle n'avait porté une robe jaune, elle aurait eu l'air d'une version miniature de son père. Bien des gens repassaient près d'eux, afin de l'examiner sans vergogne. On n'avait jamais entendu parler d'un mariage annulé, dont avait été issu un enfant !

— La seule annulation dont j'ai eu connaissance, racontait lady Skiffing, est celui du jeune lord Sybthorpe que l'on a marié au berceau à la fille d'un cousin de son père. Celle-ci s'est révélée folle à lier quelques années plus tard, et on a dû l'enfermer dans un asile. Quant à lui, il a fini par épouser cette fille de joie… comment s'appelait-elle ? Barbara Cullerson, je crois. C'était tomber de Charybde en Scylla ! conclut-elle triomphalement.

Lady Prestlefield prit la relève :

— Je sais que lorsque miss Filibert – vous devez vous souvenir d'elle, ma chère, elle avait des dents affreuses ! –, lorsque miss Filibert s'est enfuie avec son professeur de musique… à moins que ce soit le maître de danse? J'avoue que j'ai oublié... En tout cas, lord Filibert a fait annuler le mariage. Ils n'avaient passé que trois heures ensemble, alors...

— Une seule question se pose, dit lady Skiffing en baissant le ton. Qui est cette enfant?

Ces dames étaient installées dans une calèche à peine assez grande pour les contenir toutes les deux avec leurs larges jupes, et elles ne pouvaient guère proposer au comte de Sheffield de venir les rejoindre. D'ailleurs, il n'aurait sûrement pas accepté.

Soudain, Sarah Prestlefield posa la main sur le bras de son amie.

— Regardez!

Un peu plus loin dans l'allée, Alexander Foakes venait de rencontrer deux reines de la bonne société, Sophie York et Charlotte Daicheston. Cette dernière semblait morigéner le comte. C'était exaspérant de ne pouvoir entendre ce qui se disait! Lady Skiffing dirigea les chevaux vers le petit groupe, qui ne parut pas les remarquer.

— Ce n'est pas une question de convenance, disait Charlotte quand elles passèrent près d'eux. C'est une question de sécurité pour cette enfant!

Les deux dames échangèrent un regard approbateur. Elles avaient donné à leurs époux un bon nombre d'enfants dont on s'occupait à la maison. À la maison, et hors de tout danger. C'était effrayant de voir un bébé perché sur ce monstre d'étalon que montait le comte!

Charlotte ne se préoccupait que de la sécurité de la petite fille, qui souriait en martelant des talons le cou du cheval. Elle mit pied à terre, tendit les rênes de la jument à son lad.

— Donnez-la-moi, ordonna-t-elle en s'approchant d'Alex.

Il la regarda, étonné. Que lui arrivait-il ? Pippa était parfaitement bien, avec lui.

— Bucéphale est très calme, lady Charlotte, répliqua-t-il. Je vous assure.

— Peu importe, c'est dangereux pour Pippa. Je vais la ramener chez vous, et vous nous suivrez. Ce n'est pas loin.

De petites rides amusées se creusèrent au coin des yeux d'Alex. Charlotte venait de révéler qu'elle savait où il habitait. Elle se rappelait le nom de Pippa, elle montrait des sentiments maternels... Et tant pis s'il était un peu vexé que l'on prît à sa place des décisions concernant sa fille !

Il haussa les épaules.

— Vous savez comment elle se comporte avec les femmes...

— Ça ira, rétorqua-t-elle fermement.

Elle tendit les bras, et Alex lui remit la petite fille.

Celle-ci regarda Charlotte, et elle ouvrit la bouche pour pousser l'un de ces hurlements dont elle avait le secret. La jeune femme la posa sur le bord de l'allée, puis elle attendit patiemment qu'elle se taise. Comme Pippa reprenait son souffle, elle lui dit :

— Je suis la dame qui n'est pas une nounou, Pippa. Tu te souviens de moi ? Je ne suis pas une nounou.

L'enfant parut réfléchir.

— Je m'appelle Charlotte, pas nounou. Maintenant, je vais te porter, et tu verras ton papa près de nous. Entendu ?

L'enfant ne répondit pas, mais elle ne cria pas non plus. Alors Charlotte la prit dans ses bras, de façon qu'elle puisse voir son père derrière elles. Elle roucoula un acquiescement, et la jeune femme se mit en route.

Sophie, sidérée, était toujours à cheval. En quelques minutes, son amie avait grondé l'homme qu'elle allait peut-être épouser, et maintenant elle portait sa petite fille. Sophie mit pied à terre et lança un coup d'œil sévère à Alex, qui semblait sur le point d'éclater de rire.

Lorsqu'elle rejoignit Charlotte, elle s'aperçut que celle-ci n'était plus furieuse, mais seulement amusée.

— Vous vous y connaissez en bébé ? demanda Charlotte, assez bas pour qu'Alex ne puisse entendre.

— Pas du tout. Je suis fille unique, vous savez.

— Celle-ci est mouillée. Et plus lourde qu'il n'y paraît.

— Il y a seulement quatre pâtés de maisons, l'encouragea Sophie. Voulez-vous que je la porte un peu ?

— Elle n'acceptera pas. Pippa est terrifiée par les femmes.

Charlotte caressait machinalement les boucles de la petite fille, et Sophie esquissa un sourire.

Elles franchirent les grilles de Hyde Park pour s'engager dans la rue – suivies par les chevaux, les lads et le comte, toujours en selle –, éveillant la curiosité sur leur passage.

— Alors là, Charlotte, dit Sophie à mi-voix, si vous n'épousez pas Alexander Foakes après cette petite scène, les ragots iront bon train !

— Pardon ?

— Lady Skiffing est passée près de nous et, croyez-moi, elle n'a pas manqué un mot de l'histoire. Elle était en compagnie de Sarah Prestlefield, et même ma mère, qui est son amie, proclame qu'elle est la plus infernale mauvaise langue de Londres. Elle annonce toujours que ce qu'elle dit est *certainement* faux, puis elle le répète sur tous les tons. Vous auriez dû la voir, la tête penchée hors de sa voiture !

Charlotte s'occupait surtout de traverser la rue sans encombre avec son précieux fardeau.

Alex, qui avait également repéré lady Prestlefield, sentit sa mauvaise humeur s'évaporer complètement. Peut-être les racontars et le bon cœur de Charlotte joueraient-ils en sa faveur…

À cet instant, un gamin d'une dizaine d'années se précipita devant les sabots de son cheval. L'enfant tout seul n'aurait pas effrayé Bucéphale, mais il était suivi d'un marchand des quatre saisons furibond, à qui il venait de voler une pomme. Le gamin glissa, le vendeur le heurta à l'épaule, et un fiacre qui arrivait en sens inverse l'évita de justesse, dans un grand bruit de harnais.

C'en était trop pour Bucéphale. Il était sorti deux fois avec son maître sans avoir eu l'occasion de se dégourdir vraiment les jambes. En outre, il n'avait pas aimé que Pippa lui donne des coups de pied et tire sur sa crinière. Il poussa un formidable hennissement et se cabra, ses sabots battant l'air.

— Par le diable ! s'écria Alex qui, instinctivement, raccourcit les rênes et se pencha en avant.

Bucéphale s'apaisa aussitôt, mais Alex, en se redressant, vit Charlotte sur le trottoir qui le regardait d'un air narquois.

Avec un sourire, il sauta à bas de sa monture dont il tendit les rênes au lad de la jeune femme.

— Laissez-moi porter cette petite caille, dit-il en venant la rejoindre.

Charlotte était assez contente d'elle, car son cœur battait tout à fait normalement quand il s'approcha. Mais lorsqu'il prit la petite de ses bras, il avait une telle lueur dans le regard que sa belle sérénité s'envola. Elle sentit le feu lui monter aux joues.

Sophie, à qui rien n'échappait, fit signe à son domestique de l'aider à se remettre en selle.

— Au revoir! dit-elle gaiement. Il faut que je rentre à la maison. Ne vous inquiétez pas, Philippe est avec moi... À ce soir, Charlotte!

Elle salua Alex de la tête et s'éloigna, suivie de son lad.

Au début, Charlotte fut presque paralysée de timidité à l'idée de se promener à côté d'Alex, au vu et au su de toute la ville. Mais Pippa, qui tout à l'heure avait passé son temps à se tordre le cou pour voir son père, était à présent tournée vers Charlotte dont elle cherchait à attirer l'attention, ce qui la fit rire.

Ils arrivèrent enfin à Albermale Square, où vivait Charlotte. Devant la grille, elle tendit la main à Alex.

— Monsieur.

Il répondit d'un simple signe de tête.

— Excusez-moi de ne pas vous saluer convenablement mais, si je le fais, tout le monde verra que ma veste est mouillée!

Charlotte ne put retenir un petit rire, et Alex prit sa main pour la porter à ses lèvres et déposer un baiser sur sa paume. Elle pâlit.

— À ce soir, dit-il de sa voix de velours.

La jeune femme ne se sentait pas en état de parler, aussi se contenta-t-elle de dégager sa main en silence. En haut du porche, toutefois, elle se retourna, l'air suppliant.

— Vous n'allez pas remonter sur votre cheval, n'est-ce pas ?

— Non, assura-t-il. Je n'emmènerai plus Pippa sur Bucéphale.

Quel sourire ! se dit Charlotte tandis qu'elle pénétrait chez elle.

Un sourire qui était comme une promesse de bonheur.

9

Héloïse York, marquise de Brandenburg, descendit l'escalier en lissant ses hauts gants d'un geste irrité. Elle était contrariée, extrêmement contrariée. Consciente du rang qu'elle occupait, elle avait un sens aigu des convenances, qualité dont elle était très fière. Or Dieu avait eu la cruauté de l'affliger d'une fille rebelle et dévergondée. Héloïse, à son âge, ne s'habillait qu'en blanc et baissait docilement la tête dès que l'un de ses parents entrait dans une pièce. Elle n'avait quasiment jamais croisé le regard de son père avant son mariage. Tandis que Sophie ! Elle ne cessait de l'affronter et lui désobéissait en permanence.

Cet après-midi, par exemple. Lorsque Héloïse avait annoncé qu'elles se rendraient à un thé chez l'honorable Lydia Bingley, Sophie avait carrément refusé de l'accompagner, prétextant une leçon avec son professeur de portugais. Héloïse lui avait pourtant mille fois répété qu'une jeune fille n'avait rien d'autre à étudier que l'art de trouver un époux. Or non seulement Sophie rejetait toutes les demandes en mariage, mais elle persistait à apprendre les langues étrangères.

La marquise respira profondément afin de se calmer, puis elle jeta un coup d'œil à son miroir. Elle, au moins, était parfaitement correcte. Un brin démodée, peut-être, mais elle n'appréciait guère la nouvelle mode venue de France. Sa mère – si stricte sur les convenances – lui pardonnerait sûrement cette infidélité aux frivolités du Continent. Non, elle n'adopterait pas ces robes à taille haute, et n'échangerait jamais son solide corset contre les nouveaux, beaucoup plus légers. Encore Sophie ne semblait-elle pas en porter du tout ! Il n'y avait sûrement pas de place sous ces chemises de nuit qu'elle appelait des robes.

Elle était arrivée au rez-de-chaussée et s'impatientait en tapotant le sol de marbre. Où était Sophie ? Elle avait insisté pour se rendre au théâtre, elle s'y montrerait sans doute à moitié nue, mais au moins aurait-elle pu avoir la décence d'être à l'heure !

George sortit de la bibliothèque, et Héloïse se douta qu'il venait d'avaler un verre de brandy. Bien que Shakespeare l'ennuyât, il avait eu la gentillesse de changer ses projets afin de les accompagner. Au diable Sophie ! Héloïse ne savait pas ce qui l'agaçait le plus. Sa chipie de fille, ou la sotte Charlotte, son amie, qui se laissait courtiser par un comte impuissant. C'était une honte ! Si l'empêchement avait été d'une autre nature, elle aurait plutôt encouragé cette union. Mais sans espoir de procréer, inutile de se marier. C'était le frère jumeau qui était intéressant, désormais, et dès qu'il rentrerait des pays lointains – Bornéo ? la Chine ? –, Héloïse avait bien l'intention de lui faire épouser Sophie.

Seigneur, songea-t-elle, à la place d'Adélaïde, elle aurait éloigné sa fille d'Alexander Foakes !

Il y eut un bruissement de soie.

— Je ne t'ai pas entendue arriver, dit Héloïse avec mauvaise humeur. Sans doute parce que tu n'as pas assez de tissu sur toi pour réveiller une souris ! Tu portes tout de même un jupon, j'espère ?

Heureusement, elle se détourna et ne vit pas le sourire narquois de Sophie. Elle avait bien un jupon, mais il était arachnéen…

Son père arriva derrière elle tandis que le majordome lui posait sa cape sur les épaules.

— Pas de fantaisies ce soir, ma fille, dit-il sévèrement.

— C'est promis, monsieur, répondit-elle en lui lançant un coup d'œil pétillant.

George se sentit rasséréné. Son épouse prenait tout au tragique !

Cependant, quand il entra dans leur loge avec sa fille, la ravissante amie de Sophie et sa femme, il se rendit compte que cette dernière avait raison. Il y avait bien longtemps qu'il n'avait pas entendu le silence se faire brusquement dans un théâtre. Les visages se tournèrent vers eux, et bientôt les conversations reprirent derrière les éventails. Dieu, songea-t-il, la soirée serait longue ! D'abord, il ne supportait pas Shakespeare, et en plus, il prévoyait un difficile entracte. Ils allaient être submergés de soupirants, se dit-il en contemplant les deux jeunes filles assises devant lui. Et puis, il y avait le fameux comte. Il semblait que le monde entier avait décidé de voir cette satanée pièce le même soir !

Charlotte, assise au bord de la loge, essayait de ne pas jouer nerveusement avec son éventail. Elle portait la robe blanche ornée de rubans noirs de chez Carême. Curieusement, depuis qu'elle l'avait achetée, celle-ci semblait avoir rétréci, à moins que sa poitrine ait gonflé ! En tout cas, elle contenait à peine ses seins. Et comment avait-elle pu ne pas remarquer la transparence du tissu ?

Elle se tourna vers son amie, dont la poitrine était également mise en valeur par la robe outrageusement décolletée. Sophie intercepta son regard et lui adressa un clin d'œil.

— N'aimez-vous pas déclencher l'effervescence ? chuchota-t-elle. Il faut que nous soyons tout le temps l'une près de l'autre. Ne serait-ce que par bonté d'âme, pour que les commères n'attrapent pas un torticolis en regardant de votre loge à la mienne.

— Sophie !

— En l'occurrence, c'est vous que l'on regarde, pas moi. Je profite seulement de votre célébrité. Mon Dieu, y a-t-il sur cette terre un comte pour moi ? ajouta-t-elle en levant les yeux au ciel. Envoyez-moi un magnifique amant, je Vous en supplie !

— Ce n'est pas mon amant !

— Vraiment ? Alors que vous vous êtes promenée avec son enfant dans les bras, et que vous le regardiez d'un air enamouré ?

Elle eut un signe de tête vers sa droite :

— Quand on parle du loup, il montre son museau...

Charlotte, fascinée, vit Alex pénétrer dans la loge des Sheffield. Elle reconnut parmi ceux qui l'accompagnaient le marquis de Valcombray, ainsi que sa sœur, et elle fut saisie d'une bouffée de jalousie en le voyant aider Daphné à s'asseoir.

Sophie posa la main sur son bras.

— Cessez de le regarder ainsi, Charlotte !

La jeune femme s'appuya au dossier de sa chaise en s'éventant, afin de cacher son trouble.

— On ne peut pas vous faire confiance ! se plaignit Sophie. Si vous possédiez ne serait-ce qu'un quart de sang français, vous seriez davantage maîtresse de vos émotions !

Charlotte lui lança un regard noir, et Sophie esquissa une grimace.

— Ne me faites pas les gros yeux, Charlotte Daicheston ! Vous avez envie de lui, n'est-ce pas ? demanda-t-elle en baissant la voix.

Surprise, Charlotte acquiesça.

— Eh bien, reprit Sophie, vous ne pouvez l'avoir s'il est impuissant. Ça ne marcherait pas.

— Je ne crois pas qu'il le soit, répondit Charlotte sur le même ton.

— Dans ce cas, il faut vous en assurer. Alors seulement, vous pourrez accepter de l'épouser. Car il vous l'a proposé, n'est-ce pas ?

Charlotte hocha de nouveau la tête.

— Quelle femme ! Vous avez deux comtes à vos pieds, sans parler d'une myriade de barons et quelques simples gentilshommes.

Charlotte éclata de rire. Elle ne quittait pas son amie des yeux, afin d'éviter tous les regards qui se braquaient dans sa direction. Pour s'empêcher aussi de se tourner vers Alex...

Les violons cessèrent de s'accorder, et le directeur du théâtre de Drury Lane apparut devant le rideau de velours rouge. Les conversations s'atténuèrent peu à peu.

Charlotte laissa son esprit divaguer tandis que le directeur se vantait de sa merveilleuse adaptation de la pièce, maintenant plus moderne, plus gaie, plus accessible...

Elle était sûre qu'Alex n'avait pas envisagé de se rendre au théâtre, avant que Sophie ne lâche le nom de la pièce qu'elles allaient voir. Il n'y avait généralement dans la loge des Sheffield personne d'autre que la tante d'Alex, Henrietta Collumber.

Elle eut soudain l'impression qu'il avait les yeux braqués sur elle. Elle le sentait, et son sang courait plus vite dans ses veines... Quelle folie ! Et comment était-elle supposée vérifier si Alex était impuissant ou non ?

Le rideau s'ouvrait, et elle glissa un coup d'œil vers la droite. Alex était confortablement installé, ses longues jambes étendues devant lui. Il lui tournait le dos, la tête penchée vers Daphné Blanc.

Ce ne fut pas de la jalousie qu'éprouva Charlotte, mais de la haine à l'état pur. Elle se détourna brusquement. Il ne fallait pas qu'Alex la voie en train de fusiller son... amie du regard.

Après tout, elle pouvait jouer le même jeu... Elle scruta la salle. Il y avait Braddon, mais il ne suffirait pas à rendre Alex jaloux. Elle survola quelques hommes qui se précipiteraient vers elle à la moindre invite, et soudain elle s'éclaira : Will Holland se trouvait dans une loge, en face d'elle. Il la regardait justement, et elle lui adressa son plus séduisant sourire.

Ce fut le moment que choisit Alex pour jeter un coup d'œil vers la loge des Brandenburg. Il serra les dents.

Will avait passé le plus clair de son temps, depuis quelques jours, à courtiser la fille d'un riche marchand, qui n'était pas désagréable à regarder. Mais quand il leva les yeux vers la sensuelle Charlotte, avec ses boucles coiffées dans un savant désordre, il sentit toutes ses bonnes résolutions fondre d'un coup. Peut-être les parents de Charlotte lui avaient-ils ordonné de se tenir à l'écart d'Alex ? Celui-ci parlait à l'oreille de la jeune Française, Daphné Blanc.

S'il venait saluer Charlotte à l'entracte dans sa loge, cela mettrait sans doute en danger son aventure avec miss Van Stork, or il ne trouverait probablement pas un aussi bon parti. Chloé Van Stork était sagement assise à son côté, jeune fille mince aux boucles rousses. Mais quelle abominable façon de s'habiller ! Il frémit. Elle portait sans doute l'un de ces affreux corsets qui raidissaient le dos. Rien à voir avec les robes légères de Charlotte.

Soudain, miss Van Stork se tourna pour le regarder droit dans les yeux.

— Vous irez ? demanda-t-elle avec un signe du menton en direction de la loge des Brandenburg.

Il fut sidéré. Elle précisa :

— J'ai vu cette femme… Charlotte Daicheston, n'est-ce pas ? Je l'ai vue vous sourire. À mon avis, elle attend votre visite.

Elle reporta son attention sur la scène, où les jongleurs disparaissaient pour laisser place à la pièce proprement dite. Will observa son profil en se demandant ce qu'elle pensait. Comprenait-elle les conclusions que les gens tireraient, si on le voyait disparaître de la loge de son père pour retrouver Charlotte ? Il hésitait à rompre cette relation au moment où elle semblait sur le point de porter ses fruits. Il avait dîné avec Chloé et ses parents, et c'était la première fois qu'il se montrait en public avec eux. Il n'allait tout de même pas laisser filer la poule aux œufs d'or, sous prétexte que Charlotte Daicheston avait daigné lui sourire !

— Allez-y! Allez-y! chuchota nerveusement Chloé avec un geste impatient de la main.

Will en resta bouche bée. Elle le congédiait! Un peu penaud, il se leva, s'inclina devant elle et ses parents en murmurant des mots d'excuse. Quelques minutes plus tard, il se montrait dans la loge des Brandenburg, pour le plus grand plaisir de l'assistance. Les conversations redoublèrent. La soirée promettait d'être riche en rebondissements!

Charlotte lui tendit gracieusement la main, et même la rigide marquise l'accueillit aimablement. Pour elle, tout valait mieux que cet horrible comte! Will s'assit juste derrière Charlotte et lui murmura à l'oreille quelques mots qui la firent rire. Beaucoup trop, compte tenu de la banalité de ses plaisanteries, pensa-t-il. Sophie avait l'air de s'amuser beaucoup, et il en fut irrité.

Il se tourna vers la loge qu'il venait de quitter. En vérité, miss Van Stork avait un fort joli petit nez, et les reflets roux de sa chevelure étaient rehaussés par la lumière des lustres. Elle fixait obstinément la scène. Il serait volontiers retourné à son côté si elle ne l'avait chassé un peu plus tôt, comme si elle savait qu'elle avait affaire à un coureur de dot... Et elle le savait forcément, se dit-il. C'était une femme intelligente, même si elle était mal fagotée au milieu des élégantes de Londres. D'ailleurs, il n'arrivait pas à comprendre pourquoi elle portait cette affreuse robe... Il fronça les sourcils. Que lui arrivait-il? Il était assis près de la plus belle créature de la bonne société, et il n'avait même pas envie de la charmer. Il ne songeait qu'à une jeune personne mal attifée qui portait un corset!

De son côté, Alex serrait les poings. Il venait de voir le baron se pencher vers Charlotte, et il se rapprocha de Daphné, la complimentant sur son éventail. Elle leva vers lui un regard un peu ironique. Elle ne voyait aucun inconvénient à se laisser courtiser par le comte, même s'il ne s'intéressait qu'à cette Anglaise à la silhouette de haricot vert.

La pièce commença sur les sonneries de trompettes qui signalaient l'arrivée du roi Lear. Charlotte se sentait plus calme, comme si la présence de Will la mettait à l'abri du danger.

Peu à peu, elle se laissa emporter par l'histoire du vieux roi qui exigeait que ses filles lui jurent qu'elles l'aimaient plus que tout au monde, sous peine de se retrouver sans terre, sans argent, sans patrie. Les deux sœurs aînées criaient qu'elles n'aimaient que lui, mais elles étaient fourbes. C'était la vie. La vie à Londres, en tout cas. Les gens faisaient n'importe quoi pour de l'argent. Will, par exemple. Elle l'avait arraché à la loge d'un riche commerçant, si elle ne se trompait pas. Une jeune femme s'y trouvait, qui ne quittait pas la scène des yeux, mais Charlotte constata qu'elle crispait les mains sur ses genoux…

La fille cadette du roi Lear refusait de répondre à son père. Ou peut-être disait-elle quelque chose qui le contrariait ? Charlotte s'absorba tout entière dans la pièce. Quand le premier acte s'acheva, un chanteur espagnol entonna une chanson qui parlait de cerises et de citrons.

Elle regarda de nouveau la loge du commerçant. Quelque chose lui plaisait, dans le visage de la jeune femme.

— Will, dit-elle doucement, pourquoi ne pas prier votre amie de se joindre à nous ? Elle doit se sentir mal à l'aise, seule avec ses parents.

Le baron se raidit. Il ne voulait pas que Chloé subisse des railleries auxquelles elle ne comprendrait rien.

Charlotte posa une main sur son bras.

— J'aimerais vraiment faire sa connaissance, insista-t-elle.

Il croisa son regard, et se détendit. Il n'avait jamais entendu dire que Charlotte Daicheston se fût conduite avec méchanceté ou mesquinerie. Alors, pourquoi pas ?

Il sortit, pour réapparaître une minute plus tard dans la loge des Van Stork. Les parents de Chloé l'accueillirent poliment, pourtant ils devaient bouillir de rage devant l'affront qu'il avait imposé à leur fille.

— Voudriez-vous venir avec moi saluer les Brandenburg ? proposa-t-il.

Elle tourna vers lui son regard bleu.

— Pourquoi ? demanda-t-elle carrément.

— Lady Charlotte en serait heureuse, répondit-il, incapable d'inventer un prétexte.

Chloé se rembrunit.

— Vous verrez, précisa-t-il, Charlotte n'a aucune intention cachée.

Elle baissa les yeux sur la triste robe que sa mère lui faisait porter. Comment pourrait-elle s'asseoir auprès de cette beauté que Will appelait par son prénom ?

Sa mère intervint :

— Cela nous paraît convenable, ma chérie, dit-elle avec son fort accent hollandais.

Chloé se leva. Elle n'avait pas le choix, si sa mère la condamnait à être torturée par cette bande de... perroquets ! Elle avait les larmes aux yeux, pourtant elle s'engagea résolument dans le foyer, où les spectateurs attendaient la reprise de la pièce, bouleversés par le premier acte.

En haut de l'escalier, Will poussa une porte et ils pénétrèrent dans un petit corridor sombre, car l'entrée de la loge proprement dite était masquée de lourds rideaux. Il s'arrêta un instant, releva le menton de la jeune fille, murmura « Courage ! » et déposa un léger baiser sur ses lèvres.

Chloé sursauta. Il y eut un bref silence, puis la voix de Will s'éleva de nouveau, teintée d'étonnement :

— Essayons encore.

Lorsque sa langue toucha les lèvres de la jeune fille, elle rejeta vivement la tête en arrière.

Mais Will la prit dans ses bras et la serra contre lui, avant de recommencer avec plus de fermeté. Cette fois, elle le laissa faire, et il perçut même, à travers le corset, le frisson qui la parcourait. Il ne comprenait pas comment un simple baiser pouvait avoir un effet si dévastateur sur lui...

— Mon Dieu ! marmonna-t-il enfin, avant d'ouvrir le rideau et de la pousser pratiquement dans la loge.

Le deuxième acte débutait, et il la fit asseoir, quelques signes de tête servant pour l'instant de présentations. Chloé fut étonnée de voir que Charlotte Daicheston et Sophie York suivaient la pièce avec assiduité, ignorant totalement ce qui se passait autour d'elles, bien qu'elles fussent le point de mire d'une bonne partie du public. Elle imaginait que les personnalités comme ces deux jeunes femmes – dont les noms hantaient les rubriques mondaines – ne venaient au théâtre que pour voir et être vues. Alors que Charlotte, en particulier, était agrippée au rebord de la loge, captivée par l'intrigue. Le roi Lear – ou plutôt ex-roi, à présent – exigeait de sa fille aînée qu'elle entretienne une centaine de soldats.

De son côté, Will ne parvenait pas à s'intéresser à ce qui se passait sur la scène. Il était sidéré ! Chloé regardait la pièce le plus calmement du monde, comme s'il ne s'était rien passé dans le corridor, alors que lui se sentait fort mal à l'aise dans son pantalon collant. Il était infiniment troublé par la proximité de la jeune fille. Sa robe trop sage laissait son bras dénudé, et il s'apercevait qu'elle avait une peau parfaite, des poignets si fins qu'ils semblaient près de se briser.

Il s'agita légèrement sur son siège. Ce n'était pas le moment de penser à cela !

Quand le deuxième entracte arriva, Alex fut grandement soulagé. Il connaissait bien Shakespeare, il avait même joué *Le Roi Lear* quand il était à Eton, mais cette mise en scène était ridicule ! Il n'en avait pas cru ses yeux lorsque le fou du roi s'était mis à danser une gigue irlandaise ! On avait créé de nouveaux personnages, d'autres avaient disparu.

Il fut donc fort heureux de voir le rideau tomber à la fin du troisième acte.

Machinalement, il aida Daphné à se lever et lui proposa de se dégourdir les jambes. Elle ne manifesta aucune surprise quand il se dirigea tout naturellement vers la loge des Brandenburg.

— Je serai ravie de revoir lady Charlotte, dit-elle, lasse de marcher en silence.

Maintenant qu'ils n'étaient plus dans la salle, il ne semblait pas juger utile de lui adresser la parole.

— Suis-je si limpide ? demanda-t-il avec un sourire.

— Oui. Vous n'êtes pas très doué pour dissimuler vos sentiments. Mais il est vrai que ce n'est pas une qualité britannique.

— Et lady Charlotte ?

— Elle non plus.

Ils arrivaient devant la loge des Brandenburg, où les hommes se bousculaient afin d'entrer. Cependant, en voyant Alex et Daphné, ils s'écartèrent légèrement, et un laquais leur ouvrit le rideau.

Le marquis se tourna vivement vers eux. Il avait sans doute ordonné au laquais de ne laisser entrer personne d'autre, car il y avait déjà bien assez de jeunes gens qui louchaient sur l'incroyable décolleté de sa fille ! Il gémit intérieurement en reconnaissant Alex. Héloïse allait être folle de rage !

Toutefois, le comte de Sheffield le salua aimablement et lui présenta sa compagne. Les yeux du marquis se mirent à briller. Il avait un faible pour tout ce qui évoquait la France ; en outre, cette jeune personne était à la fois distinguée et fort jolie.

Alex laissa Daphné s'amuser des plaisanteries un peu éculées du marquis. Elle était enchantée de parler sa langue.

Il y eut soudain une certaine agitation à l'avant de la loge. Sophie s'était levée et souriait aux quatre hommes qui l'entouraient.

— Si nous allions prendre l'air ? proposa-t-elle gaiement avant d'en désigner trois d'un léger coup d'éventail. Vous, vous, et vous, m'accompagnerez-vous ?

Les trois jeunes gens se bousculèrent dans leur hâte de lui libérer le passage. Comme Sophie passait devant Alex, elle lui adressa un petit sourire complice, auquel il répondit d'un imperceptible clin d'œil. Malgré elle, elle fut un peu émue. Charlotte avait bien de la chance ! se dit-elle.

Alex remarqua avec satisfaction que Will semblait plus intéressé par la demoiselle qui se tenait près de lui que par Charlotte. Il fusilla du regard un jeune homme qui s'apprêtait à s'asseoir sur la chaise de Sophie, et celui-ci battit aussitôt en retraite. Alex, avec un sourire de remerciement, s'installa à côté de Charlotte.

La jeune femme ne bougea pas pendant un bon moment, bien qu'elle eût conscience de sa présence.

Il étendit les jambes, ignorant les commentaires chuchotés des spectateurs qui n'avaient pas quitté leurs sièges, dans l'espoir d'assister à un spectacle de ce genre. Lady Charlotte Daicheston et le comte de Sheffield, assis l'un à côté de l'autre ! Sarah Prestlefield, qui venait d'entrer dans la loge afin de saluer son amie Héloïse, ouvrait des yeux gourmands. C'était tellement passionnant ! Dommage, se dit-elle, que les parents de Charlotte ne soient pas venus ! Elle aurait aimé voir la tête d'Adélaïde !

Finalement, Charlotte ne put feindre davantage de s'absorber dans la conversation insipide de son compagnon de droite. Elle se tourna vers Alex, un sourire au fond des yeux.

— Milord.

— Lady Charlotte.

Il y eut un petit silence, durant lequel Alex dut lutter contre l'envie de l'embrasser dans le cou. Ensuite, il la soulèverait dans ses bras pour la porter jusqu'à la voiture, où il la débarrasserait de ce bout de mousseline qu'on appelait une robe… À cette évocation, le désir monta en lui, impérieux.

— Que pensez-vous de la pièce ? demanda-t-il.

Charlotte réfléchit un instant, avant de répondre :

— J'ai bien aimé les deux premiers actes, mais le troisième n'est guère convaincant. Un roi errerait-il ainsi dans la lande avec son fou pour seule compagnie ? Et que venait faire le singe au milieu de tout cela ?

— Vous n'avez pas lu Shakespeare, au collège ?

— Si, bien sûr, mais nous n'étions pas autorisées à lire toutes ses pièces, et en plus, certains passages étaient masqués.

— Dans *Le Roi Lear*, par exemple ?

— Nous ne l'avons pas lu du tout, mais je me demande pourquoi, car cela me semble plutôt léger.

— Léger ? Le troisième acte est nettement plus amer, voire terrifiant ! Vous vous rappelez le moment où le roi chante pour dire qu'il est aussi fou que le vent et la neige ?

— Je n'ai guère apprécié.

— Ces vers sont censés être hurlés, et non chantés. Ce sont des phrases brillantes, déclamées par un homme qui est en effet aussi fou que le vent et la neige.

— La diction était étrange. J'ai aimé la tirade du roi sur la vieillesse, mais l'autre homme… Reginald, il semble réciter de la prose, et non de la poésie.

Alex frémit.

— C'est parce que Reginald est une invention que cet imbécile de directeur a cru bon d'ajouter à la pièce ! Il n'existe pas dans le texte original.

— Vous avez eu de la chance d'être un garçon, dit Charlotte. Nous étions plutôt brimées, au pensionnat.

— Eh bien, ne pourriez-vous lire ces pièces maintenant ?

Alex se demandait souvent à quoi les jeunes femmes de bonne éducation pouvaient bien passer leurs journées. Les hommes s'occupaient de leurs investissements, rencontraient leurs régisseurs, prenaient la parole au Parlement, et puis ils boxaient, jouaient, couraient les filles. Mais les femmes ? Il revoyait sa mère en train de compter le linge de maison et de porter de la nourriture aux pauvres, mais c'était tout.

— Oh, non, répondit-elle distraitement. Je travaille le matin, et je n'ai pas une minute pour lire, en ce moment.

— Vous travaillez ?

Charlotte se mordit la langue. Jamais elle ne parlait de ses tableaux aux hommes, car ils l'imaginaient aussitôt peignant des petites fleurs sur des feuilles de papier à dessin.

Elle revint au sujet précédent :

— Savez-vous qu'on ne nous permettait pas de lire *Roméo et Juliette* en entier ?

Alex chercha dans ses souvenirs, mais il ne trouva rien de licencieux dans cette pièce.

— Mon amie Julia Brentorton, poursuivit Charlotte, qui est à présent mariée et vit à l'étranger, s'est aperçue que l'on avait supprimé exactement dix vers de la tirade de Juliette, vous savez, avant que Roméo grimpe à l'échelle de corde vers son balcon.

— Bien sûr ! « Car il s'allongera sur moi comme la neige sur le dos d'un oiseau, comme le jour sur la nuit... »

Charlotte s'empourpra.

Alex revint à la charge :

— Quel genre de travail ? attaqua-t-il.

Par chance, Sophie choisit ce moment pour réapparaître, entourée d'une nuée d'admirateurs.

— Charlotte, ma chérie, dit-elle de cette voix espiègle qui rendait les hommes fous de désir, cette pièce n'est pas vraiment du Shakespeare, n'est-ce pas ? Alors lord Winkle a une idée charmante... Il propose que nous évitions la dernière partie et que nous allions plutôt chez Vauxhall.

— Oh...

Charlotte croisa le regard d'Alex. Elle savait qu'Adélaïde lui aurait interdit de se rendre chez Vauxhall en sa compagnie : il y avait trop d'allées sombres et de bouquets d'arbres...

— Qu'en pense votre mère ? demanda-t-elle à Sophie.

— Cela ne lui plaît guère, mais elle a accepté, répondit la jeune fille qui se pencha pour ajouter à voix basse : Je crois que mon père a un faible pour miss Blanc, et ma mère a fort envie de quitter le théâtre...

Charlotte se leva, se rappelant sa conversation avec sa mère au sujet des infidélités du marquis.

Will jeta un regard interrogateur à Chloé Van Stork qui avait assisté, un peu ébahie, à toutes ces allées et venues. Elle baissa les yeux. Il aurait aimé l'entraîner dans un coin sombre et l'embrasser de nouveau.

— Avez-vous envie de vous joindre à eux ? s'enquit-il doucement.

— Vauxhall ? Je serais étonnée que ma mère accepte…

Mais quand elle revint dans la loge de ses parents en compagnie de son beau cavalier blond, elle fut surprise de voir sa mère accepter avec un sourire. Katryn couva d'un regard tendre sa fille au teint animé, aux yeux brillants. Peut-être se montrait-elle trop prude, se disait-elle. Elle n'avait aucune envie que Chloé épouse l'un des commerçants qui travaillaient avec son mari. Ce baron Holland lui semblait être un homme honorable.

— Serez-vous convenablement chaperonnés ?

Will expliqua que le marquis et la marquise de Brandenburg les accompagneraient.

— Alors vas-y, ma fille.

Chloé, après avoir gratifié d'un baiser le crâne chauve de son père, posa la main sur le bras du baron, en tentant d'ignorer le fourmillement qui s'emparait d'elle. Elle avait l'impression de vivre un rêve. La simple Chloé Van Stork allait à Vauxhall en compagnie de Charlotte Daicheston ! Durant les derniers mois, les chroniqueurs mondains avaient épié et rapporté le moindre geste de lady Charlotte, et elle était certaine que son nom apparaîtrait le lendemain dans les colonnes des journaux. Elle eut un frémissement de joie en levant les yeux vers Will.

Son regard bleu semblait presque noir. Sans doute à cause de l'éclairage... Il l'emmena vivement vers les voitures. Elle était presque obligée de courir.

— Monsieur... dit-elle en résistant légèrement.

Il se retourna, confus. Il ne se souvenait pas d'avoir jamais été obsédé au point d'en oublier la plus élémentaire courtoisie !

— Pardonnez-moi, dit-il. J'avais tellement envie de vous embrasser !

Chloé écarquilla les yeux. Elle se doutait que Will Holland la courtisait pour son argent. Alors, pourquoi avait-il tant hâte d'être seul avec elle ? Cela devait faire partie des usages.

Will la sentit se raidir, et il pesta intérieurement. Il remit sa main au creux de son bras.

— Oubliez ce que je viens de dire. Nous allons marcher tranquillement jusqu'à mon carrosse, et je ne toucherai pas à un cheveu de votre tête. Qu'en pensez-vous ?

Il tournait vers elle un visage un peu anxieux. Et elle l'étonna une fois de plus car elle semblait s'amuser de son malaise.

— Cela devrait me plaire.

Will fronça les sourcils. Lui plaire ? Qu'est-ce qui lui plairait ? Qu'ils marchent ensemble, ou qu'il ne la touche pas ?

Ils se dirigèrent vers la voiture à une allure d'escargot, tandis que Chloé souriait malicieusement.

10

La petite troupe se retrouva devant Vauxhall. Il y avait une vingtaine de personnes, et Charlotte en fut légèrement contrariée. Elle détestait les soirées où l'on ne pouvait parler sérieusement avec quiconque, et où l'on devait crier pour se faire entendre. Alex marchait devant, en compagnie de quelques hommes qui fumaient des cigarillos et discutaient du prochain match de boxe.

Charlotte se retrouva près de Chloé, quand ils se dirigèrent vers le pavillon brillamment illuminé. Elle observa le profil de sa compagne avec intérêt. La jeune fille ferait un parfait modèle… Elle était très belle, bien qu'elle ne semblât pas en être consciente, et elle affichait une expression un peu trop naïve. Comme si elle avait l'habitude de dire toute la vérité, risquant ainsi de ne jamais acquérir cette aisance mondaine qui était si naturelle à Sophie, et qu'elle-même avait mis trois ans à peaufiner.

— Miss Van Stork, dit-elle.

— Oui, madame ?

— Appelez-moi Charlotte, je vous en prie. Pourquoi ne nous installerions-nous pas ici ? proposa-t-elle en la conduisant vers une grande table, sous la tonnelle.

Chloé s'assit en se demandant où était Will. Elle avait été déçue, dans la voiture, qu'il se conduise en parfait gentilhomme, puis elle l'avait perdu de vue dans l'allée. Les autres membres de leur groupe, qui venaient peu à peu prendre place près d'elles, se comportaient de façon discutable. Le marquis de Brandenburg semblait un peu ivre, la marquise était contrariée. Mais après tout, se dit-elle, cela n'avait rien d'étonnant, car les gens de la haute société paraissaient souvent tendus. Peut-être à cause de tout l'alcool qu'ils ingurgitaient.

Lady Charlotte la contemplait d'une étrange façon. Elle était sans doute amusée de se trouver avec une jeune bourgeoise.

Elle leva son petit menton volontaire.

— Pourquoi me regardez-vous avec une telle... insistance, lady Charlotte ?

Celle-ci s'épanouit.

— Voilà ! C'est exactement cette expression que je veux !

Chloé était déconcertée, et Charlotte lui sourit.

— Excusez-moi, je vous dois une explication. Voyez-vous, je peins. Je viens juste de me lancer dans les portraits. Enfin, j'ai fait celui de Sophie, c'est tout. Et j'aimerais que vous soyez mon prochain modèle.

La jeune fille garda le silence, sur la défensive.

— Puis-je vous appeler Chloé ?

Celle-ci acquiesça sans mot dire.

— J'aimerais peindre votre profil, Chloé. Accepteriez-vous de poser pour moi ? Cela prendra environ six semaines, mais je n'aurai pas besoin de vous tous les jours. Je suis dans mon atelier de huit heures à une heure de l'après-midi, et le temps que vous pourrez m'accorder sera le bienvenu.

Chloé était désarçonnée. Tout le monde savait que les femmes du monde ne faisaient rien de leurs dix doigts... Elle déglutit, sans cesser de fixer la gracieuse personne qui lui faisait face.

— Il faudrait que j'en parle à ma mère, répondit-elle après une hésitation.

— Bien sûr ! Peut-être aimerait-elle vous accompagner ? Maman serait ravie qu'elle lui tienne compagnie, j'en suis certaine.

Charlotte oubliait que l'emploi du temps de la duchesse était réglé comme du papier à musique. Chloé tenta d'imaginer sa mère prenant le thé avec la duchesse de Calverstill. En vain.

— Je ne crois pas, elle est... très occupée, la plupart du temps.

Chloé se mordit la langue. La mère de Charlotte passait sans doute toutes ses journées allongée sur un sofa. N'avait-elle pas semblé critique ? Charlotte ne parut pas s'en émouvoir.

— Je comprends, dit-elle distraitement.

Elle se pencha au-dessus de la table pour repousser une mèche de cheveux derrière l'oreille de la jeune fille. La camériste de Chloé l'avait coiffée en tresses sévères remontées sur la tête, mais quelques petites boucles commençaient à s'en échapper.

De l'autre côté de la tonnelle, Will surprit son geste et il fronça les sourcils. Charlotte envisageait-elle de transformer Chloé ? Cela ne lui plaisait guère. Il ne voulait pas la voir dans une de ces légères robes françaises très décolletées. Il s'approcha et vint se pencher sur la chaise de Chloé en jetant un regard noir à Charlotte.

— Aimeriez-vous vous promener un peu, miss Van Stork ? suggéra-t-il. Nous pourrions aller voir le train mécanique...

Chloé demeura pétrifiée quelques secondes. C'était ridicule, cette façon dont son cœur s'affolait dès qu'elle entendait sa voix. Il s'agissait d'un coureur de dot, rien de plus. Elle savait par les journaux qu'il avait poursuivi Charlotte de ses assiduités.

— Entendu, dit-elle fraîchement.

Elle sourit à la jeune femme, avant de s'éloigner au bras de Will.

Charlotte les suivit des yeux. Will ne serait plus longtemps célibataire, songea-t-elle. Il semblait sincèrement épris...

Elle croisa le regard d'un jeune homme assis non loin.

— Voudriez-vous faire un tour avec moi, lady Charlotte ? s'enquit-il.

Elle n'aimait guère se promener dans les allées avec des inconnus. Invariablement, ils essayaient de vous embrasser, persuadés de pouvoir balayer toute résistance grâce à leur charme fou. Or le jardin de Vauxhall regorgeait de chemins seulement éclairés par quelques lampions chinois. Sophie, aux prises avec trois jeunes gens qui lui proposaient la même chose, lui adressa un clin d'œil complice.

Pendant ce temps, le marquis avait convaincu Daphné Blanc de venir avec lui assister au feu d'artifice, et la marquise était plus raide que jamais.

Charlotte avait envie de rentrer. Alex n'était pas dans les parages. Il avait disparu à l'instant où ils étaient arrivés dans l'établissement. Elle était vexée, contrariée, lasse.

Le jeune homme aux yeux bruns lui offrait galamment son bras. Elle eut un sourire charmant.

— Je suis épuisée, monsieur. Auriez-vous l'amabilité de me raccompagner chez moi ?

L'honorable Peter Dewland inclina la tête. Charlotte s'excusa auprès de la marquise, puis chercha Sophie pour lui dire au revoir, mais elle s'était volatilisée avec ses trois soupirants. Alex n'était nulle part.

Tant pis. Elle posa la main sur le bras du jeune homme et ils se dirigèrent vers les carrosses.

Ils étaient à mi-chemin quand un feu d'artifice illumina le ciel. Charlotte, appliquée à ne pas se tordre les pieds sur le chemin pavé, n'y prêta guère attention, mais Peter Dewland s'écria avec une fraîcheur toute juvénile :

— Regardez, lady Charlotte !

Un serpent écarlate s'enroulait autour d'un immense lis tigré, avant de retomber en million d'étincelles.

— C'est ravissant.

— Cela plairait à mon frère, dit Peter tristement.

— Pourquoi n'est-il pas là ? Est-il trop jeune ?

— Quentin est mon frère aîné, expliqua-t-il, mais il s'est blessé à la jambe au cours d'un accident de cheval, et il ne quitte son lit que lorsqu'on le porte à l'extérieur.

— Oh, mon Dieu ! Je suis désolée...

Elle était en train de se tracasser pour un soupirant qui la délaissait, et le frère de ce garçon était invalide à jamais...

— Savez-vous que l'on achète des fusées, ici ? Vous pourriez les faire partir dans votre jardin, et votre frère les verrait.

— Quelle merveilleuse idée, lady Charlotte ! Où peut-on les trouver ?

Elle eut un geste vers le pavillon.

— Là-bas, je crois.

— J'y retournerai demain, lady Charlotte, et je dirai à mon frère que l'idée vient de vous.

— Oh, non ! Il faut le faire dès ce soir ! Je vous aiderai...

Mais elle se reprit :

— Non, c'est impossible. Je ne pense pas que la marquise accepterait de se joindre à nous...

Elle ne pouvait accompagner cet homme chez lui sans chaperon, même si c'était en tout bien tout honneur.

— Ma mère sera ravie de vous accueillir. Je crois qu'elle connaît bien la vôtre, d'ailleurs.

Charlotte en doutait. Elle était toujours étonnée par le nombre de gens qui prétendaient être amis de la duchesse... Toutefois, elle s'était mis dans la tête de tirer un feu d'artifice pour le frère de Peter.

— Allons-y ! dit-elle avec entrain.

Ils retournèrent vers le pavillon, la brise jouant dans les rubans de la robe blanche.

Alex, qui se tenait sur le seuil de la maison, la vit approcher, et il ressentit à la fois de la joie et de la jalousie. Dieu, cette femme allait le rendre fou ! Avec qui était-elle ? La marquise lui avait dit que Charlotte était rentrée chez elle. Alors, pourquoi revenait-elle ? Il s'était persuadé qu'il était en colère parce qu'elle était partie sans saluer ses amis, mais en réalité, c'était parce qu'elle n'avait pas pris la peine de l'avertir de son départ ! Il était allé commander un plateau de canapés pour leur table. Lorsqu'il était revenu, elle avait disparu, et les autres se promenaient dans les allées du parc. Il ne restait plus que la marquise.

Il se dirigea vers elle à grandes enjambées. Cependant, un seul regard à son cavalier le rassura. Ce n'était pas le genre à importuner une dame... Alex se pressa contre la haie et, comme le couple passait devant lui sans le voir, il saisit un ruban de la robe blanche.

Elle se retourna d'un bond et lui arracha le ruban des mains. Puis elle le reconnut, et son regard furibond se chargea d'une émotion bien différente. Mais laquelle ?

Il prit un autre ruban dans sa main.

— Monsieur, dit Peter, cette dame préfère que vous ne touchiez pas ses vêtements.

— C'est vrai, Charlotte ? demanda doucement Alex en l'attirant à lui. Vous préférez que je ne touche pas... vos vêtements ?

Elle croisa son regard.

— Certainement, monsieur. Vous risquez d'abîmer ma robe.

Alex plongeait dans ses yeux, et il tira davantage sur le ruban. Charlotte était toute proche, maintenant. Peter se tenait derrière la jeune femme, et il ne put voir les grandes mains d'Alex qui se plaquaient sur sa poitrine. Elle eut un haut-le-corps.

— Je voulais juste vérifier que je n'avais rien déchiré, dit-il avec un petit sourire.

Elle demeura muette de stupeur.

— Nous allons acheter des fusées, dit-elle enfin en reculant. Le frère de lord Dewland est cloué au lit. Nous allons tirer un feu d'artifice devant sa chambre.

Alex se tourna vers le jeune homme qui restait un peu à l'écart, ne sachant comment réagir à l'intervention du comte.

Il lui paraissait soudain familier.

— Votre frère s'appelle Quentin ? demanda-t-il.

Peter hocha la tête, et Alex précisa :

— Je le connais depuis des années. Nous étions à l'école ensemble. J'ai été navré quand j'ai appris qu'il avait eu un accident...

Tout à coup, il parut se décider et déclara avec enthousiasme :

— En route ! Je sais où acheter ces fusées.

Une demi-heure plus tard, Alex avait rassemblé les membres de leur groupe qu'il avait pu trouver. Will avait apparemment ramené miss Van Stork, qui avait laissé un message pour Charlotte : elle viendrait chez elle à neuf heures le lendemain. Les Blanc étaient partis, car Daphné en avait eu assez des attentions de plus en plus pressantes du marquis. Après avoir écouté leur projet et s'être laissé persuader que la mère de Peter serait là en guise de chaperon, la marquise avait poussé son époux dans leur carrosse. Quelques jeunes gens avaient plissé le nez à l'idée d'aller distraire un invalide et préféraient arpenter les allées à la recherche d'une courtisane bienveillante, ce qui ne manquait pas.

Aussi Sophie et Charlotte, accompagnées de cinq soupirants, sans compter Alex et Peter Dewland, se mirent en route avec tout ce qu'il fallait pour réussir un magnifique feu d'artifice.

Quand il s'était aperçu qu'on ne vendait officiellement que des feux de Bengale, Alex s'était servi de son autorité – et d'une raisonnable quantité de pièces – pour s'assurer les services d'un certain M. Glister, maître artificier à Vauxhall, qui leur avait fourni le meilleur matériel en ajoutant :

— Il vaudrait mieux que je m'en charge personnellement. Les fusées risquent de vous exploser au visage...

Charlotte fut rassurée de voir que Peter habitait un quartier convenable, à deux pas de la demeure de sa grand-tante Margaret. Son père était vicomte de Dewland. Sa mère les accueillit chaleureusement. Elle et son mari disputaient une partie d'échecs, et ils avaient envoyé la plupart des domestiques se coucher.

M. Glister disparut dans la cour afin de préparer ses fusées, et Charlotte accepta volontiers la coupe de champagne qu'on lui offrait.

Depuis la désastreuse soirée de Stuart Hall, elle ne buvait guère d'alcool. Elle avait d'ailleurs mis du temps à comprendre que la citronnade avait été coupée d'alcool. Mais ce soir… Elle regardait la haute silhouette d'Alex, appuyé au manteau de la cheminée, qui écoutait le père de Peter lui parler des efforts de la police pour arrêter les pick-pockets… Était-ce le champagne ? Elle avait de petits fourmillements dans tout le corps. Et elle était follement heureuse de ne pas être rentrée chez elle.

Comme Alex croisait son regard, elle ne put s'empêcher de lui adresser un sourire. Il haussa les sourcils.

Le vicomte continuait de discourir, tandis qu'Alex contemplait le ravissant visage de la jeune femme. Ses cheveux étaient décoiffés par le vent. Elle était magnifique, avec ses immenses yeux verts. Il sentit le désir monter en lui de façon tout à fait embarrassante, compte tenu de l'étroitesse de son pantalon de soirée. Les seins de Charlotte semblaient appeler les baisers… Bon sang !

Il conclut poliment la conversation pour se diriger vers elle. Au passage, il prit une autre coupe de champagne. Quand il s'arrêta près d'elle, ses yeux portaient un message qui la fit frémir de la tête aux pieds. Comment s'y prenait-il pour qu'elle eût envie, dès qu'il était près d'elle, de refaire *ça* ?

— Si nous allions voir comment s'en sort le redoutable M. Glister ? proposa-t-il.

Elle se raidit. Devait-elle sortir dans le jardin avec lui ? Elle regarda autour d'elle, mais personne ne leur prêtait attention. Enfin elle croisa le regard de Sophie, qui lui adressa un clin d'œil et lança :

— Ne croyez-vous pas, Charlotte, qu'il faudrait aller voir ce qui se passe dans la cour ? Nous ne pouvons abuser de l'hospitalité de lady Dewland indéfiniment !

Alex offrit son bras à une Charlotte encore hésitante. Qu'allait-il faire, dans la nuit ? Elle s'était pourtant juré de ne plus jamais se retrouver seule avec lui ! Elle avait envie de ses baisers, de l'ivresse qui s'emparait d'elle quand il la touchait…

— Vous avez raison ! dit-elle à son amie. Pourquoi ne pas aller tous ensemble proposer notre aide à M. Glister ?

— Lâche, grommela Alex tout bas. Venez avec moi…

Il y avait dans son regard infiniment de désir. Elle lui sourit.

— Votre penchant pour les jardins m'effraie un peu, monsieur.

De quoi voulait-elle parler ? songea-t-il. Certes, il l'avait embrassée au cours d'un pique-nique, et il mourait d'envie de dénuder ses seins, de prendre leurs boutons roses dans sa bouche…

— Allons-y ! déclara-t-il d'un ton brusque.

Il y avait un vaste parc à l'arrière de la demeure, et Charlotte se reprocha les doutes qu'elle avait eus sur la famille de Peter. Il s'agissait de toute évidence d'une branche importante de la noblesse. Violetta l'aurait su immédiatement, car elle connaissait tous les arbres généalogiques de la haute société, mais Charlotte ne s'y était jamais intéressée. Elle n'avait pas le temps de s'en occuper. Il était déjà bien assez difficile de concilier la vie de peintre et celle de jeune fille à marier!

Ils sortirent tous dans le jardin, et Alex tendit à Charlotte sa coupe de champagne. Sophie s'extasiait sur le délicat parfum des roses, et ses chevaliers servants se bousculaient pour lui cueillir la plus belle.

Alex conduisit sa compagne vers un banc de pierre tout proche, et elle en fut un peu déçue. N'avait-il pas envie de l'entraîner dans les allées qui menaient au fond du jardin? Elle but son champagne et renversa la tête afin d'admirer les étoiles visibles malgré la brume.

— Avez-vous lu l'article dans *La Gazette* sur la poussière de charbon? demanda-t-elle. L'auteur prétend que non seulement elle obscurcit l'atmosphère, mais encore qu'elle est nocive pour la santé, surtout celle des bébés.

Il la regarda avec curiosité. Il était persuadé que les jeunes filles de leur monde ne s'intéressaient qu'aux rubriques mondaines.

— Je pense qu'il exagère, répondit-il. Aucune étude scientifique n'a prouvé que la poussière de charbon était dangereuse. Je crois plutôt que beaucoup de ces bébés meurent de malnutrition.

— Pourquoi toussent-ils autant, alors?

— À cause de rhumes, de pneumonies. J'ai lu cet article avec intérêt, mais nous ne pouvons supprimer tous les poêles à charbon, comme il le suggère.

— Pourtant, Alex, rétorqua Charlotte sans se rendre compte qu'elle utilisait son prénom, des autopsies ont révélé que les poumons de certains bébés étaient *noirs* !

— Ces bébés faisaient partie des pauvres. Ils auraient pu mourir de n'importe quelle maladie.

— Vous savez comme moi que seuls les bébés des pauvres sont autopsiés ! s'indigna Charlotte qui avait du mal à garder son calme.

— Certes, mais j'ai vu dans mon entourage fort peu de bébés qui toussaient continuellement, comme cet article le décrit. Si c'était le cas, j'emmènerais aussitôt Pippa à la campagne.

— Vous touchez au cœur du problème, argumenta patiemment la jeune femme. Les enfants de la noblesse passent la majeure partie de leur temps à la campagne. Nous sommes à Londres seulement pour la saison, au plus pour un semestre, tandis que les pauvres respirent cet air à longueur d'année.

Elle eut un geste en direction du ciel.

— Je passe beaucoup de temps à étudier la lumière, or vous n'avez pas idée de la différence qu'il y a entre la ville et la campagne. En ville, on peut à peine appeler cela « lumière ».

Alex la considéra, intrigué. Elle avait discuté avec lui sur un plan d'égalité, et il ne l'en respectait que davantage. Mais pourquoi étudiait-elle la lumière ?

Elle avait la tête en arrière, les yeux clos, et il pouvait à loisir admirer la courbe de son cou.

— À quoi pensez-vous ? demanda-t-il d'une voix enrouée de désir.

— À l'odeur des roses. Elle est... chaude. Comment une odeur peut-elle être chaude ou froide? Je l'ignore, mais celle-ci est chaude.

Alex réfléchit un instant.

— Le chocolat chaud sent le chaud, dit-il sans conviction.

Elle éclata de rire.

— Ce n'est pas ce que je voulais dire! Je parlais des fleurs. Les freesias ont une odeur froide, par exemple.

Alex laissa glisser un doigt sur sa clavicule, et il se pencha vers elle.

— Et vous, vous sentez...

Il s'arrêta, provocant, et elle rit de nouveau.

— Vous sentez le chaud, reprit-il. Très, très chaud. Et aussi la fleur d'oranger.

— Bravo!

— J'ai rencontré un jour, dans un jardin, une jeune fille qui sentait la lavande, et depuis c'est mon parfum préféré.

Leurs lèvres se touchaient presque. Puis il renifla de nouveau, avec ostentation, et elle rit encore.

— Je crois, murmura-t-il contre sa bouche, je crois que maintenant, c'est la fleur d'oranger que je préfère.

Charlotte tremblait d'anticipation, mais il se redressa. Il ne pouvait l'embrasser là, devant la vicomtesse, devant Sophie et ses soupirants.

Au clair de lune, les yeux d'Alex étaient plus sombres que la nuit, et elle se sentait hypnotisée, elle ne pouvait se détacher de lui.

Il se mit debout et l'aida à se lever. Il semblait moins troublé qu'elle, se dit-elle, vaguement mortifiée.

— Allons voir où en est M. Glister, proposa-t-il.

L'artificier s'était installé au fond du jardin afin de ne pas risquer d'abîmer les massifs, et il grondait le valet qui avait été chargé de le seconder. Celui-ci leva les yeux au ciel, et Charlotte réprima un sourire. Alex lui tenait la main, comme si c'était la chose la plus naturelle du monde et, pendant qu'il s'entretenait avec M. Glister, elle se détendit. Il avait de si grandes mains ! La sienne tremblait légèrement. Craignant qu'il ne s'en aperçoive, elle caressa du pouce la base de son poignet. Il répondit aussitôt en la serrant davantage. Charlotte fit mine de s'intéresser au discours de l'artificier, mais elle aurait été incapable d'en répéter un seul mot !

— Oui, oui, monsieur, concluait le brave homme. Dans une minute. Vous devriez leur dire de rentrer tous dans la maison pour regarder par les fenêtres. Et le pauvre jeune homme malade aussi.

Alex posa la main de Charlotte au creux de son bras pour remonter vers la maison. Il la tenait si serrée qu'elle sentait la chaleur de son corps se propager au sien. Comment cacher son émoi ? Une dame ne devait pas avoir de telles réactions, elle en était sûre. Sa mère n'évoquait pas cet embrasement intérieur, lorsqu'elle parlait des relations conjugales.

Il s'arrêta brusquement, à l'abri d'un bouquet d'arbres, et lâcha sa main.

— Vous savez, dit-il d'un ton léger, je ne crois pas pouvoir rentrer avant quelques minutes…

Elle leva vers lui un regard incertain.

— Pourquoi ? s'enquit-elle en oscillant instinctivement vers lui.

— Charlotte, murmura-t-il.

Il la prit dans ses bras et elle frémit de tout son être.

— Charlotte, êtes-vous consciente de l'effet que vous produisez sur moi ? J'ai l'impression d'être le satyre d'une pièce classique, le genre de pièce que vous n'aviez pas le droit de lire à l'école.

Il avait posé la main au creux de ses reins.

— On avait raison de vous l'interdire, reprit-il. Les satyres sont des brutes vigoureuses et velues. Ils courent souvent les bois à la recherche de jeunes filles, et... Oh, Seigneur !

Il la repoussa, et elle leva les yeux vers lui, totalement perdue. Elle caressa ses cheveux.

— Avez-vous toujours eu une chevelure poivre et sel ?

— Je suis ainsi depuis l'âge de dix-sept ans.

Était-elle indifférente à son désir ? Il lui saisit les poignets.

— Ne... ne regardez plus mes cheveux, Charlotte.

En réalité, elle n'osait pas croiser son regard et, quand elle le fit enfin, elle en fut tout étourdie. Alex sourit. Non, elle n'était pas indifférente. Il ne s'était pas trompé : elle serait ardente dans son lit et intelligente dans son salon. Il ne trouverait jamais mieux comme épouse. Elle n'avait rien de Maria, bien que... Il la détailla plus attentivement. Elle avait le visage triangulaire, et la lèvre inférieure généreuse, comme celle de Maria. Mais cela ne signifiait rien, songea-t-il. Des centaines de femmes avaient ces caractéristiques.

Il recula et s'adossa à un arbre. À présent, il fallait qu'ils se calment afin de pouvoir annoncer à leurs amis que le feu d'artifice allait commencer.

— Milord...

Il fut un peu déçu. Où était passé le « Alex » ?

— Nous devrions rejoindre les autres.

Il demeura parfaitement immobile.

— Pas tout de suite.

Elle ouvrait de grands yeux, et il soupira.

— Venez près de moi, Charlotte, dit-il d'une voix basse.

Elle ne bougea pas.

— Charlotte !

Elle obéit enfin et, quand elle fut devant lui, il posa les mains sur ses joues, puis les laissa descendre lentement le long de son corps. Elle frémit, s'humecta les lèvres, mais ne se déroba pas.

— Pourquoi avez-vous fait cela ? demanda-t-elle.

— J'en avais envie. Maintenant, dit-il en posant les mains de Charlotte sur ses joues, faites pareil.

La jeune femme le fixa sans mot dire.

Elle allait se dérober, songea-t-il. C'était une demoiselle bien élevée, elle allait rentrer dans la maison en courant...

Pourtant, quelque chose dans le regard d'Alex défiait Charlotte. Alors, aussi délibérément que lui, elle laissa glisser ses mains le long de son visage, de la colonne de son cou.

Elle descendit jusqu'à sa taille et s'arrêta.

— Continuez.

Elle rougit, mais il avait pris ses mains sous les siennes et les guidait. Elle retint sa respiration quand elle sentit son membre sous ses doigts, et elle fit volte-face pour s'enfuir. Mais Alex la prit aux épaules et l'attira contre lui.

— Vous voyez, murmura-t-il contre sa nuque en ponctuant ses paroles de petits baisers, vous me rendez fou. Je ne me souviens pas d'avoir jamais été aussi... ardent.

Malgré elle, Charlotte sentit un sourire lui monter aux lèvres, et elle se détendit quelque peu. Il posa le menton sur ses cheveux.

— Hélas, dit-il ironiquement, ces caresses n'améliorent pas mon état... Vous devriez aller avertir nos amis que le spectacle va commencer, et je retournerai aider M. Glister.

Elle se dégagea de ses bras et l'embrassa sur les lèvres.

— Je savais bien que les pièces classiques étaient très instructives. J'aimerais beaucoup en apprendre davantage... sur les satyres, par exemple.

Sur ce, elle courut vers la maison.

Quelques minutes plus tard, Alex observait les fusées qui explosaient dans le ciel. Les mains sur les épaules de Charlotte, il la tenait contre lui. Elle se sentait merveilleusement bien.

À une fenêtre de l'étage, Quentin contemplait le spectacle fascinant. Il avait été réveillé par le bruit assourdissant, et des larmes de bonheur striaient ses joues.

Sophie, entourée de ses chevaliers servants, regardait Charlotte, si rayonnante. Pourvu que la vicomtesse ne remarque pas les mains d'Alex sur ses épaules, se disait-elle.

Mais Charlotte, elle, ne songeait pas un instant à lady Dewland, ni à personne d'autre. Ses reins étaient pressés contre le bas-ventre d'Alex et, bien qu'il n'y eût rien de déconcertant une minute auparavant, à présent elle sentait... elle sentait...

Elle eut un sourire épanoui.

11

Le lendemain matin, à sept heures, Chloé se dressa dans son lit et tira vigoureusement la sonnette. Elle allait poser pour son portrait! Après avoir pris un bain, elle examina la rangée de robes démodées qui pendaient dans son placard. Finalement, elle porta son choix sur une simple robe blanche. D'ailleurs, sa tenue n'avait sans doute guère d'importance. Son amie d'enfance, Sissy, avait posé pour un peintre en tenue de Cléopâtre. Et lorsqu'elle avait admiré le tableau, Sissy lui avait dit que le costume n'avait rien à voir avec celui qu'elle avait porté, que jamais sa mère n'aurait accepté qu'elle se dénude ainsi.

— Tu ne m'aideras donc pas à finir de coudre les cols des chemises, aujourd'hui? dit sa mère avec une fausse sévérité.

En réalité, elle était ravie, Chloé le savait. Pourquoi aurait-elle envoyé sa fille dans une pension au coût exorbitant, si ce n'était pour la voir évoluer un jour dans les milieux les plus huppés? Mais elle n'aurait jamais montré sa joie devant son mari, qui était réticent à l'idée de voir leur fille fréquenter des aristocrates. Or Katryn, dès qu'elle avait compris que Chloé serait jolie, avait nourri cette ambition. Aussi était-elle rayonnante au petit déjeuner.

Lorsque leur laquais guindé entra dans la pièce, Mme Van Stork sursauta. Il se déplaçait comme un serpent.

— Des fleurs pour miss Van Stork, annonça-t-il solennellement.

Chloé ouvrit de grands yeux. Il y avait au moins six ou sept bottes de violettes, encore toutes fraîches de rosée, qui semblaient avoir été cueillies deux minutes auparavant ! Peter fit le tour de la table, salua, se redressa. Chloé, impatiente, lui arracha pratiquement le bouquet des mains. Le serviteur sortit, les yeux au ciel, se demandant pourquoi il se retrouvait dans une demeure de simples bourgeois au lieu de servir chez des nobles. Mais la réponse lui vint bien vite : ils payaient mieux.

Les doigts un peu tremblants, Chloé chercha la carte parmi les fleurs, et elle réprima une exclamation de surprise. Elles ne venaient pas de Will – du baron Holland, se reprit-elle. La carte était gravée au nom de Charlotte Daicheston, qui avait écrit d'une écriture presque masculine : *Je me réjouis de notre rendez-vous. N'hésitez pas cependant à me faire savoir si une autre heure vous conviendrait mieux.*

— De qui est-ce ? aboya son père. Ce fripon qui est venu dîner hier soir ?

Il savait reconnaître un coureur de dot quand il en voyait un. Il devait cependant avouer que celui-ci était nettement plus supportable que beaucoup d'autres aristocrates qu'il voyait se promener, oisifs et inutiles, sur le Strand. Il semblait s'y connaître un peu en matière de commerce, par exemple, et l'on n'aurait pu en dire autant de la majorité des godelureaux que rencontrait sa fille.

— Non, papa, répondit gaiement Chloé. C'est de Charlotte Daicheston.

— Hum! Cette jeune personne a de nouveau les honneurs des journaux...

— Oh! Je peux voir, papa? Si vous avez fini de lire, bien entendu.

— Fini? Je ne lis jamais les rubriques à ragots, mademoiselle!

Chloé et sa mère s'abstinrent avec tact de lui demander comment il savait qu'on y parlait de Charlotte Daicheston, et la jeune fille s'empressa de parcourir la rubrique mondaine.

— Oh, maman! s'écria-t-elle. Charlotte et ses amis ont fait tirer un feu d'artifice sous la fenêtre d'un jeune homme infirme, après que nous avons quitté Vauxhall.

Elle entreprit de lire à haute voix l'article fort détaillé, qui donnait la description des fusées et la réaction des assistants, y compris celle d'un conducteur de fiacre dont les chevaux avaient été effrayés par les détonations. Les commentaires acides du cocher n'étaient guère importants pour le journaliste, qui terminait en faisant remarquer qu'il était rare de voir des gestes généreux vis-à-vis des handicapés.

Mme Van Stork rayonnait littéralement. Elle-même passait le plus clair de son temps à coudre des vêtements pour les pauvres, et lady Charlotte eut instantanément une place de choix dans son cœur. M. Van Stork lui-même émit un grognement d'approbation.

Avant de s'en aller, Chloé piqua quelques violettes sur sa robe blanche. Elle se rendait chez

Charlotte ! Et peut-être, qui sait, verrait-elle Will ? Elle ne nourrissait aucune inquiétude au sujet du sourire que Charlotte et Will avaient échangé la veille, au théâtre. Avaient-ils été amants ? Non. Charlotte était simplement si belle qu'aucun homme ne pouvait lui résister. Il ne lui restait plus qu'à espérer que la jeune femme se désintéresse de Will. D'après l'article, elle avait l'intention d'épouser le comte de Sheffield.

Elle arriva à Calverstill House tout excitée. Peut-être Charlotte avait-elle changé d'avis ? D'ailleurs, pourquoi aurait-elle eu envie de la peindre ?

Ses yeux s'agrandirent lorsqu'elle pénétra dans le vaste hall. Elle connaissait bien sûr de nombreuses demeures d'aristocrates. Son amie Sissy Commonweal l'avait souvent invitée pour des vacances. Mais celle-ci était différente. Le sol semblait fait de quatre ou cinq sortes de marbre vert, le plafond en dôme était orné d'angelots et de dieux. Elle était tellement impressionnée, quand le majordome l'introduisit dans un élégant salon, qu'elle garda les yeux fixés au sol. Il devait y avoir une erreur quelque part. Les gens qui habitaient de tels châteaux ne peignaient pas de portraits !

Elle entendit un pas léger dans l'escalier, et Charlotte Daicheston pénétra dans la pièce.

— Quelle joie de vous voir ! s'écria-t-elle.

Chloé la contempla. Elle était incroyablement belle, et tellement chaleureuse !

— Êtes-vous certaine…

— Bien sûr ! Il y a une bonne heure que je m'affaire à tout préparer. Mais laissez-moi d'abord vous présenter à ma mère.

Chloé pâlit. Jamais elle n'aurait imaginé rencontrer un jour une vraie duchesse ! Charlotte l'entraîna dans le grand escalier.

— C'est le boudoir du matin, dit-elle en ouvrant deux hautes portes.

Chloé découvrit une pièce aux teintes d'or pâle, dont les légers rideaux dansaient sous la brise. Le soleil entrait à flots, et le mobilier était plus pratique que raffiné. Six ou sept femmes, assises autour d'une table, cousaient. La mère de Charlotte se leva pour accueillir les jeunes filles. Exceptionnellement grande, elle avait un sourire charmant, et elle serra la main de Chloé en lui demandant des nouvelles de ses parents. Puis elle s'excusa :

— Nous essayons de terminer une vingtaine de chemises dont les garçons de l'orphelinat ont grand besoin, sinon je vous aurais volontiers accompagnées dans l'atelier de Charlotte. Mais je suis sûre que vous serez très bien toutes les deux.

Chloé sourit.

— J'ai laissé maman aux prises avec un lot de chemises, mais pour des adultes, pas pour des enfants.

— On n'en finit jamais ! se plaignit Adélaïde. J'ai l'impression que nous cousons à longueur de journée, pourtant je vois sans cesse des gens en haillons dans la rue...

Charlotte et Chloé continuèrent à monter l'escalier, qui se rétrécissait au troisième niveau.

— C'est en fait l'étage de la nursery, expliqua Charlotte, mais il n'y a plus d'enfant dans la maison, alors mes parents ont transformé la salle de jeux en atelier.

Elles s'arrêtèrent sur le seuil d'une vaste pièce peinte en blanc. Tout autour de l'atelier, il y avait des candélabres, des grands, des petits, certains ornés de coquillages. Chloé en demeura bouche bée. Il y en avait un très laid qui ressemblait à un arbre, et un autre qui représentait l'arche de Noé avec des bougies sur la tête des animaux.

Charlotte éclata de rire.

— Oh, j'ai oublié combien cette pièce est bizarre ! Voyez-vous, j'ai terriblement besoin de lumière, alors nous avons mis ici tous les chandeliers que nous avions au grenier. En outre, nous avons envoyé un domestique acheter sur le Strand tout ce qu'il trouvait. Et voilà le résultat !

Les chandeliers étaient accrochés au mur tous les cinquante centimètres environ.

— Chaque matin, les domestiques changent les bougies. Je suis furieuse quand il y en a une qui arrive au bout, parce que cela change la lumière. Londres est tellement assombrie par la poussière de charbon que je ne peux travailler à la lumière naturelle que jusqu'à onze heures.

Chloé n'avait jamais vu autant de bougies dans une seule pièce ! Elle se dirigea vers le chevalet qui trônait devant les fenêtres. Elle en fit le tour et s'arrêta, médusée, en découvrant le portrait de Sophie. Elle était tellement vivante qu'on avait l'impression qu'elle allait sortir du cadre ! Rien à voir avec les portraits figés, exposés à la Royal Portrait Gallery.

— Je l'ai sorti pour que vous puissiez juger de mon travail, expliqua Charlotte. Vous l'aimez ?

Le visage de Chloé était un véritable baromètre, et pour l'instant elle paraissait consternée. À cause de sa peinture ? se demanda Charlotte.

Chloé perçut une légère angoisse dans sa voix, et se tourna vivement vers elle.

— C'est magnifique ! Mais... pourquoi auriez-vous envie de faire mon portrait ? Elle est tellement éblouissante, et moi si banale !

— Sottises ! Vous êtes ravissante. Mais peu importe, d'ailleurs. Si vous aviez refusé, j'aurais envisagé de peindre Campion, notre majordome. Ce que je veux, c'est une expression. Vous voyez, j'ai essayé de saisir la véritable Sophie, pas une belle image.

— Elle est très... séduisante, n'est-ce pas ?

Charlotte acquiesça.

— Oui. C'est Sophie.

Chloé songea aux regards avides des hommes qui entouraient la jeune fille, la veille.

— Il y a quelque chose de plus, dit-elle.

— C'est un jeu, pour elle. Elle est provocante, mais cela ne va pas plus loin. Ce que je veux dire, c'est qu'elle est pure.

Charlotte se demanda si elle avait raison de se montrer si explicite, mais Chloé était la troisième personne qui ait vu le tableau, et la première qui lui posait des questions à ce sujet.

— Je vois. Elle... elle ressemble à la déesse Diane, que l'on disait incroyablement belle et qui rejetait tous les hommes. Je ne me trompe pas ?

— Je n'y ai jamais pensé, murmura Charlotte, songeuse. J'ai envisagé ce portrait plus comme quelqu'un qui joue avec le feu. Un feu qu'elle ne comprend pas encore.

Deux jours auparavant, Chloé se serait classée sans hésiter dans la catégorie de Sophie, encore qu'elle n'eût jamais aimé le jeu de la séduction.

Mais la veille, une émotion inconnue l'avait transpercée lorsque Will l'avait embrassée.

Charlotte se rendait compte que Chloé n'était pas une petite jeune fille naïve, comme ses silences pouvaient le laisser supposer. Décidément, elle avait de plus en plus envie de se lancer dans ce portrait.

— Que dois-je faire ? s'enquit poliment Chloé.

Charlotte la mena vers le divan.

— Asseyez-vous, tout simplement. Inutile de garder la pose. Je vais commencer par faire une série d'esquisses de votre visage, de face et de profil. Ensuite, comme je vous l'ai dit hier soir, je travaillerai toute seule, et puis je vous demanderai de revenir, sans doute la semaine prochaine.

Un peu gênée, Chloé s'installa sur le canapé, tandis que Charlotte se plaçait face à elle, de grandes feuilles de papier sur les genoux. Elle se mit à dessiner avec des gestes vifs et précis. Au début, Chloé essaya de lui parler, mais la jeune femme n'était guère encline à bavarder, aussi renonça-t-elle pour s'absorber dans ses pensées. Et, bien sûr, elle pensa à Will... Will dans le corridor, dans la voiture devant chez elle...

Charlotte était surprise. Par le Ciel, qu'était-il arrivé à la sage petite fille de la veille, pour qu'elle se fût ainsi transformée en une femme débordante de sensualité ? Était-ce elle, Charlotte, qui était naïve ? Était-ce elle qui brûlait de désir et transférait cette émotion sur son modèle ? Elle observa le dessin, et les feuilles qui jonchaient le parquet autour d'elle. Non. Son crayon ne mentait jamais. Cette certitude la rasséréna, et elle se mit à dessiner de plus belle, essayant de capter la retenue de Chloé, cet empire sur elle-même qui se mêlait de façon fascinante à une sensualité radieuse...

Une heure plus tard, elle sentit qu'elle parvenait à un résultat. Elle avait saisi, ici et là, de bonnes expressions. Un regard, par exemple. La courbe du menton et du cou.

On frappa soudain à la porte de l'atelier.

— Sacredieu ! s'écria-t-elle en bondissant sur ses pieds.

Chloé en resta bouche bée. Jamais elle n'avait entendu une dame jurer de cette façon !

Charlotte était folle de rage. Chloé s'était enfin détendue une dizaine de minutes plus tôt, alors qu'elle avait été crispée au début de la séance. Tout le monde savait qu'il ne fallait pas entrer dans cette pièce lorsqu'elle travaillait, pourtant !

La porte s'ouvrit à la volée. Quand elle entendit une voix masculine parler à Campion, son cœur s'affola. Alex ! Il avait dû suivre d'autorité le majordome, car jamais celui-ci n'aurait permis à un homme de monter dans les étages.

Elle se redressa, les dents serrées. Elle allait lui infliger le sermon de sa vie, lorsqu'elle s'aperçut qu'il n'était pas seul. Pippa, sur ses petites jambes, se précipita vers le tas de papiers.

— Arrêtez-la ! cria Charlotte.

Alex rattrapa l'enfant par le nœud de sa ceinture, tandis que la jeune femme ramassait ses précieuses esquisses. Pippa se mit à hurler, et Chloé se leva du divan.

— Comment allez-vous, milord ? demanda-t-elle, toujours calme. Nous nous sommes rencontrés hier soir. Je m'appelle Chloé Van Stork.

— Je me souviens, répondit Alex avec un beau sourire. Vous faites faire votre portrait ?

— Pas encore. Lady Charlotte prend seulement quelques croquis.

— Oh, je vous en prie, appelez-moi simplement Charlotte !

Elle posa ses papiers sur la cheminée, calés sous un chandelier. Pendant ce temps, Alex, avec dans ses bras une Pippa pleurnichant, contourna le chevalet.

Il demeura immobile, après avoir posé sa fille par terre. Celle-ci courut grimper sur une chaise. Son père ne bougeait toujours pas, et Charlotte fut agacée. Comment ? Il n'était même pas capable d'inventer un compliment ?

Enfin, il se tourna vers elle.

— Pourquoi des jacinthes ?

— Que… que voulez-vous dire ?

— Pourquoi des jacinthes ? répéta-t-il en souriant. Pourquoi pas des lapins ? Vous allez garder ce tableau jusqu'au mariage de Sophie, n'est-ce pas ? Je ne le vois pas au milieu de la galerie des ancêtres des Brandenburg ! Alors, pourquoi pas des lapins… symboles de fertilité.

— Les lapins… la fertilité ? balbutia sottement Charlotte.

Chloé toussota.

— C'est une coutume italienne, n'est-ce pas, milord ? À la Renaissance, les dames se faisaient peindre avec des lapins gambadant à l'arrière-plan.

Charlotte sourit. Il avait raison ! Le portrait montrait une jeune épousée sur le point d'apprendre quelque chose…

Alex la prit aux épaules.

— Ce portrait est magnifique. Mais vous le savez, j'en suis sûr.

Elle le regarda sans répondre.

Chloé se demandait pourquoi l'on disait que le comte était un mauvais parti. Ils formaient un si beau couple, tous les deux! Il y avait une telle passion sur le visage d'Alex qu'elle en fut émue.

— Je vous emmènerai en Italie, dit-il. À Florence, à Rome, à Venise...

Charlotte sentait son irritation grandir. Elle s'était réveillée de mauvaise humeur, le matin. Et elle était de plus en plus sûre qu'elle n'épouserait pas Alex. Ce qu'elle éprouvait pour lui était du désir à l'état brut, or ce n'était pas une émotion convenable, et certainement pas une bonne raison pour se marier. À la vérité, elle avait songé avec satisfaction au moment où Alex renouvellerait sa demande, et où elle refuserait poliment, froidement. Or maintenant, il semblait considérer comme acquis qu'elle allait accepter! Quelle arrogance!

Cependant, elle ne pouvait lui dire ce qu'elle pensait de lui devant Chloé. D'autre part, elle avait vu du coin de l'œil que la petite fille essayait d'enjamber le dossier du sofa, au risque de basculer. Alors elle se précipita pour faire descendre Pippa de son perchoir.

Celle-ci faillit hurler, puis elle y renonça, et Charlotte lui sourit avec tendresse. Elle n'aimait sans doute pas le père, mais elle avait de l'affection pour ce petit esprit indépendant.

— Je ne suis pas la nounou, tu te souviens?

Pippa esquissa un sourire prudent, et la jeune femme la prit dans ses bras de façon qu'elle puisse voir tout ce qui se passait.

— Puisque notre séance a été interrompue, miss Van Stork, dit-elle avec courtoisie, que diriez-vous d'aller prendre une tasse de thé avec ma mère ?

Alex avala sa salive. D'après ce que lui avait dit le duc de Calverstill, la duchesse n'avait sans doute aucune envie de le voir !

— Euh... votre mère est occupée, dit-il.

— Comment le sauriez-vous ?

— C'est votre père qui me l'a dit, répondit Alex, imperturbable.

Charlotte le fixait, exaspérée. Que se passait-il, ici ? Soudain, elle comprit. Il avait dû venir voir son père pour lui demander sa main, et à présent le duc faisait le compte rendu de leur entretien à son épouse. Elle lui lança un regard noir.

— Je dois m'en aller, intervint Chloé, que cet affrontement embarrassait d'autant plus qu'elle n'y comprenait rien. Ma mère tient absolument à ce que je rentre de bonne heure.

Alex prit la main que Chloé lui tendait et lui offrit son plus sympathique sourire.

— Nous savons tous combien les mères sont exigeantes avec leurs filles. Je promets de ne pas interrompre votre prochaine séance de pose.

Quelle assurance ! se dit Chloé. Certes, il était fort séduisant, mais n'y avait-il aucune faille dans sa cuirasse ? Apparemment non. Après tout, il était noble, beau et riche. Elle se tourna vers Charlotte et retint un sourire. Peut-être le comte allait-il en prendre pour son grade, à en croire l'expression butée de la jeune femme. Elle fit une gracieuse révérence.

— Mon Dieu ! s'écria Charlotte. Assez de solennités ! Êtes-vous sûre de vouloir aller jusqu'au bout de ce portrait ? Nous allons être enfermées dans cet atelier pendant six semaines, alors il faut que nous abandonnions les formalités !

Chloé ne fut pas déconcertée par cet accès d'humeur.

— Entendu, Charlotte, dit-elle en tendant la main. Je tiens absolument à ce portrait, même si je n'aurai pas le droit de le voir avant de me marier !

— Mais Sophie l'a vu. Pour seul commentaire, elle m'a dit que ses dents étaient trop grandes.

Elles échangèrent un regard de complicité.

— Laissez-moi vous raccompagner, décida Charlotte.

Elle entreprit de descendre l'escalier, avec dans les bras une Pippa qui riait aux éclats en essayant d'attraper les tableaux au mur.

Chloé et Alex suivaient, ce dernier plutôt contrarié. Pourquoi Charlotte le boudait-elle ? Elle ne pouvait croire qu'il s'était joué d'elle quand il l'avait embrassée, la veille ! Ne s'attendait-elle pas à l'épouser ? Il ne pensait même plus à sa demande en mariage, deux semaines auparavant, ni au refus qu'elle lui avait opposé.

Charlotte salua Chloé à la porte et, dans un même mouvement, elle remit Pippa à son père.

— Elle est mouillée.

— Oh...

Il avait une drôle d'allure, cet élégant gentilhomme avec une enfant à la robe trempée dans les bras ! Elle faillit éclater de rire. Mais une ombre dans ses yeux la retint.

Il se tourna vers Campion.

— Voudriez-vous appeler Keating, mon majordome, je vous prie ?

— Certainement, milord. Voulez-vous que j'emmène l'enfant avec moi ?

La maisonnée tout entière se passionnait pour le comte de Sheffield. Campion savait que Mme Simpkin et les autres domestiques accueilleraient la petite à bras ouverts. Le comte venait de passer quarante minutes seul avec le maître dans son bureau, et ils en étaient sortis en fort bons termes. Inutile d'être grand clerc pour deviner ce qui s'était dit entre eux.

— Oui, je vous remercie.

Il confia Pippa au majordome et, miraculeusement, la petite ne cria pas, se contentant de lui tapoter la joue.

Alex et Charlotte les regardèrent s'éloigner, Campion aussi à l'aise que s'il portait toute la journée des bébés mouillés.

— Elle va un peu mieux, dit distraitement Alex. Il y a deux jours qu'elle n'a pas véritablement hurlé.

— C'est une bonne nouvelle...

Charlotte savait aussi bien que tout le monde pourquoi le comte était là, mais elle ne voulait pas s'en mêler. Pas alors qu'elle avait un début de migraine. Pas alors qu'elle était assez nerveuse pour fondre en larmes. Elle ne pouvait pas, elle ne voulait pas entendre parler de mariage en ce moment. Aussi, au lieu de l'emmener au salon, elle lui tendit gracieusement la main.

— Je vous remercie de votre visite, monsieur, dit-elle d'un ton léger.

Il vint se planter devant elle, après avoir lancé un regard menaçant aux deux valets en faction dans le hall. Immédiatement, ils baissèrent la tête et se tinrent raides le long du mur. Charlotte recula d'un pas, puis d'un autre. Sur un nouveau regard autoritaire, l'un des laquais ouvrit la porte du salon chinois, et Alex y fit entrer la jeune femme. Le battant se referma derrière eux.

— Croyez-vous que je partirais en laissant ma fille ici ? demanda-t-il.

Charlotte n'avait pas envisagé ce problème.

— Je ne suis pas... en forme pour une conversation, ce matin, milord. J'ai la migraine.

Elle se laissa tomber sur un sofa en imitant assez parfaitement sa tante Margaret, qui avait toujours mal quelque part et adorait se plaindre. Alex vint se placer près d'elle, parfaitement maître de lui, remarqua-t-elle avec irritation.

— Voulez-vous que je me jette à genoux ? demanda-t-il, amusé.

— Non.

— Tant mieux !

Elle releva le menton avec défi. Personne ne pouvait l'obliger à se marier, pas même un pair du royaume !

Alex n'avait pas envisagé les événements de cette façon. Il pensait que le plus dur serait de parler au duc, car il redoutait les explications qu'il devrait fournir sur son catastrophique mariage... Lui qui n'en avait jamais révélé les détails, même à son propre père. Mais le duc s'était montré bienveillant, il avait écouté avec attention, avait posé quelques questions sensées, avait hoché souvent la tête. Enfin, il avait serré la main d'Alex en lui donnant sa bénédiction. Alex avait donc cru l'affaire réglée. Il avait imaginé Charlotte lui tombant dans les bras en larmes, follement heureuse à l'idée de devenir sa femme… Il s'était même promis de ne pas aller trop loin. Il n'allait pas prendre la virginité de sa fiancée dans un salon !

En fait, après avoir découvert que la perfide Maria avait frayé avec pratiquement tous les hommes de Rome, l'idée de virginité et de nuit de noces était devenue très importante pour lui. Pas d'étreintes furtives dans les carrosses. Toutefois, Charlotte et lui brûlaient d'un tel désir qu'il avait émis l'éventualité de demander une licence spéciale pour avancer la date du mariage, mais le duc avait refusé.

— Il faut une grande cérémonie, avait-il déclaré avec justesse. Nous allons avoir le mariage le plus romantique du siècle, afin de faire taire les mauvaises langues. Quant à vous, avait-il ajouté en fronçant ses sourcils broussailleux, vous aurez intérêt à faire un bébé aussi vite que possible.

Alex ne s'inquiétait pas pour ça. Maria et lui avaient fait l'amour seulement une dizaine de fois, et Pippa en était le résultat.

Et maintenant… Charlotte était d'une humeur de chien. Quelle épouse serait-elle ? Les crises d'hystérie de Maria avaient bien failli le dégoûter à jamais de la gent féminine. Et il avait Pippa…

Le silence se faisait de plus en plus lourd.

Alex la regarda de nouveau, et il se rendit compte qu'elle était extrêmement pâle.

— Vous avez vraiment la migraine ?

Elle acquiesça. Elle souffrait tant que le moindre geste lui était pénible.

Alex sortit dans le hall, et elle l'entendit s'entretenir avec un laquais.

— Je l'ai envoyé demander à Keating un breuvage spécial, dit-il quand il revint au salon et s'assit près d'elle. Appuyez-vous contre moi, comme ça...

— Ce n'est pas convenable ! protesta Charlotte.

— Chut ! Personne ne nous voit.

Il repoussa ses boucles et entreprit de lui masser doucement la nuque. La jeune femme se laissa aller contre son épaule, et elle se sentit réconfortée. Elle ferma les yeux.

Lorsque l'on frappa, il la redressa vivement. Campion apportait un grand verre sur un plateau d'argent.

— Avalez ça, dit Alex.

Elle fit la grimace. C'était jaune et glacé.

— Je déteste le lait de poule !

— Buvez quand même.

Elle obéit et trouva le breuvage encore pire qu'elle ne le redoutait !

Le domestique quitta la pièce, et Alex reprit Charlotte contre son épaule.

— Il y avait de la liqueur dans ce verre, n'est-ce pas ? demanda-t-elle d'une voix pâteuse.

Elle s'endormit peu après, et Alex sourit. Combien de femmes s'endorment quand un comte les demande en mariage ? Il se rappelait les regards de convoitise qui se posaient sur lui, chaque fois qu'il se rendait chez Almack. Patrick le taquinait souvent en lui disant qu'il suffisait qu'il danse deux fois avec une fille pour qu'elle commande sa robe de mariée !

Voilà une bonne histoire à raconter à mon frère, se dit-il en contemplant la jeune femme alanguie dans ses bras. Il joua avec une mèche de ses cheveux. Il observa son profil, ses longs cils sur sa joue rosie. Le remède de Keating contenait suffisamment de « liqueur », comme elle disait, pour requinquer un bœuf.

Refuserait-elle de l'épouser ? Et pourquoi ? Peut-être avait-elle entendu parler de la façon dont s'était terminé son premier mariage. Oui, sans doute, se dit-il, un peu rassuré.

Ils devraient avoir une solide conversation, à son réveil...

Il appuya sa tête contre le sofa et, quelques secondes plus tard, il n'y eut plus dans la pièce que le souffle régulier de deux personnes endormies.

À l'extérieur, les deux laquais se regardaient, médusés. Ils n'avaient rien entendu, pas même un murmure, depuis un long moment. Que se passait-il dans le salon chinois ?

Cecil avait sa petite idée. Il eut un sourire en songeant à Marie. Il avait essayé de la séduire dans les chambres de la maison, mais elle refusait toujours d'aller jusqu'au bout.

— Nous serions chassés sur-le-champ, si on nous surprenait ! protestait-elle.

Il avait alors imaginé qu'un dimanche où il serait de service, quand tout le monde serait à l'église, elle pourrait prétexter une migraine.

Mais elle ne cédait pas.

À présent, il allait lui annoncer que sa propre maîtresse l'avait fait...

Une lueur d'espoir au fond des yeux, Cecil attendit que quelqu'un émerge du salon chinois, pour voir ses soupçons confirmés.

12

Charlotte ouvrit les yeux une vingtaine de minutes plus tard, toute migraine disparue, avec une délicieuse sensation de chaleur. Sa mauvaise humeur n'était plus qu'un vague souvenir.

Je suis ivre, se dit-elle, un peu étourdie, en se redressant.

Alex dormait. Au moins, il ne ronflait pas ! Il ouvrit les yeux à son tour, un sourire passa dans son regard et il la reprit contre lui.

— Assoupis comme deux vieillards sur un banc au soleil ! marmonna-t-il.

Charlotte sourit.

— Voulez-vous du thé ? Afin de vous tenir éveillé, naturellement.

— C'est une boisson de chien de compagnie ! Parfait pour un vieux birbe comme moi !

— Préférez-vous un sherry ? Ou quelque chose de plus fort ? Je soupçonne le breuvage de Keating de m'avoir grisée, alors je vais boire du thé pour me remettre les idées en place.

Elle alla ouvrir la porte, et Cecil écarquilla les yeux en la découvrant parfaitement coiffée et maîtresse d'elle-même. Elle n'avait rien fait que la morale réprouve, finalement. Il partit à la hâte chercher un plateau de thé.

Elle rentra dans la pièce, où Alex était à demi étendu sur l'atroce divan chinois que la duchesse avait acheté durant sa période d'engouement pour l'Orient. Les bras avaient la forme de lions aux yeux de laque rouge.

Alex était magnifique, se dit-elle avec un petit soupir.

— Nous avons à parler, décréta-t-il.

Elle acquiesça et revint s'asseoir près de lui.

Pendant ce temps, à l'étage, la duchesse s'inquiétait. Sa fille était depuis bien trop longtemps seule avec le comte. Agitée, elle arpentait son boudoir. Elle avait été sidérée lorsque le duc lui avait appris qu'il avait changé d'avis et acceptait de donner leur fille au comte. Puis il lui avait raconté les circonstances de son premier mariage, et elle avait approuvé.

Elle soupira. Si seulement Charlotte se décidait à lui parler de ce qui s'était passé trois ans auparavant !

Marcel réapparut.

— Il faut y aller, ma chérie, sinon nous serons en retard, or vous savez combien j'ai horreur de cela.

— Mais, Marcel, nous ne pouvons pas partir tant que Charlotte et Alexander Foakes sont enfermés dans le salon chinois ! Ne croyez-vous pas que nous devrions les rejoindre ? Il y a plus de trois quarts d'heure qu'ils sont seuls !

Elle tira vigoureusement sur le cordon de la sonnette.

— Sottises ! Charlotte n'est plus une enfant. En outre, Campion m'a dit qu'elle avait commandé du thé et une collation. Qu'y a-t-il là de choquant? Maintenant, allons-y! conclut le duc en entraînant son épouse vers la porte.

— Mais que va-t-il penser de moi? gémit-elle. Nous ne pouvons les laisser sans chaperon!

— Écoutez-moi, Addie. Vous avez expliqué à Charlotte pourquoi je m'opposais à cette union, n'est-ce pas?

— Oui.

— Eh bien, il faut du temps à Alex pour lui parler de l'annulation de son premier mariage et de tout le reste.

— Ne pourrions-nous au moins aller lui dire au revoir?

— Inutile. Nous chargerons Campion de lui transmettre nos meilleures pensées.

Marcel savait fort bien que laisser sa fille sans chaperon aurait été considéré comme une folie dans leur milieu, mais il prenait le risque. Ce n'était pas pour rien qu'on le considérait comme un excellent joueur de poker! Il aimait bien ce comte. À la vérité, il l'appréciait beaucoup plus que tous les autres prétendants de la jeune femme. Il était persuadé qu'Alex possédait un mélange suffisant d'intelligence et de volonté pour s'arranger de Charlotte, de sa peinture et de son caractère obstiné. Mais il l'avait averti qu'il aurait du mal à la convaincre de l'épouser. Les femmes fuyaient un homme affublé d'une réputation comme la sienne. S'il avait été connu pour ses nombreuses aventures, oui, mais pour son impuissance...

Alex l'avait écouté en silence, son regard sombre indéchiffrable, néanmoins Marcel était certain qu'il avait compris où il voulait en venir. Lui, à sa place, aurait tenté de convaincre Charlotte. Or cela demanderait un certain temps, et il n'était pas question qu'Addie fasse irruption dans la pièce.

Dans le hall, il renvoya les deux laquais et chargea Campion de garder un œil sur la porte, puis, triomphant, il sortit avec la duchesse.

Dans le salon chinois, Charlotte était assise toute droite près d'Alex.

— Pourquoi ne voulez-vous pas m'épouser ? attaqua-t-il.

Surprise, elle se tourna vers lui. Il était si beau, et presque un peu… anxieux ? De nouveau, elle se sentit faiblir, et s'obligea à se rappeler les raisons de son refus. Il ne voulait qu'une gouvernante pour sa fille, en réalité, et il avait complètement oublié leur rencontre à Stuart Hall. Ce qui signifiait qu'il séduirait des jeunes femmes dans les jardins dès qu'elle aurait le dos tourné.

— Ne puis-je tout simplement refuser ? répliqua-t-elle.

— Non. Pas après m'avoir embrassé comme vous l'avez fait.

Charlotte rougit légèrement. Il devait la prendre pour une fille de joie ! Si elle parlait de ce qui s'était passé voilà trois ans, sans doute la quitterait-il sans un regard en arrière.

Il y eut un silence.

— Laissez-moi deviner, reprit-il doucement. Vous avez entendu dire que j'étais impuissant, et…

Elle secoua farouchement la tête.

— Vous n'avez pas entendu les rumeurs, ou bien ce n'est pas le problème ? s'enquit-il.

— Je ne… je veux dire, oui, j'en ai entendu parler, ma mère m'a mise au courant. Mais je savais…

Elle se mordit la lèvre. Elle devait être rouge cerise !

Il eut un rire bref.

— Vous saviez ! Vous êtes… remarquable, Charlotte !

Il lui caressa gentiment la base du cou.

— Non !

Il retira sa main comme s'il s'était brûlé.

Encore un silence.

— J'attends, Charlotte !

Elle leva vers lui un regard qui le suppliait de comprendre.

— Je sais comment sont les mariages, dans notre univers, murmura-t-elle. Je ne veux pas de ça. Je…

Un coup frappé à la porte la fit sursauter. Campion apportait un plateau, en souriant avec bienveillance aux deux jeunes gens.

— Il y a aussi une collation, lady Charlotte. Le duc et la duchesse m'ont chargé de vous transmettre leurs regrets, milord, et de vous informer qu'ils avaient une obligation impossible à annuler. Toutefois, ils souhaiteraient que vous vous joigniez à eux pour le dîner. Si vous désirez autre chose, n'hésitez pas à sonner.

Très astucieux de la part du duc ! se dit Alex. Il savait que Marcel leur avait ménagé ce long tête-à-tête.

Une fois le majordome sorti, Charlotte s'affaira à servir le thé, tout en réfléchissant à ce qu'elle allait dire.

— M'aimez-vous ? demanda-t-elle tout à trac.

— Vous aimer?

Alex était déconcerté. Sa première réaction fut de répondre «Oui, bien sûr», et de l'embrasser. Mais il tenait à ce que ce mariage fût différent du premier, qu'il ne reposât pas sur des mensonges.

— Non, dit-il enfin. Et vous, m'aimez-vous?

Elle ouvrit la bouche, mais déjà Alex poursuivait:

— Voyez-vous, je ne pense pas que l'amour arrive comme dans les romans. L'amour dès le premier regard est une invention des poètes. J'ai cru tomber amoureux de ma femme, la première fois que je l'ai vue. Elle ressemblait tellement à une jeune fille que j'avais connue ici, en Angleterre! Elle était belle, elle semblait innocente, comme si elle sortait à peine du couvent. Alors je lui ai dit que je l'aimais, elle m'a dit qu'elle m'aimait, et nous nous sommes mariés deux semaines plus tard, pour la plus grande joie de sa famille. Mais savez-vous pourquoi ils se réjouissaient tant?

Charlotte secoua la tête.

— Parce que personne d'autre ne l'aurait épousée, à Rome.

Il eut un sourire méprisant et ajouta:

— Elle avait couché avec la plupart des hommes qui sont venus danser à notre mariage. Quel imbécile j'étais!

— Je suis navrée, dit simplement Charlotte.

— Durant l'année qui a suivi, notre vie a été un enfer. Elle ne m'aimait pas, et j'ai bien vite découvert que je ne l'aimais pas davantage... L'amour, à mon avis, se construit sur la confiance, or la confiance vient avec le temps. Vous comprenez?

Charlotte acquiesça. Pourtant, elle avait du mal à faire coïncider le discours d'Alex sur l'infidélité de son épouse, avec la certitude que lui aussi serait infidèle après leur mariage.

— Croyez-vous que la confiance ait un rapport avec le fait de ne pas… frayer avec quelqu'un d'autre, quand on est marié ?

Alex esquissa un sourire. Ainsi, elle pensait à l'adultère lorsqu'elle parlait des mariages de la bonne société. Le duc entretenait-il une maîtresse ?

— J'estime que la fidélité est indispensable dans le mariage, déclara-t-il fermement en lui prenant la main. Jamais je ne vous tromperai. Pour tout dire, je pense que je n'aurai plus assez d'énergie pour qui que ce soit d'autre…

Il s'approchait dangereusement, et elle recula.

— Vous avez dit que vous cherchiez quelqu'un pour s'occuper de Pippa, protesta-t-elle d'une toute petite voix.

Pourquoi ses objections lui semblaient-elles soudain dérisoires ?

Alex la prit dans ses bras et lui releva le menton.

— Croyez-vous que j'aurais envie de faire cela avec une nurse ?

Il avait la voix rauque, et Charlotte se sentait hypnotisée par son regard.

— Ou ceci ? continua-t-il en effleurant ses lèvres.

Elle se mit à trembler.

— Souhaitiez-vous ajouter quelque chose, Charlotte ? Je ne voudrais pas vous empêcher de vous exprimer…

Elle prit une longue inspiration.

— Ne vous souvenez-vous vraiment pas de m'avoir déjà rencontrée ?

— Je ne vous ai jamais rencontrée avant ces dernières semaines, ma chérie, affirma-t-il. Comment aurais-je pu oublier ce joli visage, ce front si pur ?

Il ponctuait ses phrases de petits baisers.

— Ou ces sourcils, ces cils, ce petit nez têtu ?

Au désespoir, la jeune femme se dégagea.

— Vous en êtes absolument certain ?

Alex comprit enfin que cette question était essentielle pour elle.

— Certain, confirma-t-il. Jamais je n'aurais pu vous oublier. Dès que je vous ai aperçue à ce bal, j'ai su que…

Il s'interrompit, mais Charlotte savait ce qu'il allait dire : il avait su qu'il la désirait. Mon Dieu, il ne se rappelait de rien !

Sur sa joue roula une larme, qu'Alex essuya tendrement.

— Est-ce tellement important, Charlotte ? Pourquoi ne pas laisser le passé tranquille ?

Une autre larme échappa à la jeune femme.

Il fronça les sourcils. Que se passait-il ? Que lui importait de savoir s'ils s'étaient déjà rencontrés ou non ? Il chercha dans sa mémoire, en vain. Avant de partir pour l'Italie, il avait dû se rendre à sept ou huit bals de la haute société. Or elle ne sortait pas encore, à l'époque…

Charlotte fit un effort pour se ressaisir. Pour réfléchir. Il ne se souvenait pas d'elle. Il avait probablement tout oublié de ce bal masqué parce qu'il avait pensé qu'elle était une prostituée, et ce n'était pas la même chose que de faire l'amour à une dame. Et à présent, il promettait que jamais il ne s'amuserait à séduire d'autres femmes.

Elle se força à sourire.

— Désolée de me conduire ainsi, murmura-t-elle. Je ne pleure jamais.

— Mais nous devons régler ce problème une fois pour toutes. Je suis certain, ma chérie, que vous avez rencontré mon frère Patrick. Mon père disait autrefois que nous nous ressemblions comme deux pistolets de duel.

Un nouveau sourire. Cela faisait deux ! songea-t-il, ravi.

— Notre gouvernante ne parvenait pas à nous différencier, et elle se lamentait quand on lui jouait des tours... Si Patrick était là, il éclaircirait la situation. Hélas, il est au loin, alors le mieux est de tout oublier.

Charlotte acquiesça en silence. Mais il se trompait. Jamais elle n'aurait pu confondre l'attendrissante fossette d'Alex avec celle d'un autre, ni ses larges épaules, ou sa façon arrogante de hausser les sourcils. Et il n'y avait pas que son visage. En tant que peintre, elle voyait au-delà des traits physiques. Peut-être, lorsqu'ils seraient mariés, parviendrait-elle à aborder ce sujet, et ils en riraient ensemble...

Il la sentit se détendre, et il l'attira de nouveau contre lui en caressant ses boucles.

— Alors, vous voulez bien m'épouser ? Je pense qu'il ne me sera pas difficile de vous aimer. Et vous aussi, vous m'aimerez en retour. Je vous regarderai peindre, nous aurons un bébé comme Pippa, mais qui aura votre bouche ravissante.

Elle hocha la tête contre son épaule et, en riant, il la repoussa.

— Vous avez dit quelque chose ?

— Oui... Oui, je vous épouserai.

Il sourit.

— Maintenant, vous êtes ma fiancée. Vous savez ce que cela signifie, n'est-ce pas ?

Elle frémit. Songeait-il à faire quelque chose ici, dans le salon chinois de sa mère ? Il traçait des arabesques sur son cou, caressait son dos, et machinalement elle s'inclinait vers lui. Leurs genoux se heurtèrent, et elle pouffa de rire.

Il feignit de se fâcher.

— Je préfère vous avertir tout de suite : une bonne épouse ne se moque jamais de son mari.

Charlotte se sentait soudain toute légère, un peu grisée, fascinée par l'étincelle rieuse dans ses yeux. Elle posa les mains sur ses joues, et descendit lentement le long de son cou, jusqu'à sa poitrine, comme la veille au feu d'artifice.

— J'aime tout ce que vous m'avez enseigné, dit-elle, coquine.

— Vraiment, madame ? Et jusqu'où irez-vous ?

Elle éclata de rire.

— À mon tour ! dit-il.

De ses grandes mains, il lui couvrait presque tout le visage. Elle baisa sa paume.

— Pas de diversion ! gronda-t-il.

Il laissa courir les doigts sur ses joues, s'arrêta à sa bouche. Elle le mordit soudain, de ses petites dents blanches. Puis elle lécha son doigt.

— Vous avez un goût de miel, dit-elle, étonnée.

Alex remplaça son doigt par sa bouche. Leurs langues s'apprivoisèrent, doucement d'abord, puis le baiser s'intensifia, se fit plus exigeant, et elle s'accrocha à lui, la tête renversée en arrière, offerte. Son cœur s'affolait, elle ferma les yeux…

Alors il recula, souriant.

— Voyons, où en étais-je ?

Il reposa les mains sur ses joues, redescendit... Charlotte était en feu. Elle fixait ses yeux sombres comme si rien d'autre n'existait au monde. Il descendit vers le petit ruché qui ornait son décolleté, glissa la main à l'intérieur. La jeune femme ne pouvait plus penser à rien, elle avait le ventre douloureux de désir.

Enfin, il effleura le bout de son sein, et elle sursauta. Elle s'humecta nerveusement les lèvres, ce qui fit redoubler le désir d'Alex. Combien de temps tiendrait-il, à ce jeu dangereux ? Il mourait d'envie de la renverser sur le sofa et de...

Mais il souhaitait une épouse vierge, se rappela-t-il, et une nuit de noces extraordinaire. Charlotte lui appartenait, il le sentait au plus profond de lui, cependant il ne voulait pas la prendre chez ses parents. Il voulait prononcer des vœux qui auraient une réelle signification.

— Non, murmura-t-il. Non, répéta-t-il avant de prendre un petit bouton rose dans sa bouche.

Instinctivement, Charlotte se cambra, un gémissement lui échappa. Le feu dans ses reins était remplacé par une sensation de vide, de besoin, d'urgence.

— Alex...

Il n'était plus maître de lui, et il dégagea ses seins du corsage, ses seins ravissants, nacrés, à l'aréole gonflée. Jamais il n'avait éprouvé un désir d'une telle intensité. Seigneur ! Il était bien près de faire l'amour à sa fiancée sur ce sofa chinois !

— Non !

Il se détacha d'elle, sans pourtant cesser de la toucher. Elle ouvrit des yeux voilés de désir. Alex était émerveillé. Elle était tout ce qu'il pouvait rêver : douce, intelligente, chaste et pourtant terriblement sensuelle…

Elle l'attira de nouveau à elle. Il fut incapable de résister et ils échangèrent un baiser sauvage, d'un érotisme torride. Sans quitter sa bouche, il remonta sa robe, caressa ses jambes, ses cuisses… Elle sanglotait de désir quand il passa la main sous sa culotte de soie.

— Alex, je ne sais pas…

— Ne vous inquiétez pas, ma chérie.

Il glissa les doigts sur la perle de son intimité et elle sursauta violemment, accrochée à son bras.

— Non !

Mais les doigts continuaient leur lente caresse, et elle fut parcourue de spasmes.

— Non… dit-elle encore, avec moins de force.

Alex la fit taire d'un baiser. Elle gémit et s'offrit tout entière. Non seulement il avait persuadé la belle Charlotte de l'épouser, mais en outre elle possédait une passion égale à la sienne. La jeune femme respirait à petits coups, la bouche entrouverte, et, quand il la pénétra, elle laissa rouler sa tête de droite à gauche.

— Alex ! cria-t-elle.

Il espérait qu'il n'y avait personne derrière la porte. Des perles de transpiration couvraient son corps, et il eut toutes les peines du monde à ne pas perdre son sang-froid, tandis que sa ravissante fiancée se tordait sous l'explosion de jouissance.

Ensuite, le silence tomba. Alex, les yeux au plafond, priait pour que son corps s'apaise. Il fallait absolument qu'il se calme.

Charlotte était roulée en boule au bout du divan, plus stupéfaite qu'embarrassée.

Il se pencha pour caresser son visage.

— Qu'était-ce ? demanda-t-elle enfin d'une toute petite voix.

— Quoi ?

— Que m'est-il arrivé ?

Alex sourit.

— Vous avez eu un orgasme. En France, cela s'appelle la « petite mort ».

— Et cela se reproduira ?

Il faillit éclater de rire.

— Je vous le promets, ma douce, je vous le promets…

Charlotte, pensive, rajusta sa tenue puis, passant devant lui, elle prit un sandwich au concombre sur le plateau qu'avait apporté Campion.

Alex était émerveillé. Sa fiancée venait de connaître une expérience que bien des femmes ignoraient toute leur vie, et elle grignotait calmement un sandwich ! Puis il la regarda plus attentivement. En fait, ses mains tremblaient, et il vit une larme accrochée à ses cils.

Il soupira et prit un sandwich à son tour.

— À la vérité, dit-il, non seulement cela se reproduira, mais ce sera meilleur à chaque fois. Dorénavant, nous nous donnerons du plaisir l'un à l'autre.

Charlotte sursauta. Elle n'avait pas pensé à cela une seule minute !

— Y a-t-il quelque chose que j'aurais dû…

— Surtout pas ! dit-il gaiement. Si vous me touchez, j'explose ! Voyez-vous, je meurs d'envie de vous sauter dessus et de vous déshonorer, comme on dit. C'est seulement mon sens du devoir qui me tient cloué à ce canapé, en train de manger un sandwich desséché.

Il le reposa sur le plateau et en choisit un autre.

— Je devrais vous emmener dans mon carrosse, vous embrasser, et ensuite me rendre à mon club dans ce pantalon affreusement moulant : ainsi, toutes les rumeurs concernant ma virilité seraient réduites à néant !

Charlotte l'observait entre ses cils, et elle pouffa de rire. C'était drôle, mais pas tout à fait comme il le pensait. Il ne voulait pas aller plus loin sur le divan chinois de sa mère, alors qu'en réalité il l'avait déjà déshonorée !

Elle posa une main sur son bras.

— Merci, dit-elle.

Alex eut l'air surpris, voire choqué.

— Qu'y a-t-il ? s'inquiéta-t-elle.

— Une seule autre femme m'a un jour remercié...

— Avez-vous eu beaucoup de maîtresses ?

— Des centaines, des milliers !

Charlotte eut une petite moue désapprobatrice, et il se pencha pour la regarder dans les yeux.

— Un homme ne se vante jamais de ses conquêtes, ma chérie. Mais puisque vous serez la dernière, je peux bien vous avouer que jamais je n'ai éprouvé un tel désir. Pas une fois de toute ma vie.

Elle se mordit la lèvre.

— Nous nous sommes arrêtés parce que je veux vous faire l'amour pendant des heures, dans un lit confortable. Et je veux que nous soyons mariés, ajouta-t-il avec un clin d'œil. Vous porterez mon alliance, vous serez à moi, rien qu'à moi. Votre première expérience sera le début d'une interminable série de nuits et de jours.

— De jours ?

— Absolument, dit-il avec un sourire coquin. Ma chambre a de vastes fenêtres, et je veux vous voir dans mon lit sous le soleil de midi. Alors, je vous ferai l'amour jusqu'au soir.

Charlotte était écarlate.

— Bon sang! grommela-t-il. Je vais devoir prendre une douche glacée...

Il passa un bras autour de ses épaules.

— Ainsi, vous acceptez de m'épouser? Je peux dire à votre père que vous êtes d'accord?

Elle avait l'impression que son cœur allait éclater de bonheur et d'amour.

— Oui. Mais vous n'avez pas toujours raison, vous savez, ajouta-t-elle, les yeux brillants.

Il haussa les sourcils.

— Vraiment?

— L'amour peut naître dès le premier regard, dit-elle doucement en nouant les bras à son cou.

13

Trois jours avant le mariage, Charlotte mit la touche finale au portrait de Chloé Van Stork. La jeune fille était sagement assise sur le sofa, comme elle le faisait depuis des semaines, mais Charlotte savait qu'elle était aussi excitée qu'elle. Elle n'avait pas voulu jeter un coup d'œil au tableau avant qu'il soit terminé, afin que ce soit une surprise.

Charlotte s'obligea à lâcher son pinceau. Elle était tellement nerveuse qu'elle aurait été capable de tout gâcher. C'était si curieux, de terminer ce portrait et de se marier en même temps. C'était comme si elle laissait son ancienne vie derrière elle... Non. C'était une idée stupide. Alex lui avait installé un magnifique atelier dans sa demeure, à côté de son bureau. Elle eut un petit sourire en nettoyant sa brosse. Les domestiques lui apporteraient ses couleurs à Grosvenor Square. Chez nous, songea-t-elle.

— Vous allez pouvoir venir voir, Chloé.

La jeune fille sursauta. Quelle charmante personne elle était, avec son petit visage et ses grands yeux clairs ! Elles étaient devenues bonnes amies, au fil des huit dernières semaines.

Charlotte plissa les yeux en observant le tableau. La profonde honnêteté de Chloé s'y voyait-elle ? Oui, sans doute. L'autre aspect, ces rayonnements de désir qui avaient semblé si évidents à Charlotte, deux mois auparavant, étaient plutôt atténués au résultat. Peut-être parce que Chloé avait perdu cet air d'attente qu'elle avait, après la soirée du *Roi Lear*. La veille de la demande en mariage d'Alex... De nouveau, Charlotte sourit. Elle souriait chaque fois qu'elle pensait à lui !

— Je n'ai jamais vu deux jeunes gens aussi ridiculement entichés l'un de l'autre ! avait déclaré tante Margaret, égale à elle-même, lors du souper que le duc de Calverstill avait donné afin d'annoncer officiellement les fiançailles de sa fille cadette avec le comte de Sheffield.

Victime d'une crise de goutte, elle était particulièrement de mauvaise humeur, ce soir-là.

— Nous verrons combien de temps cela durera ! avait-elle ajouté.

En réalité, Margaret aimait beaucoup sa nièce, et cet Alexander lui paraissait acceptable. Elle avait bien connu son père, réputé pour son goût des jolies femmes, qui aurait été horrifié d'apprendre que son héritier avait été qualifié d'impuissant...

Chloé, qui était venue rejoindre son amie, posa la main sur sa bouche.

— Ce... ce n'est pas moi !

Charlotte fronça les sourcils.

— Mais si, Chloé. C'est très ressemblant.

— Non, souffla la jeune fille. C'est beaucoup trop beau !

— Vous êtes ravissante, je vous assure !

Charlotte n'avait pas voulu d'un cadre classique pour Chloé – ni ruines antiques, ni prairie fleurie – mais seulement le canapé sur lequel elle était assise, et elle était vêtue de la robe de twill qu'elle portait la plupart du temps pour les séances de pose.

— Ne croyez-vous pas que je devrais avoir une robe spéciale ? avait demandé Chloé. Sissy, dans son costume égyptien...

— Ne me parlez pas de ce vulgaire portrait que Sissy a commandé ! Lady Commonweal a mis des semaines à s'en remettre. Cléopâtre ! Sissy n'a décidément aucun goût !

Chloé avait renoncé à défendre sa camarade de pension. En effet, Sissy avait fort mauvais goût, il n'y avait pas à revenir là-dessus. Pour sa part, Chloé pensait qu'elle aurait mieux choisi ses toilettes, si sa mère avait accepté qu'elle suive la mode. Mais à présent que le baron Holland avait abandonné sa cour, Mme Van Stork considérait qu'il était inutile de dépenser une fortune en vêtements. Si elle trouvait un nouveau soupirant, elle envisagerait le problème... Or Chloé n'en voulait pas d'autre ! Elle voulait Will, et lui seul. Mais il avait disparu de sa vie. Il avait disparu tout court, car elle ne l'avait pas aperçu depuis plus d'un mois. Elle s'en consolerait, se promettait-elle. Un jour, elle cesserait de pleurer tous les soirs dans son lit...

En tout cas, elle n'avait pas l'air de pleurnicher, sur le portrait de Charlotte. Finalement, elle était peinte de trois quarts. Les couleurs sombres de sa robe et du divan mettaient en valeur la clarté de son teint, lui donnant un air serein, en même temps qu'une beauté un peu lointaine.

— Je n'ai pas souvent cette expression, commenta-t-elle d'une toute petite voix.

Charlotte l'entraîna vers le divan.

— Maintenant que j'en ai terminé avec le portrait, j'aimerais savoir ce qui se passe. Où est Will ? Je ne l'ai pas vu depuis des semaines !

— Je l'ignore, répondit Chloé, malheureuse. Je n'en ai pas la moindre idée.

— Hum ! Cela ne lui ressemble pas de manquer le point fort de la saison.

— En effet. Il faut qu'il se trouve une riche épouse, n'est-ce pas ?

Charlotte était émue par la détresse qu'elle lisait dans le regard de la jeune fille.

— Avez-vous refusé de l'épouser ?

Chloé lissait machinalement les plis de sa lourde jupe.

— Non. Il ne me l'a pas proposé.

— Pensez-vous que votre père l'ait écarté ? Pauvre Will, c'est vrai : il lui faut se marier avec une fortune, sinon il risque de perdre ses terres, m'a-t-on dit. Tout cela parce que son père joue aux courses. Quelle honte !

Chloé secoua la tête.

— Je ne pense pas. Papa l'aimait bien. Il disait que le baron Holland avait plus de sens commercial que la plupart des aristocrates... Oh, Charlotte, je suis navrée, je ne voulais pas vous insulter. Ni vous, ni personne. Le baron a sans doute décidé qu'il n'y parviendrait pas. C'est une chose de songer à épouser une héritière, mais autre chose d'envisager sérieusement de se marier, surtout avec une fille de roturier. À mon avis, il hésitait à demander ma main, alors il a préféré partir à la campagne.

Charlotte la serra brièvement dans ses bras, puis elle fit pivoter le chevalet.

— Regardez le tableau, Chloé Van Stork, dit-elle fermement. Croyez-vous vraiment que Will pourrait résister à la perspective d'épouser cette femme ?

Chloé haussa les épaules.

— Oui, je le crois.

— Eh bien, vous vous trompez. Will sera là pour notre mariage, ajouta Charlotte.

Le comte de Sheffield se mariait avec un faste que l'on n'avait pas connu depuis longtemps à Londres. La liste des invités avait été soigneusement établie. Tous ceux qui comptaient dans la bonne société mouraient d'envie de s'y montrer et, jusqu'à présent, deux personnes seulement avaient envoyé une réponse négative.

Charlotte ne pouvait faire un pas dehors sans être harcelée par les journalistes du *Tatler* ou de la *Gazette*. Il y avait même une colonne quasi permanente dans le *Tatler*, où l'on essayait de deviner comment serait la robe de la mariée, dans quel château les époux passeraient leur lune de miel, s'ils auraient des enfants ou non...

— Alors, reprit Charlotte, quelle robe porterez-vous ?

Chloé secoua la tête. Elle n'avait pas du tout pensé à sa toilette. À quoi bon ? Elle était persuadée que Will avait quitté Londres... Or son cœur s'affolait soudain. Elle allait le voir dans trois jours !

— Oh, non ! gémit-elle. Il est trop tard pour commander une robe. Il va falloir que je porte l'une de mes vieilles toilettes !

— Pas question ! Voyez-vous, maman s'occupe de mon trousseau depuis des semaines, et ma chambre est pleine de robes. Il y en a plus que je ne pourrai en porter ! On coud à longueur de journée, dans la lingerie. Venez. Nous allons en choisir une, et on aura le temps d'effectuer les retouches nécessaires.

— Non ! s'écria Chloé. C'est impossible ! Vous aurez besoin de ces tenues pour votre lune de miel.

Charlotte eut un petit sourire, tout en poussant son amie vers la porte.

— Pas du tout. Alex dit même que je n'aurai besoin d'aucun vêtement !

Le jour du mariage, le petit peuple de Londres commença à se rassembler autour de l'abbaye de Westminster à partir de cinq heures du matin, afin d'être sûr d'apercevoir les nobles. En début d'après-midi, ils formaient une foule joyeuse qui commentait les toilettes des invités. La vieille lady Tibblebutt fut même applaudie quand elle descendit de son carrosse.

Lorsque miss Chloé Van Stork fit son apparition, il y eut un murmure d'admiration. Elle portait des pendants de diamants, ses yeux scintillaient. Les journalistes ne manquèrent pas de noter sur leurs carnets qu'elle était époustouflante, avec son teint de lis, ses cheveux roux et une robe verte qui ne pouvait sortir que de l'atelier de M. Carême. Le tissu léger couvrait à peine sa poitrine et soulignait le galbe de ses jambes.

Le couturier était à l'honneur, car tout le monde savait que c'était lui qui avait conçu la robe de mariée de lady Charlotte. Serait-elle aussi osée ?

À trois heures moins le quart, les laquais qui se tenaient à l'entrée de l'abbaye avaient coché presque tous les noms de la liste. Tout le monde était là. Au-dehors, l'excitation était à son comble. On avait vu arriver le fiancé, qui semblait parfaitement maître de lui-même.

— C'est la deuxième fois pour lui, hein ? dit une certaine May Trestle dans la foule.

— En effet, répondit son ami, M. Jack. Mais ce qui doit l'inquiéter, ce n'est pas le mariage, c'est la nuit qui va suivre !

— C'est malin !

May ne pouvait croire que le comte était impuissant, comme certains le prétendaient.

— Alors, où est la mariée ? reprit Jack. Peut-être qu'elle a pris la poudre d'escampette !

— Sûrement pas ! Qui laisserait tomber un bel homme comme lui ?

Soudain, un frisson parcourut la foule. La mariée arrivait !

Charlotte se tenait rigoureusement immobile dans le carrosse de son père. Elle était un peu étourdie. La duchesse, assise en face d'elle, avait les larmes aux yeux, mais Charlotte ne s'en inquiétait pas. Adélaïde avait pleuré lors des mariages de ses sœurs. Elle eut un gros sanglot.

— Maman ! protesta la jeune femme en riant. Nous y sommes.

Marcel pinça gentiment le bras de son épouse.

— Rappelez-vous ce dont nous avons parlé, Addie, chuchota-t-il. Vous pourrez pleurer toute la nuit si vous voulez mais, maintenant, retenez-vous.

Adélaïde se ressaisit, dans la mesure du possible. Le duc craignait, si on la voyait pleurer, que l'on crût qu'elle n'approuvait pas le mariage. Mais qui aurait pu le penser? Alexander et Charlotte étaient tellement amoureux!

Royale, la duchesse sortit la première du carrosse et pénétra dans l'église au bras de son cousin, le marquis de Dorchester. D'une autre voiture sortirent une sœur de la mariée ainsi que son époux. Suivaient l'autre sœur et son mari qui avaient fait le voyage depuis l'Amérique. Enfin, le duc descendit du carrosse.

Lorsque Charlotte mit pied à terre, aidée par un respectueux valet, il y eut un grand silence. Puis des acclamations s'élevèrent.

Antonin Carême s'était surpassé. La robe était de pur style Empire français, mais elle était confectionnée dans une soie lourde. Le corsage classique s'arrêtait sous la poitrine de la jeune femme, et la jupe était d'une étroitesse extrême. Une traîne donnait de la majesté à sa démarche, et le tissu était brodé de minuscules émeraudes, qui ornaient également sa coiffure. Carême n'avait pu retenir une larme quand il avait vu le résultat de son travail. Jamais plus il n'aurait la joie d'habiller une aussi jolie mariée! avait-il juré.

Charlotte eut une bouffée d'angoisse au moment de franchir le porche. Et si Alex avait changé d'avis? S'il ne voulait plus l'épouser? Mais il était là, tout au bout de la nef. Elle prit une profonde inspiration et, au bras de son père, remonta l'allée centrale.

L'orgue se mit à jouer, et le public eut le souffle coupé devant tant de beauté.

Alex était fasciné. Il eut du mal à s'empêcher de courir vers elle pour la prendre dans ses bras.

Lucien Blanc, qui lui servait de garçon d'honneur en l'absence de Patrick, hocha la tête.

— Vous avez de la chance, murmura-t-il. Les étoiles brillent pour vous...

Alex sourit. Lucien avait toujours le mot juste. Oui, les étoiles brillaient pour lui. Pippa était au premier rang, dans les bras d'une nouvelle nurse dénichée par Charlotte. Durant les semaines précédant le mariage, elle était parvenue à apaiser sa peur des femmes.

Elle approchait de l'autel, mais elle n'avait pas encore le courage de lever les yeux vers Alex. Le duc lui pressa le bras.

— Ça va ? demanda-t-il.

— Oui.

Ils échangèrent un regard, de ceux qui existent entre un père et sa fille depuis que l'institution du mariage a été créée. Charlotte effleura d'un baiser la joue de son père, qui posa sa main dans celle d'Alex, avant de rejoindre son épouse.

Enfin, Charlotte leva les yeux. Alex lui souriait avec une telle tendresse qu'elle en eut le cœur chaviré.

L'archevêque toussota, et ils se tournèrent vers lui.

De la suite, Charlotte ne devait garder que des souvenirs fractionnés. Les vœux. Le moment où Alex répéta solennellement les paroles du prêtre. L'instant où l'orgue se mit à jouer, où Alex l'embrassa comme s'il ne voulait plus jamais la lâcher...

Quand ils se tournèrent vers la sortie, Pippa tendit les mains vers Charlotte en criant. Elle la prit dans ses bras, et ils se dirigèrent vers le soleil sous un tonnerre d'applaudissements.

Tout le monde reconnut qu'il s'agissait là du mariage le plus romantique de ces dernières années. On vit lady Skiffing essuyer furtivement une larme. Lady Prestlefield ne manquait pas de rappeler à qui voulait l'entendre que ces « chers enfants » s'étaient connus chez elle.

Seuls les êtres les plus mesquins firent allusion à une union précédente, à une certaine incapacité... Il y avait des hommes qui louchaient sur le décolleté de Charlotte et attendaient avec impatience le moment où elle se lasserait de son époux impuissant, mais ils se gardèrent de l'exprimer à haute voix. Il y avait également des femmes jalouses devant l'air d'adoration que le comte affichait, et qui avaient envie d'étriper la mariée.

La cérémonie connut un succès inégalé, et les parents de la jeune femme avaient atteint le but souhaité : Charlotte et Alex seraient définitivement choyés, admirés, et l'on oublierait le premier mariage du comte.

Il aurait fallu être aveugle pour ne pas comprendre, en voyant le jeune couple danser au bal donné par le duc, que la nuit de noces allait être passionnée. Tout le monde soupira d'attendrissement lorsqu'ils s'élancèrent sur la piste, en totale harmonie, le comte attirant sa jeune épousée contre lui.

— Combien de temps devons-nous rester ? demanda-t-il, les yeux brillants.

— Soyez sage ! répondit-elle en riant.

— C'est bien là mon problème ! Plus de deux mois de torture, et vous voudriez que je passe la soirée à discuter avec mes vieux camarades et vos grands-tantes ?

— Quelle torture ? rétorqua Charlotte avec une feinte innocence. Ne vous ai-je pas embrassé chaque soir avant de vous quitter ?

— Pas plus longtemps qu'il n'en faut pour dire ouf !

— Plus longtemps ! protesta-t-elle. Pour reprendre votre élément de mesure, hier soir, on a dit « ouf » une centaine de fois, non ?

Il éclata de rire.

— Je n'en peux plus, Charlotte. Je suis fou de désir. Imaginez que je perde tout à fait la tête, que je me déshabille et que j'aille courir tout nu dans Hyde Park ? Que je finisse la nuit en prison ?

— Si j'étais sûre que cela devait arriver, j'insisterais pour que nous restions jusqu'à minuit !

— Chut, Charlotte ! Si toutes ces douairières savaient combien vous avez hâte de me voir nu, qu'adviendrait-il de votre réputation ?

— Je suis mariée, Alexander Foakes. Ma réputation n'en souffrirait pas.

Il sourit, le visage dans ses cheveux, tandis qu'elle se laissait aller entre ses bras. Il prit une profonde inspiration et lutta pour apaiser son désir. C'était son problème permanent, depuis quelques mois. Si les mauvaises langues avaient pu savoir à quel point elles se trompaient sur lui !

Chloé, au milieu d'un groupe de jeunes filles, regardait le couple avec envie, tout comme Sissy qui ne dissimulait pas son admiration. En fait, Sissy était en train de décider qu'elle se marierait avec Richard Felvitson, même si sa mère le déclarait inacceptable sous prétexte qu'il était fils cadet.

Il n'y avait qu'à voir Charlotte pour avoir envie de connaître son bonheur !

Chloé, la gorge serrée, luttait contre les larmes qui lui piquaient les yeux. Son carnet de bal était plein, cinq gentilshommes avaient sollicité l'honneur de sa compagnie au souper... Mais si le baron Holland était là, il semblait tout à fait indifférent, malgré la ravissante robe qu'elle portait. En pénétrant dans l'église, elle avait aperçu sa tête blonde, et depuis elle ne le voyait plus.

Enfin, les jeunes mariés terminèrent leur première danse, et le bal proprement dit put commencer.

Peter Dewland s'inclina poliment devant Chloé, qui lui sourit. Elle s'était prise d'amitié pour lui depuis qu'elle avait fait sa connaissance, le soir du *Roi Lear*. Il était calme, comme elle, il ne parlait pas pour ne rien dire, et il n'essayait pas de l'embrasser.

Ils se mirent dans la file d'une danse folklorique, et furent parmi les premiers à passer sous l'arche des mains jointes. Ensuite, ils bavardèrent un moment. Peter lui parla du feu d'artifice qu'elle avait manqué en rentrant si tôt de Vauxhall.

— Voulez-vous un verre de citronnade ? proposa-t-il.

— Avec plaisir, répondit-elle en souriant, sans se douter que des yeux bleus furibonds la guettaient, non loin.

Peter lui sourit en retour. Il aimait bien Chloé. Elle lui rappelait sa sœur, Bess.

— Je reviens tout de suite.

Peu après, une haute silhouette se profila à côté de Chloé, qui se retourna vivement. C'était Will.

Will et ses yeux aussi bleus que dans son souvenir, plus bleus que le ciel de juillet...

— Oh, c'est vous, dit-elle d'une petite voix mal assurée.

— Oui, c'est moi ! aboya-t-il. Au nom du Ciel, que vous est-il arrivé ?

— Que voulez-vous dire ?

Il plissa les yeux.

— C'est Charlotte, n'est-ce pas ? Elle vous a habillée comme une courtisane française. C'est affreux ! Que cherchez-vous ? À épouser un comte ?

La remarque était particulièrement malheureuse, car le cavalier suivant de Chloé se présentait : Braddon Chatwin, comte de Slaslow.

— Vous voilà, miss Van Stork. Non, tu n'auras pas celle-ci, dit-il à Will. Elle est à moi pour la prochaine danse... et pour le souper.

L'expression blessée de la jeune fille disparut tandis qu'elle posait sa main sur celle de Braddon, à qui elle sourit délibérément.

— Si nous sortions un instant sur la terrasse avant de danser, monsieur ?

Le jeune homme s'épanouit.

— Avec plaisir, miss Van Stork. Avec grand plaisir...

Will les regarda s'éloigner en se maudissant. Que lui arrivait-il ? Il avait attendu avec impatience de voir Chloé et, lorsqu'il s'était trouvé face à elle, il s'était conduit comme un imbécile.

À la fin de leur valse, Chloé s'aperçut qu'elle avait du mal à garder le sourire. L'attaque imméritée de Will l'avait bouleversée. Pourquoi lui en voulait-il de porter une jolie robe ?

Elle nc se rendait pas compte qu'elle était absolument ravissante, et que les hommes la contemplaient avec convoitise. Will avait surpris leurs regards de prédateurs et avait senti la rage monter en lui.

Dès que Braddon la lâcha, il la prit par le coude, et elle sursauta.

— Encore toi ! lança Braddon d'un ton contrarié. J'allais accompagner miss Van Stork...

— Nulle part ! Elle est occupée.

Chloé tentait de se dégager.

— Pas du tout ! protesta-t-elle. Je n'irai pas avec vous, espèce de...

Will serra les dents.

— Si vous voulez sortir sur la terrasse, ce sera avec moi !

Braddon les regardait avec une pointe de regret. Il aimait bien miss Van Stork, et il n'était pas loin de considérer qu'elle répondrait aux vœux de sa mère. Mais il voyait bien qu'il y avait entre ces deux-là une passion contre laquelle il ne pourrait pas lutter.

— Votre serviteur, miss Van Stork, dit-il en s'inclinant. Will.

Il s'éloigna, et Chloé releva le menton.

— Baron Holland, dit-elle sèchement en faisant appel à des années d'instruction dans des pensions huppées pour garder son sang-froid, avez-vous quelque chose à me dire, mis à part les commentaires désagréables sur ma tenue ?

Il était soudain dérouté.

— Oui.

Il l'entraîna vers la terrasse, où Chloé jeta un rapide coup d'œil. Elle fut rassurée : plusieurs douairières y prenaient l'air.

— Alors ? demanda-t-elle d'un ton de parfaite indifférence.

Elle n'osait le regarder, et il y eut un silence. De nouveau, Will se reprochait sa maladresse. Pendant des années, on l'avait considéré comme un séducteur. Il savait tourner un compliment, plaisanter... demander à une jeune fille de l'épouser. Il l'avait déjà fait trois fois. Alors, où était passé son talent? Il se sentait dans la peau d'un garçon de ferme qui essaie d'aborder une duchesse!

— Ce n'est peut-être pas le bon moment, dit-il enfin.

Chloé leva brièvement les yeux vers lui.

— Je vous prie de m'excuser pour ma grossièreté, miss Van Stork. J'étais évidemment poussé par la jalousie, ajouta-t-il avec tant de dédain que cela ne pouvait être qu'un prétexte. Voulez-vous que je vous escorte à l'intérieur? Votre prochain cavalier doit vous chercher.

Le rose était monté aux joues de Chloé, qui luttait de toutes ses forces pour ne pas pleurer. Elle acquiesça sans un mot.

Au fil de la soirée, elle se dit que jamais elle n'avait assisté à un bal plus catastrophique. Will courtisait outrageusement la femme du capitaine Prebworth, or tout le monde savait que c'était une dame aux mœurs légères. Chloé s'efforçait de ne pas les regarder, mais elle les croisait partout. Et si elle invoquait une migraine pour rentrer chez elle? Mais alors, elle ne verrait plus Will, et il repartirait peut-être à la campagne.

Alex et Charlotte prenaient congé, et Chloé eut plus mal encore devant l'évidence de leur bonheur. Alex regardait son épouse comme si elle avait créé la lune et les étoiles. Ce n'était pas lui qui traiterait sa femme de courtisane! Elle ravala de nouveau ses larmes. Sans doute Charlotte, fille de duc, avait-elle une classe naturelle, tandis que Will considérait qu'elle-même était de trop basse naissance pour porter une telle robe. Elle l'aurait volontiers giflé !

Durant le souper, Will offrit du bout des doigts quelques morceaux de poulet à Mme Prebworth. Afin de se venger, Chloé flirta avec Braddon. Mais elle était déchirée. Elle faisait du charme à l'homme le plus lourdaud qu'elle eût connu. C'était un comte, certes, mais il ne savait parler que de ses écuries et, pendant ce temps, Will embrassait pratiquement Mme Prebworth sous les yeux de toute la bonne société !

C'en était trop ! Elle leva vers Braddon un regard suppliant.

— Je suis très lasse, milord, bien que j'aie vivement apprécié ce souper. Auriez-vous l'obligeance de me raccompagner auprès de lady Commonweal ?

Aussi, quand Will tourna la tête vers la table de Chloé et de ce satané Braddon, il vit leurs places occupées par quelques douairières bavardes et un époux qui s'ennuyait ostensiblement.

— Damnation ! pesta-t-il en bondissant sur ses pieds.

Mme Prebworth le regarda en riant.

— L'oiseau s'est envolé ?

Will la dévisagea.

— Vous lisez en moi ?

— J'apprécie vos attentions, répondit Camilla Prebworth, mais j'avais l'impression que quelqu'un d'autre vous attirait irrésistiblement... Allez donc la chercher. Et si, en route, vous rencontrez mon époux, dites-lui où je suis, je vous prie.

— Merci, murmura Will avant de sortir en trombe de la pièce.

Il l'aperçut dès qu'il pénétra dans la salle de bal. Seigneur, qu'allait-il faire à présent ? Les Commonweal semblaient sur le point de prendre congé. Lady Commonweal rassemblait ses châles et sir Nigel l'aidait tout en louchant sur la poitrine de Chloé. Le petit groupe, de toute évidence, était retardé. Sans doute leur fille avait-elle disparu ? Will vit lady Commonweal demander à Chloé de la chercher dans les salons, tandis que son mari et elle se dirigeaient vers la terrasse et les jardins.

Will zigzagua entre les douairières aux coiffes amidonnées, les groupes de jeunes filles et quelques galants écartés qui boudaient, appuyés au mur. Il fallait qu'il voie Chloé, qu'il lui parle. Demain, il serait trop tard.

Soudain elle fut là, devant lui. Elle avait longé la pièce au lieu de la traverser.

La jeune fille leva vers lui un regard prudent.

— Elle n'est pas là, dit-il.

Chloé fronça les sourcils, et il précisa :

— Bessy, ou je ne sais plus comment elle s'appelle... la fille des Commonweal. Elle doit être dans l'un des salons.

Chloé le remercia d'un signe de tête et se dirigea vers les portes qui donnaient sur le grand hall. Elle sentait que Will la suivait. En haut des marches de la salle de bal, elle s'interdit de se retourner et fonça droit vers le salon vert. Elle en poussa la porte sans bruit. Sissy n'était tout de même pas assez folle pour s'être enfermée avec un jeune homme dans une pièce ! Mais il n'y avait personne dans le salon, éclairé par quelques chandeliers aux bougies vacillantes.

Soudain, une silhouette la poussa à l'intérieur, referma derrière eux. Will la prit dans ses bras, plaquant sa poitrine contre le dos de la jeune fille. Elle ne se débattit pas, et il en fut rassuré.

— Vous m'avez manqué, murmura-t-il à son oreille.

Chloé regardait droit devant elle, essayant de brider ses émotions. Il ne fallait pas qu'elle réponde, sinon il allait encore penser du mal d'elle.

Il déposa de petits baisers sur ses cheveux et elle tressaillit.

— Monsieur… commença-t-elle d'un ton choqué.

— Oui ?

Chloé s'arracha à son étreinte, et elle ne se retourna vers lui que lorsqu'elle fut à l'abri derrière le dossier d'une chaise.

— Ce n'est pas parce que j'ai l'air d'une fille de joie que vous devez vous comporter comme si j'en étais une ! s'indigna-t-elle.

Will déglutit avec peine.

— Ce n'est pas ce que je voulais dire ! Mais votre robe… elle dévoile tellement vos charmes…

Elle lui lança un regard noir.

— Elle n'en révèle pas plus que les robes des autres dames !

Il avança vers elle.

— Vous n'êtes pas comme les autres dames…

— Je le savais ! coupa-t-elle. Je ne suis pas noble, c'est cela ? Donc je ne devrais pas porter une belle toilette !

Ses larmes, trop longtemps retenues, menaçaient de déborder, alors elle se rua sur la porte. Mais Will, plus rapide, lui barra le passage.

— Comment pouvez-vous dire ça ? s'écria-t-il avec fougue. Jamais je n'ai pensé une telle chose ! Vous êtes une dame. Depuis vos ravissants cheveux jusqu'au bout de vos petits pieds. Je me suis conduit comme un imbécile parce que... eh bien, j'aimais vos anciennes tenues. Ce soir, tout le monde vous regardait, les hommes chuchotaient que vous étiez un diamant de la plus belle eau. Voyez-vous, je m'étais mis dans la tête que vous étiez à moi, et à personne d'autre...

Chloé se tenait raide et immobile entre ses bras.

— Où étiez-vous passé, pendant tout ce temps ? demanda-t-elle, le nez contre sa chemise.

— Je travaillais, répondit Will. Je m'occupais des fermes, sur mes terres. Nous venons de recevoir un nouveau troupeau de moutons, et nous avons monté un atelier de tissage. Parce que j'ai décidé de gagner ma propre fortune.

Il lui releva le visage et cueillit ses larmes de quelques baisers. Elle le regardait gravement, indécise. Et sa fortune à elle ?

— Je veux vous épouser, Chloé. Mais à mes propres conditions. Nous vivrons avec mon argent, et non avec le vôtre.

De nouveau, Chloé sentit les larmes lui monter aux yeux.

— Pourquoi pleurez-vous, ma chérie ?

— Je ne savais pas où vous étiez. Je... je croyais que vous ne supportiez pas l'idée de vous marier avec moi.

Elle enfouit le visage au creux de son épaule.

— Je désire vous épouser, assura-t-il. C'est d'ailleurs ce que souhaiteraient la plupart des célibataires présents ce soir. Et bien des hommes mariés aussi... Pourrez-vous m'attendre ? demanda-t-il, anxieux.

Chloé eut du mal à retenir un rire devant l'absurdité de la question !

— Il faudra au pire un an pour que les bénéfices commencent à arriver, expliqua-t-il. Mais dès que cela se produira, je viendrai frapper à votre porte.

Elle lui sourit.

Will contemplait, fasciné, sa bien-aimée, qui avait l'air d'un gamin ébouriffé. Il l'avait décoiffée en embrassant ses cheveux, ses joues roses portaient encore la trace des larmes. Mais elle rayonnait de bonheur.

Et même l'intrusion de lady Commonweal – furieuse, car elle avait trouvé sa fille en train de badiner sur le balcon, et maintenant Chloé flirtant dans un salon ! – ne put éteindre la lumière de son regard.

14

La toute nouvelle comtesse de Sheffield et de Downes était perchée au bord du lit, dans l'hostellerie la plus huppée de Bournemouth, nerveuse comme une chatte. Ses mains tremblaient légèrement. Elle attendait son époux, et ils allaient faire l'amour de nouveau. C'était ce « de nouveau » qui la perturbait. Oh, pourquoi n'avait-elle pas été plus directe avec sa mère, pourquoi ne lui avait-elle pas posé davantage de questions ? Adélaïde, de son côté, avait complètement évité le sujet. Elle avait tapoté l'épaule de sa fille en déclarant joyeusement que, puisqu'elle savait déjà tout, elles n'avaient nul besoin d'en parler.

Charlotte n'en avait pas été surprise. Elle se rappelait la douleur qui accompagnait l'acte sexuel, donc il n'était pas étonnant que sa mère n'eût pas envie d'en parler. Instinctivement, Charlotte serra les jambes. Sans doute s'y habituait-on, avec les années. Et puis, elle aimait tout ce qu'Alex faisait d'autre. Par exemple, dans le salon chinois…

Elle fixait ses orteils qui dépassaient tout juste de son déshabillé. L'idée qu'avait Antonin Carême d'un trousseau était typiquement française, et elle avait l'impression de ne presque rien porter.

Inutile d'espérer qu'Alex ne la désirât pas. Il avait passé les deux heures de trajet, dans le carrosse, assis en face d'elle et non à côté – parce qu'il se sentait, avait-il dit, l'âme d'un satyre.

Elle se leva pour enfiler le peignoir qu'elle portait en sortant de son bain. Elle noua fermement la cordelière à sa taille. Mary lui avait brossé les cheveux avec des regards pleins de sous-entendus, mais elle était partie une vingtaine de minutes auparavant. Peut-être Alex s'était-il endormi ? se dit-elle, reprenant espoir. Peut-être ne se passerait-il rien cette nuit ?

Elle se détendait un peu quand la porte s'ouvrit. Son mari... Il était splendide, avec sa chemise déboutonnée au col, et elle suivit des yeux la ligne de ses hanches tandis qu'il se dirigeait vers elle. Même une oie blanche aurait compris le plaisir qu'il attendait de cette nuit ! Elle pâlit.

Alex réprima une grimace. Bon sang, il avait souhaité une épouse vierge, mais maintenant qu'il l'avait devant lui, il se demandait pourquoi ! Sa coquine fiancée qui l'embrassait au point de le rendre fou avait disparu. Elle affichait un petit visage terrifié qui faisait peine à voir.

Il vint s'asseoir près d'elle au bord du lit.

— Qui vous a raconté des histoires de vieilles femmes, ma chérie ? Cela ne fait pas si mal, vous verrez !

Charlotte ne pouvait lui dire qu'elle avait déjà éprouvé cette douleur, et qu'il se trompait. Elle cacha le front contre son épaule, et il la serra bien fort. Il déposa des baisers sur ses cheveux, le long de son oreille...

Une voix étouffée lui parvint :

— Avez-vous fait l'amour à beaucoup de vierges ?

— Des centaines, répondit-il en riant.

Elle frissonna.

— Je plaisante, Charlotte. Seulement une, avant vous.

C'était moi ! songeait la jeune femme.

— Et elle n'a rien trouvé à y redire, poursuivit-il. Je crois même qu'elle y a pris plaisir.

Charlotte pinça les lèvres. De toute évidence, ce n'était pas le moment de tirer au clair leurs relations passées.

Il lui caressait le dos, de façon plus sensuelle que réconfortante.

— Ne vous inquiétez pas, murmura-t-il. Je suis votre mari, vous êtes mon épouse. Vous aurez peut-être un peu mal, mais croyez-moi, Charlotte, ensuite ce sera fini à jamais. D'ailleurs, vous n'aurez peut-être pas mal du tout. Nous allons faire l'amour ce soir, demain, après-demain, chaque nuit pendant trente ans, et nous nous entendrons de mieux en mieux...

Il embrassait son cou, et elle s'obligea à se détendre. Lorsqu'elle leva les yeux vers lui, il eut un instant le souffle coupé. Elle était si belle, avec ses courtes boucles qui encadraient des traits délicats à la Botticelli. Il prit son visage entre ses mains et le couvrit de baisers. Elle semblait plus calme, elle n'avait plus l'air d'un petit oiseau effarouché. Il s'empara enfin de ses lèvres et les taquina afin qu'elle les ouvre, comme il le lui avait enseigné.

Charlotte menait un combat intérieur. D'un côté, les baisers d'Alex éveillaient en elle ce besoin impérieux qui perturbait son sommeil depuis deux mois, ce besoin que lui seul pouvait assouvir. Mais une autre part d'elle-même restait en retrait.

Ne le fais pas, lui conseillait une petite voix. Tu auras mal, il s'apercevra qu'il y a quelque chose d'anormal, et tout sera gâché!

Pourtant, le corps de la jeune femme répondait à ces tendres caresses. Malgré elle, elle lui offrit sa bouche, et elle eut aussitôt les reins en feu. Elle noua les mains sur sa nuque et oublia ses craintes, ainsi que le souvenir de la douleur. Après tout, ce n'était qu'un des baisers passionnés dont Alex la gratifiait souvent.

Aussi, quand il la regarda de nouveau, fut-il heureux de voir son teint animé, son regard un peu voilé.

— Que diriez-vous d'une coupe de champagne? proposa-t-il. Après tout, je n'ai pas encore bu à la santé de mon épouse.

Charlotte fut infiniment soulagée. Il n'allait pas l'agresser... la pénétrer.

— Oh, oui! s'écria-t-elle avec une vivacité qui le fit sourire.

— Me croiriez-vous si je vous disais que la semaine prochaine, quand je vous poserai la même question, vous refuserez pour vous jeter sur moi?

— Non.

Se jeter sur lui? Que voulait-il dire?

Alex déboucha une bouteille de champagne. Il avait moins de mal qu'il ne le redoutait à mater ses instincts. Sans doute grâce à la pratique de ces derniers mois, se dit-il avec humour. Ou peut-être ne trouvait-il pas très excitante l'idée d'une partenaire terrifiée dans son lit. Il revint vers elle et lui tendit une coupe.

— Buvons à mon père, dit-il en souriant. Il a mis ce vin en cave avant de mourir, et avec l'embargo à cause de Napoléon, sans lui, nous serions en train de boire du brandy.

Charlotte fit la grimace. Elle avait découvert que l'ingrédient principal du remède de Keating contre la migraine était le brandy. Or elle n'arrivait pas à comprendre comment elle avait pu se conduire de façon aussi éhontée sur le divan chinois de sa mère. Elle en rendait l'alcool responsable.

— Je suppose que vous n'avez pas appris de chansons à boire, quand vous étiez dans votre pensionnat.

Charlotte saisit l'opportunité.

— Non. J'aimerais en apprendre, dit-elle en sirotant son champagne.

— Très bien.

Alex masqua son sourire. Cette histoire de chanson était bien la plus cocasse manière de séduire une épouse !

— Je vais commencer par la préférée de Patrick.

Il entonna un air de sa riche voix de baryton. Charlotte écouta, fascinée.

La nuit dernière, j'ai fait un rêve,
Tu étais une tranche de pain blanc,
Et moi j'étais du beurre.
Je m'étendais,
Oh, comme je m'étendais sur toi !

Charlotte s'empourpra violemment.

— Buvez ! suggéra Alex. Non, pas comme ça, de vraies gorgées, sinon je ne chante pas.

Elle obéit en riant.

— Maintenant, reprit-il, le public doit payer l'artiste... D'un baiser.

Elle s'exécuta, et il entama le second couplet.

Quand mon esprit battait la campagne...

Il s'interrompit dans un cri étranglé, et Charlotte se précipita.

— Ça va ? s'inquiéta-t-elle en lui tapant dans le dos.

Il gardait la tête baissée, afin de dissimuler un sourire.

— Non, gémit-il. Je crains que le chanteur n'ait pas été payé suffisamment...

Elle ne put s'empêcher de rire et, après une nouvelle gorgée de champagne, elle posa un baiser sur l'oreille d'Alex. Comme il ne bougeait toujours pas, elle se risqua à la caresser de la langue, comme il le faisait parfois avec elle. Il frémit et se redressa enfin pour prendre ses lèvres avec une passion qui la fit fondre. Elle était entièrement sous le charme de son ardent baiser.

Soudain il recula, repoussa une boucle derrière son oreille, puis il poursuivit la chanson.

Quand mon esprit battait la campagne,
Tu étais, ma mie, un rayon de miel,
Et moi j'étais une abeille.
Je butinais,
Oh, comme je butinais sur toi !

— Buvez ! ordonna-t-il.

Elle pouffa en se rappelant que Will Holland l'avait comparée à une abeille. Elle avala une gorgée.

— Cette chanson est-elle très connue ?

— Relativement. Pourquoi ?

Charlotte sourit tandis qu'il remplissait son verre.

— Je crois que quelqu'un en a emprunté certains vers pour me les réciter.

— J'espère que ce n'était pas le dernier !

Alex avait soudain l'air sombre. Était-il jaloux ? Si c'était le cas, il l'oublia bien vite car il lui lança un regard faussement sévère :

— Ma rétribution !

Elle se pencha volontiers vers lui.

— Non ! dit-il en la repoussant.

Elle haussa les sourcils.

— Votre rétribution, milord ?

— Cette chose informe... ôtez-la !

Charlotte dénoua la cordelière de son peignoir et le laissa glisser à terre. Elle eut l'immense satisfaction de voir son mari écarquiller les yeux. Elle eut un sourire effronté.

— Alors ? La suite ?

— Une minute, répondit Alex d'une voix rauque. Il faut que je récupère...

Elle portait une chemise de soie fort osée pour une dame convenable ! Une des deux bretelles de dentelle se prolongeait sur son sein gauche, soulignant le bout rose qu'il distinguait par transparence.

— La suite de la chanson ? répéta-t-elle.

Il s'éclaircit la gorge.

— Vous semblez fort las, murmura-t-elle. Peut-être pourrais-je... vous redonner un peu d'énergie ?

Alex eut la surprise de la voir se rapprocher de lui sur le lit, au point de le toucher. Elle passa ses jambes sur les siennes, puis s'appuya sur les mains en arrière, avec un sourire enchanteur.

— Si vous voulez que je continue à chanter, cessez de me torturer ainsi, Charlotte, marmonna-t-il.

Elle haussa une délicate épaule, et il soupesa l'un de ses seins délicieusement lourds. Les yeux de la jeune femme s'assombrirent, mais elle ne le repoussa pas. Elle parvint à retrouver la parole :

— Ma chanson !

Alex émit un son étranglé.

— Entendu, dit-il. Mais pour ce genre de ballade, le chanteur ne peut pas être habillé comme moi.

Il se leva en poursuivant, sur le ton de la conversation :

— Vous vous souvenez, Charlotte ? Le charmeur de serpents que nous avons vu au Palladium, que portait-il ?

Elle n'arrivait pas à se concentrer sur ce qu'il disait, tout occupée qu'elle était à le contempler. Il passa sa chemise blanche par-dessus sa tête, ce qui mit en valeur les muscles de son torse, sa peau de miel sombre. Elle en tremblait de désir. Elle avait tellement envie de le caresser !

Il ôta ses bottes, puis son pantalon, et enfin son caleçon. Elle écarquillait les yeux, pétrifiée.

Alex sourit.

— Il portait une longue chemise de nuit, Charlotte. Aimeriez-vous que j'enfile une chemise de nuit ?

Elle fit d'abord non, puis oui.

— Trop tard ! s'écria-t-il en s'asseyant près d'elle sur le lit.

Il était tout nu ! Elle en eut le cœur retourné et croisa instinctivement les bras sur sa poitrine. Pour rien au monde elle ne ferait la même chose. Elle avait oublié les promesses d'Alex de lui faire l'amour au soleil !

Il feignit de ne pas voir son geste de protection, et se contenta de lui tendre sa coupe de champagne, qu'elle prit avec précaution. Puis il se racla la gorge d'un air important.

J'ai rêvé naguère
Que tu étais un mortier en or,
Moi j'étais le pilon.
Et je mêlais,
Oh, comme je mêlais mes épices en toi !

Charlotte se sentait fondre, les joues enflammées et les lèvres tremblantes. Alex lui ôta le verre et s'allongea sur elle. Elle eut le souffle coupé, mais au lieu de le repousser, elle noua les bras autour de son cou. Ses hanches se haussèrent spontanément vers lui.

Doucement, se disait Alex. Doucement ! Il s'empara de sa bouche dans un baiser envoûtant, et elle gémit. Sans cesser de l'embrasser, il caressait ses seins à travers la soie. Elle s'agrippa à ses épaules.

Alex, fou de désir, se disait qu'il se retrouvait au paradis, pour la première fois depuis qu'il avait fait l'amour à la fille du jardin. Et cette fois, c'était mieux encore, car c'était *sa* Charlotte qui ondulait sous lui, la tête renversée, le cou luisant de sueur, les lèvres ouvertes. Il avait toujours su qu'elle serait une magnifique amante !

Puis toute pensée cohérente lui échappa, quand Charlotte laissa descendre ses mains le long de son dos, sur ses fesses musclées, avant de remonter sur ses flancs. Il lui saisit les poignets et les cloua au matelas, au-dessus de sa tête.

— Je veux vous caresser, murmura-t-elle.

— Non. Vous me mettez hors de moi, ma chérie. La prochaine fois.

Il la tenait d'une main, et de l'autre il soulevait sa chemise de nuit tout en guettant sur son visage une manifestation de peur, mais il ne vit qu'un désir innocent.

En vérité, Charlotte ne se rendait même pas compte de ce qu'il faisait. Son corps ne lui appartenait plus. Ses seins étaient lourds, gonflés, vivants, ses hanches un bassin de feu liquide. Elle le voulait.

— Alex, gémit-elle. Alex, je vous en prie...

Sa chemise était remontée jusqu'à la taille, et il joua un instant avec sa féminité. Elle était plus que prête !

Alors il glissa en elle, très doucement, pas trop loin. Puis il voulut se retirer, mais elle l'en empêcha.

Elle était transfigurée par le désir, et il baisa ses lèvres offertes. Comme elle se cambrait, il lâcha enfin la bride à son instinct. Pour la première fois de sa vie d'adulte, Alexander Foakes perdit tout contrôle sur lui-même.

Heureusement, il ne perçut pas la résistance de son hymen, alors il se laissa aller. Elle épousait son rythme avec une fougue égale à la sienne.

Charlotte avait du mal à s'empêcher de crier, non de douleur, mais d'un plaisir presque intolérable, d'un désir qui exigeait l'assouvissement.

Lorsqu'il glissa les mains sous ses fesses afin de mieux la pénétrer, elle ne put se retenir davantage et se mit à crier, en harmonie avec les poussées d'Alex. Celui-ci déchira le haut de sa chemise et aspira un bout de sein dans sa bouche. Charlotte hurla quand elle sentit son corps se convulser et tourbillonner vers les étoiles.

Il gémit quelques secondes après qu'elle se fut apaisée, puis retomba lourdement sur elle.

Il y eut un moment de silence, pendant qu'il tentait de reprendre ses esprits. Il avait fait l'amour dans des jardins, dans un carrosse, avec des courtisanes françaises et une princesse danoise. Mais jamais, de toute sa vie, il n'avait connu une passion semblable.

Charlotte cherchait à retrouver une respiration normale. Épuisée, elle ferma les yeux. Mais elle ne pouvait tout de même pas s'endormir !

— Alex, murmura-t-elle contre son cou, je ne savais pas... C'était merveilleux, si merveilleux !

Il baisa doucement ses cheveux.

— Je n'ai jamais rien éprouvé de tel, avoua-t-il.

La jeune femme était à moitié endormie.

— Ce n'était pas comme l'autre fois, souffla-t-elle. Pas de douleur...

Ses paupières papillotèrent, et elle sombra dans un profond sommeil.

Alex roula sur le côté et la contempla avec incrédulité. Une ombre immense venait de s'abattre sur son cœur. L'histoire se répétait ! Charlotte n'était pas vierge, pas plus que Maria ! C'est pourquoi elle n'avait pas eu mal. Un autre homme lui avait appris ce qu'il fallait dire, ce qu'il fallait faire... Il eut un haut-le-cœur. Charlotte semblait si innocente, si pure, couchée en chien de fusil, un léger sourire aux lèvres ! D'ailleurs, elle avait de quoi être satisfaite ! Elle l'avait dupé, en lui faisant croire qu'elle était vierge. Ah, elle avait dû se moquer de lui, ces derniers mois, lorsqu'il quittait sa demeure fou de désir ! Et lui n'avait même pas songé à aller voir une prostituée afin de se soulager, songeant que ce serait déloyal envers elle. Déloyal ! Par le Ciel !

Il eut un nouveau haut-le-cœur et atteignit le seau de toilette juste à temps pour restituer son souper.

Charlotte, réveillée par le bruit, courut vers lui, nu-pieds.

— Chéri, dit-elle en caressant son dos courbé.

Elle prit une serviette qu'elle lui tendit alors qu'il se redressait. Il la lui arracha des mains et s'essuya violemment la bouche. La jeune femme tressaillit. Il la regardait d'une telle manière...

— Que se passe-t-il, Alex ?

Il était si effrayant qu'elle rassembla machinalement les lambeaux de sa chemise autour de son cou.

— Il se passe, répondit-il d'une voix gutturale, que je viens de m'apercevoir que j'ai épousé une garce, pour la deuxième fois, et que je trouve la pilule difficile à avaler. Vous n'étiez pas vierge, n'est-ce pas ? gronda-t-il en marchant sur elle.

— Non, mais...

— Bon Dieu !

Il se détourna, les poings serrés. Jamais il n'avait frappé une femme, pas même Maria.

— Vous allez vous mettre à hurler, maintenant ? reprit-il. Maria était une fille de joie, comme vous. Il est vrai qu'elle prenait moins de plaisir que vous. À moins que vous ayez feint... J'aurais dû m'en rendre compte dès que vous avez répondu avec une telle passion à mes baisers. Aucune jeune fille ne se comporte ainsi. Je n'ai jamais entendu une dame me supplier de la prendre, comme vous l'avez fait !

Charlotte tremblait de tous ses membres. Il avait raison... Non, il avait tort, elle n'était pas une fille de joie. Mais elle entendait encore les discours de lady Sipperstein, à la pension :

— Les dames ne balancent pas leurs hanches, les dames parlent d'une voix douce, les dames ne manifestent jamais d'exubérance ni d'émotions fortes...

Elle lui reprochait souvent sa démarche trop sensuelle. Elle avait raison. Si lady Sipperstein l'avait entendue gémir, supplier...

Les joues rouges de honte, les larmes aux yeux, elle fixait le sol, image même de la culpabilité.

Alex revint vers elle.

— Pourquoi ? Pourquoi avez-vous fait ça ? Vous aviez peur de ne jamais trouver de mari ? Ou bien j'étais le plus tentant sur le marché ? Pourquoi pas ce malheureux Braddon ? Il est tellement borné qu'il ne se serait sans doute pas rendu compte que vous étiez une fille perdue, et il aurait été content de l'aubaine. Voyez-vous, ajouta-t-il, haineux, vous avez commis une erreur. J'ai déjà épousé une catin, alors je connais bien cette race.

Charlotte, incapable de supporter le mépris de son époux, plaqua les mains sur ses oreilles.

— Non !

— Ah, nous voilà arrivés à la grande scène ! se moqua-t-il. Laissez-moi vous aider !

Il prit un flacon sur la coiffeuse et le lança contre le mur, où il se brisa. Charlotte, terrorisée, vit le liquide blanc glisser doucement sur la tenture. Allait-il la tuer ? Elle avait lu ce genre de drame dans les journaux, et il aurait l'indulgence des juges, puisqu'elle l'avait piégé dans le mariage.

Elle retrouva soudain un peu de force. Si elle devait être assassinée par un époux furieux, elle n'allait pas lui simplifier la tâche !

— Je ne suis pas une catin, déclara-t-elle d'une voix calme.

Elle s'obligea à croiser le regard d'Alex et tressaillit devant son air dégoûté.

— J'ai seulement fait l'amour avec *vous*, une fois.

Alex plissa les yeux. Quelle histoire à dormir debout allait-elle encore inventer ? Voulait-elle lui faire croire qu'il l'avait déflorée autrefois sans s'en rendre compte ?

— Je n'ai *jamais* couché avec vous avant ce soir ! lança-t-il, dédaigneux. Et, Dieu m'en soit témoin, ce sera la seule et unique fois !

D'un geste brusque, il arracha un pan de sa chemise qui tomba au sol, puis il la considéra d'un œil critique.

— Vous devriez facilement monnayer vos charmes, à Londres. J'imagine la belle comtesse…

Il s'interrompit soudain, se rappelant que si Charlotte avait des aventures, on les mettrait sur le compte de son impuissance. Il eut l'impression qu'un serpent maléfique l'étranglait.

Puis il eut une inspiration. Il voulait une gouvernante : il en avait une, désormais. Charlotte n'était pas obligée de vivre à Londres. Il l'emmènerait à la campagne – mieux encore, en Écosse, où il avait des terres. Puis il rentrerait à Londres, et il la laisserait là-bas. Peut-être lui rendrait-il visite une fois par an...

Charlotte pleurait, la tête baissée, et il ressentit un bref élan de pitié qu'il chassa résolument. Maria avait sangloté, l'avait supplié de lui pardonner son passé, elle avait promis de ne jamais le tromper, elle avait dit qu'elle était bien avec lui, qu'elle serait heureuse de passer sa vie à ses côtés. Deux semaines plus tard, il l'avait surprise avec un palefrenier dans le lit conjugal.

Il serra les poings. Cette fois, il dominerait mieux la situation. Son épouse vivrait en Écosse, lui à Londres. Elle élèverait sa fille, il n'aurait plus rien à voir avec elle, et que ceux qui se poseraient des questions aillent au diable ! Il prendrait une maîtresse, afin de faire taire toute rumeur sur son impuissance. D'ailleurs, peut-être coucherait-il avec des femmes mariées de la noblesse. Puisqu'il avait été trompé, pourquoi les autres ne le seraient-ils pas ?

Ses yeux brillaient de détermination quand il traîna brutalement Charlotte vers la pile de valises.

— Faites vos bagages, dit-il froidement avant de sonner la caméristе. Nous partons. Dites à Marie de réveiller Pippa et miss Helms.

Charlotte le regarda, désespérée.

— Je n'ai pas connu d'autre homme ! protesta-t-elle. Seulement vous, il y a des années !

Alex l'écoutait à peine. Il sortit de la pièce sans un regard en arrière.

Deux minutes plus tard, lorsque Marie entra, elle fut horrifiée de voir sa gentille maîtresse sangloter à fendre l'âme. Au moins, elle ne semblait pas blessée, se dit-elle. Elle conclut que Charlotte n'était pas vierge, ou bien qu'elle n'avait pas d'hymen. Les hommes étaient tellement pointilleux à ce sujet !

Elle s'affaira aussitôt à boucler les bagages sans poser de question, afin de laisser le temps à Charlotte de se reprendre. Mais la jeune femme n'avait pas bougé d'un pouce quand Alex ouvrit la porte à la volée, accompagné de Keating. Marie jeta un coup d'œil à Charlotte, qui ne paraissait pas consciente de la présence des deux hommes. Elle se plaça devant elle afin de la protéger, tandis que Keating, courtoisement, regardait de l'autre côté.

— Prenez mes affaires ! ordonna Alex à son valet avant de désigner son épouse. Elle ira dans la troisième voiture.

Marie fut choquée. La troisième voiture était celle des domestiques, après le carrosse du maître et celui de Pippa et sa gouvernante. Comment réagiraient les serviteurs, avec leur maîtresse parmi eux ? Keating, du regard, lui indiqua de ne pas intervenir, or Marie n'avait surtout pas envie d'être renvoyée et de laisser sa maîtresse aux mains de ce... fou furieux ! De son corps, elle fit un rempart à Charlotte jusqu'à ce que les deux hommes quittent la pièce, Keating chargé des costumes et des cravates. Heureusement, Cecil avait été désigné pour accompagner Charlotte en Italie pour son voyage de noces : il serait à ses côtés.

Quand Marie eut terminé les préparatifs, une heure plus tard, le carrosse d'Alex était déjà parti, avec quatre laquais et le secrétaire. Keating avait trouvé le temps d'organiser le reste de l'expédition. Cecil lui annonça que six valets de pied chevaucheraient à côté de la voiture, et deux devant. Keating monterait près du cocher. Donc Marie et Charlotte seraient seules à l'intérieur.

Marie en était malade. Elle se sentait même incapable de sourire à Cecil. Quelles brutes étaient les hommes ! Et quel monstre sa maîtresse avait épousé ! Elle était persuadée que Charlotte était vierge : il suffisait de voir son angoisse lorsqu'elle avait préparé le lit, un peu plus tôt dans la soirée... Elle s'ébroua, jeta un regard noir à Cecil et fit volte-face.

Il la saisit à la taille.

— Eh, toi ! Ce n'est pas ma faute si le maître est fou. Nous sommes tous avec elle, tu sais.

Marie acquiesça et alla retrouver Charlotte, qu'elle avait laissée dans un tub bien chaud. L'eau avait refroidi, mais la jeune femme n'avait pas bougé, comme un tout petit enfant. Marie parvint à l'habiller. Charlotte ne pleurait plus, cependant son visage pâle, sans expression, l'effraya davantage que ses larmes. Cela ne lui disait rien qui vaille. Sa propre mère avait cet air-là, quand elle avait perdu un bébé prématurément.

Soudain, un cri perçant retentit.

— Sacrebleu ! pesta Marie.

Il s'agissait de Pippa, qui n'appréciait guère d'être réveillée en pleine nuit et qui manifestait bruyamment son mécontentement.

Charlotte se dirigea vers la porte, l'ouvrit et dit calmement :

— Je m'occupe de Pippa, miss Helms.

Lorsque l'enfant la vit, elle se précipita dans ses bras en gémissant.

— Là, ma chérie, la consola Charlotte. Nous allons descendre dans la voiture, et je te chanterai une chanson. Tu pourras te rendormir.

— Papa ! Veux papa !

— Il n'est pas là, mais maman est là, et elle va te chanter une histoire de grenouille, tu veux bien ?

Mary et la nurse, Katy Helms, se regardèrent avec surprise. Jamais Charlotte n'avait parlé d'elle en disant « maman ». Pourtant, Pippa l'acceptait le plus naturellement du monde, lovée dans ses bras.

La jeune femme se tourna vers sa camériste.

— Désolée, Marie, nos projets ont été modifiés. Voudriez-vous apporter ma brosse à cheveux dans la voiture ? Vous me coifferez en chemin. Il vaut mieux que nous suivions le comte le plus tôt possible.

Marie alla ramasser les derniers objets épars dans la chambre nuptiale et fit un paquet de la chemise déchirée, afin que les domestiques ne risquent pas d'en parler aux journalistes.

En fait, Keating s'était arrangé, à grand renfort de pièces d'or et de menaces, pour que la nouvelle n'arrive pas jusqu'à Londres. Il doubla le salaire des huit laquais qui les avaient accompagnés à l'hostellerie. Il paya trois fois le prix de la traversée au capitaine qui devait les emmener en Italie, pour que celui-ci ne révèle pas la défection de ses passagers.

Aussi, alors que le duc et la duchesse croyaient leur fille en route pour le sud, se dirigeait-elle vers le nord. Les voitures qu'Alex avait laissées n'étaient tirées que par deux chevaux, et non quatre, si bien que la petite troupe ne progressait pas vite. Tant mieux, se disait Charlotte. Elle n'avait pas à s'inquiéter d'Alex, qui était loin devant.

À la vérité, elle-même retarda leur voyage en s'octroyant des pauses de trois heures au moment du déjeuner, en s'arrêtant pour dessiner un paysage, une église, ou pour baigner Pippa. Finalement, la petite fille et elle apprirent à mieux se connaître, et Charlotte s'apaisa, prit des forces pour le moment où elle devrait affronter son époux. Elle avait une petite idée de ce qui l'attendait. Alex avait décidé de l'abandonner en Écosse, mais cela ne la contrariait pas trop. Qu'il pense donc ce qu'il voulait, elle n'était pas une catin, elle n'avait fait l'amour qu'avec lui !

Mais jamais, au grand jamais, elle ne lui ouvrirait de nouveau son lit. L'extase qu'elle avait connue ne valait pas l'horreur et la honte qui avaient suivi. D'ailleurs, cela ne poserait pas de problème, puisqu'il avait juré qu'il ne coucherait plus avec elle.

Ainsi, Charlotte imaginait son avenir solitaire, au fin fond de l'Écosse. Peut-être ses parents viendraient-ils lui rendre visite l'été prochain, songeait-elle. Elle ne regrettait pas trop de quitter Londres, bien que Sophie lui manquât déjà terriblement. Et sa mère. Comme elle aurait aimé pouvoir sangloter sur l'épaule d'Adélaïde ! Mais cela n'aurait rien changé, se disait-elle avec philosophie.

Quand ils atteignirent la frontière écossaise, la jeune fille innocente qui avait heurté Alex au bal de lady Prestlefield n'existait plus. Elle avait laissé la place à une comtesse calme et maîtresse d'elle-même.

— C'est une vraie dame, hein ? demanda un gamin roux à sa mère, un jour qu'ils s'étaient arrêtés sur la place d'un village.

— Oui, et tu n'as pas intérêt à l'oublier ! répliqua Megan, sa mère. Regarde comme elle est fière ! Les nobles ne sont pas des gens comme nous.

Le garçon hocha la tête. Cette comtesse anglaise ne ressemblait pas du tout à sa mère, ronde et chaleureuse. Il la prit à la taille dans un brusque élan d'affection.

— Rickie, tiens-toi bien ! protesta-t-elle en le repoussant.

À cet instant, une toute petite fille se précipita en criant vers la comtesse, et celle-ci, malgré ses beaux vêtements, se pencha afin de la prendre dans ses bras avec un tendre sourire.

Peut-être, après tout, n'était-elle pas si différente d'elle... se dit Megan, qui serra son garçon contre elle. Tous deux regardèrent la belle comtesse qui s'éloignait en parlant à l'oreille de la petite.

15

Alex arriva à Dunston Castle dix jours avant Charlotte. Il avait voyagé soit seul dans son carrosse, soit sur Bucéphale, ce qu'il préférait de loin. Il regrettait d'avoir consigné Charlotte dans la voiture des domestiques. Pourquoi ne l'avait-il pas gardée avec lui, afin de pouvoir décharger sa rancœur sur elle ?

Toutefois, peu à peu, il se reprocha son vil comportement et se félicita que son épouse fût hors de sa vue. Mais pas hors de son cœur.

Malgré les bouffées de rage qui s'emparaient de lui lorsqu'il songeait à sa trahison, il retrouvait un peu de sa capacité d'analyse. Un jour, il se rendit compte que sa colère contre Maria se reportait injustement sur sa nouvelle épouse. Un matin, il se réveilla en sursaut avec la voix de Charlotte dans la tête : « Je n'ai pas connu d'autre homme ! Seulement vous, il y a des années ! » Et encore : « C'était merveilleux, si merveilleux... Pas comme l'autre fois. Pas de douleur... »

Charlotte n'était pas une traîtresse invétérée comme Maria. Non. Elle avait couché avec un seul homme, longtemps auparavant, et elle pensait qu'il s'agissait de lui. Cet élément jetait un voile désagréable sur la raison pour laquelle elle avait accepté de l'épouser, mais cela n'avait guère d'importance, se disait Alex qui avait renoncé à tout rêve d'amour partagé.

Il comprenait ce qui s'était passé. Charlotte avait fait l'amour avec Patrick, et elle avait sincèrement cru que c'était lui quand elle avait rencontré Alex à Londres. Patrick et lui avaient souvent partagé des femmes autrefois, mais pas une épouse ! C'était un peu dur à avaler. Cependant, si l'on devait se marier dans de telles circonstances, ne valait-il pas mieux que l'autre homme fût son jumeau ?

Il réfléchit longuement en attendant l'arrivée de la jeune femme, et il calma son irritation en pêchant des truites qu'il rejetait aussitôt à la rivière. Il passait des heures à contempler l'eau verdâtre, qui frissonnait sous le lancer de la ligne.

Ce qu'il avait découvert de plus étonnant, c'était à quel point Pippa lui manquait. Pendant plusieurs mois, il avait été la personne la plus importante de sa petite vie… Or dans un accès de rage, il était parti, la laissant aux soins d'une nurse et d'une belle-mère qu'elle connaissait à peine. Et à présent, il ressentait son absence de façon viscérale. Il se demandait souvent comment elle s'endormait, le soir, alors qu'il n'était pas là pour lui caresser les cheveux en lui souhaitant de faire de beaux rêves. Cet élément nouveau le persuadait que son projet de laisser Charlotte avec sa fille au fin fond de l'Écosse n'était pas une heureuse idée. À moins qu'il ne reste aussi.

Non. Il allait rentrer à Londres avec son épouse. Ils parviendraient à vivre en bonne entente, maintenant qu'il avait abandonné la chimère de tomber amoureux de cette femme. Il faudrait qu'ils couchent ensemble, puisqu'il voulait un héritier. C'était évidemment un prétexte, car Patrick pouvait fort bien avoir un fils, mais il refusait de se l'avouer.

Il commençait à s'inquiéter. Où était Charlotte ? Depuis deux jours, il se rappelait des histoires de bandits qui rôdaient à la frontière. Seigneur, pourquoi s'était-il comporté en brute arrogante ? Et si Charlotte et Pippa étaient prises en otage... ou pire ? Il ne se le pardonnerait jamais.

Aussi, quand les deux voitures poussiéreuses passèrent entre les hauts murs de pierre qui marquaient l'entrée de son domaine, Alex eut une envie folle de se précipiter pour les serrer dans ses bras. Mais il resta immobile à la fenêtre de son bureau.

Sa femme sortit la première de la voiture des domestiques, puis la portière de l'autre voiture s'ouvrit sur Pippa, qui se précipita vers les bras tendus de Charlotte. Alex ne pouvait savoir qu'elles avaient voyagé ensemble jusqu'au dernier pique-nique... Pippa avait d'ailleurs cassé les oreilles de la nurse en réclamant sa maman !

Alex vit Charlotte soulever sa petite fille, qui fourra la tête contre son cou. C'était bien ce qu'il avait souhaité, n'est-ce pas ?

Il descendit enfin en se durcissant mentalement. Il avait oublié combien la beauté de Charlotte le troublait. Il la désirait comme un fou. Tant mieux, se raisonna-t-il. Elle était son épouse, après tout, et peut-être pourrait-il l'occuper suffisamment pour l'empêcher de folâtrer avec d'autres.

Il sortit dans la cour, tandis que les domestiques s'alignaient pour la présentation officielle à leur nouvelle maîtresse. Charlotte, Pippa dans ses bras, semblait légèrement amusée, et son expression ne changea pas quand elle vit son mari. Elle se contenta d'incliner brièvement la tête.

— Milord.

Alex répondit de la même façon.

— Charlotte.

Le silence régnait sur la cour. Pippa, qui regardait les chevaux, se tourna vers son père, et il lui tendit les bras en souriant. Mais au lieu de s'écrier « papa ! » avec son charmant accent italien, ou de se tortiller pour venir à lui, elle éclata en sanglots.

— Chut, chérie, la consola Charlotte. Je t'avais dit que tu retrouverais ton papa. Tu vois, il est ici, et tu lui as manqué car il t'aime énormément. Il n'était pas parti pour toujours. Tu te rappelles ce que je t'avais dit ?

En guise de réponse, Pippa se pressa davantage contre la jeune femme, et Alex serra les dents. Sa propre fille le rejetait devant tous les serviteurs, qui se demandaient ce qui arrivait. Il marcha vers elles, luttant contre l'envie d'embrasser Charlotte jusqu'à ce qu'elle perde son air distant.

— Ma douce, dit-il à Pippa d'une voix apaisante, tu m'as beaucoup manqué. En fait, chaque soir je regrettais de t'avoir quittée. Mais maintenant je suis là, et je voudrais bien serrer ma puce dans mes bras...

Pippa releva son visage noyé de larmes.

— Papa ?

Alex s'approcha, ignorant le petit geste de recul de Charlotte quand il se pencha, et il frotta son nez contre celui de sa fille.

— Je t'aime, ma puce, murmura-t-il.

Charlotte observait son époux. C'était l'Alex d'avant leur mariage, le père aimant qu'elle avait connu avant leur nuit de noces, et elle en fut immensément soulagée. Elle avait été fort inquiète pour Pippa. Comment l'enfant pourrait-elle surmonter la mort de sa mère, si son père l'abandonnait en Écosse ? Heureusement, les projets du comte n'étaient pas aussi redoutables qu'elle ne l'avait craint.

Enfin, il pivota vers la rangée de domestiques.

— Voici votre maîtresse, la comtesse de Sheffield et de Downes, déclara-t-il.

Il fallait que sa maisonnée respecte la nouvelle comtesse, bien qu'on l'ait vue descendre de la voiture des domestiques. Et quand ils auraient entendu ce que les valets venus avec elle avaient à raconter... ! Il s'en voulait amèrement, pourtant il gardait un visage hautain et assuré.

Puis il sourit et ajouta :

— Et voici ma fille, Philippa.

Il y eut des vivats et des applaudissements. Alex offrit son bras à Charlotte et procéda aux présentations des serviteurs les plus gradés.

La jeune femme était fort contente d'elle-même, car elle n'éprouvait *rien*. Après l'horreur de ces dernières semaines, elle regardait son époux et ne ressentait ni attirance, ni colère. Seulement un brin de pitié pour son air las et tendu. Elle était heureuse de constater que le fait de le voir n'altérait en rien sa résolution. Tandis qu'elle s'entretenait aimablement avec les domestiques, elle prenait conscience qu'elle ne tremblait plus, dès qu'il la touchait.

Elle termina de faire la connaissance des principaux serviteurs. Elle aimait beaucoup le majordome, jugeait qu'il faudrait remplacer l'une des femmes de chambre, se promit de vérifier les comptes de la gouvernante. Puis elle sourit aux autres domestiques, ceux qu'on ne lui avait pas présentés personnellement, et elle lâcha le bras de son époux. Côte à côte, ils montèrent les quatre marches qui menaient à l'entrée principale.

— Mon Dieu ! s'écria-t-elle en pénétrant dans le grand hall.

— Je l'ai hérité de mon arrière-grand-mère, dit joyeusement Alex.

Maintenant que Pippa était dans ses bras, que Charlotte ne le regardait pas comme s'il était un monstre, il reprenait confiance. À la première occasion, il expliquerait à la jeune femme qu'elle avait fait l'amour avec son frère, mais que lui, Alex, avait décidé de lui pardonner ce faux pas. Il réprima un sourire. C'était la seule attitude raisonnable à adopter. Sa mère l'en aurait félicité. Pas son père. Son père aurait définitivement répudié Charlotte, ou bien il l'aurait enfermée à vie dans ce château au bout du monde. Mais il n'était pas comme son père. Il aurait un mariage basé sur la générosité, à défaut d'amour.

Charlotte affronta son regard.

— Eh bien, dit-elle, je serai dans ma chambre jusqu'au souper, milord. Je suis certaine que Mme McLean va me montrer mes appartements. À quelle heure le repas est-il servi ?

Alex contempla sa nouvelle épouse, calme et froide.

— Huit heures, répondit-il.

Elle fit la révérence.

— Milord.

Alex sursauta. Certes, ses parents se saluaient ainsi, mais jamais Charlotte ne lui avait adressé une révérence, sauf en dansant. Il s'inclina cérémonieusement.

Soudain, elle s'approcha de lui, et son cœur s'emballa. Mais elle se contenta de déposer un baiser sur la joue de Pippa.

— Maman ! cria l'enfant qui parvint à passer un bras autour du cou de Charlotte, l'attirant si près qu'Alex sentit un effluve de fleur d'oranger.

— Non, chérie. Tu restes avec papa un moment, comme une gentille petite fille.

Elle se tourna vers Alex, et soudain sa tendresse fit place à une expression détachée.

— Quand vous le souhaiterez, donnez-la à sa nurse. Elle s'entend bien avec Katy, maintenant.

Un frisson glacé courut le long du dos d'Alex. Charlotte ne semblait pas en colère, elle le regardait comme il avait vu des centaines de dames regarder leurs maris : sans le moindre intérêt. Mais avec politesse, songea-t-il en la voyant faire une nouvelle révérence et s'éloigner dans l'escalier, en compagnie de Mme McLean. Inconsciemment, il resserra son étreinte sur Pippa, qui émit un petit cri de protestation.

— Que dirais-tu d'aller voir les chatons à l'écurie, ma chérie ?

Charlotte monta lentement les marches, en écoutant à peine ce que lui racontait Mme McLean. La difficulté de trouver de bons serviteurs, ce qui était arrivé mardi dernier aux tasses de porcelaine, le besoin d'acquérir de nouveaux draps…

Elle n'était pas indifférente à la présence d'Alex, comme elle l'avait cru. Lorsque Pippa l'avait attirée près de lui, elle avait craint que ses jambes ne se dérobent !

Elle fit transporter ses affaires personnelles de la chambre adjacente à celle du maître jusqu'à une autre, proche de la nursery, sous prétexte qu'elle était plus lumineuse. Puis elle fit déposer ses peintures dans l'une des quatre tours du château, avant d'inspecter la nursery. Elle y fit mettre un tapis supplémentaire, car Pippa passait beaucoup de temps par terre, et elle ne voulait pas que l'enfant risque d'attraper un rhume.

Enfin elle commanda un bain et, très lasse, s'y plongea avec bonheur.

— Marie ! appela-t-elle, derrière le paravent dressé afin de la protéger des courants d'air qui traversaient toutes les pièces.

Marie maugréait en français, tout en accrochant les robes de sa maîtresse. Elle détestait l'Écosse et son humidité ! Qu'allaient-elles porter ? Elle avait préparé les bagages de sa maîtresse – et les siens – pour l'Italie !

— Marie ! répéta Charlotte.

— Excusez-moi, madame, dit la servante en apparaissant à côté du paravent. Souhaitez-vous que je demande plus d'eau chaude ?

— Oui, je vous remercie. Et voulez-vous faire dire au comte que j'ai l'intention de me coucher de bonne heure, et que je souperai dans ma chambre ? Je suis épuisée.

Marie esquissa une grimace. Elle aurait préféré que Charlotte descende et affronte son mari, mais elle dut reconnaître que la comtesse semblait très fatiguée. Mieux valait qu'elle se repose et sorte les armes le lendemain, après une bonne nuit de sommeil.

— Certainement, madame. Souhaitez-vous que Mme McLean fasse venir une couturière, demain ?

Il faudrait utiliser dès que possible les tissus de laine que nous avons achetés à Glasgow, sinon vous ne tarderez pas à vous enrhumer, Pippa et vous.

— Excellente idée, Marie. Et quand Pippa retournera à la nursery, demandez à Katy de me l'amener. J'aimerais dîner ici avec elle.

Marie s'affaira. On apporta de l'eau chaude, on fit un feu si haut que la cheminée était remplie d'étincelles. La chambre se réchauffait peu à peu. Dieu merci, elle était beaucoup plus petite que les appartements des maîtres !

Sortie du bain, Charlotte s'installa dans un confortable fauteuil près de la cheminée, tellement lasse qu'elle n'aurait pu bouger le petit doigt. Pippa, quand on la lui amena, semblait tout aussi fatiguée, et elle s'assit sur ses genoux tandis que Charlotte lui racontait l'histoire d'un cheval volant qui s'appelait Peggy. Pégase était un nom trop compliqué à prononcer pour une enfant d'un an et demi.

Enfin, Charlotte la remit entre les mains de Katy, puis elle se déshabilla et se glissa entre les draps. Elle demeura longtemps immobile à contempler les flammes qui projetaient des ombres dansantes sur les murs. Qu'allait-il se passer ? Plus important, que *voulait-elle* qu'il se passe ? Maintenant qu'ils s'étaient revus et qu'il ne l'avait pas, comme elle s'y était préparée, traitée de tous les noms devant les domestiques, elle se sentait vidée de toute énergie, complètement désemparée. Elle s'était attendue à retrouver un Alex aussi odieux que trois semaines auparavant, le soir de leurs noces.

Ses yeux s'emplirent de larmes. Peut-être était-ce sa faute. Peut-être aurait-elle dû, dès le début, lui raconter les circonstances dans lesquelles ils s'étaient rencontrés, au lieu de croire sa mère quand elle lui avait dit que personne ne pourrait savoir qu'elle n'était pas vierge. Alex avait raison sur un point : elle lui avait menti, au moins par omission. Elle renifla. Elle avait pleuré des rivières, depuis trois semaines !

Alors, que voulait-elle ? Elle voulait... Elle voulait l'impossible. L'Alex d'avant. Celui qui ne l'insultait pas, qui ne pensait que du bien d'elle.

Pendant ce temps, Alex soupait dans son luxe royal, comme chaque soir depuis son arrivée. Il avait renvoyé son secrétaire à Londres afin qu'il rapporte des vêtements chauds, aussi était-il seul au bout de l'immense table. La salle à manger avait été conçue pour recevoir des hommes d'armes, or les dix valets alignés le long du mur avaient l'air stupides. Autrefois, il devait y en avoir vingt ou trente, occupés à circuler entre les tables.

Le froid était mordant, bien que l'on fût en été, et il regarda autour de lui avec une grimace. Que faisait-il dans cette sinistre forteresse ?

Il repoussa son assiette. Bon sang, il avait une femme ! Pourquoi ne pas aller lui parler ? Il en avait assez de souper seul.

Il se précipita à l'étage. Une fois dans sa chambre, il s'interrogea. Devait-on frapper à la porte de son épouse ? C'était ce qu'il faisait autrefois, après qu'il eut trouvé Maria au lit avec le palefrenier. Furieux à cette idée, il poussa la porte de communication. Mais la chambre était vide. Bon sang, où était-elle passée ?

— McDougal ! hurla-t-il dans le corridor.

Il n'entendit que le gémissement du vent.

— McDougal !

Enfin, des pas dans l'escalier.

— Oui, milord, haleta le rondouillard maître d'hôtel.

— Où est la comtesse ?

— Dans la chambre nord, milord, car elle souhaitait davantage de lumière.

McDougal salua et sortit précipitamment. Marie lui avait fourni une version non expurgée des événements de Bournemouth, et il ne tenait pas à subir la colère du nouveau comte. Foakes avait semblé parfait lors de sa dernière visite, quatre ans auparavant. En fait, le personnel avait été agréablement surpris, compte tenu du fait qu'il était anglais. Mais c'était avant qu'il n'hérite. Devenir comte pouvait avoir des effets néfastes sur le caractère, pensait McDougal.

Alex s'engagea dans le corridor en se demandant où pouvait bien se trouver la chambre nord. Plus de lumière, vraiment ! Avec une chambre portant ce nom !

Quand il se jugea globalement face au nord, il ouvrit la première porte qu'il vit. Une bouffée de chaleur l'accueillit, et il referma le battant derrière lui. Il se trouvait dans une petite pièce, agrémentée de fenêtres sur deux côtés. Il se dirigea vers le lit, où il trouva sa femme, profondément endormie.

Un instant, il la contempla en silence. Ses cheveux avaient poussé, et une boucle soyeuse reposait sur sa main. Apparemment, elle ne portait pas de chemise affriolante, car un ruché encadrait son visage.

Il se laissa tomber sur le lit et lui saisit l'épaule. Elle ouvrit les yeux, puis recula instinctivement.

Alex fut stupéfait. Avait-elle peur qu'il ne la frappe ?

En vérité, elle était surtout secouée. Elle était en train de rêver qu'Alex la suppliait de lui pardonner tout en baisant ses seins, et elle tombait dans un tourbillon de désir. Or voilà qu'il était assis près d'elle, les sourcils levés, et elle mourait d'envie de le toucher, de l'embrasser, de lui dire...

Pas question. Plus jamais elle ne se conduirait comme une fille de joie. Il avait raison : elle avait répondu à sa passion comme aucune dame ne l'aurait fait.

— Que faites-vous là ? demanda-t-elle d'une voix neutre.

— Je cherchais ma femme.

Il était déterminé à ne pas se mettre en colère. Il avait juste besoin d'un peu de compagnie, ce qui était son droit le plus strict.

— Pourquoi ?

— Pourquoi pas ? C'est assez triste de se retrouver tout seul à une table construite pour des géants écossais.

— Je suis très fatiguée, milord. Nous avons fait beaucoup de route aujourd'hui. J'aimerais que vous me laissiez me reposer.

— Vous avez voyagé trois heures, répliqua Alex. J'ai posé la question à Keating, car je me demandais pourquoi vous aviez mis dix jours de plus que moi pour arriver.

Il suivait du doigt la courbe de sa joue, et elle se déroba, les yeux plissés.

— Il faut que nous parlions de l'avenir, reprit-il. Voyez-vous, j'ai décidé de vous ramener à Londres. Sous quelques conditions, dont la plus importante est que vous ne dormiez avec personne d'autre que moi. Vous ne ferez rien qui puisse souiller mon nom. En retour, je vous pardonnerai d'avoir fait l'amour avec mon frère.

— Je ne...

Alex l'interrompit d'un geste.

— Il semble que vous ayez perdu votre virginité avec Patrick. Toutefois, malgré cette ironie du sort – si vous aviez attendu quelques mois, je suppose que vous auriez pu l'épouser –, nous sommes mariés désormais, et nous devons en tirer le meilleur parti.

Charlotte demeura muette, les yeux fixés sur la courtepointe, le visage dans l'ombre.

— Je partagerai votre lit quand j'en aurai envie, poursuivit-il, cruel. Mais je vous le répète, si quelqu'un d'autre s'avisait d'en faire autant, je vous exilerais dans ce château oublié de tout, et je ne vous en sortirais jamais.

La jeune femme se redressa, appuyée à la tête de lit, et croisa les mains sur ses genoux, exactement comme sa mère le faisait lorsqu'elle discutait avec son père.

— Je vous rappelle, milord, que vous avez déclaré à Bournemouth que vous ne dormiriez plus jamais avec moi.

— Eh bien, peut-être ne *dormirai-je* pas dans cette chambre. Le lit est un peu étroit à mon goût.

Il dévorait du regard les seins de Charlotte, pourtant dissimulés par le coton blanc.

Il paraissait penser qu'il pouvait faire tout ce qu'il voulait : se conduire comme un monstre un jour, et espérer la séduire le lendemain !

— Je refuse.

Il y eut un silence lourd de menaces.

— Vous refusez ? Et que refusez-vous, au juste ?

— Je refuse de dormir avec vous, quel que soit le sens que vous donnez à ce mot. Je suppose qu'en tant que prostituée, j'ai le droit de choisir mes clients, ajouta-t-elle avec un humour corrosif.

Il lui lança un regard noir.

— Je suis votre mari, je peux vous prendre quand je le souhaite. Or j'ai envie de vous prendre, là, dans ce lit.

Charlotte réfléchit un instant. Il en avait le droit, en effet, mais elle n'avait pas pensé qu'il en profiterait, vu le dégoût extrême qu'il avait manifesté la nuit de leurs noces. Puis elle se souvint qu'il lui fallait un héritier, en tant que comte. Mais qu'elle soit damnée si elle se laissait séduire pour qu'il l'insulte ensuite !

— Très bien, dit-elle.

Elle repoussa les couvertures, remonta sa chemise jusqu'à la taille et s'allongea, les yeux clos. Malgré son calme apparent, elle était absolument terrorisée. Elle n'avait jamais rien fait d'aussi intrépide, d'aussi fou de toute sa vie. L'air frais caressait ses jambes, et elle frissonna. Elle allait avoir mal, cette fois, elle en était sûre...

Alex la contemplait, incrédule. Au bout d'un moment, Charlotte rouvrit les yeux.

— Avez-vous changé d'avis ?

Il serra les dents, furieux.

— Non. Non, je n'ai pas changé d'avis...

Elle tressaillit, terrifiée par son expression. Il semblait plus furibond encore – si c'était possible – que lors de leur nuit catastrophique.

— Que se passe-t-il ? reprit-elle.

— Ce qui se passe ? Ma femme est couchée là comme un légume, et elle me demande ce qui se passe ?

— J'ignore ce que vous voulez. De quoi vous plaignez-vous ?

Alex ne répondit pas. Il comprenait qu'elle se vengeait des dures paroles de Bournemouth. Sa main remonta le long de la cuisse de la jeune femme, glissa vers ses seins... S'il ne parvenait pas à la séduire, il ne méritait pas le titre de comte.

Quelques minutes plus tard, il cessa de la caresser. Charlotte était excitée, il le savait. Elle était prête, mais elle semblait... lointaine, détachée. Qu'était devenue la tigresse qui partageait son ardeur ? Vengeance ou pas, c'était elle qui gagnait. Alex n'avait aucune envie de faire l'amour à cette femme étendue passivement, les paupières closes.

— Ouvrez les yeux, dit-il enfin avec une immense lassitude.

Elle obéit.

Alex était assis au bord du lit, la tête entre les mains.

— Qu'y a-t-il ? demanda-t-elle, sincèrement étonnée.

N'était-ce pas ce qu'il souhaitait ? Ses paroles de mépris résonnaient en elle depuis trois semaines. Il la détestait parce qu'elle répondait avec trop de fougue, parce qu'elle « suppliait », avait-il dit.

Il se leva pour sortir de la chambre, mais elle le rappela sèchement.

— Pourquoi partez-vous ? Je ne vous comprends pas. Vous me traitez de catin car je ne me comporte pas comme une dame. Vous avez dit que vous ne me toucheriez plus, car j'avais perdu ma virginité avec vous – que vous le reconnaissiez ou non – avant le mariage. Et lorsque je me conduis comme une dame, vous me regardez encore avec dégoût. Alors ?

C'était elle qui entrait dans une rage féroce, à présent.

— Si vous voulez un héritier, faites-le ! Servez-vous de mon corps, puisque vous avez dit qu'il vous appartenait. Je ne vous en empêcherai pas. Je me conduis comme une dame !

À sa grande surprise, Alex éclata de rire.

— Les dames ne crient pas, fit-il remarquer.

Mais il reprit son sérieux et s'assit de nouveau sur le lit.

Une sonnette d'alarme résonna dans la tête de Charlotte. Quand il la regardait de cette façon, son corps risquait de la trahir. Or ce n'était même pas de la sensualité, c'était de la tendresse, comme l'ancien Alex. L'Alex d'avant, celui qui l'aimait encore, qui ne la prenait pas pour une prostituée.

— Je suis désolé, dit-il enfin. Désolé de vous avoir traitée de catin. J'ai compris, quelques jours plus tard, que vous aviez perdu votre virginité avec un homme que vous avez pris pour moi. Sur le moment, j'étais tellement furieux que… que je ne me contrôlais plus.

— C'était vous ! insista Charlotte. C'était vous, il y a trois ans, dans le…

— Je ne tiens pas à connaître les détails, coupa-t-il. Dieu, il est assez dur d'accepter que mon épouse ait fait l'amour avec mon frère, sans que vous me racontiez en plus comment cela s'est passé !

Charlotte en avait la nausée. Il ne la croirait jamais, elle le voyait dans ses yeux ! Il penserait toujours du mal d'elle... Elle soupira. Peut-être vaudrait-il mieux qu'elle reste là, qu'elle vive en Écosse. Elle ne supporterait pas de voir Alex tous les jours en sachant qu'il la méprisait. Il lui était encore tellement cher! C'était trop dur!

Une larme lui échappa.

Alex la regardait, sombre. Elle était malheureuse, c'était évident. Et il ne pensait pas qu'elle pût le tromper avec un autre. Charlotte était une personne loyale, sincère.

Il prit sa main et en baisa la paume.

— Voulez-vous essayer encore?

La jeune femme s'humecta les lèvres, et il ressentit une bouffée de désir. Elle avait une bouche magnifique, qui évoquait la passion. Une passion qu'elle avait déjà montrée, se dit-il. Il suffisait de trouver le moyen de la ranimer.

— Que voulez-vous dire? s'enquit-elle, inquiète.

— Faisons l'amour de nouveau. Je suis désolé de m'être emporté, la première fois. Jamais je n'avais rien connu de plus merveilleux, et j'ai vu rouge quand je me suis aperçu que je n'étais pas le premier. Mais c'est fini. Nous devrions maintenant songer à... à faire un enfant.

Charlotte ignora le pincement d'amertume qui la tenaillait. Bien sûr, il voulait un héritier. C'était naturel.

La bouche d'Alex était si proche de la sienne qu'elle sentait son haleine tiède, et il prit ses lèvres, tandis que sa main remontait lentement sous la chemise. Sans doute ne serait-il pas trop mal de l'embrasser en retour, se dit la jeune femme qui tremblait déjà de désir.

Il la regarda au fond des yeux.

— Je vous en prie, ma chérie, murmura-t-il.

Elle s'accrocha à son cou, les lèvres entrouvertes, et il comprit qu'elle se rendait. Lorsqu'elle émit un gémissement, il eut le cœur gonflé de joie. Sa Charlotte était de retour... Comme il se débarrassait de sa chemise, elle lui caressa la poitrine de la langue. Un brasier se propageait dans leurs corps.

Un peu plus tard, ils furent nus sous la lumière des flammes, enchaînant caresse sur caresse, baiser sur baiser. Mais ce fut seulement quand il s'apprêta à la pénétrer que Charlotte craignit de perdre tout contrôle. Elle ferma les yeux de toutes ses forces. Alex, occupé à se dominer pour ne pas aller trop vite, ne remarqua pas sa détresse. Il la taquinait et, instinctivement, elle haussait les hanches vers lui. Elle le suppliait en silence, pourtant il continuait à jouer de son désir, entrant en elle pour se retirer ensuite... Elle était sur le point d'exploser. Soudain il la pénétra d'un grand coup, et elle ne put retenir un cri. Alex perdit lui aussi tout contrôle. Il accéléra le rythme, arrachant de petits gémissements à son épouse.

Néanmoins, quelque chose n'allait pas. Il s'en rendit compte en voyant des larmes perler sous ses paupières fermées.

Il s'immobilisa.

— Qu'y a-t-il, chérie ? Je vous ai fait mal ?

Charlotte ouvrit des yeux immenses, noyés de larmes. Il baisa ses joues, mais elle se détourna.

— Que se passe-t-il, Charlotte ?

— Je... je ne peux pas, je ne peux pas...

— Vous ne pouvez pas quoi ?

— Je ne peux pas m'en empêcher !

Alex se retira doucement. Il prit un mouchoir sur la table de chevet et lui essuya le visage.

— De quoi parlez-vous, ma chérie ?

— Vous avez dit qu'une dame digne de ce nom ne se comportait pas comme je l'ai fait. Vous avez dit qu'une dame ne criait pas, ne suppliait pas !

Elle éclata en sanglots.

Alex en eut le souffle coupé. Avait-il vraiment été si cruel ? Dans son accès de rage, il avait peut-être gâché la plus belle chose qu'il lui eût été donné de vivre.

— J'ai été complètement idiot, Charlotte ! déclara-t-il avec fougue. Vous m'entendez ? Idiot ! J'étais hors de moi, fou de jalousie, alors j'ai dit ce que je pouvais dire de plus odieux, mais je ne le pensais pas. Je ne le pensais pas, répéta-t-il, au bord du désespoir.

La jeune femme ne se calmait pas.

— Je ne peux pas m'en empêcher, dit-elle encore une fois. Vous avez raison, je ne suis pas une dame, je suis une…

— Seigneur, Charlotte ! s'écria-t-il en la serrant contre lui. Écoutez-moi, je vous en prie, écoutez-moi. Si vous vous éloignez de moi à cause de mes atroces paroles, je suis un homme mort. J'aurai détruit la seule chose dont j'aie toujours rêvé : une relation passionnée et tendre avec mon épouse. Avez-vous l'impression que je suis un homme de mauvaise vie quand je grogne, quand je crie chaque fois que vous me touchez ? Est-ce que je vous dégoûte ?

Elle secoua la tête.

— Qu'éprouvez-vous lorsque je gémis sous vos caresses ? reprit-il.

Elle esquissa un sourire.

— Je me sens une reine.

Il lui rendit son sourire.

— Je veux être roi, Charlotte. Roi dans ma propre demeure. Rien de ce que vous pourrez faire ne me dégoûtera jamais. C'était la rage qui me poussait à dire ces horreurs.

— Mais si vous vous mettez de nouveau en colère? Je sais que vous avez raison, je ne me conduis pas comme une dame, et je n'ai pas envie de vous exaspérer...

Alex se détourna. Il avait tout gâché! Il ne lui avait pas fait confiance, elle ne lui faisait plus confiance. Cela marquait la fin de son rêve d'un mariage sensuel, ce rêve né dans un jardin des années auparavant... C'était fini, se dit-il.

Soudain, il la sentit se rapprocher, frôler d'un doigt son épaule.

— Voulez-vous essayer encore?

Tout d'abord, il ne comprit pas son murmure, puis il se rappela sa propre question de tout à l'heure. Il tourna lentement la tête. Sa ravissante femme le regardait de ses grands yeux lumineux.

— Si vous promettez de me faire confiance, dit-elle d'une voix légèrement tremblante, je promets de vous faire confiance. Si vous me croyez, je vous croirai. Je ne dormirai jamais avec un autre homme, Dieu m'en est témoin. Si vous promettez de ne jamais me reprocher mon ardeur lorsque nous faisons l'amour, eh bien... je me résignerai à me comporter en fille de joie.

Il roula sur elle et la prit d'un coup, lui arrachant un cri de bonheur.

La nuit fut longue. Alex remit plus d'une fois des bûches dans la cheminée, et ils firent l'amour interminablement, s'endormirent, recommencèrent...

Au petit matin, la découvrant assoupie près de lui, il ne put s'empêcher de soulever la couverture afin d'admirer son corps parfait. Elle était sienne, tout à lui.

Elle se réveilla et poussa un cri en découvrant la tête d'Alex entre ses jambes, tandis que sa bouche envoyait des flammes dans tout son corps…

Quand le soleil filtra, sous les rideaux de velours, jusqu'au lit, il trouva le comte et la comtesse de Sheffield endormis du sommeil des justes – du sommeil des jeunes mariés.

16

Les deux semaines suivantes marquèrent l'histoire de Dunston Castle, domaine de quatre comtes successifs de Sheffield et de Downes. Le majordome, McDougal, confia à son épouse qu'il ne s'était rien passé de tel, depuis que le père de l'actuel comte avait amené une jeune personne passer une semaine au château. Ils en avaient vu de toutes les couleurs, alors !

Une fois, ils avaient trouvé la porte de la salle à manger fermée à clé, juste au moment où McDougal, qui n'était alors que valet de pied, apportait une tarte flambée. C'était une commande spéciale, se rappelait McDougal, car la cuisinière n'était pas habituée à ces plats sophistiqués auxquels on mettait le feu ! Quelle tête elle avait faite, quand on la lui avait rapportée en cuisine !

— J'étais tout jeune, à l'époque, mais je me rappelle la crise de nerfs qu'elle a eue.

— Je ne pense pas que l'on puisse comparer ce comte à son père, protesta son épouse.

Elle supervisait la lingerie, les draps, la couture, et ce qu'elle ignorait sur les habitants du château ne valait pas la peine d'être connu.

— Ces deux-là s'entendent à merveille, ils sont jeunes mariés, poursuivit-elle. Et la comtesse n'est plus une toute jeune fille. Même si on les voit s'embrasser de temps en temps, elle est toujours courtoise vis-à-vis de moi. Et puis, j'ai été soufflée quand elle m'a dit un jour: «Madame McDougal, j'ai remarqué quelques anomalies dans les comptes de la maisonnée. Pourriez-vous m'aider à comprendre, je vous prie?» Cette Mme McLean – tu parles d'une gouvernante! – volait des draps dans mes armoires, et personne ne l'avait remarqué! Crois-moi, notre maîtresse a reçu une bonne éducation.

M. McDougal admit qu'il aimait bien la comtesse. Comment faire autrement, avec sa gentillesse et ses agréables manières? Il se risqua tout de même à objecter qu'il n'apprécierait pas de voir sa propre fille embrasser son mari derrière toutes les statues du parc. Et la cameriste de la comtesse n'avait-elle pas dit qu'elle passait un temps fou à recoudre les boutons de ses robes?

— Elle est française, répondit Mme McDougal. Elle doit exagérer. Mais en admettant qu'elle dise vrai, qu'importent quelques boutons, entre mari et femme?

Le majordome eut un petit rire entendu.

Pendant ce temps-là, le comte embrassait son épouse derrière les statues, jonchait le sol de la suite nuptiale de boutons de nacre, et jouait avec sa fille dans les jardins.

Quand vint le moment de regagner l'Angleterre, les trois carrosses voyagèrent ensemble, car Pippa adorait aller de celui du comte et de la comtesse à celui de sa nurse. Ainsi, le trajet fut aussi long qu'à l'aller, et Charlotte fit l'amour avec son mari dans les mêmes auberges où elle s'était rongée de désespoir, deux mois plus tôt.

Le lendemain de leur retour, Sophie York arriva sans avoir pris la peine d'annoncer sa visite.

— Alors ? demanda-t-elle à son amie. Dites-moi tout. À quoi ressemble le mariage ?

Charlotte s'empourpra.

— À ce point-là ? s'exclama Sophie en riant.

— Qu'avez-vous fait, ces deux derniers mois ? s'enquit Charlotte.

Sophie lui fit comprendre d'un clin d'œil qu'elle n'était pas dupe du changement de sujet, puis elle se lança dans un récit détaillé de la cour pressante que lui faisait Braddon. N'ayant pu avoir la reine de Londres, il s'était tourné vers sa dauphine, commenta-t-elle.

Charlotte riait, bien qu'elle fût parfois choquée par les plaisanteries de son amie. Elle songeait qu'avant son mariage, elle avait dû passer à côté de beaucoup des allusions osées de Sophie. Aurait-elle compris ce qu'elle disait sur lady Cucklesham, qui s'était mariée par intérêt et « portait sa virginité au doigt en guise de diamant » ?

— Si j'avais l'intention d'épouser un sot, reprit Sophie, je ne pourrais mieux trouver que Braddon. Jamais il ne me questionnerait sur mes allées et venues. Il est toujours discret et de bonne humeur.

Elle frissonna, et Charlotte eut pitié d'elle.

— Ne cédez pas, Sophie.

— Pourquoi ?

— Parce que... il est merveilleux d'être mariée à un homme qui n'est pas sot.

— Ils le sont tous ! décréta Sophie avant de grimacer un sourire. Je ne voudrais pas gâcher votre bonheur mais, d'après mon expérience – due seulement à l'observation, je vous l'accorde –, les hommes les meilleurs se conduisent souvent comme des idiots.

— Quand même, insista Charlotte, vous pourriez trouver un sot que vous aimeriez davantage que Braddon.

— Oh, je l'aime bien. Il me fait penser au petit frère que j'aurais désiré avoir. Enfant, je passais des heures dans la nursery, qui se trouvait au-dessus de la chambre de mes parents, et je les entendais se disputer. Je souhaitais de tout mon cœur avoir un frère, affectueux et pas compliqué. Braddon est comme ça, Charlotte. Simple et affectueux. J'ai entendu sir Bredbeck dire qu'il avait plus de maîtresses qu'un avocat n'avait de clients. Je dois reconnaître qu'il a le bon goût de ne pas les exhiber en ville, contrairement à mon père.

Charlotte était désolée. Son amie avait connu une enfance triste.

— Pourtant, Sophie, vous ne pouvez pas avoir des enfants avec un homme qui vous fait penser à un petit frère !

— Je veux épouser quelqu'un qui sera... d'agréable compagnie. Il me semble que c'est la meilleure solution. Au fait, ajouta Sophie avec un sourire, savez-vous combien votre protégée, Chloé Van Stork, réussit ? Elle serait tout à fait capable de me voler quelques-uns de mes soupirants ! Cela ne me dérangerait pas, d'ailleurs. Mais il paraît qu'elle attend Will Holland.

— Elle l'aime beaucoup, en effet.

— Malheureusement, il est encore à la campagne. Elle a quatre ou cinq chevaliers servants qui l'accompagnent partout, suspendus à ses lèvres. Dans les clubs, on parie qu'elle se décidera pour lord Winkle.

— Je suis ravie. Elle est charmante, et elle mérite cette admiration.

Tandis que Sophie racontait la dernière rebuffade que lady Skiffing avait infligée à Camilla Prebworth, Charlotte se mit à penser à Alex, qui se trouvait dans son bureau avec son secrétaire, Robert Lowe, afin de régler la correspondance en souffrance.

À cet instant, son époux apparut à la porte, et elle s'illumina.

— Alex! s'écria-t-elle en bondissant sur ses pieds.

Il adressa un clin d'œil à Sophie, pour qui il s'était pris d'affection durant les deux mois de ses fiançailles, puis, délibérément, il entraîna son épouse au-dehors et ferma la porte derrière eux.

Ils entendirent le rire clair de la jeune femme pendant qu'Alex embrassait passionnément son épouse.

Charlotte reprit enfin ses esprits.

— Arrêtez, Alex. Je ne peux pas laisser Sophie seule, c'est très impoli!

— Alors, jurez-moi de me retrouver d'ici une heure dans nos appartements.

— Non!

— Jurez, sinon je ne vous lâche pas!

Il l'embrassait dans le cou, et elle faillit gémir.

— Alex...

— Jurez!

— Non. J'ai rendez-vous chez M. Carême dans deux heures.

— Je vous y conduirai, promit-il, la voix rauque. Nous prendrons le phaéton.

— Je jure, finit par murmurer Charlotte afin de l'empêcher de devenir plus entreprenant encore.

Mais il n'écoutait plus. Il l'avait plaquée contre le mur et se frottait contre son ventre.

Elle le repoussa, indignée, cependant il eut la satisfaction de constater qu'elle avait les joues roses et que ses mains tremblaient.

Elle retourna au salon, où Sophie dégustait tranquillement des gaufrettes au citron en buvant du thé. Celle-ci éclata de rire quand elle vit son amie échevelée, comme si elle était sortie par grand vent.

— Il embrasse bien ? s'enquit-elle. Vous me devez une réponse, pour m'avoir ainsi abandonnée.

Alex, qui avait entendu la question, se rapprocha de la porte entrouverte. Ce n'était pas de l'indiscrétion, lorsque le sujet était de cette importance !

Charlotte eut un rire léger.

— Oui, répondit-elle. Il suffit qu'il m'embrasse et je...

Elle s'interrompit, haussa les épaules.

— Vous quoi ?

— Eh bien, je fonds, voilà tout.

Sophie était très forte pour les plaisanteries érotiques, mais elle ne connaissait rien au sexe, en réalité.

— Cela semble plutôt inconfortable, non ? Remarquez, je ne sais pas exactement ce qui se passe, et ne vous croyez surtout pas obligée de m'expliquer. Je suis sûre que ma mère n'arrivera jamais à me raconter de quoi il s'agit, alors, quand j'accepterai l'un des garçons qui me courtisent, il faudra bien que ce soit lui qui fasse mon éducation.

Charlotte rougit davantage.

— Ma foi, c'est étrange... mais c'est aussi merveilleux.

Sophie l'observait avec curiosité.

— Ma mère dit que c'est très désagréable, mais qu'il faut l'accepter, en échange d'une place dans la société.

— Ce n'est pas... Ce n'est pas comme ça avec Alex.

— Voilà bien ma chance, marmonna Sophie. Vous avez pris le seul homme à Londres capable de rendre cette situation supportable, et moi, il me reste notre vieux Braddon. Je suis certaine qu'il m'expliquerait tout en faisant référence à ses chevaux! Par moments, j'ai l'impression qu'il me considère comme une pouliche de qualité.

Charlotte chercha ses mots.

— C'est... magique. Parfois, je ne pense à rien d'autre de toute la journée, avoua-t-elle.

Sophie ouvrit de grands yeux.

— Alors il vaut peut-être mieux que je n'épouse pas Braddon. Je suis certaine que je ne penserais pas à lui toute la journée. J'ai autre chose à faire!

À l'extérieur, Alex appuya sa tête contre le mur. Il ne pouvait absolument pas les rejoindre au salon, car entendre son épouse parler de lui avait réveillé son désir.

Il se dirigea vers son bureau, afin d'en finir avec son courrier. Comme il ne pourrait rien faire d'intelligent avant d'avoir retrouvé Charlotte, une heure plus tard, autant contenter son secrétaire!

Un mois passa. La saison mondaine touchait à sa fin, et Alex et Charlotte s'étaient installés dans une confortable routine.

Charlotte peignait le matin. Elle s'était lancée dans le portrait d'une des filles de cuisine, une forte jeune fille nommée Mall qui avait grandi au pays de Galles. Au début, la servante avait été consternée par sa proposition. Elle était persuadée que sa maîtresse était folle à lier. Mais Charlotte avait insisté. Depuis qu'elle l'avait vue un matin, de profil, en train de recharger la cheminée, elle avait eu envie de la peindre. Peu à peu, elle était parvenue à apprivoiser la jeune fille, qui lui parlait de ses sept frères et sœurs durant les séances de pose, et lui racontait quelques ragots de cuisine.

Charlotte apprit ainsi que le majordome, Staple, était un véritable tyran. Il ne se comportait pas convenablement avec le personnel féminin. Le soir même, elle le renvoya.

Elle écrivit alors à M. McDougal pour lui demander si son épouse et lui aimeraient venir vivre à Londres. Ils seraient les bienvenus à Sheffield House, et recevraient un salaire nettement supérieur.

Pendant ce temps, Alex travaillait à son bureau. Au début, il avait pris l'habitude de venir lire dans l'atelier quand Mall n'y était pas, mais au bout d'un moment Charlotte le lui interdit. Non seulement elle avait du mal à se concentrer, mais il lui sautait dessus toutes les cinq minutes !

— Je n'y peux rien, répondit-il lorsqu'elle s'en plaignit. Vous me regardez par-dessous le chevalet, et je sais que vous avez envie d'être embrassée.

— Si c'est uniquement pour moi, vous pouvez vous en dispenser. Je ne pense qu'à mon tableau, pas à vous.

L'après-midi, Charlotte s'occupait de Pippa, et le soir ils sortaient. Même si la jeune femme affectait parfois l'air un peu blasé qui était de rigueur, jamais elle n'avait autant aimé les bals. Il était délicieux de rencontrer son époux au détour d'un couloir et de l'entendre chuchoter à son oreille des promesses qui la laissaient pantelante. Ou d'être serrée de si près lors d'une valse que les gens chuchotaient, scandalisés.

— Mais nous sommes mariés, la rassurait Alex.

Ou bien il esquissait un sourire diabolique et disait :

— Agissons dans l'intérêt de ma réputation...

Et il l'embrassait au beau milieu de la piste !

Au bout de quatre mois, Charlotte était sûre de deux choses. D'abord, elle n'était pas enceinte. Ensuite, elle était tombée follement, définitivement amoureuse. Elle avait le cœur en fête dès qu'elle le voyait, elle se sentait incomplète lorsqu'il n'était pas près d'elle.

Elle avait souvent envie de le lui avouer pendant qu'ils faisaient l'amour, mais se retenait. Qu'avait-il dit, en lui demandant de l'épouser ? Que l'amour se bâtissait sur la confiance. Or elle n'était pas sûre qu'il lui fît totalement confiance. En fait, elle avait un peu peur. Il avait décrété si fermement qu'il ne l'aimait pas, autrefois... Alors elle ne voulait pas être la première à dire « Je vous aime ». Il risquerait de penser qu'elle essayait de lui faire oublier la trahison au sujet de sa virginité.

Aussi se taisait-elle et se contentait-elle de baisers passionnés. Ensuite, quand il s'endormait et qu'elle était certaine qu'il ne pouvait l'entendre, elle murmurait des mots d'amour contre sa poitrine. Et elle se sentait soulagée, jusqu'à la fois suivante...

Ce soir-là, Charlotte avait ses règles. Suivant les conseils de sa mère, elle s'apprêtait à quelques jours d'abstinence. Mais Alex ne l'entendait pas ainsi.

— Pourquoi ? dit-il. Six jours ? Je ne pourrai jamais !

Charlotte n'osait répondre. Son corps la trahissait déjà et voulait donner ce qu'elle refusait.

— Non, dit-elle enfin. Peut-être vaudrait-il mieux que nous fassions chambre à part, pendant ce temps.

— Surtout pas ! se récria Alex.

Il n'avait aucune envie de se priver de la présence de son épouse.

Un peu plus tard, il avait fait monter le désir en elle, mais au dernier moment elle l'empêcha de retrousser sa chemise.

— Six nuits, s'entêta-t-elle. C'est ce que maman dit, et je suis sûre qu'elle a raison… Il vaut mieux que j'aille dormir dans la chambre voisine.

Alex roula sur elle afin de l'empêcher de se lever, et il frotta son nez sur le sien, comme il le faisait avec Pippa.

— J'adore être votre époux, vous savez ?

C'était presque un « Je vous aime », songea Charlotte.

Le matin, au petit déjeuner, il était grognon, et il adressa une petite grimace à sa femme.

— Suis-je le seul à être de mauvaise humeur ?

— J'ai l'impression qu'on m'a versé du poil à gratter sur la tête, répondit-elle en souriant.

— C'est réconfortant, dit Alex, avant de se réfugier dans son bureau pour la journée entière.

Un peu plus tard, il jeta en jurant le papier qu'il tenait à la main. Robert, avec un regard de sympathie, lui tendit une lourde enveloppe où était marqué : *Ministère des Affaires étrangères.*

— Il y a cela aussi, dit-il.

Alex lut le message.

— Damnation !

En d'autres temps, il aurait été ravi de l'invitation que contenaient ces pages. Invitation ? Un ordre, plutôt, songea-t-il en parcourant de nouveau l'élégante écriture de lord Breksby, le ministre des Affaires étrangères. Il ne pouvait pas quitter Charlotte en ce moment. Et il ne pouvait pas non plus l'emmener, c'était beaucoup trop dangereux. Il froissa le parchemin et le lança rageusement dans un coin de la pièce.

— Envoyez un message pour dire au ministre que je le recevrai à quatre heures cet après-midi, aboya-t-il. Et dites à Lucien que je me rendrai chez lui à cinq heures.

Puis il sortit à grands pas de son bureau.

Charlotte était dans son atelier, en train de travailler au portrait de la fille de cuisine. Sophie était avec elle et lui racontait la troisième demande en mariage de Braddon, qu'il lui avait faite lors d'une promenade à cheval dans Hyde Park.

— Avez-vous reçu de mauvaises nouvelles ? demanda Charlotte en sonnant pour le thé.

Elle ne savait pas si l'air sombre de son mari était dû à leur abstinence, ou à une autre cause.

— Je ne veux pas de thé, répondit-il, impatienté. Dites que l'on m'apporte du brandy.

Charlotte était déconcertée. Alex buvait rarement le matin, mais il ne semblait pas disposé à lui confier ses soucis.

Sophie, toujours intuitive, rassemblait déjà ses affaires. Elle prit congé, en leur rappelant le bal de lady Combe pour le soir même...

Alex et Charlotte y arrivèrent fort tard. La bonne société était habituée à leurs démonstrations d'affection, mais cette fois ils dépassèrent les bornes ! Par exemple, la comtesse valsait avec l'honorable Sylvester Bredbeck, quand son époux s'élança sur la piste et l'arracha aux bras de son cavalier, en se contentant de sourire au malheureux et de lui dire qu'il fallait absolument qu'il prenne sa femme sur-le-champ. *Prendre sa femme !* Ce n'était pas une expression convenable, même pour des gens mariés !

Et la façon dont ils dansaient... Il n'y avait pas un centimètre entre leurs corps.

En réalité, Charlotte était tour à tour furieuse et terrifiée. Alex allait s'embarquer dans la plus folle aventure qu'elle eût connue. Tout cela parce qu'il pouvait passer pour un Italien ! Aucune personne sensée n'accepterait de leurrer les Français, compte tenu de la précarité de la trêve qui existait entre Napoléon et le gouvernement britannique. Quant à Lucien ! Jusque-là, elle aimait bien l'ami de son époux. Elle s'était prise d'une sincère affection pour lui, quand elle avait appris qu'il avait perdu sa femme et son enfant. Mais à présent ! S'il osait se présenter devant elle, elle lui dirait sa façon de penser !

— Et ne me serinez pas que ce sont des craintes imaginaires, Alex ! lança-t-elle à son mari, une fois de retour chez eux. Comment peut-on vous demander une chose pareille ? Aller en France, en vous faisant passer pour un Italien ! Chercher une malheureuse jeune fille qui a sans doute été guillotinée, et ensuite la faire sortir du pays ! En outre, vous voyagerez avec un comte français bien connu... De quoi être décapité en un rien de temps !

Elle luttait pour retenir ses larmes.

— Lucien ne sera pas avec moi, expliqua Alex patiemment. Il attendra sur un navire au large des côtes françaises. Mais, Charlotte, nous avons de bonnes chances de sauver la petite sœur de Lucien et Daphné. Comment pourrais-je refuser ? Ce ne sera pas compliqué, après tout. Les Italiens ont libre accès à la France. J'entrerai dans le pays en tant que riche marchand, j'irai chercher la jeune fille dans le magasin de mode où elle s'est réfugiée, et le tour sera joué. Ne vous inquiétez pas, mon amour. Paris est plein d'Anglais, en ce moment. Rappelez-vous que nous avons signé un traité de paix.

— Non, Alex, non ! protesta-t-elle en nouant les bras autour de son cou. C'est trop risqué. Vous ne pouvez pas nous laisser, Pippa et moi !

— Écoutez-moi, ma chérie. Je suis né gentilhomme, et j'en suis heureux. Je n'aurais pas du tout aimé naître ramoneur, par exemple. Mais cet honneur que j'ai reçu à la naissance signifie que je ne peux pas me dérober à la requête de Lucien, bien que je déteste l'idée de vous quitter. De même que je ne peux pas refuser à lord Breksby d'aller chercher un paquet à Paris pour lui, quoi qu'il contienne. Ils ont besoin de quelqu'un de confiance.

Elle avait envie de le secouer vertement. Quelle absurde raison de risquer sa vie !

— La sœur de Lucien n'a que treize ans, poursuivit Alex. Je ne peux pas la laisser là-bas. L'homme qui l'a recueillie a pris un gros risque. Il a dit à tout le monde qu'elle était sa nièce, mais on offre de grosses récompenses à ceux qui dénoncent les aristocrates, même très jeunes.

Charlotte fondit en larmes.

— Pourquoi n'envoient-ils pas quelqu'un d'autre? gémit-elle.

— Parce que je n'ai pas l'air trop anglais et que, grâce à Maria, je parle couramment l'italien. Tout ira bien, chérie, je vous le promets. Je serai de retour sain et sauf avant que vous ayez terminé le portrait de votre servante.

— Pourquoi partir si vite? murmura la jeune femme, désespérée.

— Il n'y a pas une minute à perdre.

Alex vint derrière elle et la prit dans ses bras.

— Je ne vois pas pourquoi lord Breksby tient à ce que ce soit vous qui alliez à Paris. C'est l'endroit le plus dangereux du monde!

— Pas vraiment, chérie. Les Italiens vont et viennent à Paris, et Breksby ne me demande pas d'emmener une personne avec moi. Il s'agit seulement de récupérer un petit paquet. Ce sera l'affaire de quelques heures. Et on pourra fouiller mon carrosse, les Italiens ont le droit de faire du commerce.

— Lucien aurait pu engager quelqu'un d'autre pour récupérer sa sœur. Vous venez de laisser entendre qu'emmener une personne était dangereux.

— Si vous étiez prisonnière en France, ma douce, je demanderais à mon plus proche ami d'aller vous chercher. Si Patrick n'était pas là, je me tournerais vers Lucien. Jamais je ne m'adresserais à un inconnu. Lucien a perdu ses deux frères, guillotinés. Apprenant que je devais aller à Paris, il a requis mon aide. Si je refusais, je ne pourrais pas vivre avec ce poids sur la conscience. Imaginez que nous apprenions plus tard que la petite a été jetée en prison ? Jusqu'à présent, Lucien ignorait qu'elle était encore en vie.

Charlotte, résignée, tendit le bras vers la sonnette. Il était temps de se coucher. Alex devait partir à cinq heures du matin, dans à peine trois heures.

Il la contemplait avec une ardeur qui lui chavira le cœur. Après tout, elle avait déjà bafoué toutes les règles convenables du mariage... Et puis elle n'était que très légèrement indisposée, donc ce ne serait pas gênant.

En outre, elle avait envie de lui.

Elle lâcha le cordon.

— Accepteriez-vous de jouer ma femme de chambre, milord ?

Il prit son visage dans ses grandes mains.

— Je ne vous mérite pas, murmura-t-il. Je ne vous mérite pas, Charlotte.

Elle posa les paumes sur ses reins, plus bas encore, et il se raidit. Son épouse se montrait de plus en plus hardie, mais elle ne savait pas encore exactement l'effet que produisaient sur lui ses caresses.

— Pour m'en souvenir durant votre absence, chuchota-t-elle, je veux apprendre votre corps par cœur...

Les mains tremblantes d'émotion, il fit pivoter la jeune femme entre ses bras pour déboutonner le dos de sa robe. Quelques petites perles roulèrent à terre. Il se baissait à mesure, et se retrouva à genoux. Alors il fit de nouveau tourner Charlotte, la robe glissa à ses pieds, et il noua les bras à sa taille.

— J'espérais que vous seriez enceinte, dit-il. À mon retour, je vous ferai l'amour à longueur de journée, jusqu'à ce que vous soyez si grosse que je ne pourrai plus vous serrer dans mes bras !

Elle eut un petit rire.

— Cela n'arrivera pas. Maman dit que les gens n'ont jamais remarqué qu'elle attendait des enfants avant le dernier mois. Nous sommes plus grandes que la moyenne des femmes.

Alex désirait-il un enfant, ou seulement un héritier ?

— Vous... vous voudriez un enfant, même si c'était une autre fille ? risqua-t-elle.

— J'adorerais avoir une petite fille qui vous ressemble, répondit-il avec une telle sincérité que la jeune femme ne put en douter. Et je tiens à assister à la naissance.

Elle tressaillit.

— C'est impossible !

— Pas du tout. J'ai vu un bébé naître, quand je voyageais en Italie. Une femme a mis son enfant au monde en plein milieu d'une taverne. C'était merveilleux ! Même les soldats de la Couronne ne pourraient me faire sortir de votre chambre quand vous accoucherez !

Charlotte ne savait que dire. Si sa mère entendait parler d'une telle inconvenance, elle s'évanouirait sur-le-champ !

Alex laissait courir ses mains sur le ventre plat de son épouse. Soudain, il fut pris d'une contrariété toute masculine. Seigneur, il sombrait dans la sentimentalité ! S'il n'y prenait garde, il allait commencer à penser qu'il était amoureux. Or il avait décidé que jamais il ne permettrait à une femme d'avoir ce pouvoir sur lui, plus jamais. Pas même sa Charlotte. Aucune femme, se répéta-t-il.

Avec un grognement de bête féroce, il se redressa et prit un sein dans sa bouche. Le rire de Charlotte se transforma bien vite en gémissement de plaisir.

Alors il la souleva dans ses bras pour la porter sur le lit.

À cinq heures du matin, Charlotte et une Pippa fort contrariée se tenaient sur le porche de Sheffield House, pour dire au revoir à Alex.

La petite fille n'avait guère eu envie de se lever, mais Charlotte tenait à ce qu'elle voie son père partir, afin qu'elle ne se réveille pas, comme la dernière fois, pour constater qu'il n'était plus là. Et si... s'il ne revenait pas, au moins pourrait-elle lui raconter qu'il l'avait embrassée mille fois avant de la quitter...

Ensuite, elle répéta aux gens l'histoire qu'Alex avait inventée : il avait dû subitement partir en Italie régler des affaires urgentes. Seuls Sophie et ses parents connaissaient la vérité.

— Je vous l'avais dit ! s'indigna Sophie. Tous les hommes se conduisent comme des idiots, à un moment ou à un autre. Pourquoi Lucien n'a-t-il pas engagé un contrebandier ? Ils sont habitués aux missions dangereuses.

Il était trop tard. Lucien et Alex devaient déjà être à Southampton, en train d'embarquer.

— Les contrebandiers ne parlent sans doute pas italien, répondit Charlotte. Alex m'a expliqué que ce serait simple.

— Rien n'est simple ! contra fermement Sophie. Surtout lorsqu'il s'agit des Français.

Charlotte serra davantage Pippa, qui dormait dans ses bras. Elle ne l'avait pas quittée des yeux de toute la journée.

— Quand ce petit bout de chou se réveillera, aimeriez-vous aller traîner un peu dans les boutiques ? proposa-t-elle. Je ne supporterais pas de rester dans mon atelier, aujourd'hui. En outre, il faut que je m'achète des robes plus larges.

— Plus larges ? répéta Sophie. Mais pourquoi, au nom du Ciel ? Oh ! Vous attendez un bébé !

Elle courut embrasser son amie.

— C'est pour quand ?

— Je ne sais pas très bien, répliqua Charlotte en souriant. Voyez-vous, j'ai cru que mes menstruations avaient commencé, mais elles se sont arrêtées, et maman m'a dit ce matin qu'il était assez banal de saigner un peu au cours de la grossesse. Alors cela doit faire environ trois mois, si c'est le cas... Pourtant, je n'ai pas l'impression d'avoir changé.

— C'est encore trop tôt. Alex est-il au courant ?

— Non, parce que je ne comprenais pas ce qui m'arrivait. Il croit au contraire que je ne suis pas enceinte... Et quand il reviendra, j'aurai sûrement l'air d'une vache !

— Une vache sacrée, précisa Sophie avec un sourire affectueux. Alex sera aux anges. Un jour que j'étais assise à côté de lui, il m'a confié qu'il voulait une grande famille, quatre ou cinq enfants.

— Vraiment ?

— Oh, oui ! Il est amoureux fou. Seuls les hommes qui sont fous de leurs femmes veulent autant d'enfants !

Charlotte s'empêcha de demander à son amie si elle le pensait sincèrement.

Pippa s'étirait, et Sophie sonna la gouvernante.

— Vous voulez que la fillette nous accompagne ? s'enquit-elle.

— Oui.

— En tout cas, vous feriez mieux d'aller vous changer. Il y a une grosse tache à l'endroit où reposait le petit derrière de Pippa !

17

Ce soir-là, Charlotte fit le tour du lit qu'elle partageait avec Alex, en contemplant les draps de lin légèrement froissés. La nuit allait lui paraître interminable. Et les suivantes... Six semaines, deux mois au maximum, avait-il dit. Deux mois ! Elle avait envie de hurler de frustration ! Lorsqu'il rentrerait, elle serait grosse comme une outre, et il n'aurait plus envie de lui faire l'amour.

Une larme roula sur sa joue, mais elle se ressaisit. Elle n'allait tout de même pas passer deux mois à pleurnicher ! Elle allait s'organiser un emploi du temps si chargé qu'elle tomberait dans son lit chaque soir épuisée, et qu'elle n'aurait pas le temps de se lamenter sur son sort.

Enfin, elle se glissa entre les draps frais, vêtue d'une des longues chemises en coton qu'Alex détestait. Rien que de l'évoquer, elle crut sentir sur elle ses mains impatientes, et elle esquissa un sourire. Ses nuits avec Alex étaient l'obsession de ses journées. Quand il lisait les nouvelles dans le journal, les sourcils froncés, elle se rappelait l'intensité avec laquelle il la regardait se déshabiller. Ou bien, s'il rentrait de sa séance d'escrime les cheveux en désordre, les yeux brillants, elle pensait à la façon dont sa poitrine se soulevait après avoir fait l'amour. Il roulait alors sur le côté en feignant l'épuisement le plus total, et déclarait que jamais il ne s'en remettrait...

Charlotte ravala de nouvelles larmes. Deux mois, ce n'était pas si long, après tout ! Elle en profiterait pour terminer le portrait de Mall.

Or ce tableau lui causait du souci. Elle avait choisi la Galloise pour ses traits anguleux, mais elle n'arrivait pas à capter la personnalité de la jeune fille. Parfois, on aurait dit la caricature d'une fille du pays de Galles, avec un nez et un menton trop développés. Le lendemain, Charlotte tentait de mettre l'accent sur les aspects contradictoires de Mall, à la fois enfantine et rusée. Le portrait donnait alors une expression de petite fille, sur un visage d'adulte.

La pensée du tableau l'apaisa quelque peu. Il y avait autre chose qu'Alex et ce lit, dans la vie, se dit-elle, amusée. Un jour, âgés et grisonnants, ils se lasseraient de faire l'amour.

Il y eut soudain du bruit derrière la porte, et elle se redressa vivement.

— Qui est là ?

— Oh, madame, je suis navrée...

Charlotte alluma une bougie, et la porte s'ouvrit sur la nurse qui tenait dans ses bras une Pippa éplorée.

— Elle s'est sauvée de sa chambre avant même que je me rende compte qu'elle était réveillée, s'excusa Katy.

La petite fille lança un cri perçant.

— Qu'y a-t-il, Pippa? Que fais-tu debout au milieu de la nuit? C'est bien, Katy. Posez-la par terre.

L'enfant trottina jusqu'au lit.

— Papa ? demanda-t-elle d'une voix tremblante. Où, mon papa ?

— Ma chérie ! murmura Charlotte, le cœur serré. Papa a dû s'absenter quelque temps, mais il reviendra.

Pippa, qui n'en croyait visiblement pas un mot, s'assit sur le tapis et se mit à sangloter.

Bon sang, se dit Charlotte, furieuse, comment avait-il pu faire ça à son enfant ? Elle se leva.

Katy se tenait toujours sur le seuil.

— Elle a réclamé son père toute la soirée. Je lui ai dit qu'il reviendrait bientôt, mais elle refuse de me croire.

Charlotte s'accroupit près de la fillette et l'attira dans ses bras.

— Il reviendra, ma poupée, chuchota-t-elle dans ses boucles soyeuses. Tu te rappelles, quand nous sommes allées en Écosse ? Il nous attendait.

Elle se redressa, l'enfant contre elle.

— Je la garde cette nuit, déclara-t-elle à Katy.

Elle se remit au lit avec la petite fille qui ne parvenait pas à se calmer.

— Veux-tu que je te raconte une histoire ?

Pippa ne répondit pas, mais Charlotte se rappela qu'elle adorait les histoires que sa nurse lui racontait le soir. Aussi se lança-t-elle dans le récit des aventures d'une maman poule, flanquée de trois poussins turbulents. Au bout d'un moment, Pippa cessa de pleurer et, quand les trois vilains poussins quittèrent la maison pour se lancer dans de nouveaux ennuis, Charlotte sentit la tête de la petite s'alourdir contre son épaule.

Elle sourit. Pippa dormait dans ses bras et un bébé grandissait en elle. Bientôt, elle se retrouverait avec deux poussins !

Le lendemain matin, elle se remit au portrait. D'un côté, Mall était ravie de se reposer dans l'atelier de sa maîtresse, mais elle avait aussi envie de voir le résultat. Lorsqu'elle se regardait dans le petit miroir de sa chambre, elle ne comprenait pas pourquoi la comtesse tenait tant à la peindre, et elle espérait se voir transformée en créature de rêve, ne serait-ce que sur la toile.

Deux semaines plus tard, Charlotte avait progressé. Elle avait également traîné Sophie à deux bals, à l'opéra et à deux matinées musicales.

— J'ai horreur des matinées musicales, se plaignit un jour Sophie en agitant gracieusement son éventail. Nous n'y sommes pas à notre avantage. Je déteste les robes de mousseline blanche. Regardez autour de vous ! Nous avons toutes l'air de petits fantômes. On dirait un troupeau de moutons, ce qui pousse les hommes à se sentir fort contents d'eux. Voyez ce bellâtre qu'est mon cousin, poursuivit-elle en désignant François de Valcon, le neveu de sa mère. Il est aussi inquiet à l'idée que sa cravate se dénoue, que moi à l'idée qu'un coup de vent dévoile mes chevilles.

— C'est parce que vous admirez autant vos chevilles que lui sa cravate.

Sophie rit.

— Les matinées musicales sont particulièrement ennuyeuses. Nous n'avons rien d'autre à faire que de rester assis et d'écouter. J'aime danser. Et regardez : il n'y a dans cette pièce que des débauchés, qui nous adressent leurs hommages mais font ensuite leurs affaires avec leurs maîtresses.

— Vous ne devriez pas parler si crûment, Sophie ! protesta Charlotte.

Mais son amie avait raison, c'était affreusement ennuyeux. Les chanteurs russes invités par Mme Felvitson étaient particulièrement mauvais.

— Et toutes ces vieilles toupies qui attendent qu'un scandale éclate ! poursuivit Sophie, écœurée. Nous devrions nous en aller, Charlotte. Elles ne songent qu'à colporter des ragots. Si un libertin arrivait dans la pièce et regardait une femme par hasard, elles inventeraient toute une histoire.

— Alors, allons-y ! concéda Charlotte.

Tandis qu'elle se levait, elle vit un homme s'incliner sur la main de Mme Felvitson.

— Alex… ! s'écria-t-elle.

Elle fit un pas en avant, mais soudain la tête lui tourna et, pour la première fois de sa vie, elle s'évanouit. Heureusement, Sophie la retint. Elle se retrouva assise par terre, la tête de son amie sur les genoux. Enfin elle leva la tête, au moment où Charlotte ouvrait les yeux.

Patrick s'accroupit et tapota la main de sa nouvelle belle-sœur.

— Comment vous sentez-vous ?

— Alex ? murmura-t-elle.

Mais Sophie trouvait que cet homme – le jumeau d'Alex, de toute évidence – ne lui ressemblait que de loin.

Cependant, Charlotte n'était pas encore tout à fait remise de ses émotions. Elle effleura la joue de Patrick.

— Vous n'êtes pas un fantôme ?

Patrick haussa les sourcils. Sophie lui jeta un regard autoritaire.

— Pourriez-vous aider la comtesse à se redresser ? demanda-t-elle sèchement. Voici votre belle-sœur, mais vous vous en doutez sûrement...

Surpris, Patrick observa un instant la petite virago qui tenait la comtesse contre elle, puis il revint à Charlotte.

— Je suis votre beau-frère, expliqua-t-il aimablement. Pas Alex.

Elle se mordit la lèvre.

— Excusez-moi. Je ne sais pas ce qui m'a pris. Mais j'aimerais me relever, à présent.

Embarrassée par le cercle qui s'était formé autour d'eux, elle tenta de s'asseoir. Elle porta la main à sa tête. Seigneur, elle était encore tout étourdie !

Patrick la souleva dans ses bras et se redressa, bien qu'elle fût horriblement gênée.

— Ce n'est pas correct, chuchota-t-elle. Lâchez-moi, je vous prie.

Il se dirigea vers un sofa sur lequel il la déposa, avant de faire un pas en arrière pour saluer avec élégance.

— Je suis Patrick Foakes, madame. Enchanté de faire votre connaissance. Je viens de débarquer en Angleterre et, quand je suis venu voir Alex, j'ai appris votre existence. On m'a dit que vous assistiez à cette merveilleuse séance de musique, ajouta-t-il avec un sourire à Mme Felvitson qui se trouvait à son côté.

— Mon Dieu ! s'exclama Charlotte. Alex vous a envoyé une lettre, vous annonçant notre mariage.

— J'étais sans doute déjà sur le chemin du retour lorsqu'elle est arrivée. Voulez-vous que je vous raccompagne chez vous ?

— Avec plaisir.

Charlotte se leva, à présent en pleine possession de ses moyens, et s'excusa auprès de leur hôtesse pour avoir interrompu le concert. Elle quitta la pièce au bras de son beau-frère, suivie de Sophie. Ils laissèrent derrière eux une assistance tout excitée.

— N'y voyons rien de louche, déclara sir Benjamin Tribble.

— Bien sûr que non ! s'enflamma Sylvester Bredbeck. La comtesse a été surprise de voir le sosie de son mari, voilà tout !

Le sujet aurait été clos, sans l'excellente mémoire de lady Prestlefield et l'irritabilité légendaire de lady Cucklesham.

— Je serais de votre avis, Sylvester, décréta lady Prestlefield, si ces deux chers enfants ne se connaissaient pas déjà. Alex m'a confié une fois que notre ravissante comtesse avait rencontré son frère voilà des années, avant son départ pour l'Orient. Il m'a même dit que lorsqu'il a rencontré Charlotte à mon bal, elle l'a d'abord confondu avec son frère.

— Attention, Sarah, intervint lady Cucklesham de sa voix mielleuse. Si nous imaginons qu'ils se connaissaient déjà, les mauvaises langues pourraient jaser au sujet du geste tendre qu'elle a eu. Elle lui a caressé la joue et...

— Ce sont des sottises ! coupa fermement Sylvester. Et vous feriez bien de ne pas les répéter. Charlotte n'a jamais rencontré Patrick Foakes de sa vie !

— Oui, oui, vous avez raison, lord Bredbeck, minauda lady Cucklesham. Sarah chérie, il ne faut pas répéter partout que Charlotte connaissait bien le frère du comte avant son départ pour l'étranger. Je suis certaine qu'ils ont seulement dansé une ou deux fois ensemble... quelque chose de ce genre.

Sylvester jeta à la dame un regard chargé d'antipathie. Il l'avait toujours trouvée désagréable, et le fait qu'elle eût épousé un homme de quarante ans son aîné n'avait pas arrangé son caractère. Sur un raide salut, il quitta la réception. Il ne servirait à rien de défendre davantage Charlotte : mieux valait laisser l'affaire s'étouffer d'elle-même.

Mais la saison arrivait à son terme, et les gens ne savaient plus de quoi parler. Les unions qui devaient se nouer l'étaient déjà, les documents signés, les couples engagés pour des années de mariage heureux ou malheureux. Deux semaines auparavant, il y avait même eu un enlèvement, mais il s'était fort mal conclu, car la jeune mariée avait été exilée à la campagne et le mari expédié sur le Continent.

Aussi, dès le lendemain, tous ceux qui s'intéressaient de près ou de loin à la vie mondaine surent que la comtesse de Sheffield, seule depuis à peine quelques semaines, avait accueilli le frère de son époux de la manière la plus tendre, et qu'elle s'était évanouie de joie en le voyant. Et, quoique personne ne pût se rappeler les avoir vus danser ensemble lors de la première saison de Charlotte, on construisit toute une histoire autour de l'événement : Charlotte et Patrick avaient eu une brève mais ardente liaison, avant le départ du jeune homme pour l'Asie.

— Il n'y a que les esprits tordus pour penser que Charlotte a épousé l'aîné en le confondant avec le cadet, fit remarquer lady Skiffing. Ne serait-ce que sur un plan matériel, aucune jeune fille n'épouserait un fils cadet quand l'héritier demande sa main.

Le petit groupe trouva cette réflexion judicieuse.

— Vous êtes tellement bonne, ma chère ! dit lady Prestlefield.

— En effet, intervint sir Benjamin Tribble. Ceux qui n'ont pas votre indulgence, lady Skiffing, pourraient s'interroger sur les déboires conjugaux du comte...

La duchesse eut beau protester, Sophie York déclarer que Charlotte avait simplement pris Patrick pour son mari, à la fin de la semaine tout Londres pensait que Patrick avait brisé le cœur de Charlotte en s'embarquant pour l'Orient, et qu'elle avait épousé Alex par dépit.

Charlotte était désemparée, dépassée par l'orage qui se déclenchait sur sa tête.

— Ne t'inquiète pas trop, la consola sa mère alors qu'elle était venue dire au revoir à ses parents.

La saison touchait à sa fin. Le duc et la duchesse, au lieu de se retirer sur leurs terres comme d'habitude, se rendaient en Amérique afin de voir leur fille aînée.

— Je suis désolée de te laisser en position délicate, ma chérie, mais personne ne traverse la vie sans qu'au moins un scandale l'éclabousse. Quand je pense à tout ce que l'on a raconté sur ton père, autrefois ! On m'a même dit qu'il était sur le point de m'abandonner, pour s'enfuir sur le Continent avec une chanteuse! Mais ce qui me tracasse surtout, c'est de te laisser enceinte. C'est une période tellement fatigante! Au moins, cela te donnera un prétexte pour rester chez toi. Toutefois, évite de provoquer davantage les ragots. Tu ferais mieux d'attendre que ton époux soit rentré pour revoir ton beau-frère.

— Mais, maman, lord Foakes m'a envoyé un mot pour dire qu'il me rendrait visite cet après-midi. Je ne peux tout de même pas lui répondre de ne pas venir, ce serait parfaitement discourtois!

Adélaïde n'était jamais à court de solutions.

— Eh bien alors, dis-lui de renvoyer son carrosse, ma chérie. Ses domestiques emmèneront l'équipage au parc, et tout le monde s'y laissera prendre. Mais ne te montre surtout pas avec lui en public, ce serait fatal.

Charlotte promit à sa mère d'éviter le jeune homme.

La duchesse soupira.

— Maintenant, il ne nous reste plus qu'à espérer qu'une écervelée s'enfuira avec son jardinier, pour que les gens aient un autre sujet de discussion. Ce genre d'histoire – si rien ne l'attise – s'éteint d'elle-même au bout de quelques semaines. Dans un an, tu pourras danser avec Patrick sans que personne s'en offusque.

Elle hésita un instant, avant de reprendre :

— C'était Patrick, dans le jardin ?

— Bien sûr que non, maman! C'était Alex, je vous l'ai dit cent fois.

Adélaïde en fut grandement soulagée. Elle n'avait pas fait part de ses craintes à sa fille, afin de la ménager, mais elle avait redouté que ce scandale ne fût proche de la vérité.

Elle l'embrassa, non sans lui avoir donné une myriade de conseils sur la grossesse, l'accouchement, les médecins, les sages-femmes et les nourrices.

Charlotte écoutait à peine. Elle n'arrivait pas encore à croire qu'elle était enceinte... Elle n'en montrait aucun signe, hormis son évanouissement. Toutefois, elle avait tendance à sentir sa tête tourner dès qu'elle se levait trop vite. Était-ce une preuve? Elle ne voulait pas voir un médecin. Elle était en parfaite santé! Il lui suffisait de rester assise, ou de prendre son temps pour se lever.

Aussi, cet après-midi-là, accueillit-elle son beau-frère avec un chaleureux sourire, mais sans se lever de son siège.

— Voyez-vous, lui confia-t-elle, Alex et moi attendons un bébé, et cela m'étourdit un peu...

Patrick fut heureux d'apprendre que son frère n'avait pas épousé une créature fragile qui s'évanouissait pour un oui ou pour un non. Il ne l'en aurait pas blâmé, de toute façon. Elle était si belle!

— Il doit être content! Il a toujours voulu fonder une grande famille. Je le taquinais tout le temps à ce sujet, car cela ne me paraissait pas correspondre à ses...

Il s'interrompit. On ne racontait pas les frasques de son époux à une jeune mariée!

Mais Charlotte n'avait retenu qu'une chose: Alex voulait des enfants.

— Oui, c'est merveilleux, n'est-ce pas? Il n'est pas encore au courant.

— Je ne lui dirai rien. Mais, par le diable, que fait-il en Italie ?

Charlotte hésita. Alex lui avait recommandé de n'en parler à personne. Mais à son propre frère ?

Déjà, Patrick enchaînait :

— Il a dû régler les dernières affaires de sa mégère de femme, je suppose...

Puis il changea de sujet et parla de ses voyages pendant quelques minutes. Pourtant, l'atmosphère était tendue.

Enfin, il prit le taureau par les cornes.

— Je suppose que vous êtes au courant des histoires qui courent sur nous...

— Mon Dieu ! s'écria Charlotte. J'ai oublié de vous demander de renvoyer votre carrosse !

— Pensez-vous que ce soit indispensable ?

Il eut un haussement de sourcils, tellement semblable à ceux d'Alex qu'elle ne put s'empêcher dc sourire.

— Ma mère estimait que c'était une bonne idée.

— Dans ce cas, je m'en occupe immédiatement.

Charlotte sonna, et une femme de chambre apparut.

— Vous n'avez pas de majordome ? s'étonna Patrick.

— Je l'ai renvoyé, et celui qui doit le remplacer n'est pas encore arrivé d'Écosse. Molly, voulez-vous faire venir un valet de pied, je vous prie ?

— Oui, madame.

Molly fit la révérence, puis elle hésita.

— Molly, que se passe-t-il ?

— Oh, madame, il y a un homme affreux, dehors. Il dit qu'il est journaliste au *Tatler*, et nous n'arrivons pas à nous débarrasser de lui.

— Seigneur ! Qui a essayé de le chasser ?

— Trois laquais sont allés le voir, mais il continue de rôder autour de la maison et d'espionner par les fenêtres.

Patrick se leva, menaçant.

— Je vais...

— Non, surtout pas ! protesta Charlotte. Il ne faut pas que l'on vous voie ici. Votre carrosse attend devant la maison ?

— Je ne sais pas. J'ai un nouvel attelage depuis cet après-midi, alors il est possible que Derby ait emmené les chevaux faire un tour.

— Molly, envoyez un domestique intercepter le carrosse de lord Foakes et dire au cocher d'aller à Hyde Park.

— Inutile, dit Patrick, amusé. Que Derby rentre à la maison, je prendrai un fiacre.

Quand Molly eut quitté la pièce, il y eut un bref silence, puis Patrick se mit à rire.

— Savez-vous que jamais je n'ai eu une aventure avec une femme mariée ? Je constate que cela doit être l'enfer !

Charlotte eut un petit rire, elle aussi. Maintenant, elle ne comprenait pas comment elle avait pu le confondre avec Alex. Ils étaient si différents ! Patrick semblait à tout instant sur le point d'éclater de rire, ou de plaisanter, alors qu'Alex... Elle lui reprochait souvent de prendre son air « grognon ».

— Londres est sacrément ennuyeux après les Indes, de toute façon, reprit Patrick. Je vais partir pour la saison de chasse dans le Leicestershire. Je m'en vais demain matin, cela devrait faire taire les mauvaises langues... Toutes ces convenances ! Je ne m'y habituerai jamais ! Néanmoins, je n'ai jamais fait un exploit comme celui d'Alex en Italie. Annuler son mariage !

Patrick avait eu toutes les nouvelles la veille. L'idée que son rigide frère se soit mis dans une situation aussi scandaleuse était cocasse !

Charlotte rougit légèrement. Elle était toujours un peu embarrassée, quand il s'agissait de la première femme d'Alex.

— Comment diable vais-je sortir d'ici ? demanda-t-il. Je suis ravi de vous avoir vue mais, si je ne veux pas passer la nuit chez vous, il me faut trouver une issue.

Elle réfléchit.

— Le problème, c'est votre taille, dit-elle en chassant l'idée de le déguiser en femme.

Elle avait lu un roman dans lequel cette ruse marchait.

— Je vais attendre que le blaireau dehors se carapate.

— Le blaireau se carapate ? répéta-t-elle sans comprendre.

Il eut son sourire irrésistible.

— Je tiendrai compagnie à Votre Seigneurie, jusqu'à ce que le monsieur qui rôde autour de votre maison abandonne et aille se restaurer.

— Oh… C'était de l'argot indien ?

— Non. C'est le langage que l'on parle dans les rues, non loin de cette demeure.

Il avait oublié combien les jeunes femmes britanniques étaient protégées. Les jeunes femmes de bonne famille, en tout cas.

On frappa, et Molly entra.

— Ceci est arrivé pour vous, madame, annonça la servante en lui tendant une enveloppe un peu malmenée. J'ai pensé que vous voudriez l'avoir tout de suite.

— Merci, Molly.

Charlotte sut aussitôt qu'il s'agissait d'une lettre d'Alex.

Très chère Charlotte.

J'ai horreur d'écrire, aussi ce message sera-t-il court. Tout s'est bien passé pour Lucien, mais je crains que nous ne nous soyons mis dans une situation plus compliquée que prévu. Je dois encore me procurer la marchandise qui n'était pas à Paris. Il me faudra un peu de temps pour organiser le transfert, et ensuite je rentrerai.

Amour, Alex.

C'était tout? Une phrase alambiquée sur une «marchandise»? Sans doute avait-il eu peur que la lettre ne fût interceptée. Et... *amour*? C'était mieux que lorsqu'il disait adorer être marié avec elle... C'était même proche du «Je vous aime» qu'elle attendait tant.

Elle s'aperçut soudain qu'elle s'était tue un long moment et leva les yeux vers son beau-frère.

— Pardonnez-moi, lord Foakes. C'est une lettre d'Alex. Il rentrera d'Italie plus tard que prévu. En fait, il ne sait pas exactement quand.

— Il prend du bon temps! se moqua Patrick, qui se rattrapa aussitôt. Non, non, je plaisantais. Je suis sûr qu'il sautera dans un bateau dès que possible... Bien, je vais aller à l'entrée de service et, si je ne vois personne, je me sauve.

Elle se leva avec précaution et tendit la main, les yeux malicieux. Patrick eut un petit pincement de jalousie envers son frère. Il se le reprocha immédiatement. Après tout, il n'avait aucune intention de se marier, même avec une jeune femme aussi délicieuse que celle-ci.

Il se pencha pour déposer un baiser sur sa joue.

— Je suis heureux que vous fassiez partie de la famille, dit-il gravement. Alex mérite ce qui existe de mieux, et je pense qu'il l'a trouvé.

Charlotte sourit. Il était étrange de trouver un visage bouleversant, et l'autre – presque identique – simplement beau et charmant.

— Merci, dit-elle. J'espère que nous aurons l'occasion de nous connaître un peu mieux.

— Moi aussi, madame.

Patrick quitta la pièce. Comme il n'était pas revenu au bout de cinq minutes, Charlotte supposa qu'il avait trouvé la voie libre.

À présent, il était temps pour elle de songer à organiser son départ à la campagne. Elle aurait aimé attendre Alex pour ne pas avoir une telle charge sur les bras, mais de toute évidence, il ne rentrerait pas tout de suite. Alors, à quoi bon tergiverser ? Déjà l'hiver approchait, et les rues commençaient à se noircir de la fumée de charbon.

Elle repensa à sa conversation avec Alex sur les petits poumons noirs des bébés autopsiés, et elle frissonna. Elle allait attendre encore un mois. Ensuite, elle quitterait Londres avec Pippa.

Pendant ce temps, M. Peter Taffata, surnommé Taffy, l'un des meilleurs journalistes du *Tatler*, patientait à l'extérieur de Sheffield House. Il savait que le comte de Sheffield avait un jeune frère, Patrick, et que celui-ci se trouvait dans la maison, certainement reçu par la comtesse. Taffy n'avait aucune animosité personnelle envers ces deux jeunes gens, il éprouvait même une réelle sympathie pour la comtesse. Il avait été scandalisé que ses parents l'aient mariée à un homme impuissant ! En revanche, sa petite escapade avec son beau-frère pouvait offrir un bel article. Peut-être une pleine page !

Une question le taraudait depuis une bonne heure, et il jouait avec, comme un chien avec son os. C'était ce qui faisait de lui un bon journaliste, se dit-il : quand il dénichait un problème, il ne le lâchait pas. Or le problème était le suivant : pourquoi un majordome n'était-il pas sorti lui ordonner fermement de déguerpir ? Il avait l'habitude des maîtres d'hôtel plus snobs que leurs maîtres, qui le toisaient avec un immense mépris. Or il ne semblait pas y en avoir dans cette demeure. Ce qui signifiait que le précédent avait démissionné – ou s'était fait chasser. Il penchait pour la deuxième solution, car qui aurait eu envie de quitter le service d'un comte ?

Donc, s'il parvenait à rencontrer l'une des filles de cuisine et lui faire avouer le nom de l'ancien majordome, il pourrait peut-être obtenir l'histoire du siècle.

Il avait la nette impression que lord Foakes avait filé de la maison en douce. Évidemment, il pourrait toujours raconter que Patrick n'était pas parti, qu'il avait passé la nuit là... Taffy réfléchit un instant, puis y renonça. C'était trop risqué. Et si lord Foakes s'était rendu à son club ? C'était probable. En six ans de journalisme mondain, Taffy avait remarqué que les messieurs étaient attirés par leurs clubs comme les mouches par les chevaux.

Il fallait absolument qu'il retrouve l'ex-majordome. Plein d'une énergie nouvelle, il se dirigea vers l'arrière de la maison.

Une heure plus tard, il se trouvait avec une fille de cuisine pleurnicharde, qui ne cessait de répéter qu'elle n'aurait pas dû en serrant dans sa main une pièce de dix shillings. Et il avait le nom, Staple – ainsi que celui de son pub favori, le Raven.

Taffy connaissait bien cet endroit peu recommandable, situé dans une rue douteuse. Ce n'était pas le genre d'établissement que fréquentaient les majordomes dignes de ce nom. Ils se retrouvaient d'ordinaire dans les pubs huppés. Donc, Taffy nourrissait de grands espoirs avec ce Staple. Il avait été renvoyé par la maîtresse en personne, avait dit la fille. Sans doute parce qu'il avait commis une faute grave.

De mieux en mieux ! Les majordomes, qui en général se croyaient sortis de la cuisse de Jupiter, détestaient s'entendre dire qu'ils s'étaient mal comportés.

Taffy jeta un dernier coup d'œil au manoir. Lord Foakes était certainement parti, à présent.

Il se dirigea tout droit vers le Raven.

18

Deux semaines plus tard, Taffy avait mis un terme à ce qu'il considérait comme l'enquête de sa carrière. Il déplia le *Tatler* du jour avec gourmandise. Il avait toute la page mondaine, comme on le lui avait promis. Il vérifia d'abord l'orthographe de son nom : Peter Taffata. Il eut un soupir satisfait. La dernière fois, ces imbéciles n'avaient mis qu'un F, et il en avait été malade pendant des jours.

Le majordome nous dit tout, lut-il. *La tragique lune de miel, le voyage de noces annulé, les larmes de la comtesse.*

Cela sonnait rudement bien ! Et sa manchette préférée : *Tout est bien qui finit bien : la comtesse et le jumeau.*

Là, il était franchement content de lui, avec cette allusion à Shakespeare. Cela donnait à l'article une classe qui n'était pas fréquente au *Tatler*. Il se prit à rêver qu'on lui offrirait une rubrique dans le *Times*.

Charlotte, de son côté, faillit vomir en jetant un coup d'œil au journal que Molly avait déposé sans un mot devant elle. Sa nuit de noces y était décrite en détail... Une vague d'humiliation la submergea. Refusant de lire la suite, elle se leva de table et courut à sa chambre, les larmes aux yeux.

Elle se demanda ce qu'il fallait faire. Elle imagina la tête des douairières qui liraient le journal et frissonna. Il fallait qu'elle s'en aille immédiatement. Si jamais quelqu'un venait lui témoigner sa sympathie ? Ou lui poser des questions ? Les dents serrées, elle s'interdit de se laisser aller au désespoir. Il fallait qu'elle parte, et sur-le-champ.

La seulc retraite possible était le domaine campagnard d'Alex. Si seulement il était là ! Il saurait retrouver ce vil majordome et le ferait jeter en prison !

Finalement, elle parvint à transformer son angoisse en détermination. Elle prit une profonde inspiration, sonna Marie et lui annonça calmement que toute la maisonnée devait s'apprêter à partir.

Elle avait vu Pippa deux heures plus tôt, quand la petite fille était venue prendre avec elle son chocolat au lit. Charlotte se rendit à la nursery pour informer Katy du changement de ses plans. L'enfant, assise par terre, était fort affairée à faire tinter deux cuillers l'une contre l'autre, et elle gloussa de joie en voyant Charlotte.

Katy acquiesça sans broncher. Elle gardait son sang-froid en toute circonstance – même le jour, par exemple, où Pippa avait renversé un pot de chambre sur le chat de la cuisinière.

Charlotte s'accroupit près de la petite fille, qui noua les bras autour de son cou. Curieusement, avec l'enfant contre elle, elle ne craignait plus autant le scandale. Qu'importait, finalement, ce que la bonne société pensait ? Alex, après cette affaire, l'exilerait sans doute en Écosse, mais au moins elle aurait Pippa avec elle. Et son bébé. Son ventre arrondi commençait à trahir la présence du petit être qui grandissait en elle.

Dans sa précipitation, Charlotte avait oublié que Chloé Van Stork devait venir prendre le thé. Mais c'était aussi bien, car M. Van Stork avait lu l'article jusqu'à la dernière ligne, et il déclara à Chloé qu'il n'était pas question qu'elle se rende à Sheffield House. Ni maintenant, ni jamais. Les protestations de sa fille le laissèrent de glace. Il ne fallait pas mettre en péril ses fiançailles avec le baron Holland, or c'était exactement ce qui se passerait si elle était amie avec la comtesse de Sheffield.

— Comprends-moi bien, ajouta-t-il sans délicatesse, ce n'est pas elle que je blâme. Mais pourquoi toutes ces larmes, le soir de leur mariage ? Je présume que ses parents ne lui avaient rien expliqué.

— Expliqué quoi ? s'écria Chloé, furieuse.

M. Van Stork lui lança un coup d'œil exaspéré.

— Lord Foakes n'est pas normal, décréta-t-il avant de tomber dans un mutisme entêté.

Chloé, certaine qu'elle n'en tirerait pas davantage, se tourna vers sa mère.

— C'est la faute de ses parents ! s'exclama celle-ci. De toute évidence, la petite n'était informée de rien. D'ailleurs, je n'ai jamais compris leur attitude. Pourquoi marier votre fille quand vous savez que vous n'aurez pas de petits-enfants ?

— Parce que l'homme est comte, répliqua M. Van Stork. Écris-lui, ma fille, trouve l'excuse qui te conviendra.

— Pauvre enfant, soupira Mme Van Stork. Ce n'est pas la seule annulation de visite qu'elle recevra les jours prochains.

Chloé fut infiniment soulagée quand le valet revint avec son billet, l'informant que la maison des Sheffield était fermée et qu'il ne restait plus qu'une poignée de domestiques. Peut-être Charlotte n'avait-elle pas eu connaissance de cet horrible article !

Elle parvint à persuader sa mère de la laisser lire le journal. Mme Van Stork jugea d'abord que ce n'était pas convenable, mais elle se dit ensuite que sa fille allait bientôt se marier, et qu'il valait mieux qu'elle fût un peu au courant de ce qui se passait le soir d'un mariage. Si le baron Holland tenait parole, elle l'épouserait l'année prochaine. Aussi Chloé lut-elle l'article, et elle en fut consternée.

Pourtant, cela n'avait guère de sens, pour elle. Son amie s'était disputée avec son mari, c'était certain. Ils avaient brusquement changé leurs projets et étaient partis en Écosse plutôt qu'en Italie. Alex avait obligé Charlotte à voyager dans la voiture des domestiques.

— Pourquoi ? demanda-t-elle à sa mère.

Mme Van Stork haussa les épaules.

— La pauvre petite ignorait sans doute que le comte ne pouvait avoir d'enfants.

— Mais ils sont si heureux ensemble ! objecta Chloé. Vous ne les avez pas vus depuis leur mariage, maman. Elle l'adore !

— Je suppose qu'elle s'est accommodée de l'incapacité de son époux, mais son comportement actuel est tout de même inexcusable. Elle ne devrait pas avoir une liaison avec le frère de son mari. L'auteur de l'article dit qu'elle a reçu Patrick Foakes chez elle. Une vraie dame n'accueillerait pas un homme dans sa demeure pendant que son mari est à l'étranger, même son beau-frère. Elle est dans une situation délicate, compte tenu de l'infirmité de son époux, alors elle doit avoir une attitude irréprochable.

— C'est injuste ! s'indigna Chloé. Je suis sûre que Charlotte n'a rien fait avec son beau-frère. Ce n'est pas son genre !

— Il est hors de question que tu continues à la fréquenter, Chloé, rétorqua sévèrement sa mère. Ta réputation est fragile. Lorsque tu seras fiancée avec le baron, tout le monde sera aux aguets pour voir si tes origines bourgeoises se manifestent. Lady Sheffield est peut-être innocente, mais sa réputation est en miettes et, si tu n'y prêtes pas garde, la tienne pourrait bien subir le même sort.

Chloé acquiesça, mais se promit de revoir Charlotte. Sa mère se trompait. Chloé s'était fait beaucoup d'amies parmi les filles d'aristocrates, à l'école, et Charlotte était bien différente de la plupart d'entre elles. Son cœur se reflétait dans ses yeux, se dit-elle avec une touche de poésie qui lui était inhabituelle. Le spectacle de Charlotte et d'Alex, dansant la première valse lors de leur mariage, s'était imprimé dans sa mémoire. Jamais elle n'aurait trompé son époux, même si elle avait appris qu'il ne pouvait avoir d'enfant.

Heureusement, Charlotte eut tant à faire dans le domaine de son époux qu'elle n'eut guère le temps de penser à sa réputation saccagée. Le père d'Alex n'était pas venu souvent à Downes Manor, et les rideaux étaient mités, le papier arraché des murs. Elle engagea une armée de femmes du pays et fit nettoyer les soixante-cinq pièces de fond en comble. Elle passa des heures avec Percy Rowland, le représentant local de l'une des plus célèbres fabriques de tissu. Au début, celui-ci l'observa avec méfiance, mais il fut bien vite séduit par son choix très sûr des couleurs.

Avec son aide, elle réaménagea trois salons, la grande salle à manger et le boudoir, fit recouvrir les nombreux fauteuils et sofas. La nursery devint un château de contes de fées. Elle fit installer des toilettes au rez-de-chaussée et s'attaqua aux appartements d'Alex. Quand ceux-ci furent transformés en élégantes chambres décorées dans l'esprit florentin, Charlotte en avait plus qu'assez. Sa grossesse l'empêchait d'en faire davantage.

Le temps devenait plus clément, et elle se promenait avec Pippa dans le parc qui entourait le manoir. Peu à peu, elle inculquait de nouvelles idées au taciturne jardinier qui dirigeait le personnel extérieur. Il finit par se laisser convaincre de monter une pergola, sur laquelle grimperaient des rosiers. Charlotte tapissa l'intérieur de tissu rose, et elle vint souvent s'y protéger du soleil avec Pippa et Katy. Elles s'y faisaient apporter le thé, et un jour elles y restèrent même sous une averse qui tambourinait sur le tissu tendu, à la plus grande joie de la petite fille.

Pour la première fois de sa vie, Charlotte s'essaya à la peinture de paysage : la colline qui descendait en pente douce jusqu'à la rivière. Mais c'était moins passionnant que de tenter de transcrire l'expression d'un visage, l'éclat d'une émotion fugitive.

Le portrait de Mall était terminé, et elle le lui montra enfin. Ce qui sautait aux yeux, finalement, ce n'était pas la jeune, forte et vivante Mall qu'elle avait voulu saisir, mais une Mall épuisée à la fin d'une dure journée de travail. Une Mall qui avait astiqué trop de pièces d'argenterie, porté trop de lourds seaux d'eau...

Charlotte avait eu peur qu'elle ne le trouve affreux. D'ailleurs, Mall fondit en larmes devant la toile.

— Mais... c'est elle, sanglota-t-elle. C'est ma mère !

Charlotte se retourna vers le tableau, et s'efforça de le voir à travers les yeux de Mall : c'était une Galloise anguleuse, lasse, mais digne.

— Elle est morte à la naissance de mon frère John, expliqua la servante. C'était trop, huit enfants. Juste trop, voilà tout... Je n'ai rien pu faire. Et John ne l'a jamais vue...

Elle était si émue que le cœur de Charlotte se serra.

— Prenez ce tableau. Apportez-le à John.

— Oh, je ne peux pas, madame !

— Mais si, je vous le donne. Et je vais vous envoyer au pays de Galles, Mall. Vous ai-je dit que j'y avais une propriété ? Eh bien, j'aimerais que vous vous y rendiez avec Keating, pour voir dans quel état est la maison.

Charlotte avait la gorge nouée. Mall venait de lui rappeler que certaines femmes mouraient en couches. Mais il n'y avait aucune raison pour que cela lui arrive...

— Moi ? demanda la servante en écarquillant les yeux.

— Oui, vous.

— Je ne suis que troisième femme de chambre !

— Ma foi, vous apprendrez à être gouvernante. Je tiens à ce que vous vous arrêtiez en route, chez votre père, pour passer une semaine de repos en famille.

Keating et Mall partis, avec pour mission de faire la liste de tout ce qui manquait dans la propriété, la vie reprit son cours. Les roses poussaient sur la pergola, Pippa apprenait à faire des phrases entières. Elle se prit de passion pour le chat qui, dès qu'il entendait ses petits pas, allait se cacher de peur qu'elle ne lui tire les moustaches ou la queue.

Alex n'avait toujours pas donné de nouvelles, mais Charlotte s'interdisait de penser sans cesse à lui. Elle ne s'y autorisait que tôt le matin ou le soir en se mettant au lit. Elle redoutait sa rage lorsqu'il verrait le *Tatler* et découvrirait que cet horrible Staple avait non seulement décrit leur nuit de noces, mais en avait rajouté. Par exemple, selon le journaliste, une servante avait entendu sa maîtresse crier : « Hélas, je n'aurai jamais d'enfant ! » Elle en frémissait encore...

Sophie vint lui rendre visite, et se montra joyeusement impertinente au sujet du scandale. Ce qu'elle omit d'avouer à Charlotte, c'est que sa mère lui avait d'abord interdit de venir, et qu'elle avait dû batailler une semaine entière pour obtenir sa permission. Finalement, Héloïse avait cédé quand Sophie l'avait menacée de créer, la saison suivante, un scandale qui ferait passer celui de Charlotte au second plan.

— Hélas! s'écria-t-elle allégrement lorsqu'elles se retrouvèrent au salon après le dîner. Hélas, je n'aurai jamais d'enfant! Je crains que Braddon n'ait renoncé à moi!

Charlotte lui lança un regard noir.

— Ne plaisantez pas avec ça, Sophie! Alex sera fou de rage, quand il reviendra. S'il revient.

Sophie leva les yeux au ciel.

— L'homme le plus amoureux de toute l'Angleterre? Vous craignez qu'il ne revienne pas? Que fait-il, à votre avis?

— Je l'ignore. Il a dit qu'il serait absent deux mois, et cela en fait plus du double. Il n'a envoyé qu'une seule lettre, et me voilà enceinte de huit mois... Ce qu'il ne sait même pas. Oh, Sophie, croyez-vous qu'il a été arrêté en France?

— Non. Si c'était le cas, vous en seriez informée par l'intermédiaire du ministère des Affaires étrangères. Avez-vous essayé de joindre le gredin qui l'a envoyé en mission?

— Oui. Lord Breksby m'a fait parvenir, il y a deux semaines, un mot dans lequel il me disait de ne pas m'inquiéter, que l'affaire prenait plus de temps que prévu. Le ton de sa lettre n'était pas très... chaleureux. À mon avis, il pense que la situation ici est si catastrophique qu'Alex s'est arrangé pour ne pas revenir tout de suite.

— J'en doute. D'abord, comment Alex serait-il au courant?

— Je n'en sais rien. Mais je me dis que les gens des Affaires étrangères savent où il se trouve, or l'un d'eux pourrait lui avoir envoyé une copie de l'horrible article du *Tatler*.

Il y eut un petit silence.

— Ce serait fâcheux, en effet... Savez-vous où est le frère d'Alex ?

— Il a parlé de chasse dans le Leicestershire. Mais que pourrait-il faire de plus ? Je ne veux pas le voir ! Le *Tatler* laisse entendre qu'il a passé la nuit à Sheffield House, alors qu'il y est resté à peine plus d'une heure. Oh, mon Dieu !

Elle éclata en sanglots.

La présence de Sophie lui était d'un grand réconfort. Elle souffrait du fait que ses voisins n'étaient pas venus lui rendre visite, comme il aurait été normal. Ils devaient la prendre pour une femme de mauvaise vie.

— Vous avez sans doute raison, acquiesça Sophie. Patrick ne ferait que rendre la situation plus épineuse... Mais dites-moi, votre grossesse ne se voit pas beaucoup. Êtes-vous sûre d'être enceinte de huit mois ?

— Ma mère m'a dit que c'était la même chose pour elle.

Dieu merci, sa propre mère n'était pas au courant de l'état de Charlotte, se dit Sophie. Car ç'aurait été la goutte d'eau qui fait déborder le vase ! Le scandale allait être bien plus redoutable encore, quand on l'apprendrait. Tout le monde penserait qu'il s'agissait de l'enfant de Patrick... ou d'un autre.

— Vous devriez peut-être envoyer une lettre à Alex, par l'intermédiaire du ministère, afin de l'en informer.

— J'y ai songé. Mais si Alex n'a pas l'intention de revenir ? Il m'a dit un jour qu'il était sur le point de quitter définitivement sa femme, quand elle a demandé l'annulation. Il voulait s'engager dans l'armée, ou quelque chose de ce genre. J'ai peur que quelqu'un ne lui ait parlé de l'affaire, et qu'il n'ait décidé de rester sur le Continent.

Désespérée, elle enfouit le visage dans un coussin, et Sophie vint lui caresser les épaules en silence.

— Je crois qu'il ne m'aime pas assez, Sophie. Il n'a pas confiance en moi, et moi je l'aime tant ! Je ne pourrais pas vivre sans lui !

— Chut, chut... Vous exagérez l'importance de son absence. Je suis sûre qu'il n'a jamais entendu parler de l'article.

— Mais que fait-il ? Il me manque tellement ! Je rêve de lui toutes les nuits, et je souffre !

— Les hommes sont différents de nous, Charlotte, vous le savez bien. Les femmes aiment un homme, tandis que les hommes aiment la personne qu'ils ont devant eux. Comme les enfants avec les jouets. Si vous leur en enlevez un, ils se jettent sur un autre.

Charlotte se redressa.

— Pourquoi tant d'amertume, Sophie ?

— Mon père, répondit succinctement la jeune fille.

— Oh...

Tout en elle refusait que son Alex bien-aimé ressemblât au marquis de Brandenburg. Mais alors, où était-il ? Presque cinq mois s'étaient écoulés, et chaque jour lui semblait un siècle.

Quand elle se demandait ce qu'il éprouvait à son égard, elle revoyait sa colère à Bournemouth. Elle s'empressait de chasser cette image terrifiante. Il avait promis de lui faire confiance, et elle espérait de tout cœur qu'il avait tenu cette promesse. Mais elle tournait en rond. Elle repensait à son premier mariage, qui l'incitait à ne plus avoir confiance en personne, puis au bonheur qu'ils avaient connu ensemble. Cela devait forcément compter davantage pour lui qu'un stupide article !

— Il a dit qu'il adorait être marié avec moi, avoua-t-elle d'une voix tremblante. Et il a dit aussi qu'il voulait des enfants. Je suis sûre qu'il sera heureux quand...

Elle se tut, car elle sentait que Sophie n'y croyait guère. Elle non plus, d'ailleurs, au fond de son cœur. Si Alex l'aimait, s'il l'aimait réellement, il trouverait un moyen de venir la rejoindre. Elle soupira.

— Les futures mamans ont besoin de repos, dit doucement Sophie.

Charlotte eut un petit sourire incertain.

— Croyez-vous... Pourriez-vous rester avec moi jusqu'à l'accouchement, Sophie ?

Celle-ci prit le bras de son amie pour la mener vers la porte.

— Ma foi, la taquina-t-elle, ce sera un énorme sacrifice. Braddon m'aurait sûrement demandée en mariage trois ou quatre fois pendant ce temps-là, et malheur à moi s'il se tourne vers une autre. Quant à ma mère, elle sera furieuse... Mais tant pis, je reste !

Charlotte se sentit le cœur plus léger.

19

En réalité, Alex ignorait tout de l'article du *Tatler*. À l'instant où Charlotte sanglotait sur son absence, il était en Italie, lancé dans une grande discussion concernant les mérites d'un capiteux vin italien. Pourtant, tandis qu'il était d'accord avec le tavernier pour reconnaître que le vin était un peu fort, il pensait à Charlotte.

Quand le *signore* Tonarelli cessa enfin de parler et se dirigea derrière son comptoir, afin d'y chercher la fameuse « marchandise », Alex, au lieu de songer au temps qu'il lui avait fallu pour se la procurer, rêvait des longues jambes fines de son épouse. Particulièrement ses cuisses, qu'il aimait caresser lorsqu'elle était étendue sur le côté, jusqu'au petit creux sous la hanche…

Il regarda distraitement les étagères de bois qui ornaient la taverne Luce, le seul établissement à des kilomètres à la ronde. Il avait enfin découvert le petit village haut perché, après des mois d'enquête. Il avait suivi les traces d'un Français. Où était-il allé avant de venir mourir dans ce bourg ? Alex n'en savait rien, et le *signore* Tonarelli prétendait ne l'avoir jamais vu auparavant.

Celui-ci sortait de son arrière-cuisine, muni d'un paquet.

— *Grazie! Grazie mille!* s'écria Alex.

— *Prego*, répondit le cabaretier, ravi de rendre service à ce riche et puissant inconnu.

L'homme devait être romain, s'était-il dit, compte tenu de son accent. Mais il était plus aimable que les gens de la capitale, qui se montraient souvent soupçonneux et désagréables avec les montagnards. Pourquoi donc un Romain était-il venu chercher ici un ballot de vieux vêtements? Tonarelli et sa femme savaient qu'il s'agissait de vêtements, car ils avaient jeté un coup d'œil au paquet après que le Français était mort, pratiquement sur leur seuil. Le vieillard avait eu le temps de leur dire que l'on viendrait prendre le balluchon, et il ne s'était pas trompé. Néanmoins, Mario et son épouse ne pouvaient comprendre pourquoi ces guenilles avaient de l'importance.

Ils l'avaient enterré au cimetière du village, et Mario avait gardé le paquet. En effet, le Romain était venu, six mois plus tard.

Le regard du tavernier s'illumina quand il vit Alex compter des pièces d'or.

— *Grazie!* dit-il avec une sincère gratitude.

Du seuil de sa boutique, il regarda le Romain qui remontait dans sa voiture. Un bel homme, grand, à l'allure décidée.

— Luce! appela-t-il, effrayant les poules qui picoraient autour de la place carrée qui marquait le centre du village, entourée de trois maisons, de la taverne et de l'église.

— Il est parti?

Luce était en train de faire la lessive au lavoir, et son tablier était éclaboussé.

Mario ouvrit la main, lui montrant les pièces.

— *Grazie a Dio!* J'irai mettre des fleurs sur la tombe du Français, ajouta-t-elle.

Mario acquiesça. Il les méritait bien, ce vieux qui avait fait leur fortune en venant mourir devant chez eux. Ils allaient pouvoir acheter une vache, peut-être même une autre mule...

Dans sa voiture, Alex regardait le paquet d'un œil mauvais. Il détestait ce satané balluchon!

Il était arrivé à Paris pour découvrir que la maison qu'il cherchait avait été incendiée par la police, quelques semaines auparavant. Il avait engagé un minable détective pour apprendre ce qui était arrivé, et où étaient partis les habitants de la demeure. Il lui avait fallu attendre la réponse plus de deux mois : les gens avaient fui en Italie.

Il avait donc eu largement le temps de se rendre à la boutique de mode, pour en ressortir avec une toute jeune fille terrorisée, la sœur de Lucien, Brigitte. La tâche avait été aisée, et on ne les avait même pas arrêtés à la frontière, où deux douaniers paresseux leur avaient fait signe de passer.

Ensuite, l'attente avait commencé. Il pensait sans cesse à Charlotte : lorsqu'ils faisaient l'amour, lorsqu'elle riait au moment où Pippa venait les rejoindre au lit et renversait du chocolat sur les draps. Ou quand elle se mordait la lèvre, concentrée sur sa peinture. Ou bien encore lors de leurs discussions mouvementées. L'assurance qu'il éprouvait pendant ses discours à la Chambre des lords était due en grande partie aux conversations qu'il avait eues avec sa femme, la veille au soir. Conversations ? Des bagarres, plutôt!

Je l'aime, se dit-il un matin. Bon sang, je l'aime!

Il avait l'impression que le mur de glace qu'il avait érigé autour de son cœur avait fondu. Il mourait d'envie de tenir la jeune femme dans ses bras, de l'embrasser jusqu'à ce qu'elle gémisse de désir, de lui murmurer « Je vous aime » à l'oreille. Il imaginait ses grands yeux sombres emplis d'amour. Elle comprendrait alors qu'il lui avait pardonné son erreur de jadis, qu'il avait confiance en elle. Il lui pardonnait tout, même d'avoir fait l'amour avec son frère avant leur mariage. Il avait tellement hâte de la rejoindre qu'il ne tenait pas en place.

Afin de tromper son impatience, il avait fait la tournée des vignobles italiens, mettant en place ce qui pourrait devenir une lucrative affaire d'importation de vin italien en Angleterre. Mais tout en menant les négociations, il brûlait de rentrer chez lui.

Toutefois il lui arrivait, étendu sur son lit, les bras croisés derrière la tête, d'être envahi par le doute. Ne s'était-il pas déjà conduit comme un imbécile en faisant confiance à une femme ? Il ressentait des bouffées d'humiliation quand il se rappelait les promesses de fidélité de Maria. Alors il retrouvait un peu de son ancien cynisme, et se souvenait que Charlotte n'était pas vierge lors de leur mariage. Peut-être, comme Maria, ne pensait-elle qu'au sexe et à l'argent… Il revivait la rage intense qui s'était emparée de lui lorsqu'il avait surpris sa première épouse avec le palefrenier.

Mais Charlotte n'était pas Maria. Leurs corps étaient en parfaite harmonie. S'il s'éloignait un peu d'elle au cours de la nuit, elle revenait se serrer contre lui. Comment avait-elle pu dormir sans lui tout ce temps ? Elle avait dû s'habituer à son absence, se disait-il tristement...

Et toutes ces semaines d'attente s'étaient terminées par la récupération d'un tas de vieux vêtements, pestait-il, stupéfait, en ouvrant le balluchon tandis que la voiture cahotait sur le flanc de la montagne en direction de la mer.

Comment ce satané Breksby avait-il pu l'envoyer en Italie pour jouer les acheteurs d'habits d'occasion ? Il souleva avec dégoût les oripeaux. Il y avait un pantalon déchiré à la cuisse, une chemise qui avait dû être blanche, une veste chiffonnée. Il fouilla les poches sans découvrir la moindre lettre, la moindre monnaie. Rien. Il plissa les yeux. D'après le gros Italien, le vieillard avait dit que quelqu'un viendrait chercher ses vêtements. Donc, ils devaient avoir quelque valeur.

Il découvrit de quoi il s'agissait quelques minutes plus tard. De petits morceaux de papier, glissés dans l'ourlet de la veste. Des lettres. C'étaient des lettres d'amour, rédigées en français, et Alex comprit dès la fin de la deuxième qu'elles avaient été écrites par Napoléon à Joséphine. Écrites avant leur mariage – et même, de toute évidence, alors que Joséphine était encore l'épouse du général de Beauharnais.

Alex siffla entre ses dents en lisant la troisième, puis il sourit. Il avait entendu dire que Joséphine était belle, mais la beauté n'était pas son seul atout ! Il devinait ce que le gouvernement anglais voulait faire de ces missives. Les Français retenaient encore beaucoup d'aristocrates prisonniers de leurs geôles, et Alex tenait là ce qui pourrait servir de monnaie d'échange pour ces malheureux.

Il replia soigneusement les lettres et les glissa dans sa poche de poitrine.

Brusquement, les mois passés au loin ne lui parurent plus si vains. Il avait une épouse aimante qui l'attendait en Angleterre, tandis que la femme et le fils de Lucien avaient disparu à jamais. Ces fameuses lettres étaient arrivées trop tard pour les sauver, mais elles pourraient en sauver d'autres. Empli d'une nouvelle détermination, il cria à son cocher d'accélérer l'allure.

Cinq mois après son départ d'Angleterre, il se tenait sur le pont du bateau à humer l'air affreusement glacial, mais aussi merveilleusement britannique ! Peu à peu, tandis qu'ils remontaient la Tamise, apparaissaient les façades des pubs bordant les quais.

Lucien vint à son côté, enroulé dans son manteau afin de se protéger de la pluie.

Alex posa un bras affectueux sur ses épaules.

— Nous avons gagné !

Dès qu'ils accostèrent, les dockers se mirent en action pour décharger les caisses de bouteilles de vin.

— Doucement ! gronda Alex.

L'un des marins leva les yeux, surpris, mais les autres continuèrent leur travail, sans se soucier de lui.

Lucien se mit à rire.

— Ils ne vous écoutent pas, ils connaissent leur métier.

Lucien se retourna vers sa sœur et la serra contre lui.

— Ne t'avais-je pas dit de rester dans la cabine ? la tança-t-il doucement.

De petites mèches dorées s'échappaient du bonnet de Brigitte. Alex avait beaucoup apprécié la courageuse petite sœur de Lucien, au cours des semaines de traversée.

— Je voulais voir l'Angleterre, dit-elle avec un fort accent. C'est mon nouveau pays, n'est-ce pas ?

Alex posa la main sur son épaule, et tous trois restèrent sur le pont alors que l'on terminait le déchargement. Il était fier de lui après ce voyage en France. Cette pétulante jeune fille de treize ans lui devait la vie. Elle lui avait confié que le brave homme qui l'avait recueillie était inquiet, ces derniers temps. Les gens lui posaient de plus en plus de questions sur sa « nièce », et elle n'aurait pas tardé à être interrogée par la police.

Alex eut un geste circulaire.

— Voici votre nouveau pays, en effet. Descendons à terre.

— Daphné nous attend, dit Lucien à sa sœur.

— Vous croyez qu'elle est restée à Londres, après la saison ? s'étonna Alex. N'est-elle pas plutôt à la campagne ?

— Oh, non ! Jamais elle n'aurait quitté Londres, compte tenu des circonstances.

Le cœur d'Alex fit un bond dans sa poitrine. Il n'avait pas envisagé que Charlotte pût être encore à Sheffield House. L'avait-elle aussi attendu ?

Il mit Lucien et Brigitte dans un fiacre, avant d'en héler un lui-même.

Il devina tout de suite que la maison était vide. Les volets étaient clos, il n'y avait pas de heurtoir à la porte. Charlotte avait emmené Pippa à la campagne, et c'était bien normal, puisqu'elle ignorait quand il rentrerait. Il ne lui avait envoyé qu'une courte lettre en cinq mois. Toutefois, lord Breksby avait dû rester en contact avec elle.

Le lendemain à la première heure, il porterait les lettres de Napoléon au ministère des Affaires étrangères et, le jour suivant, il serrerait son épouse dans ses bras...

Si l'atmosphère était tendue parmi les quelques domestiques qui restaient à Sheffield House, il ne le remarqua pas. Keating avait accompagné Charlotte à la campagne, et Alex ne prêta pas attention à ses deux valets de pied. Il décida de s'octroyer un long bain avant de se jeter sur son lit, heureux d'avoir retrouvé la terre ferme.

Breksby s'était également retiré sur ses terres, apprit-il le lendemain. Ce fut donc l'un de ses collaborateurs, Ewart Hastings, qui eut le plaisir d'informer le comte de Sheffield du scandale qui avait éclaté en son absence. On disait même que son épouse était enceinte, sans doute de Patrick.

Alex écouta cette histoire sans broncher, mais son regard reflétait une telle haine que Hastings frémit. Néanmoins, il enfonça le clou en donnant les détails. Il était trop plaisant d'annoncer à cet arrogant comte que sa femme s'était conduite comme une gourgandine. En tant que débutant dans la fonction publique, Hastings devait faire de nombreuses concessions, aussi dégusta-t-il chaque minute de son récit. Il n'omit rien. Ni l'évanouissement de Charlotte quand elle avait vu Patrick. Ni l'article du *Tatler*. Encore moins le fait qu'elle eût reçu son beau-frère à Sheffield House. Sans oublier la grossesse qui s'en était suivie.

— De quatre ou cinq mois, conclut-il, jovial. Je suis navré, milord...

Un muscle jouait sur la mâchoire d'Alex, et l'orage menaçait dans ses yeux.

— Hum... Je suis certain que rien de tout cela ne repose sur des faits réels, milord, précisa le fonctionnaire d'une petite voix inquiète.

Alex le fixa un instant, puis il se pencha pardessus son bureau, lui saisit la cravate et l'obligea à se lever, leurs visages à quelques centimètres l'un de l'autre.

— Je détesterais apprendre que vous avez rapporté à quiconque cette ignoble information ! dit-il, les dents serrées.

— Je n'en ferai rien, milord, articula Hastings, blanc comme un linge.

Il transpirait à grosses gouttes, et Alex le repoussa avec mépris avant de tourner les talons sans un mot de plus.

À peine la porte fermée, Hastings se laissa tomber sur son siège comme un sac de pommes de terre. Il tremblait de tous ses membres. Un fou, un malade... voilà ce qu'était Alexander Foakes ! Il avait seulement raconté ce que n'importe quel homme dans la rue aurait pu lui dire. Qu'avait-il l'intention de faire ? Menacer la moitié de la population de Londres ?

Extrêmement calme, Alex monta en voiture et donna au cocher l'adresse de son notaire. Grâce à Dieu, il ne ressentait absolument rien. Une petite voix lui disait qu'il avait dû s'attendre à ce genre de scandale. Il avait l'impression qu'on lui avait versé de l'eau glacée dans les veines. Il n'était même pas amer, se dit-il, un peu surpris. Il l'avait sans doute pressenti, au fond de son cœur. Il éprouvait tout au plus une légère contrariété à l'idée que son frère se fût conduit de la sorte. Patrick était son alter ego, son camarade, son compagnon, son jumeau. Comment avait-il pu le trahir ? Pourtant, même cela ne l'atteignait pas outre mesure.

En revanche, M. Jennings, le notaire, se trouva fort ennuyé. D'habitude, rien ne le troublait, ni les faux testaments, ni les procès absurdes, ni les duels illégaux. Il gardait un front serein, car pour lui la loi était là afin de résoudre tous les problèmes. Mais en voyant le comte devant lui, il eut un petit frisson de panique. Si seulement son père était encore en vie ! Il avait le chic pour traiter avec les aristocrates irascibles. Il les apaisait généralement en moins de vingt minutes, à grand renfort de paroles réconfortantes et d'excellent porto.

Il s'inclina profondément.

— Voudriez-vous vous donner la peine d'entrer dans mon bureau, milord ?

Une fois Foakes installé dans la confortable pièce tapissée de livres, Jennings sortit un dossier qui contenait entre autres l'article du *Tatler*, et il s'installa face au comte, jambes croisées, doigts joints.

— Je suis passé chez votre épouse le lendemain de la parution du journal, dit-il tandis qu'Alex, les sourcils froncés, lisait l'article. Mais je l'ai manquée. Tout le monde était parti pour la campagne, et je dois dire que j'ai approuvé cette décision. Il aurait été parfaitement déplacé qu'elle reste à Londres, car cet article avait causé une effervescence certaine.

Il s'interrompit. Alex avait terminé de lire, et il pianotait sur les bras de son fauteuil.

— J'ai pris la liberté d'engager un détective, poursuivit Jennings qui sortit une nouvelle feuille de son dossier. J'ai remarqué qu'intenter un procès en diffamation est fort efficace, dans les cas de ce genre. Toutefois, il est nécessaire d'avoir des informations solides, avant de se lancer dans une telle procédure.

C'était sa façon d'exprimer qu'il était inutile d'engager une procédure si les faits rapportés par le *Tatler* étaient exacts.

— Ce rapport détaille les activités de votre frère, lord Foakes, pendant les quelques jours qu'il a passés à Londres. Vous verrez qu'à son arrivée en ville, il n'a fait aucune tentative pour rencontrer votre épouse. À mon avis, cela jette un doute sur l'ancienneté de leur liaison.

Alex serra les dents. Ancienneté ! C'était diablement vrai, pourtant, puisque Charlotte avait perdu sa virginité avec lui.

— Votre frère a raccompagné la comtesse chez elle après la matinée musicale de Mme Felvitson, mais il est reparti aussitôt. Il y est retourné deux jours plus tard, à quatre heures, et il en est sorti vers cinq heures par une porte de service. Ceci, parce qu'il savait qu'un journaliste guettait à l'entrée principale. Lord Foakes a passé la soirée au White's, où il a perdu deux cents livres à une table de jeu. Le lendemain matin, il s'est levé de bonne heure pour partir dans le Leicestershire en compagnie de Braddon Chatwin, le comte de Slaslow.

Braddon avait été le meilleur camarade de classe de Patrick.

— Pour chasser ?

— Je suppose. À ce point de l'enquête, continua Jennings, j'ai jugé inutile de poursuivre des investigations au sujet de votre épouse et lord Foakes, aussi ne puis-je me prononcer sur la grossesse. Naturellement, si le bébé naissait dans un proche avenir, il n'y aurait aucun souci à se faire.

Jennings prit une profonde inspiration. Ce qu'il avait à dire n'était guère agréable...

— Légalement, nous ne pouvons rien contre les rumeurs qui circulent au sujet de votre épouse. La suite de cette affaire reposera sur deux points : la date de naissance de l'enfant, et votre propre attitude.

Il croisa le regard d'Alex.

— Inutile de préciser que votre comportement infirmera ou confirmera immédiatement ces ragots aux yeux du monde.

Alex tapota le journal sur son genou.

— Et pour ceci ?

M. Jennings lui tendit une autre feuille.

— Le *Tatler* a été assigné en justice, six jours après la parution de l'article. Ils s'attendaient, naturellement, à cette réaction et ils avaient pensé se protéger en appelant votre épouse « la comtesse » et votre frère « le jumeau ». J'ai répliqué qu'il existait une seule comtesse qui eût des relations familiales avec un jumeau. Ils avaient donc enfreint la loi, qui est très stricte sur la diffamation. Après avoir consulté ses avocats, M. Hopkins, le directeur, a accepté de publier un démenti.

Jennings remit un nouveau papier à Alex, puis ajouta :

— Cependant, cela n'a guère eu d'effets, car la saison était terminée. Je l'ai fait remarquer à M. Hopkins, et j'ai fourni le montant d'une somme que la Cour nous accorderait à coup sûr. M. Hopkins a alors offert de publier un nouvel article sur « la comtesse et le jumeau » au début de la prochaine saison. Cet article sera présenté comme un complément d'information et effacera toutes les insinuations contenues dans le premier. Vous et votre femme devrez évidemment l'approuver, avant sa publication. Dans ces circonstances, j'ai jugé préférable d'oublier le récit de votre nuit de noces.

Jennings s'abstint de préciser que, d'après ses renseignements, ce récit reflétait la stricte vérité.

— Malheureusement, insista-t-il, tout dépend de la date de naissance du bébé.

Le silence se fit dans la pièce. Le notaire observait attentivement les volutes du tapis persan.

— Préparez un projet de divorce, déclara enfin Alex.

Jennings hocha la tête, en évitant de mentionner, par délicatesse, que le projet était déjà prêt dans le dossier.

Alex se leva.

— Je vous contacterai pour vous dire si je réclame le divorce ou non.

Sur un signe de tête, il sortit du bureau du notaire.

Il avait besoin de réfléchir en paix. De toute évidence, il ne s'était rien passé à Londres entre Charlotte et Patrick. Le fait que Charlotte se fût évanouie en le voyant était la première pointe de douleur qu'il eût ressentie, pour l'instant. Bien sûr, elle l'aimait ! Aucune femme n'oubliait l'homme qui avait pris sa virginité. Il eut le cœur serré et s'en voulut.

Le bébé était évidemment la clé du problème. S'il était le père, Charlotte devait être sur le point d'accoucher. Mais c'était peu vraisemblable, se dit-il en se souvenant dans quel état il l'avait quittée. Elle n'était pas enceinte à ce moment-là, alors de qui était l'enfant ? Forcément de Patrick, malgré tout.

Alex se rendit compte que, perdu dans ses pensées, il s'éloignait à pied de l'étude du notaire, suivi par son attelage. Les chevaux étaient reposés, il pouvait en profiter pour se rendre directement à Downes Manor. Il avait d'autres montures à l'écurie sur Oxford Road, et il pourrait chevaucher à côté du carrosse. Après des semaines passées dans une cabine de bateau, il n'avait aucune envie de se retrouver dans le petit habitacle durant deux jours.

Il appela un valet, à qui il donna sèchement quelques ordres. Celui-ci sauta à terre et disparut au bout de la rue. Il irait rassembler les affaires de son maître et les lui enverrait au manoir.

Alex le regarda s'en aller en songeant qu'il avait oublié de lui parler des cadeaux. Il en avait choisi pour Charlotte et Pippa tout au long des derniers mois, achetant une pièce de soie bleue par-ci, un jouet de bois sculpté par-là. Il y en avait à présent une montagne, prouvant qu'il n'avait cessé de penser à elles durant tout ce temps. Après tout, tant mieux ! se dit-il avec philosophie. Charlotte l'avait oublié dès qu'il avait eu le dos tourné. Il eut cependant un vague regret pour Pippa... Mais il se servirait des cadeaux pour la consoler lorsqu'ils rentreraient à Londres sans sa nouvelle maman.

Il se dirigea à pied vers l'écurie. Comme l'avait dit Jennings, tout dépendait de l'enfant. Or il saurait immédiatement, quand il verrait Charlotte. Si elle n'était pas très grosse, il éviterait de parler avec elle de cette lamentable histoire. À quoi bon se disputer ? Tout serait fini entre eux.

Alex avait un goût âcre dans la bouche, une douleur sourde derrière les yeux. Il avait l'impression qu'une part de lui-même avait disparu à jamais. Il avait envie de crier : « Assez ! Faites que tout redevienne comme avant... »

Mais tout avait changé, et il s'éloignait de plus en plus de l'autre Alex. L'Alex d'avant Hastings, d'avant l'Italie. Celui qui aimait et était aimé.

20

Quand il galopa sur la route bordée de chênes qui menait à Downes Manor, Alex avait reconstruit le mur de glace autour de son cœur. Il avait passé les deux nuits précédentes harcelé par des bouffées d'humiliation. Patrick avait raison : il avait toujours eu un goût épouvantable, en ce qui concernait les femmes.

Le scandale, finalement, faisait partie de sa vie. Il était tombé amoureux pour la première fois d'une apprentie prostituée, dans un jardin. Puis il avait essayé de recréer cette expérience magique en se mariant. Il n'était pas tellement difficile de trouver une catin parmi les jeunes filles de la bonne société. Le problème était que la fille du jardin avait hanté son existence telle une malédiction...

Il avait le cœur serré, mais il était bien déterminé à ne pas perdre son sang-froid, comme il l'avait fait à Bournemouth. À quoi bon crier après une personne qui agissait simplement de la seule façon qu'elle connût ?

Il se ressaisit. Il devait séparer Charlotte de Maria, dans son esprit. Patrick avait été le premier amour de Charlotte, elle lui avait donné sa virginité, alors que Maria couchait avec tout ce qui portait pantalon.

S'il rentrait chez lui pour trouver sa femme sur le point d'accoucher, il saurait que l'enfant était de lui. Sinon, ce serait le bébé de Patrick... Il en avait assez des femmes ! Désormais, il abandonnerait l'idée absurde de trouver une compagne aussi ardente et douce que la fille du jardin. Il aurait des aventures quand ce serait indispensable, et il laisserait la terre et le titre à l'héritier de Patrick...

Dès son arrivée, on le conduisit dans le pavillon d'été que Charlotte avait fait construire, à l'arrière du manoir. Elle était là, assise par terre avec Pippa en train de jouer à la poupée. Il demeura une éternité immobile, à les contempler.

La ravissante silhouette de la jeune femme s'était arrondie, ses seins dévoilés par le décolleté étaient plus voluptueux que jamais, et elle rayonnait littéralement, plus belle encore que dans son souvenir. Elle était si jolie, avec ses boucles brunes et ses longs cils, qu'il eut l'impression qu'une main de fer lui broyait le cœur.

Soudain, la nurse de Pippa leva les yeux et l'aperçut sur le seuil du pavillon.

— Pippa et moi allons dans la salle de classe, madame, dit-elle en saisissant dans ses bras l'enfant qui protesta énergiquement contre ce brusque changement de programme.

La poupée tomba par terre, et la petite se mit à hurler.

Charlotte repoussa les boucles qui lui cachaient les yeux, désorientée. Déjà, Katy se dirigeait vivement vers le manoir, et soudain elle sut. Il était là... et il la regardait.

Elle s'illumina aussitôt.

— Alex !

Il ne bougeait pas, et elle se leva lentement, lissant les plis de sa robe à taille haute. La mode française était parfaite pour les femmes enceintes, songeait-elle, car elle dissimulait le ventre. Or c'était justement son ventre qu'Alex contemplait.

Une étincelle joua dans les yeux de Charlotte. Bien sûr, il ne savait rien!

— Nous allons avoir un bébé! annonça-t-elle joyeusement.

Il haussa les sourcils, de cette façon qu'elle aimait tant, mais cette fois son regard était chargé de mépris. Mal à l'aise devant son silence, elle fit quelques pas vers lui, s'arrêta.

— Nous? répliqua-t-il enfin. Ne devriez-vous pas dire: «Je vais avoir un bébé»? Ou encore, je crois que je préfère: «La comtesse et le jumeau vont avoir un bébé»? ajouta-t-il d'une voix dangereusement douce. Félicitations!

Charlotte eut l'impression que le monde s'écroulait autour d'elle. Elle ne trouvait plus scs mots. Certes, elle s'était attendue à voir Alex fou de rage en lisant l'article, furieux des viles attaques contre elle et son frère. Mais jamais elle n'avait imaginé qu'il pût prêter foi à ce que disait ce torchon! Il avait promis de lui faire confiance...

Elle le fixait en silence, de ses yeux immenses.

Alex était mortifié. De toute évidence, elle n'était enceinte que de quelques mois. Malgré ses résolutions, une colère noire s'empara de lui.

— Vous êtes une traînée, dit-il d'un ton étonnamment calme. Il semblerait que j'aie un étrange penchant pour ce genre de femme...

Il eut un rire cruel.

— Oui, poursuivit-il, on pourrait dire que je me spécialise dans les prostituées. Mais là... Cela dépasse les bornes ! Pourquoi prenez-vous cet air surpris ? Espériez-vous que j'aurais oublié que vous aviez vos règles, quand je suis parti ?

Il marcha sur elle avec la force contrôlée d'un félin. La jeune femme ouvrit la bouche pour parler, mais il lui saisit le menton d'une poigne de fer.

— Je ne veux rien écouter cette fois, ma chérie. Le calendrier est formel. J'ai réfléchi à notre vie future. Si Patrick vous veut, qu'il vous prenne. J'ai donné ordre à mon notaire de rédiger les papiers pour le divorce. Si mon frère ne tient pas à vous – et il a déjà eu tout ce qu'il voulait –, vous pourrez aller vivre en Écosse. Le bébé viendra avec moi à Londres. Je ne veux pas que mes enfants soient élevés par une gourgandine.

Charlotte croisa instinctivement les mains sur son ventre. Il était fou, complètement fou ! Elle se dégagea d'une secousse et secoua la tête afin de s'éclaircir les idées. Les yeux d'Alex étaient un puits sans fond. Était-ce vraiment l'homme qu'elle aimait avec passion, celui dont elle rêvait toutes les nuits ?

— Vous aviez promis, murmura-t-elle. Promis…

Elle était d'une pâleur mortelle, mais elle se tenait bien droite, les épaules en arrière afin de pouvoir le regarder avec dignité. Elle n'allait pas se rouler en boule et hurler, comme elle en avait envie.

Il esquissa un rictus.

— Promis ? C'est vous qui avez promis de m'aimer et de m'être fidèle. *Jusqu'à ce que la mort nous sépare…* On ferait mieux de retirer cette phrase des vœux du mariage, non ?

Charlotte était engourdie d'horreur. Il était si beau, malgré la rage qui déformait ses traits ! Elle aurait aimé se jeter contre sa poitrine, le supplier de l'écouter, se blottir dans ses bras. Il souffrait, c'était évident. Mais elle ne le supplierait pas. Tout ce qui comptait à présent, c'était de protéger son enfant. Et Pippa. On ne pouvait lui arracher Pippa, qui avait déjà perdu sa mère ! La petite ne supporterait pas cette deuxième séparation. L'idée lui redonna de l'énergie.

— Vous ne pouvez m'enlever Pippa, dit-elle. Elle a déjà eu assez de chagrin.

— Ce sera mieux pour elle, rétorqua Alex.

Il se détourna un instant, contempla la pelouse qui menait au manoir.

— Comment pourrais-je la laisser avec une femme qui fait l'amour avec mon frère, Charlotte ? Quand j'ai compris que vous aviez eu une aventure, avant notre mariage, je n'ai jamais cru que vous continueriez après. Quelle naïveté !

— Je ne...

Charlotte s'interrompit. C'était comme le soir de leurs noces. Il ne la croyait pas, il ne la croirait jamais. Il subissait l'influence de son premier mariage. Elle avait l'impression que son cœur pesait des tonnes dans sa poitrine.

— Vous aviez promis de me faire confiance, lui rappela-t-elle en le regardant dans les yeux.

Puis elle pivota sur ses talons et s'éloigna. Il ne la retint pas.

Elle marcha bien droite jusqu'à la maison, mais elle posa une main sur ses reins en montant les marches. Elle se sentait vieille, très vieille... Le bébé la tirait en avant, et elle eut du mal à grimper à l'étage, où elle se dirigea vers la chambre de Sophie.

Quand elle entra, Sophie tressaillit. Elle se reposait dans le soleil de l'après-midi en lisant un ouvrage de poèmes portugais. Elle n'avait pas abandonné cette habitude, que sa mère trouvait déplacée pour une femme, de lire dans la langue d'origine.

— Que se passe-t-il ? demanda-t-elle vivement en voyant son amie sur le seuil, pâle comme un linge. Le bébé arrive ! C'est ça ?

Elle se leva d'un bond, angoissée. Cela ferait trois semaines d'avance !

— Non, répondit Charlotte en secouant doucement la tête. Non, non. *Il* est rentré.

Elle tremblait de tous ses membres.

— Qui ? Oh...

Sophie s'était demandé si elle devait lui faire part de ses doutes, concernant la réaction d'Alex. Puis elle y avait renoncé. L'anxiété n'était pas recommandée, dans son état, et peut-être Alex n'était-il pas aussi borné que la majorité des autres hommes...

— Il pense que le bébé n'est pas de lui, n'est-ce pas ?

Charlotte tressaillit.

— Vous saviez !

— Je m'en doutais. Les hommes sont tellement stupides !

— Il veut l'emmener avec lui. Et Pippa aussi. Mon bébé et Pippa, il va me séparer d'eux !

Charlotte était au bord de la crise de nerfs, et ce n'était sûrement pas très bon pour l'enfant ! se dit Sophie, inquiète.

Elle s'approcha de son amie avec autorité.

— Ne vous laissez pas submerger, Charlotte. Il faut réfléchir.

Elle obligea la jeune femme à s'asseoir sur le lit et ajouta :

— Où est-il, en ce moment ?

— Je n'en sais rien. Je l'ai laissé dans le pavillon d'été.

Sophie eut un signe de tête approbateur. Au moins, c'était Charlotte qui était partie, et non le contraire.

— Peut-être a-t-il parlé sous le coup de la colère... risqua-t-elle.

— Il a dit qu'il ne voulait pas que ses enfants soient élevés par une gourgandine, et qu'il emmènerait le bébé avec lui à Londres. Il a dit aussi qu'il avait demandé à son notaire de préparer le divorce.

Elle leva vers son amie des yeux affolés.

— Je ne peux pas le laisser faire, Sophie. Ai-je un moyen de l'en empêcher ?

Sophie réfléchissait à toute vitesse. Il fallait absolument que Patrick vienne. Si quelqu'un pouvait convaincre Alex de l'innocence de Charlotte, c'était lui. Mais où était-il ? Peut-être son frère le savait-il.

Charlotte serra les poings.

— Je m'en vais, dit-elle. Je m'en vais, et j'emmène Pippa avec moi. Je l'aime comme si elle était ma propre fille. Je ne peux pas la laisser entre les mains d'un fou furieux. Nous irons au pays de Galles. À mon avis, Alex ne se rappelle pas que j'ai une propriété là-bas et...

— Ne dites pas de bêtises ! coupa sèchement Sophie. Il est votre mari, et désormais tout lui appartient.

— Non. Mon père a négocié une donation particulière, à cause des rumeurs qui couraient sur le premier mariage d'Alex. Il a tenu à ce que j'aie un bien en mon nom propre. Et Alex… Alex s'en moquait.

Il avait ri en affirmant qu'il n'avait rien à faire de sa fortune. Mais c'était l'Alex d'avant le mariage, quand il la croyait vierge. Quel gâchis !

— Donc, la maison du pays de Galles est bien à moi. Je m'y installerai jusqu'à la naissance du bébé. Ensuite, j'irai en Amérique.

Sophie demeura un instant pensive. Son amie était au bord de l'hystérie, malgré son ton composé. Elle ne pouvait en aucun cas emmener les enfants d'Alex en Amérique ! On la rattraperait et on la jetterait en prison. Cependant, Alex avait besoin d'un peu de temps pour se calmer. Pas trop, car il fallait qu'il soit là à la naissance du bébé, sinon il ne croirait jamais qu'il s'agissait du sien…

— Parfait ! dit-elle enfin. Comment allons-nous nous enfuir d'ici ?

— Oh, Sophie, vous êtes un amour, mais vous ne pouvez m'accompagner. Votre réputation serait ternie à jamais.

— Bien sûr que non !

— Mais si ! Vous ne pourrez plus vous marier, si vous vous sauvez avec moi… Vous ne devriez même pas être auprès de moi en ce moment !

— Ne vous rendez-vous pas compte, ma chérie, que je suis l'héritière de la fortune de mon père ? Rien ne pourrait gâter ma réputation, sauf peut-être que l'on me trouve toute nue dans le lit d'un homme !

— Je ne vous crois pas, Sophie. Regardez ce qui a ruiné la mienne : un simple évanouissement !

— Vous êtes mariée, c'est différent. Une femme mariée peut coucher avec qui elle veut, à condition de se montrer discrète. Le banal adultère n'est guère intéressant pour les mauvaises langues. Tandis qu'un seul pas dans la mauvaise direction – par exemple un témoignage d'affection envers le frère de votre époux, tomber enceinte en son absence et que cela ne se voie pas suffisamment... voilà qui est mortel !

— Peu importe, dit Charlotte après un petit silence. De toute façon, Alex pense que j'ai fait l'amour avec son frère. Si le bébé naissait demain, il admettrait qu'il est de lui, mais il l'emmènerait quand même à Londres. Il pense que j'étais une... fille facile, avant.

— Pourquoi ?

Charlotte hésita. Elle n'avait jamais raconté à Sophie pourquoi leur nuit de noces avait été catastrophique.

— J'ai fait l'amour avec lui une fois, avant notre mariage. Lors d'un bal. Mais il ne s'en souvient pas, et il croit que je l'ai confondu avec son jumeau. Donc, tous les ragots ont confirmé pour lui le fait que j'étais amoureuse de son frère. Oh, comment ai-je pu être assez stupide !

Elle comprenait enfin qu'Alex avait toutes les raisons de croire l'article, de croire que l'enfant n'était pas de lui.

Sophie, fascinée, se laissa tomber sur le lit à côté d'elle.

— Vous avez fait l'amour avec lui... à un bal ?

Charlotte acquiesça.

— Et il ne s'en souvient plus? Seigneur, combien de jeunes filles a-t-il déflorées au cours d'un bal?

Charlotte secoua la tête, désespérée.

— Nous n'avons jamais parlé de l'endroit, et il a conclu que cela s'était passé avec Patrick. Ensuite, il a dit qu'il ne voulait plus en reparler. Il a promis... il a promis, répéta-t-elle dans un sanglot, de me faire confiance...

Sophie la serra affectueusement dans ses bras. Quelle histoire abracadabrante! Il était difficile de croire qu'un homme ait pu oublier qu'il avait eu une relation intime avec une jeune femme aussi jolie!

— Je n'arrive pas à imaginer qu'il ait oublié votre aventure. Surtout que vous étiez vierge!

Charlotte haussa les épaules.

— Il dit qu'il ne m'avait jamais vue avant notre rencontre chez Mme Prestlefield.

— Bon. Qui devons-nous emmener? demanda Sophie, pratique.

— Katy, Marie, et votre camériste. Keating et Mall sont déjà au pays de Galles, grâce à Dieu!

— Le problème, c'est de nous débarrasser d'Alex. Laissez-moi m'en charger, déclara Sophie avec détermination.

Elle quitta Charlotte et alla ordonner à Katy de préparer les affaires de Pippa, puis elle descendit en guettant la voix d'Alex. Mais tout était silencieux. Elle se dirigea alors vers la bibliothèque, y entra et s'appuya à la porte.

Alex buvait son troisième verre de brandy. Il leva les yeux et la considéra sans le moindre intérêt.

— Si vous êtes venue plaider sa cause, vous perdez votre temps, dit-il sèchement.

— Où est votre frère ?

Il avait les paupières lourdes.

— Je suis sûr que ma charmante épouse pourrait répondre mieux que moi à cette question, ricana-t-il.

— Il faut que vous trouviez Patrick, décréta Sophie. Où est-il ?

— Dans le Leicestershire, paraît-il. À la chasse.

— Pouvez-vous le joindre ?

— À quoi bon ? Je suis certain qu'il ne tardera pas à se montrer. Il n'a sûrement pas renoncé au corps de Charlotte, même si elle est enceinte.

Il se resservit un verre.

— Pouvez-vous le trouver ? insista-t-elle.

— Sans doute, répliqua Alex avec une ironie mauvaise. Mais pourquoi ?

— Parce que vous êtes un sot et qu'il y a une chance qu'il vous ramène à la raison, répondit-elle sur le même ton. D'un autre côté, c'est votre frère, et peut-être sera-t-il incapable de se rappeler avec qui il a fait l'amour au cours des cinq dernières années.

Alex lui lança un regard noir.

— Petite chipie, dit-il froidement.

— Je suis sans doute une chipie, mais jamais je ne détruirais ma famille sans preuve. Vous n'allez tout de même pas vous débarrasser de votre épouse comme d'une vieille cravate, sans avoir parlé avec son prétendu séducteur ?

— Séducteur ? Je parierais que c'est elle qui l'a séduit !

— Vous coupez les cheveux en quatre, milord. Avez-vous peur de voir votre frère ? Que ferez-vous lorsqu'il vous annoncera qu'il n'a rencontré votre épouse que deux fois et de façon très brève ?

Un tic nerveux agitait la lèvre d'Alex.

— Préférez-vous condamner votre jumeau, poursuivit Sophie, comme vous avez condamné votre femme ? Sans écouter la moindre explication ?

Alex avait la tête dans un étau.

— Comment vouliez-vous que je réagisse ? grommela-t-il. J'ai quitté ma femme alors qu'elle avait ses menstruations, et je rentre pour la trouver enceinte.

— Elle dit que vous aviez promis de lui faire confiance.

Les mots s'étirèrent dans le silence. Alex donna un coup de pied à la bûche qui brûlait dans l'âtre. Peut-être devrait-il en effet voir Patrick... De toute façon, qu'allait-il faire ce soir ? Expédier son épouse en Écosse au beau milieu de la nuit ?

— Pouvez-vous le trouver et être revenu avant trois semaines ?

— Oui, répondit-il distraitement, sans s'interroger sur ce délai de trois semaines.

Braddon Chatwin vivait à deux jours de Downes Manor.

— D'accord, décida-t-il enfin. Dites à ma femme qu'elle doit se tenir prête à partir pour l'Écosse d'ici une semaine.

Sophie acquiesça et sortit sans un mot.

Dix minutes plus tard, la porte d'entrée claquait et Alex hurlait qu'on lui amène son cheval.

Sophie et Charlotte se regardèrent au-dessus de la pile de linge sur le lit de la jeune femme, tandis que trois servantes aidaient Marie à préparer les bagages.

Charlotte soupira.

— Il ne s'est pas... laissé attendrir ?

Sophie secoua la tête.

— Quand nous serons arrivées en *Écosse*, Charlotte, vous pourrez acheter d'autres vêtements de bébé.

Devant l'air surpris de son amie, Sophie eut un petit signe en direction des femmes qui s'affairaient, puis elle l'entraîna vers la porte.

— Venez, ma chérie, allons jouer avec Pippa. Nous pourrons partir de bonne heure, demain.

— Non ! protesta Charlotte, une fois dans le corridor. Je veux m'en aller dès ce soir !

— Dans l'intérêt du bébé, vous devez vous reposer, rétorqua Sophie d'un ton sans réplique. Si nous racontons à tout le monde que notre destination est l'Écosse, cela mettra Alex sur la mauvaise voie pendant une bonne semaine.

Charlotte n'insista pas davantage. En fait, elle était épuisée !

— Je vais vous faire porter un plateau dans votre chambre, et nous partirons le plus tôt possible demain.

Charlotte dormit d'un sommeil de plomb. Un peu avant l'aube, elle eut un rêve délicieux. Elle était en Écosse avec Alex, au temps où ils étaient si heureux ! Ils avaient pique-niqué au bord d'un lac. Katy ramenait Pippa à la maison pour la sieste, et les yeux d'Alex brillaient.

— La voiture ne reviendra pas avant un bon quart d'heure, disait-il d'une voix chargée de sous-entendus en caressant le pied délicatement cambré de la jeune femme. Pas assez longtemps pour un festin, ajoutait-il en mordillant ses orteils, mais…

Il cueillait une marguerite blanche et lui caressait la cuisse avec, au-dessus de ses bas. Des vagues de sensualité parcouraient Charlotte, tandis qu'il déposait de petits baisers sur tout son corps…

Elle sourit dans son sommeil.

Mais le rêve se transforma brusquement. Elle se tenait sur le ponton, quand le brouillard se leva. Des rubans blancs s'enroulaient autour de ses jambes. Le temps changeait si vite, en Écosse ! Elle appelait son mari, regardait autour d'elle. Soudain elle entendit un gros plouf et une petite voix :

— Maman ! Maman !

Elle se réveilla en sursaut, le cœur battant la chamade. Le bébé s'agitait furieusement en elle, et elle tenta de retrouver son calme en respirant profondément. Elle était dans son lit. Pippa dormait à la nursery. Tout allait bien.

Soulagée, elle se rallongea. Quelque chose s'était modifié en elle, songea-t-elle en sentant les petits pieds de son bébé tambouriner contre son ventre. Pippa… Il fallait qu'elle protège ses enfants ! Tant pis pour les baisers d'Alex, pour sa passion. C'était vide, sans véritable amour, ce n'était que de la sensualité. Il s'était servi d'elle.

D'ailleurs, il ne se souciait guère des enfants. Il était parti pour la France sans tenir compte de Pippa.

Charlotte caressa son ventre, chercha la tête de son bébé. À moins que ce fût un pied…

— Je te promets, murmura-t-elle, je te promets de t'aimer, de te faire confiance, et de ne jamais te laisser te noyer dans un lac.

Malgré elle, ses yeux s'emplirent de larmes.

Ce serait tellement merveilleux, si Alex et elle pouvaient s'aimer, et aimer leurs enfants ensemble ! Mais c'était impossible.

Aussi, une fois de plus, la comtesse de Sheffield s'endormit, les joues baignées de larmes.

21

Alex trouva son frère après quatre jours de rude chevauchée. Il était arrivé chez Braddon Chatwin en deux jours comme prévu, mais, à sa grande irritation, il avait appris que le « jeune maître » était parti depuis quelque temps. Alex, tapotant ses gants sur sa cuisse, avait foudroyé du regard le pauvre majordome.

— Comment ça, mon brave, vous ne savez pas *exactement* où ils sont allés ? Ou vous savez, ou vous ne savez pas. Soyez clair !

— Je veux dire, répondit humblement Treble, que Sa Seigneurie a exprimé l'intention de se rendre à Bath, et bien sûr votre frère l'accompagnait. Mais il est possible que leur groupe se soit arrêté à Singleton Manor, le domaine du comte de Slaslow dans le Kent.

— Leur groupe ! aboya Alex. De quoi s'agit-il ? D'une parade d'été ? Y a-t-il des femmes avec eux ?

Treble fixait résolument le sol de marbre.

— Je me suis servi de ce terme sans y penser, milord. Il y avait le comte de Slaslow et votre frère, ainsi que… une connaissance de lord Foakes, une jeune personne.

Alex se tut un instant.

L'expression «jeune personne» voulait dire que Patrick avait emmené une courtisane. Rien de bien nouveau. Sauf que cela signifiait qu'il avait laissé Charlotte enceinte pour batifoler avec une maîtresse!

Treble frémit de terreur en voyant le visage du comte s'assombrir encore – si c'était possible.

— Cette... jeune personne est-elle arrivée avec mon frère?

— Oui, milord, répliqua Treble, de plus en plus mal à l'aise. Enfin, c'est-à-dire, peu après que lord Foakes et mon maître sont venus de Londres. Ils avaient dû se mettre d'accord, mais la jeune dame a pris quelques jours pour préparer ses bagages. Elle voyage avec une quantité de malles!

Il avait fallu cinq heures pour transporter les affaires de la jeune femme. Pire que pour une duchesse! pensait le serviteur. Cette personne ne voyageait pas avec ses propres draps, comme il était courant chez les aristocrates, mais elle n'avait pas moins de quarante-huit chapeaux, tous dans des cartons!

Sur un bref remerciement, Alex redescendit les marches. Il regardait sans le voir le ciel strié de nuages orangés. Il se sentait perplexe. Patrick se serait-il lassé si vite du corps de Charlotte? Alex, qui l'avait eue pour lui seul durant trois mois, l'aurait volontiers gardée trois mois de plus, voire trente années!

Peut-être avait-elle rompu. Peut-être Charlotte l'aimait-elle et n'avait-elle succombé à Patrick que parce qu'il avait jadis pris sa virginité. Mais non! se dit-il. Elle aurait couché avec lui en souvenir du bon vieux temps, par nostalgie?

Les faits étaient là : elle avait ses menstruations quand il était parti, elle était enceinte quand il était revenu. Rien d'autre ne comptait à ses yeux.

Il ignora la voix plaintive de Treble, derrière lui, qui lui proposait de passer la nuit à Selfridge Manor. Il ne tenait pas à rester là où son frère avait séjourné.

Il se mit en selle d'un vigoureux coup de reins.

Deux jours plus tard, vers neuf heures du soir, il empruntait au galop l'allée qui menait à Singleton Manor, l'une des propriétés de Braddon Chatwin. Il les avait enfin rattrapés ! Il y avait de la lumière à de nombreuses fenêtres, donc ils étaient là.

Il remit les rênes de son étalon à un lad, s'arrêta devant le majordome qui lui tenait ouverte la lourde porte.

— Où est-il ?

— C'est un honneur de vous revoir, milord, l'accueillit aimablement Vorset, le maître d'hôtel de Braddon.

Il avait passé l'âge de se laisser malmener par ces fougueux aristocrates !

— Le maître et lord Foakes sont dans la bibliothèque, ajouta-t-il.

Alex se dérida quelque peu.

— Heureux de vous voir toujours en forme, Vorset.

Le brave homme ne les avait jamais dénoncés, Patrick et lui, quand ils entraînaient autrefois Braddon dans de folles aventures, bien qu'il fût au courant.

Vorset eut un signe de tête, et la bonté se lisait dans son regard. Comme la moitié de l'Angleterre, il était au courant des déboires conjugaux du comte.

— Si vous voulez bien me suivre, dit-il.

Alex enfila derrière lui le corridor qu'il connaissait si bien. Dieu, il n'était pas venu dans cette demeure depuis dix ans, au moins ! Après la mort de leur mère, on les envoyait chez qui voulait bien les accueillir pour les vacances, et c'était souvent chez Braddon qu'ils atterrissaient.

Vorset ouvrit une porte sans frapper, privilège qu'il devait à de longues années de bons et loyaux services dans la famille. Comme il se retirait discrètement, Alex s'arrêta sur le seuil. Un grand feu brûlait dans la cheminée, surmontée de candélabres. Braddon Chatwin semblait étudier un fastidieux dossier, et près de l'âtre se tenait le frère d'Alex. Sur le moment, il fut tellement heureux de le revoir qu'il en oublia sa rage. Patrick était la personne au monde la plus proche de lui, et il serait désespéré s'il lui arrivait quelque chose. Mince, hâlé par le soleil des Indes, il murmurait à l'oreille d'une ravissante rousse qui s'esclaffait.

Alex s'éclaircit la gorge. Seul Braddon leva les yeux.

— Patrick, vieux, tu as de la visite…

Celui-ci ne bougea pas, tout occupé par sa belle amie.

— Patrick ! insista Braddon.

Patrick leva enfin la tête, et quelque chose dans l'attitude d'Alex le fit aussitôt tressaillir. Les jumeaux se comprenaient sans parler. Patrick *savait* que son frère bouillait d'une colère immense.

Il marcha lentement vers Alex, s'arrêta devant lui, les sourcils levés en question silencieuse.

Alex l'observait intensément. Durant quelques instants, on aurait entendu une mouche voler.

— Bon sang! dit enfin Alex. Tu ne l'as pas fait, n'est-ce pas?

Patrick ne bougea pas.

— Je n'ai pas couché avec ta femme, si c'est à ça que tu penses.

Le visage d'Alex était un masque de dureté. Comme il ne répondait pas, Patrick posa la main sur son épaule, lui fit faire demi-tour, et ils sortirent de la bibliothèque sans un mot.

— Ouf! souffla miss Arabella Calhoun, l'amie de Patrick. Il n'a pas l'air commode!

Comme Braddon gardait le silence, elle inspecta son petit pied. Elle aimait bien ces mules, françaises évidemment, faites de satin bleu pâle rebrodé de colombes blanches.

Braddon leva la tête et glissa un bras sur le dossier de son siège.

— Qu'en pensez-vous, Braddon?

Elle l'appelait par son prénom, car elle se faisait un devoir d'être au mieux avec les amis de son amant du moment. Or elle venait de comprendre, en voyant ce dernier quitter la pièce, qu'il pourrait bien la délaisser. Apparemment, il avait des problèmes familiaux à résoudre. Et elle détestait les histoires de famille. C'était tellement ennuyeux!

— Ce que je pense de quoi?

— De mes souliers!

Braddon les regarda. C'était la raison pour laquelle il n'aimait guère la compagnie des femmes. Que pouvait-on dire sur des chaussures?

— Elles sont... très petites.

Arabella lui jeta un regard agacé. C'était un sacré lourdaud, celui-ci ! Mais il était gentil, et elle tapota le coussin près d'elle.

— Eh bien, puisque Patrick est parti sans un mot d'explication, pourquoi ne viendriez-vous pas près de moi ?

Elle n'avait pas tort de faire cette proposition car, environ une heure plus tard, Vorset vint apporter des rafraîchissements en annonçant que le comte de Sheffield et son frère étaient partis à cheval, sans prendre la peine de dire quand ils reviendraient.

— C'est un peu fort ! s'écria-t-elle. N'est-ce pas l'attitude la plus grossière que l'on puisse imaginer ? Je n'étais pas obligée de l'accompagner ici ! Les hommes se bousculent à ma porte pour m'inviter seulement à dîner !

— Je sais, répliqua Braddon en lui prenant la main. J'ai été l'un de ceux-là.

Il la regardait avec convoitise, et elle se sentit un peu mieux.

Après tout, comme elle le confiait à sa camériste la veille au soir, un homme en valait un autre. Et si Patrick était plus beau, Braddon était nettement plus attentionné.

Un rayon de lune argenté dansait derrière les arbres. Le cheval de Patrick écumait quand ils s'arrêtèrent enfin.

— Ça suffit, Alex.

Alex lui lança un coup d'œil furibond que Patrick ignora, désignant un panneau qui indiquait : *Buffington : 1 mile.*

— Il y a une auberge décente, dans ce village! cria-t-il par-dessus son épaule.

Puis il se retourna, comprenant que son frère ne le suivait pas.

— Pour l'amour du Ciel! Elle ne va pas s'envoler, elle est enceinte! Elle t'attend, et nous ne sommes pas à quelques heures près.

Alex n'était qu'un masque d'ombre, et Patrick fit revenir sa monture harassée jusqu'à la croisée des chemins.

— Elle va me quitter, Patrick, dit enfin Alex d'un ton rauque. J'ai promis de lui faire confiance, et j'ai manqué à ma parole... Il faut que je rentre à la maison. Je dois la voir.

Patrick soupira. Il n'avait pu lui faire entendre raison, depuis l'instant où Alex avait compris que son jumeau n'avait aucune responsabilité dans la grossesse de Charlotte, et qu'il la connaissait à peine.

— Elle n'ira nulle part! Les femmes dans son état ne voyagent pas, répéta Patrick en oubliant délibérément les Indiennes qui sillonnaient les routes de montagne avant d'accoucher. Rappelle-toi mère. Quand elle attendait un enfant, elle restait au lit pendant des mois.

C'était ce qu'il ne fallait pas dire! Alex pâlit.

— Mon Dieu... Et si, comme mère, elle en mourait, Patrick?

— Charlotte est raisonnable, Alex. Elle ne mettrait pas la vie de son enfant en danger. Elle t'attend sagement à Downes Manor. Il est possible qu'elle te fasse la tête, mais elle ne risquera pas la vie du bébé simplement pour te fuir.

C'était le premier argument qui faisait mouche. Peut-être Charlotte n'était-elle pas en train de le quitter pour toujours...

Patrick, qui sentait la victoire à portée de main, reprit les rênes.

— Nous nous lèverons à l'aube, promit-il. Même si elle a décidé de se rendre en Écosse – et je persiste à penser que c'est fort peu probable –, elle voyagera lentement. Nous la rattraperons sans peine.

Alex ne protesta pas davantage.

Ils s'arrêtèrent à l'auberge de Buffington, où ils mangèrent du ragoût d'écureuil car il n'y avait rien d'autre, et tombèrent dans les deux lits qui garnissaient la seule chambre libre.

— Bon sang, tu crois que ce crétin d'aubergiste secoue parfois ses matelas de paille ? s'irrita Patrick.

Alex ne répondit pas. Il fixait les poutres du plafond en se demandant quand sa vie avait basculé. Pourquoi avait-il soupçonné Charlotte d'adultère ? Il revivait encore et encore la scène du pavillon d'été. La jeune femme l'accueillait, les yeux emplis d'amour… et il la rejetait.

— Si elle est partie, je ne sais pas ce que je deviendrai, dit-il.

Patrick leva les yeux au ciel, en remerciant sa bonne étoile de l'avoir toujours protégé de cette étrange émotion appelée « amour ».

— Elle sera là, Alex.

Grâce au train d'enfer que menait Alex, ils regagnèrent Downes Manor en deux jours et demi. Lorsqu'ils s'engagèrent dans l'allée, Patrick eut un mauvais pressentiment. En effet, il régnait un étrange silence sur les lieux.

Alex sauta à terre et se précipita vers l'entrée. Un laquais, surpris, sortit de la bibliothèque en entendant la porte claquer.

— Milord !

— Où est ma femme ? hurla Alex.

L'homme gardait les yeux baissés.

— Je ne puis le dire, milord... Enfin, je n'en ai aucune idée.

Patrick alla ouvrir la porte du salon, sur la gauche, tandis qu'Alex continuait à terroriser le malheureux serviteur, qui finit par laisser entendre que la comtesse était partie pour l'Écosse.

— Où est ton majordome, Alex ? demanda Patrick.

— Le majordome ! cria Alex. Où est ce satané majordome ?

— Vous n'en avez pas dans cette demeure, milord, répondit le valet. Madame la comtesse en a reçu plusieurs, et elle était sur le point d'en engager un, mais vous êtes rentré et...

Patrick nota avec intérêt que, si le domestique était intimidé par les cris d'Alex, il semblait... presque méprisant.

— La comtesse a-t-elle emmené sa caméritse ? intervint-il.

— Oui.

— Et qui d'autre participait au voyage ?

Comme l'homme hésitait, Patrick ajouta :

— Votre loyauté vis-à-vis de votre maîtresse est...

Alex lui coupa la parole.

— Bien sûr ! Sophie était là. Elles ont dû se rendre chez sa mère !

— J'en doute, objecta Patrick.

— Pourquoi, bon Dieu ?

— Parce que la marquise de Brandenburg ne recevrait jamais ton épouse chez elle. Charlotte a été traitée de femme perdue par tout ce qui compte en Angleterre. Je suis même étonné que Sophie York ait eu le droit de lui rendre visite.

— C'était à ce point ?

— À mon avis, personne ne veût plus lui parler, dit doucement Patrick. Je suis désolé, je n'ai rien pu faire. Seulement rester le plus loin possible.

— Pourtant, Sophie York était là quand je suis rentré.

— Elle semble du genre fidèle, répliqua Patrick en se rappelant le fier regard bleu de la jeune fille qui avait soutenu Charlotte lors de son évanouissement.

Elle l'avait toisé avec une telle réprobation que ses yeux l'avaient hanté plusieurs jours, jusqu'à ce qu'il se lance à l'assaut d'Arabella Calhoun, une cantatrice fort populaire du Theater Royal.

Enfer ! se dit-il soudain. Il avait abandonné Arabella chez Braddon ! C'était la première fois qu'il pensait à elle, depuis qu'il avait vu Alex à la porte de la bibliothèque. Puis il haussa les épaules. Les femmes comme elle retombaient toujours sur leurs pieds.

— Seigneur ! gémit Alex.

Ce mot tomba dans le silence le plus profond.

Le laquais fixait le sol, songeur. On aurait dit que le comte regrettait les problèmes qu'il avait causés. Il se rappela ce que lui avait confié Marie : seul le comte pouvait mettre un terme au scandale et permettre à sa maîtresse de retrouver sa place dans le monde. Devait-il lui révéler la vérité ?

Patrick était certain que le domestique savait où était Charlotte, mais il était capable de s'entêter dans sa loyauté.

— C'est l'heure du dîner, dit-il. Y a-t-il un cuisinier, au manoir ?

— Oui, milord. La comtesse en a engagé un voilà plusieurs mois. C'est un Italien, Rossi. La comtesse a pensé que son époux apprécierait la cuisine italienne, après tous ces mois passés sur le Continent.

— Seigneur ! répéta Alex.

— Tu commences à ressembler à un perroquet, plaisanta Patrick avant d'ouvrir la porte du salon jaune. Voulez-vous nous apporter à boire ? Quel est votre nom, mon ami ?

— Cecil, monsieur.

— Eh bien, Cecil, vous voilà promu majordome. Nous aimerions du whisky, mon frère et moi.

La porte fermée, Cecil déglutit nerveusement. Avait-il eu raison de garder secrète la destination de la comtesse ? Personne d'autre n'était au courant, dans la maison. Tout le monde pensait qu'elle était partie en Écosse, mais Marie lui avait confié qu'il s'agissait en réalité du pays de Galles.

Il mit provisoirement ce problème de côté et alla trouver le chef cuisinier qui, bien qu'italien, était aussi tatillon que le Français qu'ils avaient à Londres. Il voulait le prévenir aussi vite que possible qu'il aurait un dîner à concocter.

Dans le salon jaune, Alex se laissa tomber sur un sofa, tandis que Patrick regardait distraitement les bibelots.

— Cette pièce a changé, fit-il remarquer.

Alex leva les yeux.

— Il faut que je sache où elle est, dit-il d'un ton morne. Crois-tu qu'elle soit allée en Écosse ?

Patrick ne prit pas la peine de répondre. Il avait la ferme intention de faire parler le valet de pied, mais seulement après le repas, ou même le lendemain matin. Il était las de chevaucher ventre à terre, proie aisée pour les bandits de grand chemin.

— Est-ce toi qui as décoré le manoir, ou Charlotte ? demanda-t-il.

— Je n'avais pas mis les pieds ici depuis la mort de père.

— Ton épouse a un excellent sens des couleurs.

— Elle peint.

— Hum…

— Elle peint vraiment ! s'irrita Alex. Surtout des portraits, et ils sont superbes. Elle disait qu'elle aimerait faire le mien…

Il retomba dans son mutisme.

Patrick s'approcha d'un tableau qu'il examina attentivement.

— Pas celui-là, précisa Alex, toujours énervé. C'est un Rossetti… Bon sang ! J'ai l'impression qu'on m'a mis un sac sur la tête et que j'étouffe peu à peu.

Patrick vint s'asseoir sur le sofa et allongea les jambes, la tête en arrière. Charlotte avait fait restaurer le plafond, où étaient peints des élégants qui pique-niquaient près d'une rivière.

— Pourquoi as-tu fait ça, Alex ? Je n'ai rencontré Charlotte que deux fois, mais je peux jurer qu'elle est foncièrement honnête. En plus, elle t'aime. J'ai été désolé pour elle à cause de ce scandale, mais jamais je n'aurais imaginé que tu y croirais.

— Quand je suis parti pour l'Italie, elle avait ses règles, répliqua Alex. En outre, j'avais découvert le soir de nos noces qu'elle n'était pas vierge, et elle a affirmé que c'était avec moi qu'elle avait perdu son innocence. Je savais que c'était faux, aussi ai-je pensé qu'il s'agissait de toi. Ensuite, lorsque je suis revenu, j'ai appris qu'elle s'était évanouie en te voyant, et qu'elle était enceinte...

— Tu es un fieffé imbécile! Et tu ne te rappelles pas avoir fait l'amour avec elle?

— Tu l'as vue, Patrick. Comment aurais-je pu l'oublier?

— Tu devrais y réfléchir plus sérieusement. Ce n'est pas une menteuse.

— Et toi, si tu y réfléchis?

— J'ai fort peu connu de vierges. J'ai défloré une servante indienne sur les rives du Gange. Charmant souvenir, mais qui n'a rien à voir.

— Nous sommes à égalité. Je n'en ai eu qu'une, or elle était rousse, et cela a eu lieu au bal des ouvriers.

Patrick avait faim, et aucune envie d'entrer dans les détails. Quand ils auraient retrouvé Charlotte, tout s'éclaircirait.

On frappa à la porte. Cecil apparut, visiblement nerveux, un plateau d'argent à la main.

— Où diable avez-vous déniché le nom de Cecil? demanda Patrick avec malice. Votre mère avait-elle la folie des grandeurs?

Cecil secoua la tête.

— Elle admirait la noblesse, répondit-il brièvement avant de venir s'incliner devant Alex. Un message pour vous, milord.

Alex s'empara de l'enveloppe, qu'il faillit déchirer dans sa hâte de l'ouvrir.

— Mon Dieu ! s'écria-t-il. C'est de Sophie York. Elle dit qu'elles sont au pays de Galles, et que, si je veux assister à la naissance de mon enfant, je ferais bien de me dépêcher.

— Bien fait pour toi, déclara Patrick qui se tourna vers le domestique. Quant à vous, vous vous en tirez à bon compte !

Cecil s'éclipsa. Il était bien de cet avis !

Patrick, amer, voyait le dîner lui passer sous le nez. Déjà, Alex était sorti du salon et criait qu'on lui amenât Bucéphale.

Patrick se leva péniblement. Vu l'impatience de son frère, ils allaient mettre deux jours pour atteindre le pays de Galles. Deux jours encore sans un repas digne de ce nom !

22

Charlotte hurlait.

— Non ! Non ! Non ! Il est là pour prendre mon bébé ! Chassez-le !

Elle retomba contre la tête du lit, ravalant une vague de douleur. On n'entendait plus dans la chambre que sa respiration saccadée.

Alex était effondré. Avait-il été aveugle ? Sous la légère chemise mouillée de transpiration, on voyait nettement son ventre gonflé. Elle était plus grosse que la femme qu'il avait vue accoucher en Italie, songea-t-il, brusquement inquiet. Le bébé devait être énorme !

— Il faut quitter cette pièce, milord, lui dit une voix courtoise mais ferme.

Le Dr Seedland arborait un air déterminé.

— Il faut partir, insista-t-il. L'accouchement se déroule au mieux pour un premier enfant, mais votre épouse doit garder toutes ses forces.

— Je vous en supplie, faites-le sortir !

Charlotte s'était redressée, les yeux immenses dans son visage très pâle. Elle souffrait ! Alex ressentit une bouffée de tendresse et fit un pas vers elle. Mais le médecin le retint par le bras.

— Dehors ! Vous ne pouvez pas rester ici !

— Allez-vous-en ! gémit Charlotte. Je vous en prie, allez-vous-en...

Elle éclata en sanglots.

— Ne vous énervez pas, madame, dit le médecin.

Sophie prit son amie aux épaules en lançant un regard noir à Alex, qui recula lentement vers la porte.

— Tout va bien, ma chérie. Je ne le laisserai pas prendre votre bébé. Je suis là.

Comme le battant se refermait sur lui, Alex entendit un hurlement. Charlotte avait une nouvelle contraction.

Dans le couloir, il demeura pétrifié, blessé par sa propre stupidité. Sa femme mettait leur enfant au monde, et elle l'avait regardé avec des yeux emplis de terreur.

Patrick vint le serrer dans ses bras, à sa manière bourrue. Ils restèrent ainsi un moment, deux grands gaillards enlacés, tellement semblables ! Le silence fut brisé par un cri, puis un autre, puis un autre encore.

— Madame, disait le médecin, il faut cesser de crier. Vous devez vous ménager.

— Mon Dieu ! s'exclama Alex. Voilà qu'il la gronde. Je vais le tuer !

Patrick le retint.

— As-tu déjà vu une femme accoucher ?

— Oui, mais c'était différent. Elle était allongée, l'enfant est arrivé tout de suite. On lui a donné un verre de vin, puis le bébé s'est mis à téter.

— Ce devait être le cinquième ou le sixième. Tu sais que certaines femmes meurent en couches, Alex. Pense à mère. Cela arrive tous les jours, et souvent avec le premier enfant. Il faut que Charlotte garde ses forces, le médecin a raison. J'ai vu une femme succomber, en Inde. Elle n'avait plus assez d'énergie, tout simplement.

Alex s'appuya au mur. Il tremblait de la tête aux pieds. Les cris redoublèrent.

— Je vais emmener ta fille au village et la confier à la femme du pasteur, dit Patrick. Ces cris résonnent dans toute la maison.

Alex ne répondit pas.

Deux heures plus tard, il priait du fond du cœur. La jeune femme s'était tue, mais il ne savait pas si c'était bon ou mauvais signe. Les contractions continuaient, il n'entendait plus que des gémissements, une respiration haletante.

Charlotte était son âme, elle subissait une torture et il ne pouvait même pas la tenir dans ses bras, parce qu'il la terrorisait…

Les heures passaient. Patrick lui apporta un verre de vin et une tranche de viande, auxquels il ne toucha pas. Alors son frère s'installa près de lui sur une chaise, mais il resta debout, adossé au mur.

Soudain, la voix affolée de Sophie leur parvint à travers la porte.

— Charlotte, tiens bon ! Réveille-toi ! Reviens !

Alex se redressa. Que le médecin aille au diable, il entrerait dans la chambre !

Lorsqu'il y pénétra, personne ne leva les yeux. Charlotte était étendue, nue, inerte.

Elle va mourir, se dit-il. Elle va mourir ! Ma belle, mon adorable épouse va mourir !

Il marcha vers le lit où le médecin agitait des sels sous le nez de la jeune femme. Celle-ci ne réagissait pas.

Il prit le Dr Seedland par le bras et le fit vivement reculer.

— Sortez ! cria-t-il.

Le médecin ne l'entendait pas ainsi.

— L'enfant est encore vivant, milord. Il faut que j'essaie de le sauver.

Les mots résonnèrent un instant dans le silence, puis Alex grinça :

— Sortez !

Le médecin eut un regard de compassion.

— Je vous donne dix minutes, dit-il. Après, il sera trop tard pour l'enfant.

Il posa la main sur le front de Charlotte, puis sortit avec les trois femmes de chambre.

Restait seulement Sophie, qui ne bougea pas de sa place à la tête du lit. Elle le contemplait sans aménité.

— Laissez-moi. Il faut que je lui dise, murmura-t-il. Il faut que je lui dise…

— Elle n'entend plus rien, rétorqua-t-elle sèchement.

— Je vous en prie, Sophie…

Il lut dans son regard un mépris qui le transperça.

— Je vous en prie, répéta-t-il.

Elle se pencha, déposa un baiser sur les paupières closes de son amie. Charlotte respirait à peine.

— Au revoir, chuchota Sophie. Au revoir, ma chérie.

Patrick, qui était entré derrière son frère, la prit aux épaules et la poussa vers la porte, avant de s'adresser à Alex :

— Il faut que tu la réveilles. Réveille-la, et aide-la à pousser. Il faut qu'elle expulse l'enfant, sinon ils vont mourir tous les deux.

Il sortit ensuite avec Sophie dans le couloir. La jeune fille était secouée de sanglots si violents qu'elle avait du mal à respirer. Il la souleva dans ses bras et l'emporta dans un petit salon, de l'autre côté du hall. Là, il s'assit dans un fauteuil en lui caressant les cheveux.

— Je l'ai tuée, dit-elle au milieu de ses larmes. Je l'aimais et je l'ai tuée...

— Quoi ?

— Je l'ai tuée. Si je n'avais pas envoyé ce message à Alex, elle irait bien. Je voulais... je voulais qu'il sache, qu'il ne la soupçonne pas d'avoir falsifié la date de naissance. Je me suis dit que, s'il était là, il comprendrait combien il a été stupide.

— Vous avez bien fait.

Patrick caressait ses cheveux afin de l'apaiser.

— Non, j'ai eu tort ! Tout se passait normalement, avant qu'il arrive. Mais quand il est apparu, elle a eu peur qu'il ne prenne son enfant, comme il l'en avait menacée, et tout s'est bloqué. J'ai répété à Charlotte que je ne le laisserais pas emporter le bébé, mais elle ne m'a pas crue...

Patrick jura entre ses dents. Il était aussi ému qu'elle.

— Ce n'est pas la faute d'Alex, dit-il. Ni la vôtre. Il y a des naissances qui se passent mal, surtout quand il s'agit du premier enfant. Le bébé ou la mère peuvent y rester.

— Même les deux, gémit Sophie.

— Même les deux, acquiesça Patrick. Mais vous n'êtes pas responsable. Alex a compris sa stupidité, et il est venu parce qu'il l'aime. Il fallait qu'il soit là. J'ai vu une situation semblable, aux Indes...

Sophie leva vers lui son regard noyé de larmes.

— A-t-elle souffert ? Je veux dire, à la fin ?

— Non. On a fait venir le mari, et il était dans la chambre avec elle.

Sophie, épuisée, se laissa retomber contre son épaule.

— Combien de temps a duré l'agonie ? souffla-t-elle.

— Quelques minutes.

Ils prêtèrent l'oreille, mais aucun bruit ne leur parvenait de l'autre côté du hall.

Alex était assis sur le lit, près de Charlotte qui s'était réfugiée dans un monde où la douleur n'existait plus. Il la revit soudain, joyeuse, se tournant vers lui, un pinceau à la main, et envoyant une tache de peinture sur sa chemise. Il avait feint de se mettre en colère et l'avait emportée vers le divan. Quel imbécile ! Pourquoi n'avait-il pas compris qu'un homme et une femme ne pouvaient faire l'amour avec autant d'intensité sans véritable sentiment ? Il avait confondu les étreintes bestiales de Maria avec leur radieuse passion !

Il avait tué Charlotte. Tout était de sa faute. Il avait terrorisé son épouse, et elle avait cru qu'il venait lui enlever son bébé, alors elle avait lâché prise. Le cœur d'Alex pesait des tonnes. Il n'avait pas connu un tel désespoir depuis la mort de sa mère en couches, quand il avait onze ans. Elle le détesterait, si elle avait su ce qu'il faisait endurer à sa femme.

Quelque chose de chaud tomba sur sa main, et il se rendit compte qu'il s'agissait de ses larmes. Il n'avait pas pleuré depuis que sa mère… Non ! Il ne fallait pas qu'il perde Charlotte !

Il cria son nom.

Il n'y eut pas de réaction, seulement un frémissement de son ventre sous une nouvelle contraction.

— Non ! Non ! hurla-t-il, au comble de l'angoisse.

Il posa les lèvres contre son oreille :

— Je vous aime, je vous aime. Oh, écoutez-moi, je vous en supplie ! Ne partez pas sans m'avoir entendu. En Italie, j'ai découvert combien je vous aimais. J'avais peur... j'avais peur que vous ne m'aimiez pas en retour. Seigneur, Charlotte, réveillez-vous !

Toujours pas la moindre réaction. Il caressa sa joue, et ce contact lui redonna des forces. Elle n'était pas encore morte !

« Réveille-la, avait dit Patrick. Réveille-la et aide-la à pousser... »

Il mit les mains sur son ventre et sentit un frisson de vie sous ses doigts. Leur enfant était là, prêt à lutter pour vivre.

Il prit son visage entre ses mains.

— Vous devez vous réveiller, Charlotte. Réveillez-vous, sinon le bébé va mourir. Notre bébé va mourir.

Il eut l'impression que ses paupières frémissaient.

— Charlotte, revenez à vous, ou notre petit va mourir. Ne laissez pas notre bébé mourir, je vous en supplie !

La jeune femme entendait une voix très loin, comme dans un rêve... C'était Alex. Et il ne criait pas, il la suppliait... Pourquoi était-il triste ? Puis elle comprit ce qu'il disait et, dans un sursaut d'énergie, elle ouvrit les yeux. Aussitôt, elle fut prise d'une nouvelle contraction et gémit, souhaitant retourner dans l'univers cotonneux où elle ne sentait rien.

Mais Alex la secoua.

— Non, Charlotte ! Notre bébé va mourir !

Elle rouvrit les yeux.

— Mon Dieu, Charlotte, je vous aime, vous le savez ?

Elle lut dans son regard une véritable agonie, ainsi qu'une immense culpabilité. Elle acquiesça lentement, puis tourna le visage afin de reposer la joue dans sa paume chaude et retrouver son cocon…

Alex la redressa énergiquement.

— Notre bébé ! Notre bébé, Charlotte !

Son bébé. Où était-il ? À point nommé, elle eut une nouvelle contraction et elle ouvrit la bouche, mais aucun son n'en sortit. Alex lui massait les épaules.

— À la prochaine contraction, il faudra pousser pour que le bébé sorte. Vous entendez ?

— J'ai essayé…

Sa voix n'était qu'un souffle.

— Cette fois, nous allons pousser ensemble. Vous sentez comme je suis fort ?

Elle s'agrippait désespérément à sa main, et il la pressa avec tendresse.

La porte s'ouvrit sur le Dr Seedland.

— Ça va, docteur, dit Alex sans se tourner vers lui. À la prochaine contraction, Charlotte et moi allons expulser le bébé. Parce que nous voulons qu'il vive. Et s'il ne sort pas, il va mourir.

La jeune femme respira profondément. Elle avait repris ses esprits. Alex avait dit qu'il allait l'aider, et elle le croyait.

Aussi, à la contraction suivante, au lieu de lutter contre la douleur, elle s'y laissa sombrer et, quand Alex cria « Poussez ! », elle pensa au bébé qui risquait de mourir, à Alex qui poussait avec elle, et elle y mit tout son cœur.

— Je vois la tête, annonça le médecin. Encore une fois, milord.

Charlotte était retombée sur les oreillers, les cheveux trempés de sueur. Jamais elle n'avait été plus belle ! songea Alex qui baisa ses lèvres. Comme elle ne réagissait pas, il la mordit d'un coup sec.

Elle ouvrit les yeux en fronçant les sourcils. Voilà qu'il la maltraitait, maintenant !

— Encore, Charlotte. Allons-y, la contraction arrive. Le bébé va sortir. Juste une fois, ma chérie...

Tandis que la douleur montait, Charlotte, accrochée à la main de son mari, poussa à nouveau.

— Je l'ai ! s'exclama le Dr Seedland d'une voix un peu enrouée.

Une seconde plus tard, le bébé lançait son premier cri.

De l'autre côté du hall, Patrick et Sophie avaient perdu espoir. Ils étaient dans les bras l'un de l'autre, tirant leur réconfort de cette intimité. Ils avaient entendu Alex crier : « Non ! Non ! », et s'étaient dit que tout était fini. Patrick souffrait pour son jumeau. Il savait que jamais Alex ne s'en remettrait.

Puis le faible cri du bébé brisa le silence. Patrick se leva d'un bond, et Sophie atterrit sur le tapis, se cognant l'épaule gauche. Il l'aida à se relever et ils restèrent immobiles, silencieux, jusqu'à ce qu'un autre cri s'élève. Le médecin avait-il sorti l'enfant avec un forceps ? Ou Charlotte s'était-elle réveillée ?

Ils se précipitèrent.

La porte de la chambre était ouverte, et Sophie eut la peur de sa vie. Le lit était couvert de sang... Mais déjà Alex venait vers eux, un grand sourire aux lèvres. Il tenait dans ses bras un petit paquet.

— Regardez, dit-il en rabattant la couverture blanche.

Le bébé ouvrait et refermait sa bouche minuscule.

— Il a faim, dit Sophie. Il, ou elle ?

— Elle.

Alex revint vers le lit où Charlotte, toujours infiniment pâle, somnolait. Il écarta le drap dont le médecin l'avait enveloppée après la délivrance et posa le bébé contre son sein.

La petite fille regarda un instant sa mère de ses grands yeux sombres, puis elle ouvrit la bouche. Instinctivement, Charlotte lui offrit son sein.

Elle croisa le regard d'Alex et lui tendit sa main libre.

— Elle est belle ! dit-il. Regardez, elle tète !

Soudain la sage-femme, la nourrice et Mall firent irruption dans la chambre.

— Je vais prendre le bébé, décréta la nourrice d'un air important.

Il y avait deux jours qu'elle vivait au manoir en attendant la naissance.

— Non ! s'écria Charlotte. Alex !

Alex eut une bouffée de fierté. Elle n'avait plus peur qu'il lui enlève l'enfant ! Il sourit à la nourrice.

— La comtesse a décidé de nourrir elle-même son bébé, expliqua-t-il.

— Madame ! protesta la nourrice, outrée.

Les dames ne nourrissaient jamais leurs enfants, jamais ! Elle se pencha sur le lit.

— Vos seins, madame ! Ils seront abîmés !

Charlotte la regardait sans comprendre. Elle avait l'impression d'être étourdie, et elle ne voulait s'occuper que de la petite merveille qu'elle tenait contre elle. Comme la femme continuait à lui parler, elle lança un coup d'œil implorant à Alex, qui prit la nourrice par le bras et la fit sortir de la pièce en lui promettant une honnête compensation.

Il ne restait plus dans la chambre que la gouvernante, et Alex s'aperçut qu'il la connaissait. C'était la jeune fille dont Charlotte avait fait le portrait à Londres. Elle lui conseilla d'installer sa maîtresse dans une autre chambre, pour qu'elle profite d'un lit tout propre.

Il souleva la mère et l'enfant dans ses bras, et Charlotte reposa la tête contre son épaule avec un soupir de bien-être.

Alex les emmena dans la chambre que lui indiquait Mall et, quand la camériste de Charlotte entra avec une cuvette d'eau tiède, il la renvoya afin de faire lui-même la toilette de son épouse. Elle s'en aperçut à peine, le bébé toujours serré sur sa poitrine.

Enfin, il souffla les bougies et monta dans le lit. Charlotte lui tendit leur fille, puis elle se lova contre lui et tomba instantanément dans un profond sommeil…

Une heure plus tard, Pippa surgit en chemise de nuit et poussa des cris de joie en voyant son papa. Alex lui présenta le bébé, et Pippa le considéra avec circonspection. Elle n'avait jamais vu un être aussi petit.

— Maman ! s'écria-t-elle.

Elle escalada le corps de Charlotte pour s'installer de l'autre côté, posa la tête sur son épaule et ferma les yeux, parfaitement heureuse.

Alex fit signe à Katy de se retirer, et il se recoucha, pensif. Comment avait-il pu envisager une minute de séparer cette famille ? Si Charlotte était assez généreuse pour lui redonner une place dans sa vie, il y resterait à jamais.

Il demeura immobile, jusqu'à ce que l'aube pointe, à reconstituer le puzzle de son existence. La fille du jardin, qui l'avait mené au mariage avec Maria ; les aventures de celle-ci, qui n'avait rien de commun avec Charlotte. La rage qu'il avait éprouvée contre Maria, et dont Charlotte était devenue la cible.

Il se souvint de sa première épouse lorsqu'elle lui avait recommandé de prendre bien soin de Pippa et de l'aimer. Quels que fussent ses défauts, c'était une bonne mère. Il se sentait un peu plus indulgent. La rage destructrice n'existerait plus en lui. Désormais, quand il penserait à Maria, ce serait la jeune mourante qu'il reverrait, lui avouant d'une voix brisée qu'elle avait interdit sa chambre à Pippa depuis trois semaines afin qu'elle n'attrape pas la scarlatine.

Le bébé ouvrit la bouche et poussa le cri typique du nouveau-né affamé. Charlotte se réveilla en sursaut et se redressa, désorientée. Puis elle tendit les bras et sourit quand Alex posa l'enfant sur son sein.

Il n'y avait pas d'homme plus heureux que lui dans toute l'Angleterre.

23

Durant les semaines suivantes, Charlotte s'occupa exclusivement de son bébé, enchantée de ses sourires, des petits bruits que Sarah faisait en tétant. Et elle ne pensait à Alex qu'avec gratitude. Il jouait avec Pippa l'après-midi et, le soir, ils s'endormaient l'un contre l'autre. Lorsque la jeune femme se réveillait et sentait un bras sur sa taille, ou une jambe passée sur les siennes, elle avait le cœur en fête.

Sarah était une enfant facile, peu exigeante, et bientôt Charlotte se sentit redevenue elle-même.

Un matin, elle fut réveillée par le léger balancement du matelas quand son époux se leva.

Marie était entrée un peu plus tôt pour ouvrir les rideaux, et le soleil pénétrait à flots, faisant briller les fils d'argent dans les cheveux d'Alex. Entièrement nu devant la fenêtre, il contemplait les jardins. Charlotte admira à loisir son corps parfait.

— Alex…

Il se retourna. Elle était ravissante, songea-t-il, appuyée sur un coude, sa chevelure brune cascadant autour de son visage, une épaule dénudée par la fine chemise de nuit. Son corps réagit instantanément.

La jeune femme, fascinée, sentit le rose lui monter aux joues.

Il revint vers le lit.

— Charlotte...

Elle tremblait et ne pouvait s'empêcher de le regarder. Il avait les yeux très noirs, un sourcil levé. Comme elle ne répondait pas, il s'assit sur le lit.

Lentement, il lui caressa le cou, la naissance des seins, puis, avec une infinie douceur afin de ne pas l'effaroucher, il posa les lèvres sur les siennes.

Elle s'ouvrit instinctivement pour lui et noua les bras à son cou. Lorsqu'il s'allongea sur elle, elle fut heureuse de sentir son poids.

Il releva le bas de sa chemise. Ils n'avaient jamais reparlé de ce qui s'était passé avant la naissance de Sarah, mais Alex craignait qu'elle ne le déteste, au fond de son âme. Il avait failli les tuer, Sarah et elle. Il lui avait refusé sa confiance, il l'avait quittée...

Pourtant, il n'avait pas cessé de l'aimer, de la désirer. Il voulait avoir sa femme près de lui pour le reste de ses jours.

Il trouva enfin son jardin secret, et elle gémit, prête à s'abandonner.

— Charlotte, murmura-t-il, êtes-vous sûre ? Il n'y a que quelques semaines...

Elle ouvrit des yeux déjà voilés de plaisir, puis remarqua le regard inquiet d'Alex.

En réponse, elle laissa courir sa langue sur ses lèvres. Alors, avec un grondement de satisfaction, il entra en elle.

Comme ensuite il ne bougeait plus, elle haussa les hanches vers lui, le cœur battant follement, concentrée sur ses merveilleuses sensations. Elle voulait qu'il épouse le rythme farouche dont elle rêvait si souvent. Pourquoi restait-il immobile ?

Elle ouvrit de grands yeux étonnés.

— Je ne peux pas, dit-il d'une voix brisée. S'il vous plaît, Charlotte...

Elle ne comprenait plus rien. Que lui demandait-il ? Elle tenta de bouger de nouveau, mais sans plus de résultat.

Il la fixait en silence, tendu, vulnérable.

— Alex, qu'y a-t-il ? Vous... vous n'en avez pas envie ?

— Oh, mon Dieu ! gémit-il. Comment pouvez-vous imaginer cela ?

Il se retira et replongea en elle, pour lui montrer à quel point il la désirait. Puis, emporté, il recommença. Mais soudain il s'arrêta.

— Alex ?

Horrifiée, elle vit qu'il avait les yeux brillants de larmes.

— Alex !

Il s'arracha à elle et s'assit au bord du lit, comme s'il voulait s'en aller. Elle lui effleura l'épaule.

— Alex...

Il se prit la tête entre les mains.

— Que se passe-t-il ? insista Charlotte en se rajustant vivement avant de venir s'asseoir à son côté.

Il releva la tête, malheureux.

— J'ai failli vous tuer, Sarah et vous. Je ne peux pas vous faire l'amour comme si rien ne s'était passé. Je ne devrais pas être là. Vous auriez dû me jeter dehors depuis longtemps. Je le méritais !

Charlotte réprima un sourire. Il passait d'un extrême à l'autre !

— M'aimez-vous ? s'enquit-elle.

Alex baisa fugitivement ses lèvres.

— Vous savez bien que oui.

— Et pensez-vous que je vous aime ?

Il grimaça un sourire.

— Dans mes instants de grand optimisme…

Elle posa les mains sur ses joues.

— Vous ne comprenez pas, Alex ? Vous ne comprenez pas à quel point nous avons de la chance ? Vous m'aimez tant que vous avez pu me sauver la vie, vous m'avez ramenée des portes de la mort ! Et moi, je vous ai aimé suffisamment pour suivre votre voix, alors que j'avais renoncé à vivre…

Elle caressa tendrement sa bouche, puis elle murmura :

— « Dans la richesse et la pauvreté, la maladie et la santé, jusqu'à ce que la mort nous sépare. »

Il l'attira à lui, enfouit la tête dans ses boucles parfumées.

— Je ne mérite pas votre amour, Charlotte. J'étais stupidement jaloux. Je ne supportais pas l'idée qu'un autre puisse vous toucher, et cela m'a rendu fou. Je suis désolé. Je suis désolé d'avoir été si cruel.

Elle frotta sa joue contre son épaule.

— Vous êtes stupide, en effet. Pourquoi voudrais-je qu'un autre me touche, quand nous faisons si bien l'amour ?

Mais Alex n'en avait pas fini.

— Vous ne savez pas jusqu'où va ma stupidité. Je me tressais des couronnes de laurier parce que j'avais décidé de vous pardonner, mais c'est à vous de le faire. Si… si je promets de ne plus jamais perdre la tête, pourrez-vous avoir confiance en moi ?

— J'ai confiance en vous, répondit simplement Charlotte.

— Jamais je ne pourrais faire l'amour avec une autre femme.

— Alors, plaisanta-t-elle en lui mordillant l'épaule, peut-être allez-vous envisager de le faire avec votre épouse ?

Elle déposa de petits baisers sur son cou, sa nuque, puis elle se redressa pour le regarder dans les yeux.

— Je vous aime, Alexander Foakes. Je vous aime tant que je passerais ma vie à vous pardonner, quoi que vous fassiez.

— Vous ne pouvez pas m'aimer autant que je vous aime.

Ce fut au tour de la jeune femme d'avoir le regard voilé. Alex baisa son visage, cueillant ses larmes au vol, puis ils tombèrent tous les deux à la renverse sur le lit.

Charlotte s'accrocha aux épaules d'Alex quand il entra en elle.

— Nous sommes ensemble, souffla-t-il.

— Ensemble.

Épilogue

Août 1803

Alex chevauchait en compagnie de Lucien Blanc et de Will Holland. Le soleil descendait doucement vers l'horizon, clignotant à travers les arbres. Leurs montures dansaient, heureuses de regagner l'écurie après une longue promenade.

— Quel bel endroit vous possédez, Will !

Celui-ci sourit et tira sur les rênes en arrivant devant la grille d'entrée.

— Si vous voulez bien m'excuser une minute, dit-il, la femme du gardien a été malade, et j'aimerais prendre de ses nouvelles.

Il sauta à terre et disparut dans le petit cottage au toit de chaume.

Lucien se tourna vers Alex.

— Vous ne m'avez pas laissé l'occasion de vous remercier comme il convient, dit-il.

— Vous n'avez pas à me remercier, répliqua Alex.

— Mais si ! insista Lucien. Je suis au courant du scandale qui a terni la réputation de votre épouse en votre absence. Sans moi, vous ne l'auriez jamais quittée, surtout dans son état. Vous auriez dû me dire qu'elle était enceinte !

— Nous ne le savions pas encore. Et puis, tout est terminé, maintenant. Personne n'oserait plus suggérer que Sarah n'est pas ma fille.

Elle lui ressemblait de façon frappante !

— Certes, néanmoins je regrette que...

— Ne vous inquiétez pas, Lucien.

Will se remettait en selle, et ils abandonnèrent le sujet. Alex lança son étalon au galop. Il était parti depuis des heures faire le tour de la propriété de Will, et les enfants lui manquaient... ainsi que Charlotte.

Lucien le rattrapa.

— Il paraît que c'est votre anniversaire, dit-il. Je crois qu'on vous réserve une surprise...

Mais ce ne fut pas une surprise quand Pippa traversa la pelouse pour se jeter dans ses bras en criant « Papa ! » de sa petite voix flûtée.

Alex sauta à terre, la jucha sur son épaule, et elle lui raconta des secrets à l'oreille, où il était question des chatons de l'écurie et des framboises qui poussaient dans le potager.

Il n'y eut pas de surprise non plus dans le regard chargé de tendresse que lui lança son épouse lorsqu'il la retrouva au salon, un regard si ardent qu'il fut obligé de feindre d'observer le cabinet chinois de Chloé Holland, afin de dissimuler le désir qui s'était emparé de lui. Un vrai collégien ! Le rire frais de Charlotte n'avait également rien d'une surprise, bien qu'il lui donnât envie de la saisir dans ses bras pour la porter dans leur chambre.

Le dîner se déroula sans incident. Chloé recevait avec une simplicité charmante. Elle s'était coulée dans son rôle de baronne le plus facilement du monde. Ils parlèrent d'une invasion possible de

Napoléon, et de la mort tout à fait choquante de l'évêque de Burnham, dans les bras d'une femme à la moralité douteuse.

Mais personne n'évoqua l'anniversaire d'Alex, qui en fut presque vexé… Peut-être Charlotte lui réservait-elle une fête privée dans leur chambre ? Par exemple, elle aurait pu se nouer un ruban à la taille en guise de cadeau !

Les dames s'étant retirées au salon, Alex, Will et Lucien s'installèrent au fumoir avec une bonne bouteille de whisky.

La porte s'ouvrit un peu plus tard sur le majordome de Will, un Français qui se targuait de ne pas parler un mot d'anglais.

— Milord…

Alex leva un regard interrogateur. L'homme salua cérémonieusement en lui tendant une lettre.

Lucien affichait un sourire entendu.

— Mon anniversaire ? demanda Alex à son ami.

— Exactement.

Alex ouvrit l'enveloppe et lut rapidement le message.

— On m'ordonne de monter m'habiller pour l'occasion, annonça-t-il.

— Eh bien, Alex, nous ne te retenons pas, dit Will avec un air de conspirateur.

— Tout le monde est donc au courant de ce que mijote ma femme ?

À voir les visages épanouis de ses amis, c'était une évidence !

Il grimpa l'escalier en se demandant comment il convenait de s'habiller. Que porterait Charlotte ?

Mais il n'y avait que Keating dans leur chambre. Pas d'épouse costumée, ou délicieusement dévêtue…

Le majordome avait déposé une tenue de soirée sur le lit, et il voulut protester, puis y renonça. Il n'allait pas contrarier Charlotte ! Toutefois, il fronça les sourcils quand Keating lui drapa un domino vert foncé sur les épaules.

— Je vais à un bal masqué ? Dans cette campagne retirée ?

— Je ne saurais dire, milord. Je me contente de suivre les instructions de la comtesse.

Enfin, Keating poussa son maître hors de la chambre. Le majordome de Will attendait au rez-de-chaussée, un sourire diabolique aux lèvres, et le conduisit vers un carrosse qui attendait devant la porte.

Magnifique ! se dit Alex qui repoussa le bras offert d'un valet de pied pour l'aider à monter.

Mais l'habitacle était vide. On ferma la porte derrière lui, et le carrosse s'ébranla.

— Pour l'amour du Ciel ! grommela-t-il.

Le trajet ne dura pas plus de dix minutes, durant lesquelles il se servit du champagne à la bouteille qui rafraîchissait dans un seau. Mais cela ne le rasséréna pas. Où était son épouse ? Pourquoi buvait-il du champagne tout seul ? Il l'imagina en face de lui, et il eut un sourire carnassier. Il saurait se venger. Il faudrait qu'elle soit dans la voiture avec lui au retour !

Quand le carrosse s'arrêta, il avait retrouvé sa bonne humeur, en partie parce qu'il avait presque terminé la bouteille !

Il ouvrit la portière pour retrouver Keating, dans l'impeccable allée d'un manoir de campagne.

— Keating ?

— Milord ?

Il avait voyagé près du cocher, de toute évidence, car il avait le nez et les joues rougis par le froid.

— Que faites-vous ici, mon ami ? Et où sommes-nous ?

Keating hésita légèrement. Il tenait à la main un foulard noir.

— Je dois vous demander de vous tourner, milord...

Charlotte en faisait décidément beaucoup ! Avec un soupir, il obtempéra, et Keating lui noua le bandeau sur les yeux. Puis il le fit remonter dans le carrosse, qui se remit en route.

Alex pesta de nouveau. Si sa femme voulait qu'il eût les yeux bandés, pourquoi ne s'en chargeait-elle pas elle-même ? Pourquoi toute cette mise en scène ?

La voiture s'arrêta enfin, et Keating voulut lui prendre le bras pour descendre, mais il se dégagea. Ils semblaient être arrivés à une réception, car il entendait des rires de femmes et le son d'un orchestre.

— Milord, insista doucement Keating.

Cette fois, Alex se laissa conduire vers des marches, puis dans une entrée bruyante. Les invités étaient surpris de voir un homme aux yeux bandés, il s'en rendit compte aux commentaires qui saluaient son arrivée. Et il entendit aussi des accents tout à fait surprenants. Ce n'était pas une soirée fréquentée par l'aristocratie...

Il était sur le point d'arracher le bandeau et d'exiger des explications, quand Keating lui dit :

— Attention, milord. Vous êtes près d'un escalier.

Alors il sentit qu'on lui enlevait le foulard.

Il se tint un instant en haut des marches de marbre, à contempler une salle de bal surpeuplée. Il faisait horriblement chaud, et l'odeur n'était pas des plus plaisantes, cependant des souvenirs lointains lui revenaient en mémoire. Il était déjà venu ici.

Sur la piste, des robes froissées côtoyaient des tuniques grecques. Quelques femmes étaient masquées, mais le déguisement le plus courant semblait être un maquillage outrancier. Il fronça les sourcils. Où diable était-il tombé ? Il y avait des rideaux de velours marron aux fenêtres...

Mais oui, il était à Stuart Hall, au bal masqué du samedi !

Soudain, il se pétrifia. *Elle* était là.

Près de la statue de Narcisse se tenait une mince jeune femme en domino noir, ses cheveux poudrés relevés en chignon. Alex se fraya un chemin jusqu'à elle, à travers la foule bariolée.

Charlotte avait l'impression d'avoir attendu ce moment toute son existence. Son merveilleux « valet » en domino vert, avec ses cheveux striés d'argent, approchait. Personne, devant son élégance naturelle, ne pouvait raisonnablement le prendre pour un serviteur ! Même avec le vieux domino, il respirait la classe et l'intelligence.

Après une éternité, il fut devant elle.

Elle avait les cheveux poudrés, et sa peau était si blanche qu'elle devait être rousse, s'était-il dit, des années plus tôt. C'était elle, c'était la fille du jardin... c'était Charlotte.

Il l'enferma dans le domino vert et l'embrassa avec une passion, une ardeur qui la laissèrent sans force. Elle passa les bras sous sa veste.

Alex la contemplait entre ses longs cils noirs.

— Je devrais vous étrangler pour vous punir de cette mascarade, dit-il, la voix voilée d'émotion.

Elle eut un sourire espiègle.

— Bon anniversaire, mon amour.

— Chipie ! grogna-t-il avant de prendre de nouveau ses lèvres.

Ce fut seulement bien plus tard dans la nuit que le comte et la comtesse de Sheffield eurent le temps, et le souffle nécessaire, pour discuter de leur première rencontre.

Charlotte avait la tête sur l'épaule de son mari, et il déposait de petits baisers sur ses cheveux.

— Voyez-vous, j'avais remarqué que vous ressembliez à Maria, mais je ne voulais pas trop y penser… Je ne m'étais pas rendu compte que j'avais épousé Maria parce qu'elle ressemblait à la fille du jardin, ce qui signifiait que vous lui ressembliez aussi, et… donc, que vous étiez la fille du jardin. Vous êtes vraiment mariée à un idiot, ma chérie, conclut-il avec une grimace.

Charlotte lui embrassa la main et ne put retenir un sourire.

— J'ai toujours eu un faible pour les idiots…

— Je suis réellement le dernier des nigauds, insista Alex. J'ai eu tant d'indices ! Vous rappelez-vous le jour où je vous ai demandé de m'épouser, dans le salon chinois de vos parents, et quand ensuite je vous ai caressée ?

Charlotte acquiesça.

— Vous avez dit « merci ». Alors moi, pauvre sot, j'ai songé que cela me faisait penser à la fille du jardin, mais je n'ai pas réfléchi plus avant. Car vous m'aviez aussi remercié, à Stuart Hall... Je mériterais d'être fouetté au sang! Je vous ai rendue tellement malheureuse...

Charlotte l'interrompit en le bâillonnant de la main.

— Non! s'écria-t-elle. Vous ne voyez pas à quel point vous me rendez heureuse, au contraire? Vous étiez tout ce qui comptait pour moi. Si vous vous étiez rappelé que vous aviez pris ma virginité, je n'aurais jamais été sûre que vous me demandiez en mariage pour moi-même, ou à cause d'un chevaleresque sens de l'honneur. Savez-vous ce qui m'a le plus marquée, dans le salon chinois?

Il secoua la tête, fasciné par ses yeux lumineux.

— Vous avez dit que vous ne vouliez pas aller plus loin, de crainte de ruiner ma réputation. Alors j'ai été heureuse que vous ne vous souveniez pas que c'était déjà fait, parce que cela prouvait que vous me désiriez. Pas seulement pour racheter un moment d'égarement dans un jardin, mais pour moi-même.

Alex la serra davantage contre lui.

Il y eut un silence.

— Mais ça ne se serait pas passé comme ça si j'avais été un peu moins stupide et capable de réfléchir, dit-il. De bien des manières, le cours de ma vie a été dirigé par la fille du jardin... par vous. Savez-vous que je n'ai cessé de rêver de vous, des semaines durant? Vous pleuriez, j'essayais de vous consoler, ou bien vous reposiez sur mon épaule et je vous embrassais. De toute façon, c'était un tourment. J'ai obligé Patrick à retourner avec moi à Stuart Hall la semaine suivante, mais en vain. J'ai fréquenté cinq bals de la haute société durant les quinze jours qui ont suivi. Sans résultat. Ensuite, je suis parti pour Rome, et j'ai cru trouver une personne comme vous. Alors je l'ai épousée, mais ce n'était pas vous. Enfin j'ai rencontré la fille d'un duc, à Londres et, bien que je ne me sois pas rendu compte que c'était la fille du jardin, je ne voulais plus qu'elle. J'ai décidé de vous épouser deux minutes après vous avoir rencontrée chez lady Prestlefield.

Il sourit devant l'air stupéfait de Charlotte et ajouta :

— Je crains, mon amour, que vous ne soyez mon destin.

Elle se lova contre lui. Il n'y avait plus de zone d'ombre, désormais.

— Vous m'avez manqué, murmura-t-elle. Vous m'avez tellement manqué !

— Vous aussi, vous m'avez manqué. Même au plus fort de mes colères. J'ai toujours su que nous serions réunis un jour, même quand je hurlais des horreurs. Quoi que vous ayez fait, je voulais que vous me reveniez, parce que vous faites partie intégrante de mon cœur. Vous perdre serait me perdre.

Les yeux de Charlotte resplendissaient de tendresse.

— Vous ne pouvez pas me perdre, mon amour. La prochaine fois que vous sortirez de la maison comme un ouragan, je vous suivrai, où que vous alliez.

— Ne me quittez jamais, Charlotte, je n'aurais pas la force de le supporter.

— Je ne vous quitterai pas.

— Et je jure de vous aimer jusqu'à ce que nous ayons les cheveux blancs, et plus encore : pour toujours.

Charlotte ne répondit pas. Et les promesses qui furent échangées ensuite étaient des promesses silencieuses, définitives, de celles qu'on n'oublie jamais.

Le 16 mai

Inédit ***L'Inferno Club - 2 - Baisers maudits***

Gaelen Foley

Kate Madsen a été kidnappée par une bande de vauriens qui décident de l'offrir en cadeau au duc de Warrington. Craint et respecté de tous, le duc habite, paraît-il, un château hanté par les duchesses qui y auraient été assassinées au fil des siècles. Et aux ténèbres qui l'attendent s'ajoute un dangereux secret que Kate protège : elle est liée au Concile de Prométhée, les pires ennemis de l'Inferno Club, auquel appartient Warrington.

Inédit ***Les insoumises - 3 - Celia***

Madeline Hunter

Fille illégitime de la plus célèbre courtisane de Londres, Celia Pennifold hérite, à la mort de sa mère, d'une ravissante maison dans la capitale. Celia a des plans bien définis, elle en fera une boutique de fleurs ! Mais à sa plus grande surprise, elle découvre qu'il y a un locataire qui n'a nullement l'intention de s'en aller. Jonathan Albrighton est un homme mystérieux qui, dit-on, était très intime de la défunte...

Le frisson de minuit **Eloïsa James**

Après avoir repoussé vingt-deux demandes en mariage, Sophie York se résigne à accepter celle de Braddon, comte de Slaslow. Certes, la proposition de Patrick Foakes était bien plus excitante. Entre ses bras, Sophie perdait tout sens des convenances. Mais ce séducteur impénitent l'aurait maintes fois trompée. Quand un inconnu déguisé en Braddon tente de l'enlever, Sophie reconnaît Patrick. Et cède aux caresses de cet amant incomparable...

Le 16 mai

PROMESSES

Inédit *Toi et moi* ❧ **Kristan Higgins**

Harper James est avocate spécialiste des affaires de divorce. Depuis l'échec de son mariage douze ans plus tôt, elle ne croit ni en l'amour ni aux hommes. Quand elle apprend que sa sœur va épouser le demi-frère de son ex-mari, le choc est énorme. Et la cérémonie aura lieu dans quinze jours ! Revoir Nick et affronter les blessures du passé ? Une chose est sûre, Harper n'est pas au bout de ses surprises.

Les Chicago Stars - 6 - Parfaite pour toi ❧
Susan Elizabeth Phillips

Pour convaincre Heath Champion qu'elle est la meilleure conseillère matrimoniale de Chicago, Annabelle Granger emploie les grands moyens. L'agent sportif a décidé de convoler avec une femme qui sera le symbole de sa réussite ? Qu'à cela ne tienne, Annabelle lui présentera des créatures étourdissantes. Mais Heath est très exigeant. Et il devient très vite difficile pour Annabelle de satisfaire son séduisant client.

Et toujours la reine du roman sentimental :

Barbara Cartland

« Les romans de Barbara Cartland nous transportent dans un monde passé, mais si proche de nous en ce qui concerne les sentiments. L'amour y est un protagoniste à part entière : un amour parfois contrarié, qui souvent arrive de façon imprévue.
Grâce à son style, Barbara Cartland nous apprend que les rêves peuvent toujours se réaliser et qu'il ne faut jamais désespérer. »

Angela Fracchiolla, lectrice, Italie

Le 2 mai
Le baiser du diable

Le 16 mai
L'espoir perdu

6211

Achevé d'imprimer en Italie
par GRAFICA VENETA
le 5 mars 2012

Dépôt légal : mars 2012
EAN 9782290041390

ÉDITIONS J'AI LU
87, quai Panhard-et-Levassor, 75013 Paris

Diffusion France et étranger : Flammarion